LA CLARINETTE

VASSILIS ALEXAKIS

LA CLARINETTE

roman

ÉDITIONS DU SEUIL
25, bd Romain-Rolland, Paris XIVe

ISBN 978-2-02-116769-6

www.seuil.com

Aux enfants de Jean-Marc,
Gabriel et Dina,
Armand,
Tom et Alphonse.

1

J'ai commencé à écrire ce texte en grec. Mon dernier livre, comme tu le sais, je l'ai d'abord écrit en français. J'ai eu du plaisir à le rédiger, à parcourir de long en large le beau jardin du Luxembourg, j'ai néanmoins songé que c'était peut-être le dernier ouvrage que je composais dans cette langue, que j'étais en train de prendre congé de la France. Cela fait un moment, tu le sais aussi, que Paris ne m'inspire plus aucun enthousiasme. Il faut croire que tous les lieux finissent par lasser.

Jadis je voyais des personnages de roman partout. Je guettais le moindre bruit insolite, je me demandais, comme dans les romans justement, d'où il venait, ce qu'il signifiait. Les jambes des vendeuses me ravissaient, je soulevais toutes les jupes. Je prenais avec plaisir le métro, j'examinais les voyageurs, je cherchais à décrypter leur mystère. Hélas, ce n'est plus le cas aujourd'hui : la présence des autres m'insupporte plutôt, je trouve qu'ils prennent trop de place, je souhaite qu'ils descendent tous à la prochaine. Même les musiciens qui surgissent parfois dans le compartiment m'indisposent. Je constate d'ailleurs que, les touristes mis à part, personne ne les accueille avec bienveillance. Les usagers ordinaires les considèrent du même air maussade qu'ils se dévisagent entre eux. Ma mauvaise humeur est largement partagée en fait. Je suis peut-être devenu un vrai Parisien.

Seuls les chômeurs qui font la manche suscitent encore ma sympathie. Ils tiennent leur petit discours le dos appuyé sur la portière, le regard tourné vers le plafond du wagon, un peu comme on prie dans les églises. Leurs baskets sont en piteux état, elles prennent sûrement l'eau les jours de pluie. Je leur donne d'autant plus volontiers une pièce que cela me permet de me démarquer de mes voisins. « Vous êtes des monstres », murmuré-je en fouillant dans mon porte-monnaie.

Nombre de ces malheureux, la moitié peut-être, sont des étrangers. Ils prononcent les mots avec beaucoup d'application, comme si la moindre faute pouvait motiver leur reconduite à la frontière. Récemment, sur la ligne Boulogne-Austerlitz, j'ai croisé un jeune homme qui, lui, ne parlait pas un mot de français. Il s'est adressé aux voyageurs dans une langue totalement incompréhensible, d'un air parfaitement tranquille : il ne se doutait apparemment pas que personne ne le comprenait. « Même s'il avait parlé en français, personne ne l'aurait compris », ai-je pensé. J'ai eu l'idée que mon épopée parisienne pourrait s'achever par l'apparition d'un jeune homme à l'identité incertaine usant de mots inconnus devant un public médusé. « Médusé » est un mot grec, bien sûr, comme « épopée » d'ailleurs. Aurais-je tendance à emprunter davantage au vocabulaire grec que ne le font en général mes confrères parisiens ? Les mots grecs me remettent en mémoire que le français n'est pas ma langue maternelle, ils me rappellent à l'ordre en quelque sorte.

Il paraît que la solitude à laquelle sont condamnés les gens qui vivent dans la rue, car ils ne se fréquentent guère entre eux et tout le monde les évite, leur fait perdre rapidement l'usage des mots. J'ai mené une petite enquête sur ce sujet, pour les besoins de mon dernier livre.

– Ils s'expriment dans un français qui n'est plus du français, qui ne ressemble à rien, m'ont déclaré plusieurs assistants sociaux. Leur langage est fait de grognements parsemés d'injures.

– Est-ce qu'il leur arrive de chanter ?

– Ça leur arrive, en effet… Mais ils ont du mal avec les paroles… Avec la musique aussi d'ailleurs.

Je me suis demandé si les SDF grecs avaient autant de mal à s'exprimer. Est-ce qu'on oublie plus facilement les langues qui sont difficiles à apprendre ?

Certains SDF diffusent une modeste revue, *L'Itinérant*, dont le prix de vente, qui est de deux euros, leur revient à moitié. J'en ai acheté le numéro hors série qu'elle consacre à l'histoire du métro et de ses stations. Je l'ai rangé dans la poche arrière de mon gilet. Il est peu probable que je l'ouvre un jour. Il m'a rappelé néanmoins que j'avais sollicité autrefois un logement près du métro Sully-Morland, dans le 4e arrondissement. Le propriétaire avait rejeté ma candidature: non seulement mes revenus lui avaient paru insuffisants, mais en plus il avait estimé quelque peu prétentieux de la part d'un étranger fraîchement débarqué de vouloir habiter à cinq minutes de l'Hôtel de Ville et à deux pas de la Seine. Je n'avais pas été vexé par son refus. J'avais pensé que même mes amis parisiens les plus proches auraient jugé incongrue mon installation dans ce quartier :

– Ah bon, tu habites Sully-Morland ? se seraient-ils étonnés. Comment se fait-il donc ?

Le propriétaire en question m'avait conseillé d'orienter mes recherches sinon vers la banlieue, tout au moins vers les arrondissements périphériques. Il n'avait pas tort : j'ai d'abord trouvé à me loger dans le 16e, puis dans le 18e, ensuite dans le 19e. Aujourd'hui j'habite le 15e : c'est dire qu'en quarante ans de vie parisienne je n'ai pas réussi à me rapprocher vraiment du centre. Je dois reconnaître que j'ai aussi habité à la frontière du 6e et du 14e, boulevard Raspail, mais pendant une si courte période qu'elle ne compte pas vraiment.

Il y a trois ans, à la suite d'une opération à la jambe qui m'avait provisoirement handicapé, j'ai déposé, comme tu m'as fortement encouragé à le faire, une demande de logement social à la mairie de Paris où l'on m'a demandé quel quartier avait ma préférence.

– Sully-Morland, ai-je répondu sans grande conviction.

Ni l'exiguïté de mon studio, ni le fait qu'il soit situé au cinquième étage d'un immeuble sans ascenseur n'ont ému la mairie, qui ne m'a jamais répondu. Je n'ai aucune peine à croire qu'il existe une foule de gens plus mal lotis que moi. De toute façon, mon intention de passer dorénavant davantage de temps à Athènes qu'à Paris rend mon studio plus acceptable : peu satisfaisant en tant que résidence principale, il a forcément meilleure mine comme chambre d'hôtel.

Qui était donc Sully-Morland ? Un maréchal d'Empire ?

un botaniste? un comédien célèbre? Je ne suis pas curieux de le savoir.

Je t'ai confié un jour à l'hôpital Saint-Joseph que les trajets par le métro me paraissaient désormais interminables.

– Il ne met pourtant qu'une minute et demie pour aller d'une station à l'autre, t'ai-je renseigné car tu n'utilisais guère ce mode de transport. Eh bien, cette minute et demie est devenue trop longue. J'en veux au conducteur qui n'accélère pas assez, je songe à incendier son pavillon de banlieue.

Tu étais assis dans un fauteuil sophistiqué qui pouvait se transformer en lit, dans une salle commune aux placards jaunes, entouré d'autres patients. Tu avais les yeux mi-clos. Tu ne les ouvrais que pour inspecter le tuyau qui reliait la poche de sang à ta veine. Les traitements que tu subissais depuis un an avaient arrondi tes joues et fait disparaître tes cheveux. Ils t'avaient rajeuni et vieilli en même temps.

– Tu en as marre de Paris probablement, as-tu commenté. Tu te venges toujours de tes ennemis en mettant le feu à leur baraque?

– Parfois je leur enfonce un bâton de dynamite dans le derrière. Ils ont beau me supplier, me parler de leurs enfants en bas âge, j'allume quand même la mèche. «Les orphelins réussissent très bien dans la vie», leur rétorqué-je.

– Ce n'est pas faux, as-tu confirmé.

Puis tu m'as dit:

– Il faudra que mes enfants apprennent à grandir sans père.

Sur la table roulante il y avait un paquet de journaux, ton portable, une petite bouteille d'eau minérale et un yaourt aux fruits. Les infirmières se déplaçaient légères comme des anges. Tes soucis avaient commencé un an plus tôt, plus d'un an. Ils avaient commencé en fait après que je m'étais complètement remis de mon opération en été 2011.

– Il suffit que l'un de nous deux soit en bonne santé, disais-tu.

Je connaissais l'hôpital Saint-Joseph puisque c'est là que je faisais contrôler tous les six mois le pontage qu'on m'avait fait à Aix à l'une des artères de ma jambe gauche. Tu avais été opéré deux fois déjà. Je comparais nos cicatrices : celle que tu portais à l'arrière du crâne était parfaitement droite et plus petite que la mienne qui formait une courbe à côté du genou. Avais-tu eu affaire à un chirurgien plus doué que celui d'Aix ? Je trouvais que ta cicatrice se voyait moins.

– À Paris on se soucie davantage qu'en province de l'aspect esthétique des opérations, assurais-tu.

Ta première opération au poumon, que tu avais subie à l'Hôtel-Dieu, ne t'avait quasiment laissé aucune trace, juste trois ou quatre points noirs sur le dos. Je ne suis pas sûr cependant que le médecin qui l'avait pratiquée était un bien grand artiste car il avait touché par mégarde le nerf de tes cordes vocales : l'intervention avait été une réussite, mais tu avais été privé de voix pendant trois ou quatre mois.

– Est-ce que les chirurgiens grecs ont le sens du beau, à ton avis ?

– Mais certainement ! protestais-je. On les initie à l'art

dès leur plus jeune âge en leur faisant visiter l'Acropole, le Musée archéologique, l'Agora !

Nous riions parfois. Tes voisins ne faisaient guère attention à nous : ils s'étaient réfugiés au fond de leur être, de sorte que rien ne pouvait les atteindre. Tu t'endormais subitement. Je me promenais alors à l'extérieur en fumant ma pipe. Je faisais le tour du jardin de l'hôpital, où poussaient de petits arbres dont les branches, prisonnières d'un écheveau de fils de fer, revêtaient des formes géométriques. On aurait dit des arbres savants, qui produisaient sans doute des fruits carrés. J'en avais vu de semblables à la pépinière du jardin du Luxembourg. Mon livre était sorti en septembre, les critiques étaient bonnes, tu espérais que nous aurions un prix.

– Nous en avons eu deux, me rappelais-tu, pourquoi pas un troisième ?

Combien de prix avais-tu obtenus pour tes auteurs depuis tes débuts dans l'édition en 1974 ? Plus d'une dizaine, n'est-ce pas ? Une vingtaine peut-être ? Tu ne disposais pas des moyens de pression que possèdent les grandes maisons, il faut donc convenir que tu te débrouillais pas mal. Que disais-tu aux jurés pour les convaincre ? Tu savais en tout cas trouver les mots qu'il fallait. Tu avais cet avantage sur les autres éditeurs que tu étais le seul à exercer parallèlement le métier d'auteur. Tu parlais le même langage que les jurés. Tu les écoutais avec infiniment de patience même quand ils avaient l'indélicatesse de te raconter par le menu leurs ennuis de santé. Ils étaient tous au courant, bien entendu, du mal dont tu étais atteint. Tu espérais jusqu'au bout, et parfois contre toute attente tu gagnais. À deux heures du matin, la veille des scrutins, tu étais encore au téléphone.

Je passais aussi du temps dans la salle d'attente, une petite pièce où je ne rencontrais jamais personne. Je regardais par la baie vitrée une autre aile de l'hôpital, j'observais le va-et-vient des infirmières et des médecins. J'avais repéré un homme tout petit, dont je n'apercevais que la tête. Était-ce un malade dans un fauteuil roulant? Un médecin nain? Est-ce que les écoles de médecine acceptent les nains? Comment font-ils pour ausculter les patients? Montent-ils sur un tabouret? Une reproduction de la chambre de Van Gogh à Arles, imprimée sur un carton rigide, était posée par terre contre un mur. J'avais noté que le lit relativement étroit du peintre possédait deux oreillers placés côte à côte. Je lisais attentivement les annonces affichées sur le mur opposé, concernant par exemple une sortie champêtre à Champigny, le village des impressionnistes, comme si je faisais partie du personnel de l'hôpital. J'ai emporté de cette pièce, en guise de souvenir, deux prospectus trouvés au milieu de quelques vieux exemplaires du *Figaro Madame*: l'un venait d'une société nommée Au Bonheur des Dames, comme le roman de Zola, qui se proposait de réconforter les femmes atteintes d'un cancer en leur fournissant des foulards, des perruques et des prothèses mammaires; l'autre était issu d'une entreprise de pompes funèbres: elle offrait une montre aux personnes qui feraient appel à ses services dans un délai relativement court. Je ne sais plus ce que j'ai fait de ces documents, mais je les retrouverai sans doute. Il me semble qu'on voyait bien la montre sur le second prospectus. Je me demande quelle heure elle pouvait indiquer.

Au fur et à mesure que tu reprenais des couleurs, mes forces déclinaient. Au bout de deux heures j'avais l'impression d'avoir quitté la ville depuis longtemps, de m'en être terriblement éloigné. Est-ce le silence qui me pesait tant? Il y avait bien une cafétéria mais elle était aussi peu animée que le reste de l'hôpital. Les clients attablés parlaient si bas qu'on ne les entendait guère. On aurait dit des conspirateurs échangeant des secrets. Je me demandais si le kiosque installé dans le hall proposait les mêmes journaux que ceux qui étaient vendus à l'extérieur. Je préférais néanmoins t'acheter *Le Monde* en sortant du métro, avant de franchir le seuil de l'hôpital. Et puis je décelais dans le regard que me portaient les infirmières une suspicion croissante : se posaient-elles des questions sur mon état de santé? Songeaient-elles à me faire endosser de force un pyjama? Je ne mettais pas plus de dix minutes pour rentrer chez moi, où j'étais assailli de remords : « Pourquoi es-tu parti si vite? m'interrogeais-je sévèrement. Qu'est-ce que tu as à faire ici? » Je n'avais rien à faire en effet. Les séances de transfusion ne duraient que quelques heures : à la fin du jour tu regagnais aussi ton appartement. Il me semble que tu rentrais seul en taxi. La station de métro la plus proche de Saint-Joseph était Plaisance : je sais que ce nom garde le souvenir d'un beau parc qui se trouvait là autrefois.

J'élabore un livre que je n'avais pas prévu, j'écris sous la dictée des événements. J'avais envisagé un texte sur la crise grecque et aussi sur la mémoire. Mon intérêt pour la mémoire avait été éveillé par un oubli : je m'étais rendu compte, soudainement pourrais-je dire, que j'avais oublié le mot clarinette. Étais-je en train de réfléchir en grec ou en français ? Je n'ai pas tardé à constater que je l'avais oublié dans les deux langues. En fait, c'est le même mot qu'on emploie en grec, puisqu'on dit *clarineto*. Je me suis figuré l'instrument, je l'ai même agrandi, je me suis rappelé le genre de son qu'il produit, mais je ne pouvais pas retrouver son nom. Je fus pris de panique : j'ai énuméré tous les instruments de musique que je connaissais, puis tous les outils de menuiserie, persuadé que d'autres termes tout aussi ordinaires avaient déserté ma mémoire. J'ai été tenté de passer également en revue les diverses formes de chapeaux, du casque à cimier à la toque des popes, mais je m'en suis abstenu : j'ai eu le sentiment que j'étais en train de glisser sur une pente dangereuse. Comment faire pour retrouver un mot oublié ? Mes yeux se sont portés sur le dictionnaire, mais à quelle lettre devais-je l'ouvrir ? J'ai eu la certitude que le mot tout entier me reviendrait à l'esprit si seulement je parvenais à identifier sa lettre initiale. J'ai interrogé une à une toutes les lettres de l'alphabet en laissant à chacune le temps de rassembler ses souvenirs, mais aucune n'a voulu me mettre sur la bonne voie. Je me suis attardé un peu plus longuement sur le *p* : j'ai cru un instant que clarinette commençait par cette lettre. « Mais non, ai-je pensé, ce n'est que l'initiale du mot piano. » J'ai essayé de me consoler en me disant que beaucoup de personnes étaient peut-être dans l'ignorance du nom de cet instrument mais qu'elles ne le savaient pas, n'ayant pas essayé de se le rappeler. « Il regagnera ma mémoire quand j'aurai cessé de le chercher. » Mais il est difficile de faire abstraction du vide laissé par un mot absent, il devient vite considérable : les trous de mémoire sont des gouffres qui peuvent vous engloutir tout entier.

Ayant perdu le mot clarinette dans ma chambre, j'ai eu la conviction pendant un long moment que c'était forcément l'endroit où je devais le retrouver. Mais peu à peu il m'est apparu que les dimensions réduites de mon logement formaient un obstacle à ma réflexion et que ses murs blancs ne pouvaient m'être d'aucun secours. J'ai pris ainsi la décision de poursuivre ma quête à l'extérieur et j'ai quitté ma chambre. Je voyais des clarinettes partout : les baguettes de pain de la boulangerie, exposées dans des paniers en osier, étaient des clarinettes ; les feux de signalisation étaient fixés sur des clarinettes ; les manches des parapluies, car il pleuvait, étaient des clarinettes. Mais je ne parvenais toujours pas à me remémorer le mot effacé. J'ai parcouru la modeste rue Juge où j'habite, j'ai tourné à gauche dans la rue Violet, qui n'est guère plus animée, j'ai débouché, non sans espoir, sur le boulevard de Grenelle : le pont aérien où passe le métro était soutenu par des clarinettes. À l'angle de ce boulevard et de l'avenue de La Motte-Picquet, à la terrasse du café Le Pierrot, un homme fumait une clarinette. L'idée m'a effleuré d'arrêter un passant pour lui demander le nom de l'instrument comme on demande son chemin, mais je ne voulais pas admettre ma défaite. L'avenue de La Motte-Picquet m'a conduit au Champ-de-Mars, qui fait face à l'École militaire : à l'autre extrémité de cette esplanade, à la place de la tour Eiffel, se dressait une gigantesque clarinette. J'aurais probablement fondu en larmes si un vieux touriste asiatique ne m'avait confié au même moment qu'il voulait se rendre à l'aérogare des Invalides. J'avais beau savoir qu'elle était toute proche, j'ai été incapable de lui indiquer la direction qu'il devait prendre. C'est bien à cette aérogare que je prenais autrefois le car pour Orly, au temps où les avions pour la Grèce partaient de cet aéroport. « Je finirai par tout oublier », ai-je pensé pendant que l'Asiatique s'adressait à une jeune fille. Je me suis demandé si l'instrument dont je cherchais si désespérément le nom était connu en Asie.

J'ai éprouvé le besoin de te faire part de mon désarroi. Me comprendrais-tu ? Tu avais une excellente mémoire, tu te souvenais de plusieurs dizaines de numéros de téléphone par cœur, alors que je n'en ai jamais retenu plus de trois ou quatre. Tu connaissais mes livres bien mieux que moi : tu me rappelais parfois que j'avais déjà raconté dans un autre de mes textes telle anecdote, telle scène.

– Tu es sûr ? m'étonnais-je.

Tu ne te trompais pas. Peut-être pour donner un sens à ma défaillance, j'ai imaginé que l'oubli pourrait être le sujet de mon prochain roman. Mais ce n'était pas le moment d'y penser car je n'avais pas encore fini le précédent, où les souvenirs de mon enfance occupaient une place considérable. Il faut dire que c'étaient des souvenirs à moitié inventés, qui ne m'avaient coûté aucun effort de mémoire. « Quand j'aurai retrouvé le mot qui m'échappe je le ferai tatouer sur mon bras, comme ça il ne m'échappera plus. » J'ai continué à espérer, pendant le trajet, qu'il surgirait tout seul du fond de ma mémoire, j'ai même rêvé que des musiciens entraient dans le wagon, l'un d'eux jouant de l'instrument sans nom. Mais pour une fois aucun musicien ne s'est présenté.

On était à la fin de 2011, au mois de novembre je crois. Tu avais affronté vaillamment les nombreuses séances de radiothérapie qu'on t'avait infligées à la suite de la première opération, tu n'avais pas perdu encore un seul de tes cheveux, tu allais si bien qu'on pouvait penser que tu t'étais tiré d'affaire. Certes tu ne pouvais pas parler, mais on savait que tôt ou tard tu retrouverais la maîtrise de tes cordes vocales. Tu avais repris ton travail aux éditions. Comme ton rôle consistait avant tout à écouter les autres, ton aphonie ne t'empêchait pas de recevoir du monde. Tu t'efforçais de temps en temps de dire un mot, mais il restait accroché au fond de ta gorge. Tu prononçais des mots informes, tu me faisais penser aux tentatives de communication des premiers hommes qui avaient précédé l'invention du langage. Tu as écrit le mot clarinette sur un bout de papier. J'ai fait le tour de ton bureau pour t'embrasser sur les deux joues, réaction qui t'a un peu surpris. J'étais en pleine euphorie (comme tu vois, je continue de militer pour l'extension de l'usage des mots grecs en français), c'est même à cet état que j'attribue la scène que j'ai entraperçue alors : j'ai imaginé que le mot clarinette me revenait à l'esprit dans un grand stade bondé, pendant la minute de silence observée par les spectateurs en hommage à un footballeur récemment mort sur le terrain. Je t'ai aussitôt raconté cette scène. Tu as noté sur le même papier : « C'est un beau titre, *La Minute de silence*. »

– *La Clarinette* aussi, t'ai-je fait remarquer.

Tu en es convenu en inclinant la tête. Ainsi je disposais déjà de deux titres pour un livre dont je n'avais pas encore la moindre idée. Est-ce que la mémoire était à tes yeux un bon sujet de roman ? Tu as récupéré le papier, où tu as ajouté en majuscules le prénom Paul. Je suis resté quelques instants interloqué car il ne me rappelait rien. Tu m'observais en souriant. Soudain je me suis souvenu d'un personnage à qui j'avais attribué ce nom et qui perdait totalement la mémoire au point d'oublier jusqu'aux traits de son propre visage. C'était un immigré né en Serbie qui exerçait en France le métier peu exaltant de représentant de commerce.

– Tu crois que je suis en train de devenir un personnage dont j'ai déjà raconté l'histoire ?

Tu as haussé les épaules. Le héros en question me ressemblait, bien sûr, je l'avais imaginé à l'époque où je m'étais le plus éloigné de la Grèce, où je craignais de perdre jusqu'à l'usage de ma langue maternelle. Mais j'avais depuis longtemps surmonté cette anxiété en écrivant tantôt en grec tantôt en français et en me traduisant dans les deux langues.

– Je suis sûr qu'il ne m'est jamais arrivé par le passé d'oublier un mot tel que clarinette.

Tu as ouvert ton agenda et tu m'as indiqué le nom et le portable d'un neurologue qui exerçait à la Pitié-Salpêtrière. Puis tu m'as posé, toujours par écrit, cette question : « *Tu as des nouvelles de Grèce ?* »

Je n'en avais pas vraiment : la Grèce n'était pas au cœur du roman que j'étais en train d'écrire. Il m'était à la fois impossible de ne pas évoquer la situation du pays, mon narrateur étant grec, et impossible de m'y attarder: mon récit devait se dérouler pour l'essentiel dans le jardin du Luxembourg et s'achever dans le sous-sol parisien. J'avais mis à profit mon séjour en Grèce l'été précédent pour rassembler quelques renseignements sur la crise économique, mais je n'en avais pas étudié les causes, je ne m'étais pas approché non plus de ceux qui en souffraient le plus. J'avais pu néanmoins évoquer le mouvement de protestation des indignés d'Athènes contre la mainmise de la « troïka » – comme il est convenu d'appeler le groupe des inspecteurs représentant la Commission, la Banque centrale européenne et le Fonds monétaire international – sur le gouvernement grec, ainsi que la vague de suicides que les premières mesures d'austérité avaient déclenchée. L'influence croissante du parti néonazi Aube dorée me faisait songer à cette autre période douloureuse que le pays avait connue sous la dictature des colonels et que j'avais très peu commentée dans mes écrits malgré le rôle déterminant qu'elle avait joué dans ma vie: c'est ce régime en effet qui m'avait convaincu de m'installer à Paris à la fin des années 60. Je n'en ai parlé que longtemps après sa chute, dans mon sixième livre je crois, pour regretter de ne pas l'avoir fait plus tôt. Mes premiers romans, écrits en français, avaient un caractère plutôt joyeux: étais-je étourdi par la découverte de la vie parisienne? À vingt ans et quelques j'étais davantage enclin à rire qu'à pleurer. Ce n'est qu'en renouant le dialogue avec ma langue maternelle, à laquelle j'avais pratiquement renoncé pendant dix ans, que j'eus la première fois les larmes aux yeux.

Le besoin de rentrer en Grèce que j'ai ressenti en

terminant ce roman était d'autant plus vif que l'insouciance dont j'avais fait preuve à l'époque des colonels continuait à me peser. Rien par ailleurs, comme je l'ai dit, ne me retenait à Paris : j'avais le sentiment d'en avoir fait le tour, surtout après avoir exploré ses fonds souterrains. Pas un instant donc je n'ai envisagé d'écrire ce livre en français. Il m'a fallu un certain temps pour réaliser que j'avais besoin de te parler et qu'il était absurde de m'adresser à toi dans une langue que tu ne pouvais comprendre. Le grec nous aurait éloignés l'un de l'autre, or je souhaitais me rapprocher le plus possible de toi, comme à la clinique Jeanne-Garnier, lorsque je t'avais pris dans mes bras pour t'aider à te redresser dans ton lit, ensuite à mettre les pieds par terre, t'en souviens-tu ? Et puis, si je dois prendre congé de la France, il me paraît plus élégant de le faire dans sa langue que dans la mienne. Me brouillerai-je aussi avec le français un jour ? Je ne compte pas me séparer du *Grand Robert* : je possède un deuxième exemplaire de ce dictionnaire, que j'ai installé dans ma bibliothèque à Athènes. Il connaît tant de mots grecs qu'il me paraît tout à fait heureux à cet endroit.

Tu n'aimais guère voyager, pourtant tu étais souvent venu en Grèce, parfois accompagné, souvent seul. Je me souviens de ton premier séjour : tu étais pressé de prendre des habitudes comme pour te consoler du dépaysement. Tu avais tout de suite adopté la pâtisserie Dolce (elle a changé récemment de propriétaire et de nom), la brasserie La Citerne, le café italien Da Capo, un restaurant en bord de mer qui portait curieusement un nom anglais : Jimmy and the Fish. Tu lisais tous les matins les journaux français que tu te procurais toujours au même kiosque de la place de Colonaki : d'une certaine façon tu ne quittais jamais tout à fait Paris. Tu es resté fidèle à l'hôtel qui t'avait accueilli la première fois, le Saint-Georges sur le mont Lycabette : est-ce parce qu'il offre une vue imprenable sur le Parthénon ? L'Antiquité ne te fascinait guère. Tu avais bien consenti une fois à grimper sur le rocher de l'Acropole, mais c'était pour faire plaisir à tes plus jeunes fils. Hélas, le monument était fermé ce jour-là : tu n'avais été que moyennement déçu.

Tu connaissais aussi ma deuxième adresse sur la baie de Yannaki, au lieu dit Les Câpres, dans l'île de Tinos. Il y a effectivement beaucoup de câpriers qui poussent sur le promontoire rocheux où est bâtie ma maison. Là tu perdais forcément tous tes repères : il n'y a rien, hormis ces rochers qui ne sont fréquentés que par des chèvres. Tu passais le plus clair de ton temps à l'unique taverne de l'endroit, qui se trouve à cinq cents mètres de la maison, plantée au milieu de la plage. Je me souviens que tu t'impatientais parce que personne ne respectait l'heure que tu avais fixée pour le déjeuner, ni Maria qui était censée s'occuper de tes enfants et qui se réveillait longtemps après eux, ni tes enfants qui répugnaient à sortir de l'eau, ni moi qui avais des conversations bien trop longues à ton goût avec les autochtones, ni même le personnel de l'établissement : le poulet grillé que tu avais commandé pour midi quarante-cinq n'arrivait jamais avant une heure trente. Tu me faisais songer à un chef de gare un jour de grève. Tu ne reprenais une vie à peu près normale qu'à la fin du jour : tu passais alors un nombre impressionnant de coups de téléphone qui t'occupaient jusqu'à tard dans la nuit. Tu te levais cependant avant moi : je te trouvais toujours sur la terrasse, installé devant la table de pierre, en train d'écrire dans un petit carnet Rhodia à reliure orange.

– Tu écris ?

– Je prends quelques notes, disais-tu.

J'écrivais aussi : j'avoue que j'étais passablement perturbé par ta présence. Sachant que tu serais mon premier lecteur, j'essayais d'anticiper ton jugement, je passais davantage de temps à me corriger qu'à écrire.

– Tu ne crois pas que tu as déjà développé cette idée ailleurs ? me soufflais-tu à l'oreille.

Je plongeais dans des abîmes de réflexion.

– Peut-être bien, admettais-je.

Pendant que tes pas résonnaient dans le couloir, j'effaçais à la gomme les quatre dernières lignes.

Je ne crois pas néanmoins que tu aies été malheureux à Tinos. J'en ai eu la confirmation en lisant ton dernier livre, où tu évoques la Calabre de tes vacances d'adolescent, ses plages et ses rochers : tu as composé ce texte alors que ton état empirait. L'horizon qui s'assombrissait t'a remis en mémoire les moments les plus lumineux de ta vie. Ton livre ressemble à un soleil radieux qui se lève au milieu de la nuit. Je suppose que Tinos devait te rappeler un peu la Calabre.

Tu avais été présent à une soirée donnée par l'ambassade de France à Athènes en mon honneur : tu avais été stupéfait en reconnaissant parmi la foule des invités le cinéaste Jules Dassin à qui tu vouais une vive admiration.

– Mais c'est Jules Dassin! ne cessais-tu de répéter. Le réalisateur des *Forbans de la nuit*!

Tu avais fini par lui parler. C'était un homme affable aux cheveux argentés qui avait renoncé au cinéma : il se consacrait entièrement à la tâche laissée inachevée par Mélina Mercouri, son épouse décédée, qui consistait à rapatrier en Grèce les hauts-reliefs des frontons du Parthénon exposés au British Museum.

– J'ai l'intuition que les Anglais ne les rendront jamais, t'avait-il confié.

– C'est un scandale! avais-tu protesté avec force, comme si la restauration du Parthénon était le principal de tes soucis.

Peut-être ai-je déjà raconté cette anecdote quelque part, mais qui pourra me le dire désormais?

Tu avais été curieux de connaître mes amis grecs : je te les avais présentés dans un restaurant de la rue de l'Université. J'avais eu l'agréable sensation ce soir-là que Paris et Athènes s'étaient singulièrement rapprochées, que mes deux vies ne faisaient plus qu'une. Nous avions surtout parlé en anglais. Un de mes amis, Yorgos, avait voulu s'assurer que tu serais vraiment présent à mes côtés si j'avais des ennuis en France.

– Bien sûr, avais-tu répondu.

Alors il s'était levé et t'avait serré dans ses bras. Vous découvriez un peu plus tard que vous étiez nés tous les deux un 3 mai, lui avec sept années d'avance sur toi. Il y avait aussi quelques femmes à ce dîner. Tu avais pris le téléphone de Pénélope.

Tu avais rencontré également mon éditrice, Magda. Elle voulait publier un de tes livres, celui que tu as consacré à ta mère. Elle m'avait même proposé d'assurer sa traduction, ce que j'avais accepté volontiers, malgré mon manque d'expérience : je n'avais jamais traduit que mes propres textes. Mais je te devais bien ça, n'est-ce pas ? À ma connaissance, un seul de tes romans avait été traduit en grec, un des tout premiers, *Affaires étrangères*, qui avait obtenu le prix Renaudot. Malheureusement Magda a dû renoncer à ses activités à la suite d'un accident vasculaire cérébral qui s'est produit à peu près au moment où tu as découvert le mal qui te rongeait. Elle a retrouvé peu à peu l'usage de ses membres, mais elle ne parle toujours pas. Elle reconnaît les gens, manifeste le plaisir qu'elle a à les voir, cependant toute conversation avec elle est impossible. Elle essaie de répondre aux questions qu'on lui pose, tente de formuler quelques mots, puis s'arrête brusquement, exaspérée : ses mots ne sont pas reconnaissables, elle parle une langue qui n'existe pas. Une fois cependant, quand je lui appris que son plus vieil auteur, âgé de quatre-vingts ans, avait une liaison avec une correctrice d'une cinquantaine d'années, elle a réagi comme elle l'aurait fait avant son accident. Elle a dit :
– Ah bon ?
Sachant que les langues étrangères activent une autre région du cerveau que la langue maternelle, j'ai tenté l'expérience de lui parler en français. Elle connaît bien cette langue, elle a vécu à Paris à l'époque de la dictature. J'ai bien eu l'impression qu'elle me comprenait mieux qu'en grec, toutefois elle n'a pas réussi à me répondre. Elle était retournée à Paris à l'occasion des obsèques

de Jorge Semprun qu'elle avait fait connaître en Grèce. Était-elle amoureuse de lui ? Elle a passé du temps assise sur un banc en face de sa maison. La veille de son départ elle a eu un malaise qui était peut-être un avertissement, mais elle n'en a pas tenu compte. Est-elle devenue une autre personne ? Elle dévore les pâtisseries avec une extraordinaire avidité, elle qui ne les aimait pas du tout avant. Elle continue cependant de fumer : son frère, qui vit avec elle et qui a repris la maison d'édition, consent à lui donner de temps en temps une cigarette. Quand il a le dos tourné, elle s'empare de son paquet et lui en vole une ou deux qu'elle glisse dans la poche de sa robe de chambre. Elle fait cela devant mes yeux : elle sait que je l'approuve. Elle ne se teint plus les cheveux, qui sont tout blancs.

– Magda n'est plus qu'un fantôme, m'a dit Arghyris, son frère.

L'accident de sa sœur l'a obligé à changer de vie : il était installé à Salonique et gagnait sa vie comme régisseur de théâtre. Peut-être réaliserai-je avec lui le projet de publier ton livre.

J'étais en Grèce à la fin de l'été 2011 quand, à la suite d'une grosse fièvre, tu as enfin accepté de passer cette radio des poumons que tu remettais depuis des années. Avais-tu quelque raison supplémentaire de l'appréhender en dehors du fait que tu fumais beaucoup ? J'avais subi le même examen deux ou trois mois plus tôt, non sans crainte naturellement : on m'avait détecté un emphysème. Mes poumons étaient apparemment dans un état pire que les tiens, je m'essoufflais au bout de quelques mètres, toussais comme un possédé, ce qui me paraissait bien normal étant donné que ma vie de fumeur, comme ma vie tout court, comptait dix ans de plus que la tienne. Tu redoutais cependant plus que moi les endroits fermés où l'on risque de manquer d'air. Tu avais été choqué lorsque je t'avais annoncé mon intention d'explorer les anciennes carrières de Paris.

– Certains boyaux sont si exigus qu'il faut ramper pour les traverser, avais-je insisté pour t'épater.

Je n'avais réussi qu'à t'écœurer. Tu m'as donc appris la mauvaise nouvelle par téléphone. Tu as bien prononcé le mot « cancer », mais en le privant de son poids, d'une façon détachée. Tu voulais déjà te soustraire aux manifestations de compassion que suscite habituellement ce mal. Tu étais déterminé à guérir.

Ta résolution de ne plus fumer m'a davantage impressionné que le mot cancer. J'ai essayé d'imaginer ton bureau sans le paquet de cigarettes Merit qui était posé en permanence à côté du téléphone. Quand j'ai réussi à l'éliminer et que j'ai tourné les yeux vers toi, j'ai constaté qu'un inconnu était assis dans ton fauteuil. J'ai songé à la cartouche de Merit que je t'achetais à l'aéroport d'Athènes où elle coûtait moitié moins cher qu'à Paris. Qu'allais-je désormais t'apporter en rentrant de Grèce ? De l'huile d'olive, peut-être ? J'ai compris que je ne pourrais plus fumer devant toi. Est-ce que l'absence de fumée changerait quelque chose à nos conversations ?

J'ai gardé les yeux sur mon téléphone longtemps après la fin de la communication, comme si j'attendais un nouvel appel qui annulerait le précédent.

J'ai conservé le petit papier où tu avais griffonné quelques mots quand tu ne parlais pas. Je l'ai rangé, plié en deux, dans mon portefeuille, derrière ma carte de séjour. Peut-être n'ai-je jamais demandé la nationalité française parce que je prévoyais que je finirais par rentrer en Grèce. Je consulte de temps en temps ce papier, il me rappelle que je me suis promis d'écrire un roman sur la mémoire et sur mon pays, qui pourrait s'intituler *Une minute de silence* ou bien *La Clarinette*. J'ai l'illusion que tu continues à te soucier de mon travail.

Tu ne songeais pas encore, au début de 2012, à écrire sur ta maladie. Ton aventure semblait terminée. Tu avais retrouvé ta voix, tu recommençais à sortir le soir. Nous dînions Chez Bébé, dans ton quartier, parfois tu traversais Paris pour venir à La Gauloise, avenue de La Motte-Picquet. Tu aimais bien cet établissement un peu provincial qu'affectionnait jadis François Mitterrand. Ses murs sont couverts de photos de célébrités. Nathalie nous attribuait habituellement une table un peu à l'écart, placée sous le portrait d'Alain Delon coiffé d'un panama. Quelques mois plus tard, quand ton état s'est aggravé et que tu as commencé à perdre tes cheveux, Olga, ta dernière compagne, t'a acheté un chapeau semblable. Nathalie était charmante. Je lui ai expliqué qui tu étais.

– Vous devriez le prendre en photo, c'est un grand écrivain !

De quoi parlions-nous ? Tu me soutenais que les deux gaillards blonds qui dînaient au bout de la salle étaient d'anciens footballeurs du CSK Moscou reconvertis dans l'espionnage industriel.

– Ils périront dans l'incendie d'une grange en Irlande, prévoyais-tu.

Tu m'as annoncé subitement que tu allais m'offrir un

nouveau matelas. Quand t'avais-je dit que je dormais mal sur le mien ? Tu as balayé mes objections.

– C'est important de bien dormir, as-tu conclu.

Un grand rideau rouge masquait le fond du restaurant : il me faisait penser à ta mère et à mon père puisqu'ils étaient tous les deux comédiens. « Nous sommes aussi des comédiens, me disais-je, à cette différence près que nous jouons nos propres textes. »

– Vous ne manquez de rien ? nous questionnait réguliè-rement Nathalie.

Tout allait pour le mieux. Mme Jardin, qui examinait mes artères tous les six mois dans un centre d'explora-tions vasculaires situé près du métro Argentine, était pleinement satisfaite de moi. J'avais abandonné depuis longtemps mes béquilles. Je les avais laissées dans la cour de mon immeuble, je les voyais de ma fenêtre du cinquième étage. Puis un jour elles ont disparu. J'avais pu descendre à quatre reprises dans les galeries des anciennes carrières. L'accès n'était pourtant pas facile : il fallait, après avoir soulevé un tampon de soixante-dix kilos, se glisser dans un puits profond de vingt mètres, au moyen de barreaux formant une sorte d'échelle. Bien entendu, je ne m'étais pas lancé seul dans ces expéditions, mais avec Gilles, un employé de la Ville de Paris qui ne travaille pas à l'inspection des carrières, mais qui passe néanmoins tout son temps libre dans le sous-sol, auquel il a consacré plusieurs ouvrages. C'est lui que les producteurs américains contactent en premier quand ils envisagent de tourner une scène dans les carrières. Il est le roi du Paris souterrain, un prince des ténèbres.

J'admets que j'avais du mal à le suivre dans les galeries.

Parfois je l'interrogeais au sujet d'une inscription gravée sur une paroi juste pour l'obliger à s'arrêter un instant. Nous portions tous les deux des lampes de mineurs sur le front et des bottes en caoutchouc. Le moindre de nos mouvements de tête faisait surgir du néant un autre banc de calcaire interminable, un autre tunnel sans fin, ou bien une rangée de piliers de contournement gros comme des troncs de vieux arbres. Je me figurais que j'étais à l'intérieur de ton corps et que je traquais le mal qui te rongeait. Mais je n'ai croisé aucune créature redoutable, pas même un rat. Cette constatation m'a rassuré, alors qu'elle aurait dû m'alarmer car c'est un lieu privé de vie.

J'avais déjà visité les carrières vingt ans auparavant, afin d'évoquer l'équipée des pensionnaires d'un cimetière parisien qui creusent des galeries en vue de s'évader par les couloirs du métro : mais cette première exploration, accomplie avec l'assistance de l'Inspection des carrières, avait été trop courte : j'avais besoin de mieux connaître le sous-sol pour écrire la fin de mon dernier livre.

À l'issue de ma dernière visite, lorsque j'ai retrouvé l'air libre en sortant d'une bouche d'égout boulevard Saint-Michel, je me suis senti très fier de moi. C'était un samedi après-midi. Je n'aurais pas été surpris si la foule des promeneurs m'avait acclamé, si elle m'avait porté à bout de bras jusqu'à la fontaine Saint-Michel où j'aurais pu me rafraîchir un peu. J'étais couvert de la tête aux pieds d'une boue blanchâtre. Je devais ressembler à une statue. Malheureusement les promeneurs m'ont à peine regardé. M'ont-ils pris pour un égoutier ? Une espèce de clochard ? Les promeneurs athéniens sont-ils plus attentifs à ce qui se passe autour d'eux ? Il me semble néanmoins que la capacité d'indifférence des Parisiens est incomparable. Je n'étais pas loin de penser alors que l'achèvement de mon livre coïnciderait avec le terme de ma vie parisienne. Qu'y a-t-il d'autre à connaître d'une ville dont on a fini par percer l'aspect le plus secret ?

J'ai reçu le matelas une dizaine de jours après cette rencontre à La Gauloise. Il est très épais et très lourd : les livreurs ont eu toutes les peines du monde pour le monter jusqu'au cinquième étage, ensuite sur la mezzanine.

– Faites de beaux rêves, m'ont-ils dit en partant.

Ils ont emporté l'ancien. Je ne peux pas dire que je fais de meilleurs rêves qu'auparavant, mais je dors mieux assurément. Toutes les nuits je te retrouve dans mon lit.

– Qu'est-ce que tu fais là ? plaisanté-je.

Ton dernier livre est resté posé sur le coffre, à côté du lit, où je range mes sous-vêtements. Tu as commencé à l'écrire après ta deuxième opération qui t'a laissé une belle cicatrice au niveau du cervelet. Elle a eu lieu un 21 avril : c'est un jour maudit pour les Grecs car le coup d'État des colonels eut lieu à cette date. Ton opération a éveillé en moi le mauvais souvenir des blindés de l'armée en train de prendre possession des principales avenues d'Athènes. J'ai eu à nouveau très peur. Ton livre est enjoué pourtant. Tu retraces les étapes de ta maladie comme s'il ne s'agissait que d'une mauvaise farce. Tu affrontes le danger comme tous les héros, le sourire aux lèvres. On devine que tu serais très fâché si on s'apitoyait sur ton sort. C'est un récit écrit par un héros de roman. Le ton devient paradoxalement un peu plus grave quand tu restitues les moments les plus heureux de ta jeunesse, celui par exemple où tu plongeais dans la mer de Calabre du haut d'un rocher de trente mètres pour éblouir une bande de jeunes filles en bikini. L'image qui me reste de ton texte est celle d'une magnifique gerbe d'eau soulevée par un plongeur audacieux et qui monte continuellement vers le ciel.

Cela s'appelle *Deux vies valent mieux qu'une* et c'est publié chez Flammarion. Il n'est pas différent de tes autres livres, il est toutefois le premier que j'ai eu du mal à terminer : je me suis arrêté quelques pages avant la fin. Je me suis donné un répit d'une semaine. Je devinais sans doute que c'était le dernier texte de toi que je lisais, qu'il n'y en aurait pas d'autre. Une nuit j'ai pris mon courage à deux mains et j'ai lu la fin. Tu considérais l'écriture comme un jeu : oui, c'est un jeu, mais un peu particulier, où l'on pleure de temps en temps.

Nous ne nous sommes retrouvés qu'une seule fois à La Gauloise après ta deuxième opération. Nathalie t'a vu coiffé de ton panama. Elle a compris ce qui t'arrivait. Cette jeune femme qui te connaissait si peu est une des rares personnes avec qui j'ai envie de parler de toi. Elle nous a encore attribué la table sous le portrait de Delon. Mon fils Alexios est passé prendre un verre avec nous. Tu étais préoccupé par l'avenir de ta maison d'édition : tes assistantes qui prenaient désormais les décisions à ta place n'en faisaient plus qu'à leur tête.

Pendant une longue période nous ne nous sommes plus rencontrés que chez toi, rue Pierre-Sémard, ou à

l'hôpital. Qui était Pierre Sémard? L'as-tu jamais su?
La rue qui porte son nom part du square Montholon
et monte en pente douce vers le nord. Tu es tombé une
fois dans cette rue, en heurtant un pavé mal enfoncé.
Les médicaments qu'on t'administrait alors te faisaient
apparemment plus de mal que de bien, minaient tes forces
à vue d'œil. J'essayais d'évaluer le temps qui s'écoulait
entre le moment où je sonnais à la porte de ton appartement et celui où tu venais m'ouvrir : j'avais l'impression
que tu tardais de plus en plus à te manifester. Une fois
cependant tu as ouvert sans me laisser le temps de sonner,
comme pour dissiper mes craintes. Ton appartement
était beaucoup trop grand pour toi tout seul : tu l'avais
choisi initialement en vue d'accueillir Olga et son fils
et d'héberger périodiquement tes propres enfants. Mais
tu t'étais séparé d'Olga au bout d'un an, et tes enfants ne
passaient plus que rarement la nuit chez toi. Toi-même
tu l'occupais sans grande conviction, il était à peu près
vide, tu paraissais même agacé par la longueur du trajet
qu'il t'imposait quand tu voulais te rendre aux toilettes
ou à la cuisine. Le salon n'était occupé en tout et pour
tout que par deux modestes bibliothèques, un appareil de
télévision, un fauteuil et un canapé rouge à deux places,
aussi petit que celui que je possède rue Juge. Nous nous
asseyions sur le canapé. De temps en temps je me levais
et je parcourais l'espace de long en large, peut-être pour
essayer de lui insuffler un peu de vie. Tes bibliothèques
n'étaient pas trop chargées, on aurait dit des bibliothèques
d'étudiant. Il n'y avait ni tes livres, ni ceux de tes auteurs.
Il y avait en revanche un grand nombre de photos de tes
enfants, prises en vacances pour la plupart : Gabriel, Dina,

Armand, Tom et Alphonse avaient l'air aussi insouciant que tu as pu l'être autrefois en Calabre. Mais c'est un autre cliché qui me fascinait, celui posé sur le marbre de la cheminée, devant la grande glace, un cliché très ancien en noir et blanc, où on te voyait en compagnie de quelques-uns de tes amis de l'époque dans une barque à fond plat, sur un étang. Il me rappelait notre première rencontre : tu avais sur la photo le même âge que lorsque je t'avais connu, à peine vingt ans je veux dire. En levant un peu les yeux, je te voyais encore, mais dans ton canapé : tu étais en train de consulter les messages que tu avais reçus sur ton portable. J'ai calculé que trente-huit ans séparaient ces deux images.

À vingt ans tu avais deux romans à ton actif, mais aucun encore en tant qu'éditeur. Tu venais d'être engagé chez Julliard comme conseiller. Le hasard a donc fait que le premier livre dont tu as obtenu la publication a été mon premier roman. Il faut croire que tu possédais déjà l'art de convaincre, car c'est le genre d'ouvrage qui aurait très bien pu rester au fond d'un tiroir. Je parle beaucoup de ce livre dans mon dernier roman pour me plaindre qu'il n'ait jamais été réédité : je cherche à faire rire à mes dépens comme aux dépens de tous les auteurs, qui sont comme tu le sais d'affreux râleurs. J'ai été stupéfait lorsque tu m'as annoncé que tu allais bel et bien le ressortir dans ta collection. Avais-tu pris pour argent comptant mes récriminations ? As-tu éprouvé de la nostalgie pour cette époque lointaine que perpétuait la photo sur la cheminée ? Le fait est qu'une de tes dernières initiatives d'éditeur fut une confirmation de la toute première. Je t'ai promis comme tu me l'as demandé que je ne changerais pas un mot au texte original, que je ne le relirais même pas. Peut-être le voyais-tu comme une vieille photo qu'il est indécent de retoucher. Il avait paru en 1974, quelques mois après la fin de la dictature. Mais je ne songeais pas encore à reprendre contact avec ma langue maternelle. Alexios venait de naître. Paris me passionnait toujours. Ce livre est le seul que je n'ai pas traduit en grec. Peut-être le vois-je aussi comme une vieille photo.

Je reprenais ma place sur le canapé sans perdre pour autant de vue la photo en noir et blanc. Qui étaient donc ces compagnons ? Avais-tu gardé un contact avec eux ? Savaient-ils que tu étais malade ? Devais-je me mettre à leur recherche pour leur donner de tes nouvelles ? Étaient-ils tous en vie d'ailleurs ? La barque à fond plat me faisait songer à celle qu'utilise Charon pour conduire les morts aux Enfers, à travers le Styx. Dans un de mes livres scolaires figurait une illustration représentant cette traversée : je savais que Charon possédait une longue barbe et qu'il chargeait énormément son embarcation, par appât du gain, car il faisait payer chaque passager.

– Ils vont périr noyés au milieu du fleuve, avais-je dit en montrant l'image à mon voisin de classe qui s'appelait Thomas Sitaras.

– Mais non, m'avait-il rassuré, ils ne peuvent pas se noyer car ils sont déjà morts !

Thomas était un garçon intelligent, que j'ai complètement perdu de vue à la fin de l'école primaire. Je n'ai plus eu de ses nouvelles que tout récemment, par une femme de soixante-dix ans environ, que j'ai croisée au petit théâtre qu'animent Dimitris et sa femme Photini.

– Savez-vous qui je suis ? m'a-t-elle annoncé en souriant.

La femme de Thomas Sitaras, votre camarade d'antan.
Il m'a souvent parlé de vous !

J'ai été quelque peu déçu en découvrant que Thomas,
qui n'avait toujours que dix ans dans mon esprit, s'était
marié avec une femme aussi âgée, qui aurait très bien
pu être sa grand-mère.

Ta maladie avait entraîné une nette augmentation du
nombre des coups de téléphone que tu recevais et avait
rendu tes interlocuteurs encore plus bavards qu'ils ne
l'étaient.

– Ils pensent que je suis plus disponible que par le
passé, étant donné que je ne travaille plus, et mieux à
même, après ce qui vient de m'arriver, de compatir à
leurs malheurs.

Mais la fatigue avait eu raison de ta patience légendaire.
Le plus souvent tu ne répondais pas, tu te contentais de
lire le nom de la personne qui t'appelait sur l'écran de
ton portable.

– C'est encore lui, soupirais-tu. Si je décroche, j'en ai
au moins pour une demi-heure.

Les seules personnes qui avaient le droit d'entendre ta
voix étaient tes enfants et les membres des jurys littéraires,
car c'était une fois de plus la saison des prix. Tu retrouvais
aussitôt toute ton énergie, tu te levais même du canapé,
tu parlais aux jurés en arpentant à ton tour le salon. Tu
essayais de les infléchir en faveur de tes auteurs sans
insister outre mesure, tu préférais la manière indirecte.
Parfois tu t'exclamais :

– Vous ne pouvez pas donner le prix à ce con !

Ton exaltation n'était pas tant motivée par l'argent qui
était en jeu – les prix continuent de faire vendre beaucoup

de livres – que par le plaisir de gagner: tu songeais déjà à la fête que tu donnerais si un de tes auteurs était couronné et qui se terminerait, comme cela avait toujours été le cas, par des chansons. Tu voulais gagner parce que tu avais envie de chanter.

Tu avais placé beaucoup d'espoir dans mon livre, qui était candidat aux deux plus grands prix. Si je gagnais nous serions chacun heureux pour deux: c'est dire que nous courions le risque d'être doublement déçus. Je suivais tes conversations non sans une certaine anxiété. Je croyais tes interlocuteurs capables de me couronner juste pour te réconforter, par amitié pour toi en somme. Tu ne te faisais pas ce genre d'illusion: tu les connaissais mieux que moi. Tu n'étais pas dupe de leurs promesses.

– Il raconte la même chose à tout le monde, disais-tu une fois la communication terminée. C'est un faux cul.

À t'entendre, la proportion de faux culs dans les jurys littéraires était considérable. Nous n'avons eu aucun des grands prix en fin de compte. Tu as donc perdu ta dernière bataille d'éditeur. Mais tu allais en gagner une autre quelques mois plus tard, comme auteur cette fois-ci.

Tu étais en train de vivre la période la plus solitaire de ta vie. Certes, ta fille Dina qui est médecin était prête à venir te voir à tout moment et Olga, qui habitait le quartier, t'apportait ton dîner tous les soirs. Tu recevais aussi la visite d'une psychiatre, ce qui me surprenait car tu n'avais jamais eu beaucoup d'estime pour cette profession.

– De quoi parlez-vous? te demandais-je.

– Parfois nous nous contentons de respirer ensemble, au même rythme.

Elle avait le don de t'apaiser. Je ne l'ai connue pour ma part que bien plus tard, après le voyage que j'ai fait à Noël en Grèce.

Il n'empêche que tu passais seul la plus grande partie de tes journées. C'était ton choix : tu tenais absolument à finir le texte que tu avais commencé. Où trouvais-tu la force d'écrire ? Je suppose que tu la puisais dans les mots mêmes. Ils connaissaient forcément tes livres : les mots sont nos premiers lecteurs, n'est-ce pas ? Je veux croire qu'ils te faisaient la fête quand tu te mettais au travail, qu'il régnait sur ta table une atmosphère de kermesse. Tu écrivais dans une pièce attenante au salon, encore plus vide puisqu'il n'y avait qu'un siège de bureau et ta table qui était de verre de sorte qu'on la voyait à peine. On avait l'impression que tes papiers flottaient dans le vide. Elle n'avait que trois murs, cette pièce, celui du fond étant remplacé par une jolie verrière. À travers elle on voyait les appartements de l'immeuble d'en face, que seule une cour intérieure séparait du tien et qui étaient abondamment éclairés le soir : on pouvait très bien suivre les activités de leurs occupants, d'une multitude d'enfants de tous âges et de leurs parents. Je me disais que chaque appartement était un chapitre de ta vie, puisque tu avais vécu avec plusieurs femmes et que tu avais eu à t'occuper d'un grand nombre d'enfants, les tiens et ceux de tes compagnes, que tu étais à la fois l'homme qui prenait sa douche au troisième, celui qui surveillait le four à micro-ondes au quatrième et l'individu qui, monté sur un escabeau, fouillait un placard au rez-de-chaussée. Les chambres de bonnes du cinquième étaient plongées dans le noir à l'exception d'une seule qui baignait dans la lueur bleutée d'un appareil de télévision. « C'est ma chambre, pensé-je. Je suis en train de regarder le journal de vingt heures. » Tu te désintéressais pour ta part de ce spectacle. Tu n'avais d'yeux que pour tes médicaments, qui étaient alignés sur le marbre de la cheminée, puisque cette pièce aussi possédait une cheminée, et que tu choisissais avec la plus grande attention, en consultant l'ordonnance de ton médecin qui était également posée sur le marbre. Elle était entièrement remplie de minuscules signes comme les pages de ton manuscrit. Il ne m'en fallait pas plus pour croire que c'était une fausse ordonnance que tu avais toi-même rédigée et que ta maladie n'était en somme qu'une invention de romancier. Pourtant les cachets que tu sélectionnais avaient l'air de vrais médicaments. Je n'ai retenu le nom que d'un seul, l'Imovane.

– Tu n'es pas malade, en fait, te disais-je. Tout cela n'est qu'une vaste comédie.

– C'est ce que je me tue à te répéter, répondais-tu.

Nous dînions dans la cuisine. Olga s'en allait après avoir mis la table et chauffé les plats. Croyait-elle que nous avions des secrets à échanger ? De toute façon elle devait s'occuper de son fils aussi. Elle s'était séparée de son mari après t'avoir rencontré, mais votre tentative de cohabitation avait échoué, à cause de ce fils justement qui t'agaçait. Toute la place, dans ton cœur, était prise par tes propres enfants. La quasi-totalité de tes romans, qui sont plus d'une vingtaine, leur sont dédiés. Le dévouement de la belle Olga me faisait songer aux gentilles infirmières des films de guerre américains. Espérait-elle ressusciter votre liaison passée ? Elle avait cela en commun avec toi qu'elle n'aimait pas perdre. Elle n'appréciait pas ta psychiatre qu'elle jugeait envahissante. Elle était passablement jalouse des auteurs femmes que tu publiais.

– Pourquoi persiste-t-il à publier Rachel Carlotti? m'interrogea-t-elle un jour. Elle ne fait que ressasser sa liaison avec sa cousine.

Elle s'était mise à lire beaucoup depuis qu'elle te fréquentait, elle tenait à rattraper son retard car la littérature n'était pas son domaine. Elle m'avait demandé de lui indiquer les œuvres classiques qu'elle devait lire en priorité: je lui avais recommandé, sans trop réfléchir, *Jane Eyre*, *L'Éducation sentimentale* et *L'Île au trésor*.

– Tu es sûr pour *L'Île au trésor*? s'était-elle étonnée.

– Oui, je suis sûr.

Que pensait-elle de tes livres? Ils la déprimaient sans doute puisque tu évoques bien souvent la fin d'une liaison. Ton œuvre est traversée par d'innombrables camions de déménagement. Tu donnes volontiers la parole à un enfant, qui t'adresse mille reproches. Si j'avais à résumer ton œuvre en une seule image, je verrais un petit garçon courant derrière un camion de déménagement. Tu écris pour essayer de faire comprendre à tes enfants pourquoi tu n'es plus là. J'imagine que ta mère, qui ne t'a jamais pardonné de l'avoir quittée, devait lire non sans satisfaction le récit de tes autres ruptures.

Tu n'avais jamais eu la curiosité de visiter l'entreprise de tricots d'Olga place des Ternes. Elle essayait pourtant de t'intéresser à son affaire, elle t'en parlait beaucoup, te tenait au courant des nouvelles machines qu'elle avait acquises, de la progression de ses exportations en Asie.

– Nous devrions y aller ensemble, te suggérais-je. Je suis sûr que ses ouvrières gagnent à être connues.

J'avais su qu'elles étaient au nombre de vingt-deux. Je songeais que je n'avais connu que deux ouvrières dans ma vie, l'une à Lille et l'autre à Paris, ce qui me paraissait bien insuffisant. J'étais tenté d'ajouter à cette maigre liste les quatre couturières en marbre qui ornent le square Montholon : je les connaissais parfaitement puisque je m'arrêtais toujours devant elles pour fumer ma pipe. Elles sont habillées à la mode de 1900 et sont coiffées de chapeaux à rubans. L'inscription sur le socle précise qu'elles sont en train de fêter sainte Catherine : elles paraissent bien gaies en effet et même agitées je dirai, à l'exception de la petite fille qui les accompagne, qui tient un bouquet de fleurs devant sa bouche et qui scrute le ciel d'un air songeur. Je pensais à toutes les femmes que tu m'avais présentées, l'une à la Closerie des Lilas, l'autre au café de Flore, une troisième dans un train, la quatrième à Brive, une autre encore à Saint-Malo. Au fur et à mesure que je sollicitais ma mémoire, le square Montholon se peuplait de statues. Il y en avait partout au moment où j'éteignais ma pipe et quittais mon banc, je traversais une foule de statues avant de m'engager dans la rue Pierre-Sémard et de monter chez toi.

Toutes tes liaisons ne donnaient certes pas lieu à des déménagements, certaines n'avaient droit qu'à une chambre d'hôtel, il n'empêche que tu avais changé énormément d'appartements depuis que tu avais déserté celui de ta mère, porte de Champerret dans le 17e. Tu habitais rue Cassini, dans le 14e, quand je t'ai connu, avec ta première femme et tes deux premiers enfants, tu as d'abord déménagé villa Sainte-Croix, puis rue des Fossés-Saint-Jacques, qui fut à mes yeux ta meilleure adresse car elle est située en plein cœur du Quartier latin, en face de l'entrée principale de mon cher jardin du Luxembourg. Mais tu n'y es resté qu'un an, le temps de faire un troisième enfant. Tu n'aimais pas beaucoup la rive gauche chère aux intellectuels et aux héritiers, tu lui préférais la rive droite, moins prétentieuse et plus vivante. Tes deux derniers garçons sont nés rue de Provence, dans le 9e. Je notais scrupuleusement tes adresses successives dans mon répertoire, où elles occupent une page entière, sans en effacer aucune car quelquefois tu éprouvais de la nostalgie pour le foyer que tu venais de quitter. En fait tu n'es jamais revenu en arrière: tes regrets annonçaient simplement ta prochaine rupture. La patronne de l'agence immobilière à laquelle tu t'adressais quand tu avais besoin d'un nouveau logement était devenue ton amie. Tu as évité de pousser plus loin vos relations, car qui se serait occupé de te trouver un appartement une fois que tu aurais pris tes distances avec elle ?

Paradoxalement, tu n'aimais pas partir. Tu ne prenais cette douloureuse décision que sous l'emprise d'une nouvelle passion. Tu ne parvenais à surmonter tes scrupules qu'en état d'ivresse. Tu n'as cessé de rêver à une histoire qui ne finirait jamais comme cet adolescent d'autrefois qui apparaît dans *Deux vies valent mieux qu'une*. Même tes liaisons les plus brèves commençaient comme si elles devaient durer toujours. Tu étais prompt à t'émerveiller.

– Elle est exceptionnelle, tu ne trouves pas ? me disais-tu.

Je crois que tu avais surtout besoin de te raconter des histoires. Tes fiancées étaient à moitié des personnages de fiction, que tu couvrais de vertus imaginaires. Ta vie était plus romanesque que tes romans où comme je l'ai dit tu t'appliques à te dénigrer. J'avais bien entendu du mal à partager tes enthousiasmes. Une de tes conquêtes me paraissait si insupportable que je t'avais conseillé de la pousser dans la fosse du métro. Mais tu ne prenais pas le métro. Tu as quand même vécu six mois avec elle, rue du Théâtre, ou bien rue de Grenelle. Je me souviens d'un dîner rue de Grenelle où je t'avais présenté une amie allemande auteur d'un livre sur les îles grecques : tu l'avais trouvée magnifique. Tu ne tarissais pas d'éloges sur mes propres amies également.

Tu avais d'autant plus de mal à rompre une liaison que tu te croyais incapable de vivre seul. Est-ce la crainte de la solitude qui te rendait si vulnérable aux apparitions ? Tu n'avais jamais vécu seul avant ta rupture avec Olga. Ton dernier livre est le premier que tu as écrit dans un appartement totalement silencieux. Cela se sent à la lecture, confère à ton roman un charme supplémentaire. Cela conforte aussi ma conviction que la qualité des livres dépend de la place qu'ils réservent au silence. La solitude a été ta dernière conquête.

Avant de choisir une nouvelle adresse tu t'assurais qu'il y avait un bon restaurant italien à proximité. Le nom de chacune de tes femmes est ainsi associé dans mon esprit à celui d'un chef italien : Hélène forme une sorte de couple avec Bruno, Michèle avec Alfredo et Olga avec Gigi puisque les plats que nous goûtions dans ta cuisine venaient de chez Gigi. Je suppose que tu avais été initié à la cuisine italienne par ta mère, encore que j'ai du mal à imaginer cette actrice qui eut de l'ambition dans le rôle peu avantageux d'une cuisinière. Dans le livre où tu traces son portrait tu la présentes comme une personne exclusivement préoccupée par sa carrière. Mon père était un comédien plutôt modeste, cependant rien en dehors du théâtre ne l'atteignait. Il était amoureux des lumières, comme ta mère je suppose. Peut-être la cuisine italienne te rappelait-elle ton adolescence ? Le fait est que tu n'aimais qu'elle. En Grèce tu commandais toujours du poulet rôti.

Mon séjour à l'hôpital d'Aix m'avait rendu attentif aux petits plaisirs de la vie. Boire un café au soleil sur le parvis de l'établissement me procurait une joie infinie. Comme je n'étais pas sûr d'être encore là le lendemain je profitais du mieux que je pouvais du présent. Jusque-là le présent n'était qu'un pont qui reliait ma mémoire à mes projets et que je traversais toujours à vive allure. Je remarquais que tu savourais les plats de Gigi avec la même délectation que je buvais mon café à Aix. Tu mangeais en prenant ton temps, tu faisais durer ton plaisir. Tu t'autorisais à boire un peu de vin.

– Mon médecin me l'a interdit mais je l'emmerde.

Nous trinquions. Je garde un souvenir radieux de ta cuisine : je crois que j'ai passé là les derniers moments heureux de ma vie.

– Tu l'as commencé ton livre sur la mémoire ?

Je n'avais encore rien écrit, j'avais cependant déjeuné avec le neurologue que tu m'avais conseillé de voir dans un restaurant grec, Aux Délices d'Aphrodite. Il m'avait appris que vous vous étiez connus à Paimpol un été, peu après la mort de ton père : vous aviez sympathisé car il avait perdu le sien au même moment. Il faisait subir des tests de mémoire à des étudiants en médecine : il leur racontait qu'il avait appris par un membre de leur famille qu'ils s'étaient perdus dans un supermarché quand ils étaient petits. Près de la moitié des étudiants admettaient que cela leur était bien arrivé et, au bout d'un moment de réflexion, prétendaient se souvenir de certains détails de la scène comme par exemple du fait qu'ils avaient volé une tablette de chocolat.

– Selon ton ami, nos souvenirs sont souvent créés de toutes pièces, relèvent de l'affabulation romanesque. Je croyais me souvenir de mes premiers pas, j'en ai même fait le récit dans un de mes livres : eh bien je me trompais. Il paraît que notre mémoire ne retient rien avant l'âge de trois ans et très peu de choses avant cinq ans.

– J'ai toujours pensé que les récits autobiographiques comportaient autant de mensonges que les œuvres de fiction. C'est vrai des miens, en tout cas, que j'intitule romans pour la bonne raison que je mens tout le temps, comme dans la vie. Un mensonge transposé dans un livre n'est peut-être qu'à moitié faux puisqu'on l'a vraiment dit.

Je venais de découvrir que le mot grec *alétheia*, vérité, est composé du *a* privatif et de *léthé*, l'oubli.

– Le Léthé est aussi le nom d'un des affluents du Styx qui marque la frontière avec le royaume des Enfers. Cela signifie, je suppose, que les morts ne se souviennent plus de rien.

– Tu as l'impression de traverser ce fleuve quand tu reviens à Paris ?

J'ai revu brusquement le quai du Pirée lors de mon premier départ pour la France. Mais il n'y avait plus personne autour de moi, ni mes parents, ni mon frère, ni mes amis, aucun être en chair et en os je veux dire, il n'y avait que des ombres qui se pressaient sur les dalles, écartaient les bras comme pour m'embrasser, agitaient des mouchoirs. « Les ombres ont des mouchoirs », ai-je constaté. Je suis resté au milieu d'elles jusqu'au moment où la sirène du bateau a retenti. J'ai saisi alors mes bagages et me suis dirigé vers l'échelle de corde suspendue sur le flanc du navire.

– Si j'éprouve le besoin de rentrer en Grèce, c'est peut-être parce que je suis moins sûr de ma mémoire aujourd'hui qu'il y a vingt ou trente ans. J'ai beaucoup mis à contribution ma mémoire au cours de toutes ces années pour garder le contact avec mon pays. Je pourrais oublier demain des mots bien plus importants que clarinette. Les immigrés font sûrement davantage travailler leur mémoire que ceux qui n'ont jamais quitté leur pays.

– Comment dit-on mémoire en grec ?

– *Mnêmê*.

Nous nous sommes tus un long moment. J'ai vu le mot *mnêmê* tourner autour de l'ampoule électrique puis, comme ébloui par la lumière, se poser sur la vitre de la fenêtre d'où seule la nuit était visible. Pourquoi ai-je songé alors à un grillon que j'avais observé sur la terrasse de ma maison à Tinos ? Il était mourant de toute évidence : ne pouvant plus se servir de ses ailes, il avançait péniblement sur les dalles. Il a tout de même réussi à atteindre un mur sur lequel, après une pause, il se mit à grimper. Il ne parcourut pas plus d'une dizaine de centimètres, après quoi il s'immobilisa. Une heure après il était encore là. Je l'ai touché légèrement sans obtenir la moindre réaction : il était mort, cependant il restait accroché au mur, ses pattes refusant d'admettre l'évidence. Il s'est maintenu à la même place pendant toute une après-midi. Ce n'est qu'en fin de journée que j'ai constaté qu'il était enfin tombé par terre, je l'ai trouvé couché sur le dos.

– Moi je souffre plutôt de ne rien pouvoir oublier. Ma mémoire est encombrée d'une foule de données inutiles, je me souviens des dates de vaccination des enfants, des anniversaires de mariage de mes auteurs, des noms de tous les élèves qui suivaient le cours de théâtre de ma mère. J'ai caressé pour la première fois les seins d'une fille au cinéma Marignan un mercredi à la séance de seize heures.

– Tu ne te rappelles plus le titre du film ?

– Mais si ! C'était *Le Grand Restaurant* avec Louis de Funès !

Où avais-je vécu la même expérience ? Je ne me suis souvenu que du nom de la fille et de ses seins. J'ai cru me rappeler qu'elle portait un soutien-gorge blanc en satin, très agréable au toucher, je ne jurerais pas toutefois de l'authenticité de ce détail.

– Je serais probablement moins malheureux si j'oubliais la Grèce et mes proches qui ont disparu, cependant je n'ai nulle envie de me brouiller avec le passé, t'ai-je avoué. Je dois à ma mémoire de pouvoir encore converser avec ma mère ou mon frère. Je parle moins avec mon père qui était peu prolixe de son vivant. Je ne cherche pas à me souvenir des conversations que j'ai pu avoir avec eux, j'imagine plutôt ce qu'ils diraient au sujet de telle ou telle question qui me préoccupe aujourd'hui. Ils tiennent des propos conformes à leur caractère, à leur culture. Je crois que je sollicite autant mon imagination que ma mémoire quand je m'adresse à eux.

Je n'ai pas jugé utile de te demander si tu avais gardé le contact avec ton père qui était mort quelques années auparavant, car je savais que tu avais à peine connu cet Américain qui vivait dans le New Jersey. J'ai supposé que la mort l'avait rendu à peine plus absent qu'il ne l'avait toujours été. En quelle langue d'ailleurs aurais-tu pu converser avec lui ? Tu parlais mal l'anglais et lui ne connaissait guère le français. Les personnes qui apparaissent dans mes rêves s'expriment toujours dans leur langue : je me réveillerais en sursaut si ma mère m'interpellait en français ou si tu m'apostrophais en grec. Tu avais retenu le mot *alétheia* :

– Je ne comprends pas très bien le sens de cette opposition entre vérité et oubli. S'agit-il d'une vérité extraordinaire surgie joyeusement du néant que personne ne peut ignorer ? D'une vérité de raisonnement ? Est-ce que les amnésiques conservent la capacité de raisonner ?

J'ai décidé de retenir cette question et de la poser au neurologue de la Salpêtrière ou à un autre. « Il y a sans doute des neurologues aussi compétents à Athènes. »

– L'explication est peut-être plus simple. J'ai également découvert que *léthé* a la même racine que *lathos*, l'erreur. L'oubli suggère un égarement, une méconnaissance de ce qui est vrai, de ce qui s'est réellement passé. En grec c'est la chose oubliée qui prend l'initiative de disparaître, de se soustraire à notre vigilance. Nous n'avons pas à nous sentir honteux de nos oublis puisque les choses elles-mêmes s'amusent à se cacher.

– Pour ce qui est du mot clarinette, en tout cas, je le crois parfaitement capable de jouer des tours ! as-tu commenté en souriant.

Tu plaçais tes médicaments l'un à côté de l'autre, sur la même ligne, en laissant un petit espace entre eux. Ils ressemblaient à des points de suspension. Tu les prenais en même temps que ton dessert, que tu savourais avec plus de plaisir encore que les plats. Tu m'avais demandé une fois, juste avant le repas, d'aller te chercher six petits-suisses aux fruits au supermarché du coin : c'était le 15 février 2013. J'ai noté la date sur le carton où tu avais marqué ta commande, craignant sans doute que je ne l'oublie en chemin.

– Qu'est-ce qui résiste le mieux à l'oubli ? t'ai-je interrogé.

Tu n'as pas réfléchi longtemps :

– La mer, as-tu dit. On peut oublier les montagnes, les vallées, les forêts, les rivières et aussi les cataractes qui font pourtant tant de bruit, mais pas la mer. Elle renferme tous les mystères et connaît tous les jeux, elle est très vieille et étonnamment juvénile. Aucun autre paysage ne ressemble autant à la vie, voilà pourquoi on ne peut pas l'oublier, elle se souvient de la jeunesse du monde. On lui doit le même respect qu'à la vie, il faut la regarder debout. Je suis écœuré par les vacanciers qui s'étendent sur le sable, j'ai envie de leur donner des coups de pied pour les obliger à se lever, tout le monde devrait rester debout au bord de l'eau.

Je me suis souvenu de cette conversation en lisant ton livre où la mer de Calabre apparaît sans cesse. C'est une conversation entre la maladie et la mer, entre la vie et la mort en somme. Dans nombre de tes ouvrages, comme pour t'excuser de leur brièveté, tu nous promets un grand roman pour plus tard. Je pense que tu l'as écrit en fin de compte, que c'est ton dernier livre bien qu'il ne soit pas plus long que les autres. J'avais passé beaucoup de temps l'été précédent à contempler la mer assis sur les dalles de la terrasse de ma maison à Tinos. Elle était très calme le plus souvent, si calme qu'elle reflétait les îles lointaines posées sur la ligne de l'horizon et dont la couleur passait du gris à l'aurore au violet en fin de journée. J'avais conscience de la beauté du lieu, cependant au fur et à mesure que les heures passaient je me rendais compte qu'elle ne m'atteignait pas vraiment, qu'elle ne parvenait pas à apaiser mes craintes. C'est peut-être parce que je songeais à une autre mer en même temps, celle de Santorin, qui me faisait très peur quand j'étais enfant, à cause de sa profondeur et de l'îlot volcanique qui occupe son centre. La mer évoquait alors dans mon esprit davantage la mort que la vie. La forme de cet îlot noirâtre reste parfaitement gravée dans ma mémoire. « La dernière chose que j'oublierai, ce sera le volcan de Santorin. »

– Je redoutais la mer autrefois, t'ai-je avoué. Chaque fois que j'entrais dans l'eau, j'avais les jambes dévorées par un monstre marin. Je savais en même temps que la mer où je me baignais constituait un rempart efficace contre les ennemis de la Grèce, puisqu'elle avait anéanti la flotte de Xerxès près de la péninsule du mont Athos et causé de sérieux dégâts à celle de Darius quelques années plus tard, au nord de l'île d'Eubée. Elle a été le théâtre d'un nombre limité de naufrages, sans gravité la plupart du temps, car elle est habitée par de gentils dauphins qui veulent bien prendre les naufragés sur leur dos et qu'il y a toujours une île à proximité. Le nom de Delphes rappelle que le fondateur de cette ville eut la vie sauve grâce à un dauphin. Ulysse n'a pas bénéficié de l'aide de ce mammifère : il faut dire qu'il avait suscité le courroux de Poséidon et qu'il a fait naufrage loin de l'Égée. Quand je voyais surgir un dauphin de la mer de Santorin, je me figurais néanmoins qu'il faisait un bond pour échapper à quelque monstre.

Tu m'avais suggéré quelques années auparavant, à une époque où j'étais à court d'idées, d'écrire un roman inspiré par la mythologie grecque. Mais tu ne m'avais pas paru convaincu par ce projet, qui ne m'avait guère séduit non plus. En fin de compte j'avais préféré, plutôt que de ressusciter Ulysse, Achille et Athéna, retrouver Robinson Crusoé, d'Artagnan et Jane Eyre.

– Les naufrages sont dus à la bêtise humaine, as-tu déclaré sur un ton quelque peu sentencieux qui ne te ressemblait pas. Les naufragés sont des cons.

Je me suis chargé de débarrasser la table et de mettre les couverts dans le lave-vaisselle. Puis nous nous sommes dirigés à travers le couloir vers le salon. Tu t'es arrêté à mi-chemin, à côté de la porte de la chambre de tes enfants qui était ouverte, et tu t'es appuyé de l'épaule contre le mur. Tu haletais.

– Si mon état ne devait pas s'améliorer, je préférerais me tirer une balle dans la tête.

Tu n'avais nullement perdu le goût de vivre en fait : tu recevais de temps en temps la visite d'une jeune femme qui travaillait dans l'édition, chez l'un de tes premiers employeurs. Tu ne m'as jamais dit son nom, ce que je regrette à présent, car j'aimerais bien la contacter : j'aurais l'impression de te retrouver un peu en bavardant avec elle, d'avoir enfin de tes nouvelles.

La chambre de tes enfants était parfaitement rangée, seuls leurs chaussons étaient par terre, deux paires posées en vis-à-vis devant les lits. Il y avait bien quelques boîtes de jeux sur une table, mais empilées de façon pyramidale, par une femme de ménage sans doute. C'étaient des jeux auxquels personne ne jouait plus.

– Il existe dans un grand nombre de pays des équipes de football formées par des SDF, t'ai-je renseigné. Ce n'est pas vrai seulement des pays pauvres, mais aussi des États-Unis, du Japon et de la Suisse. Ces équipes participent à une compétition internationale, un mondial des pauvres en quelque sorte, qui a lieu tous les ans, dans un pays différent. L'été dernier il a été accueilli par le Mexique.

Tu regardais d'un air soucieux les lattes du parquet devant toi, comme si elles constituaient un obstacle que tu allais devoir surmonter. J'avais obtenu ces renseignements par Christos Aléfandis, un Grec né en Australie et qui, de retour dans son pays d'origine, s'était mis au service des SDF. Pour leur assurer un minimum de revenus, il projetait de créer une revue semblable à *L'Itinérant*, qu'ils seraient seuls à diffuser et qu'il avait décidé d'appeler *Le Radeau*. Il me semble qu'Ulysse effectue une partie de son voyage de retour sur un radeau.

– Et qui a gagné finalement ?

– Le Brésil. La Grèce a été classée trente et unième sur quarante-huit pays participants. Son équipe présente cette particularité qu'elle compte une fille dans son effectif. Elle s'appelle Orthodoxie, ce qui est un prénom fort rare.

J'ai eu aussitôt le sentiment que j'avais trop parlé, que tu n'avais vraiment pas besoin de connaître le petit nom de l'unique membre féminin de l'équipe de football grecque.

– Est-ce que tu crois qu'on réserve des chambres d'hôtel aux SDF quand on les invite à l'étranger, ou bien qu'on les laisse se débrouiller tout seuls comme ils en ont l'habitude?

Nous avons repris notre chemin. Tu t'es arrêté une nouvelle fois au seuil du salon.

– Il y a des gens ici, as-tu murmuré. Il y en a dans toutes les pièces. Ils sont un certain nombre. Je ne les connais pas et je ne les connaîtrai sans doute jamais car ils ont le don magique de se volatiliser quand bon leur semble. Pendant mon sommeil, ils vont et viennent dans l'appartement pour se dégourdir les jambes. Ils font aussi des gestes parfois, ils tendent les bras, les replient, lèvent une main puis l'autre. Ils attendent mon départ pour prendre possession de l'appartement. Ils pourront alors mener librement leur petite vie, ouvrir les fenêtres, déplacer les meubles, larguer ceux qui ne sont pas à leur goût. Je me demande s'ils vont garder le canapé.

Un bruit sourd est parvenu de la cuisine, dû certainement à la machine à laver la vaisselle, mais qui semblait confirmer ta thèse. Aucun argument convaincant ne m'est venu à l'esprit pour essayer de te contredire. J'ai préféré adhérer à ta conviction.

– Ils vont garder le canapé : on a toujours besoin d'un canapé chez soi.

– Tu as probablement raison. Ils vont accrocher aux murs des tableaux exécrables, des lithographies représentant des paysannes autour d'un puits, des ânes peints à l'aquarelle, des femmes nues dessinées à la sanguine. Je ne les connais pas, cependant je crois savoir qu'il y a un académicien parmi eux, un petit bonhomme rondouillard au regard vif. Lui commence à perdre patience : il est allé interroger mon médecin sur les probabilités de ma guérison. Sa hâte de me voir partir me donne envie de rester.

Tu as traversé le salon et tu as ouvert l'une des portes-fenêtres qui donnent rue Pierre-Sémard. Tu t'es accoudé sur la balustrade du petit balcon. J'ai cru que tu allais allumer une cigarette : j'avais vu quelquefois Olga fumer au même endroit.

– L'hôtel d'en face a très peu de clients, il n'y a de la lumière à cette heure que dans deux chambres.

– Tu prends l'air tous les soirs ?

– Non, pas tous les soirs. Ce n'est pas devenu une habitude. Je n'ai plus le temps de prendre de nouvelles habitudes.

J'ai compris que tu étais fatigué. Je t'ai embrassé sur l'épaule.

– Ne me raccompagne pas, je connais le chemin.

Une fois sorti de l'immeuble j'ai regardé vers ton balcon. Tu n'y étais plus. La porte-fenêtre était fermée. Brusquement je me suis retourné, en espérant que toutes les chambres de l'hôtel seraient illuminées, qu'il aurait un air de fête. Trois fenêtres seulement étaient éclairées. « C'est mieux que deux », ai-je pensé.

Je ne te voyais pas tous les jours : malgré mon élimination du palmarès des lauréats des grands prix, j'étais souvent invité en province par des libraires, des médiathécaires, des élus locaux et des associations philhellènes. Je crois que j'ai un certain public en France : il n'est pas très nombreux, ni très jeune, mais il a le mérite d'être attentif. Il ne me confond plus avec Vassilis Vassilikos, l'auteur de Z, et ne me demande plus si je rêve en français ou en grec car j'ai déjà à maintes reprises répondu à cette question. Au Blanc-Mesnil où le conseil municipal m'a attribué une médaille, un étudiant a voulu savoir pourquoi je plaçais entre guillemets certaines de mes réflexions, comme celle qui termine le paragraphe précédent.

– Ce sont des confidences en légère rupture avec le texte, que j'adresse à mi-voix à mes lecteurs, lui ai-je dit. C'est ma façon de les traiter en amis !

Au Blanc-Mesnil comme à Bressuire, à Nancy comme à Saint-Leu, à Orléans comme à Balma, tu étais présent à mes côtés.

– Tu as remarqué la blonde du troisième rang ?

Tu faisais la moue. Nous n'avions pas les mêmes goûts. Tu avais une nette préférence pour les jeunes femmes grandes et élancées au port altier, tandis que j'affectionnais les boulottes. Tu aimais les princesses alors que je me contentais des femmes de chambre. Certaines de tes compagnes avaient une si haute opinion d'elles-mêmes qu'elles s'autorisaient des jugements sévères à la fois sur les livres que tu écrivais et sur ceux que tu publiais. Je les trouvais bien entendu odieuses : je comprenais mieux tes ruptures que tes passions. Les héroïnes de tes livres ne ménagent guère, elles non plus, le personnage masculin qui te ressemble le plus, ne serait-ce que du fait qu'il est lui aussi romancier : elles trouvent ses textes superficiels, déplorent qu'il n'ait pas lu Proust. Elles portent de jolis prénoms, Margaux, Marion, Bettina, Rachel, Estelle, tandis que ton alter ego s'appelle tout bêtement Laurent, Gilles ou Antoine. Tu as inventé un héros modeste, qui se tient volontiers dans l'ombre, qui subit les événements plus qu'il ne les commande, mais qui reste néanmoins capable de prendre à tout moment la décision de s'en aller. «Depuis la mort de mon père, je n'ai fait que partir», notes-tu dans l'un de tes livres. Ton père est mort en 1992, la même année que ma mère. Les critiques que t'adressaient tes compagnes n'ont nullement freiné ta production littéraire. Mais je ne suis pas sûr qu'elles ne t'aient pas blessé.

Nous n'avons été qu'une seule fois amoureux de la même femme. Je ne me rappelle plus son nom : cela n'a duré qu'une demi-heure. Nous l'avons rencontrée dans un café du port de Tinos. Nous attendions tous le bateau, elle pour accueillir des amis, nous pour partir. Nous l'avons revue quelques mois plus tard à Paris, dans une boîte de nuit où tu fêtais en grande pompe le trois centième anniversaire de ta maison d'édition, fondée en 1704. Mais elle n'était plus la même : les lumières de la boîte brouillaient ses traits que nous avions trouvés exquis à Tinos, rendaient blafarde sa magnifique peau mate. Sa beauté avait besoin du soleil de Grèce. En outre, elle dansait très mal, ce qui à tes yeux était un inconvénient majeur. Pendant une demi-heure néanmoins nous avions bel et bien été amoureux d'elle, de sa bouche charnue, de son regard surtout qui nous fixait avec une incroyable gravité. Elle me faisait songer à la déesse Athéna qui est perpétuellement sur le point de se fâcher. C'est dire que son sourire, car elle souriait de temps en temps, était un enchantement.

– Nous devrions renoncer à notre départ et rester avec elle, m'as-tu suggéré en profitant d'un moment d'inattention de la jeune femme.

– Nous allons la retrouver à Paris, t'ai-je rassuré.

Tu avais peut-être raison, nous aurions dû rester à Tinos : nous ne l'avons jamais retrouvée en fait.

Je ne sais pas parler de la beauté des femmes. Même le corps de Katérina qui n'a cessé de me fasciner pendant une bonne dizaine d'années, je ne l'ai évoqué que très brièvement. J'adorais la regarder se déshabiller, enlever ses bottes, puis sa jupe, puis son collant. Une fois nue je lui demandais de se rhabiller, afin d'assister une seconde fois à la représentation. Pourtant aucun détail de son corps n'était parfait : elle ressemblait à ces textes qui ne comportent pas de phrases mémorables mais qui sont cependant magnifiques. Contrairement à moi, tu laisses libre cours à ta sensualité dans tes écrits : tu rends si bien compte du corps de Rachel que ton lecteur a l'agréable sensation de le partager avec toi. Ma sexualité constitue bien le thème central de l'un de mes livres, un roman de jeunesse plutôt enjoué, il n'en reste pas moins vrai que je n'ai jamais décrit de scène d'amour. Aurais-je trop lu les auteurs classiques qui sont d'un puritanisme rigoureux ? Quand leurs héros s'aiment, ils quittent les lieux sur la pointe des pieds. Dumas n'assiste pas aux ébats entre d'Artagnan et Milady. Flaubert, lui, installe ses amants dans un carrosse, à l'abri des regards. On les entend donner successivement diverses adresses au cocher mais en vérité ils ne vont nulle part : ils ne cherchent qu'à gagner du temps. La longueur du trajet qu'ils effectuent suggère qu'ils sont très bien là où ils sont. J'ai probablement été moins marqué par les classiques grecs, comme Aristophane par exemple, qui usent parfois d'un langage très cru. Mais peut-être ma retenue n'est-elle que le prolongement de celle de mes parents. Même mon père qui avait un faible notoire pour le beau sexe était d'une pudeur extrême. Ce n'est que quand il a vieilli qu'il a commencé à mettre la main au cul des filles, d'une façon distraite pourrais-je dire, comme par inadvertance. Je me confiais davantage à ma mère, la tenais au courant de mes rendez-vous, cependant elle ne me posait aucune question quand je rentrais à la maison. Nous n'avons pas eu la même mère : j'en ai pris conscience en lisant le livre où tu évoques la tienne, que tu as publié il y a une dizaine d'années. Je me souviens encore de cette scène où, ayant découvert que pendant son absence tu as reçu une jeune fille à la maison, elle tient à savoir tout ce qui s'est passé :

– Tu as couché avec elle ? Qu'est-ce que vous avez fait alors ? Elle t'a branlé ? Réponds : elle t'a branlé ?

Cette mère si indiscrète faisait en même temps bien des mystères autour de sa personne : tu as mis longtemps à connaître son âge véritable ainsi que son prénom. Tu l'as toujours appelée Peggy, ce qui n'était qu'un nom de scène. Elle en avait un autre, Ada. Son vrai nom est Romana. Je ne l'ai rencontrée qu'à deux reprises, c'est dire qu'elle est quasiment une inconnue pour moi. J'ai appris qu'elle habite toujours porte de Champerret, dans l'appartement où tu as grandi. Je dois lui rendre bientôt visite. J'appréhende le moment où son regard va se poser sur moi : je crois me souvenir qu'elle a les mêmes yeux que toi. Je suppose que la liberté de ton dont tu fais preuve dans tes livres est une réminiscence du franc-parler de ta mère.

Je voyageais en province sans gaieté ni déplaisir. Je passais du temps dans le bar du train à regarder par la fenêtre les arbres, les pâturages et les villages qui défilaient, en buvant du café et en grignotant des galettes de Pont-Aven. Je ne voyais pas la moindre ombre nulle part. Le ciel ne dégageait aucune lumière. Il était d'un gris noirâtre : on aurait dit qu'il avait aspiré toutes les ombres qui devaient se trouver sur terre. « Je vais rentrer en Grèce pour retrouver mon ombre. » Je parlais volontiers avec les contrôleurs. Ils recommençaient leur ronde après chaque arrêt de train. Comment distinguaient-ils les voyageurs qu'ils avaient déjà contrôlés des nouveaux venus ?

– Ce n'est pas difficile, m'a expliqué l'un d'eux. Les premiers sont mieux installés dans leur fauteuil, ils ont eu le temps de se mettre à l'aise, ils sont absorbés par leur lecture et ne font guère attention à ce qui se passe autour d'eux, tandis que les seconds scrutent leurs voisins, guettent notre passage. Ils sont un peu agités, comme s'ils se sentaient vaguement coupables de quelque chose.

– Vous me rappelez l'anxiété que je ressentais au commencement de ma vie en France.

– Ah bon ? Vous n'êtes pas français ?

Il a considéré avec étonnement mes petits gâteaux, comme s'il était convaincu que seuls les autochtones étaient en mesure de les apprécier. « Je suis un étranger qui aime les galettes de Pont-Aven. »

Je traversais un désert sentimental à l'époque. Ma dernière liaison avait pris fin quelques mois auparavant : cela m'avait déprimé mais pas surpris car la personne en question était beaucoup plus jeune que moi. J'hésitais à t'en parler car elle était conseillère littéraire chez Flammarion, ton dernier éditeur, et qu'elle avait l'âge de ta fille. C'était Marguerite bien sûr, tu avais deviné que je la voyais, n'est-ce pas ? Une nuit elle m'avait attendu devant ton immeuble. Elle voulait te voir mais n'osait pas te demander un rendez-vous : peut-être était-elle plus amoureuse de toi que de moi. Elle souffrait du mutisme de son père, un homme maussade qui ne lui avait jamais dit le moindre mot gentil. Je lui adressais toutes sortes de compliments. Elle voyait une psychologue : un jour elle eut le courage de demander à son père s'il l'aimait. Elle l'a entendu dire « oui », puis elle l'a vu pour la première fois de sa vie fondre en larmes. Notre histoire s'arrêta ce jour-là. J'ai cependant continué à lui donner de tes nouvelles en lui téléphonant de temps en temps. Je ne l'ai revue qu'un an plus tard, en mars 2013, à la fin de ce terrible mois.

Je ne désespérais pas de trouver dans le public qui assistait à mes réunions une ardente jeune femme capable de me rendre l'allégresse qui me faisait si cruellement défaut. Hélas, les héroïnes de roman ne fréquentent pas les soirées littéraires. Je n'en ai croisé que deux ou trois, ce qui est peu étant donné que j'ai visité une bonne quinzaine de villes. Je leur ai proposé de participer au dîner qui clôt ce genre de manifestation, j'ai même lancé l'idée d'une promenade nocturne le long des remparts ou devant la cathédrale, elles étaient malheureusement prises : l'une devait se rendre à un dîner d'anniversaire, l'autre avait prévu de passer la nuit chez sa grand-mère, la troisième était attendue par son mari.

– Quand je suis occupée l'après-midi, c'est lui qui prépare le dîner, m'a-t-elle appris d'une mine réjouie.

– C'est formidable, ai-je reconnu d'une voix éteinte.

La blonde du troisième rang dont j'ai parlé plus haut m'a confié à l'issue de la réunion que nous avions déjà fait connaissance à Clermont-Ferrand quinze ans plus tôt, quand elle était étudiante.

– Vous aviez dirigé un atelier d'écriture à l'université, nous avions longuement bavardé ensemble, vous m'aviez fait un dessin !

Elle était devenue directrice d'une revue dédiée à l'art théâtral. Elle s'est tournée vers son compagnon qui était un jeune comédien.

– Tu sais, Jean-Michel, le croquis qui est scotché sur la porte du placard de la cuisine, c'est ce monsieur qui l'a fait !

Que représentait-il, ce dessin ? Je ne me souvenais pas d'avoir animé un atelier d'écriture à Clermont-Ferrand. « On peut désormais me raconter n'importe quoi sur mon passé puisque je ne me souviens plus de rien… Je ne suis jamais allé nulle part. » C'est un fait que mes déplacements en province n'ont guère marqué ma mémoire. Il faut dire que toutes les librairies se ressemblent, que je tenais partout le même discours et que l'on me posait à peu près toujours les mêmes questions. Le dîner qui suivait avait parfois lieu dans un bâtiment historique, par exemple dans la salle où logeait autrefois la garnison de la cité, mais le plus souvent nous terminions la soirée chez un Italien. Je t'appelais de la cabine de l'établissement :

– Cela s'appelle le Don Camillo, te disais-je.

– C'est le nom du cabaret où se produisait ma mère.

Tu ne dormais pas avant qu'elle soit rentrée à la maison, ce qui bien souvent arrivait fort tard. Tu te faisais du souci pour elle. J'essaie de t'apercevoir dans l'encadrement d'une fenêtre aux vitres striées par les reflets de l'éclairage public : quel âge as-tu ? Entre cette mère souvent absente et un père installé de l'autre côté de l'Atlantique, tu as dû renoncer de bonne heure à ton âge. Dans l'ouvrage autobiographique centré sur le personnage de ta mère, tu ne dis pas un mot de tes jeux d'enfant. Je sais que tu prenais beaucoup de plaisir, une fois devenu père à ton tour, à jouer avec tes propres enfants : peut-être comblais-tu ainsi un vide ancien. Dans l'un de tes romans le narrateur est fabricant de jouets.

Je ne me souviens plus des librairies, ni des villes non plus, que je n'ai jamais eu le loisir d'explorer : je reprenais le train dès le lendemain matin. Je ne connais les fameuses cathédrales de Strasbourg et d'Amiens que de l'extérieur. Je me suis attardé un peu plus devant celle de Reims : je tenais à voir l'ange au doux sourire dont la photo ornait ma chambre d'étudiant à Lille. J'ai repéré en même temps un autre ange à la mine boudeuse : oserai-je dire qu'il m'a plu davantage ? Le seul édifice qui m'a marqué est un gigantesque parallélépipède en béton plus haut qu'un immeuble, large de trois cents mètres, aux murs épais de cinq mètres, posé au bord de l'eau à Saint-Nazaire. C'est probablement l'ouvrage le plus laid qu'on puisse voir aujourd'hui en France : il a été construit par les Allemands pendant la dernière guerre pour accueillir leurs sous-marins. Le maire m'a expliqué que cela aurait coûté si cher de le détruire qu'on s'était résolu finalement à le garder. Il présente cet inconvénient supplémentaire qu'il bouche l'horizon de la ville. Je n'ai pas visité les chantiers navals, qui se trouvent à distance de la cité et où, de toute façon, il n'y a pas grand-chose à voir : leur activité est devenue quasiment nulle. Saint-Nazaire est une assemblée de chômeurs qui vivent le nez collé sur une muraille de béton. La mairie essaie d'insuffler un peu de vie à ce blockhaus en organisant des manifestations culturelles, comme celle à laquelle j'ai participé, mais c'est là peine perdue, l'endroit interdit le moindre rêve. À la gare j'ai repéré un homme couvert d'un tas de vêtements en lambeaux qui lisait un vieux livre aux pages gondolées tout en marchant. Il n'allait pas loin : au bout de quelques mètres, il faisait demi-tour. Ses pas le conduisaient là où il était. Il marchait d'une étrange façon, en croisant bien ses jambes, en formant des X. J'ai songé que son livre était une partition de musique et qu'il apprenait à danser.

À Saint-Dié-des-Vosges, qui n'est pourtant pas une grande ville, tout était loin : il fallait marcher une demi-heure pour aller du parking au Salon du livre, le restaurant où nous avons dîné était situé dans la banlieue de l'agglomération et l'hôtel qu'on m'avait réservé à soixante-cinq kilomètres. Mon auditoire était composé majoritairement d'hommes de cinquante ans coiffés d'une casquette : j'avais l'impression de parler à une réunion de syndicalistes. J'ai eu l'idée que les casquettes provenaient d'une entreprise de la région qui avait fait faillite récemment et avait distribué gracieusement son stock à la population. Il y avait parmi ces hommes un compatriote, Costas, qui était importateur de produits grecs : à la fin de mon discours il m'a fait cadeau d'un pot de miel au thym.

– C'est ce qu'il y a de mieux contre la toux, m'a-t-il expliqué.

J'avais en effet beaucoup toussé pendant que je parlais. Je sais que les habitants de Saint-Dié se nomment Déodatiens, ceux de Saint-Brieuc Briochins, de Saint-Pierre-des-Corps, localité proche de Tours qui possède une belle médiathèque, Corpopétrussiens. Ces voyages ont débuté il y a une vingtaine d'années, lorsque mes livres ont commencé à rencontrer un certain succès. Je me souviens si peu de certains endroits que je ne suis pas sûr de les avoir visités : ai-je été à Lannion ? ai-je été à Cherbourg ? Est-ce à Bellac que j'ai traversé une rue bordée de magasins vides, à rideaux fermés, comme il y en a tant à Athènes aujourd'hui ? J'ai une certaine idée des remparts de Carcassonne, mais c'est une image dépourvue de couleurs : peut-être n'ai-je vu cette ville que sur une photo en noir et blanc. Il me semble avoir parcouru le Sud plus rarement que les autres régions. Lit-on moins sous le soleil ? J'ai bien quelques amis à Aix – j'étais dans cette ville pour une conférence lorsque mon anévrysme s'est déclaré – et à Menton, près de la frontière italienne, où la modeste équipe de mes supporters est animée par un vieux professeur de lettres classiques auteur d'un recueil de poèmes sur les îles grecques, mais c'est à peu près tout. Mon principal soutien à Toulouse, Alexandre, a été nommé récemment directeur de l'Institut français de Tanger. Il était jadis conseiller culturel auprès de l'ambassade de France à Athènes. Le nom d'Alexakis jouit d'une certaine notoriété à Montpellier, il s'agit cependant de mon frère qui a donné pendant longtemps un cours sur la traduction au département de grec moderne de l'université Paul-Valéry, institution qui l'a d'ailleurs gratifié du titre de docteur *honoris causa*. Hélas, il est mort quelques mois avant la cérémonie d'attribution de cette récompense : mon frère a raté de peu le jour probablement le plus heureux de sa vie. C'est son fils Yannis qui reçut à sa place le précieux diplôme. Cette manifestation fut pour moi l'occasion de découvrir que les noms grecs anciens sont fortement cotés à Montpellier, qui eut à sa tête durant deux décennies un professeur de droit romain. J'ai moins profité qu'on ne pourrait le penser du prestige dont jouissent mes ancêtres en France : Marseille, Nice et Antibes, qui se flattent d'avoir été fondées par des Grecs, ne m'ont jamais sollicité. Le prix que j'ai reçu à Nice était financé par un couple de riches Serbes résidant à Monaco. Les paroles de remerciements que j'ai prononcées n'ont été enregistrées que par la télévision de Belgrade. Je me demande si les Antibois ont été sensibles au choix de Nikos Kazantzakis de passer chez eux la dernière période de sa vie. Ont-ils apposé une plaque commémorative sur la façade de la maison où il a vécu ? Je ne suis pas allé non plus à Cerbère, qui se trouve au bout de la ligne de chemin de fer qui passe par Toulouse. C'est un nom bien trouvé pour un terminus : Cerbère est ce chien à trois têtes qui, dans la mythologie grecque, garde l'entrée du royaume des morts.

Tu as envisagé un moment de m'accompagner à la Foire du livre de Brive, où se réunit au grand complet le milieu littéraire et où je devais recevoir un autre prix, qui bénéficie d'une certaine estime mais qui ne fait guère vendre de livres, celui de la Langue française. Tu comptais provoquer ceux qui répandaient de vilains bruits sur ton compte ou bien qui convoitaient tout bonnement ta succession.

– Je vais les inviter à mon enterrement ! m'avais-tu déclaré avec une lueur espiègle dans le regard.

Mais les bruits en question étaient hélas fondés : tu n'as pas pu faire le voyage. Je suis donc allé seul à Brive. Cent fois on m'a demandé comment tu allais.

– Bien, répondais-je invariablement.

Je disais ce mot avec de plus en plus de ferveur, il me procurait une satisfaction croissante : j'étais en train de me convaincre moi-même que tu n'allais pas si mal. J'ai pu rassurer Aurélie Filippetti, la ministre de la Culture, que tu avais publiée naguère dans ta collection et qui, quelques mois auparavant, t'avait nommé officier de l'ordre des Arts et des Lettres. J'ai croisé à plusieurs reprises l'académicien qui s'était enquis auprès de ton médecin de l'évolution de ta maladie. Il tournait les yeux ailleurs dès qu'il me voyait : sans doute présumait-il que j'étais au courant de sa démarche.

– Je devrais lui botter le cul, tu ne crois pas ? t'ai-je demandé sur le portable d'une attachée de presse.

– Mais non, c'est un pedzouille.

Tu as articulé ce mot, que je ne connaissais pas, avec un léger mépris, ce qui m'a permis de me faire une idée de son sens. Ainsi, le jour où j'ai reçu le prix de la Langue française, j'ai découvert un mot nouveau. J'ai dû improviser un discours de remerciements devant un parterre si convaincu de la supériorité de la langue française que j'ai choisi de couvrir d'abord d'éloges le sango, cet idiome de la République centrafricaine que j'ai appris il y a quelques années et dont j'ai fait le personnage central d'un de mes romans. J'ai déclaré que le français ne m'avait pas posé plus de problèmes autrefois, peut-être parce qu'il recèle quantité de mots grecs. Je n'ai pas hésité à reprendre cette remarque que j'avais déjà faite ailleurs, que tous les Français meurent d'une maladie grecque : j'ai cité la cirrhose, le diabète, l'encéphalite, la pneumonie, l'artériosclérose, la cardiopathie, la gangrène, la méningite, la poliomyélite. Je n'ai pas mentionné le cancer, j'ai eu peur de ce mot comme s'il était capable de me foudroyer. Le public a plutôt bien accueilli cette petite démonstration, mais l'affirmation qu'il est absurde d'attribuer un caractère aux langues, puisqu'elles se mettent aussi volontiers au service de l'intelligence que de la bêtise, a été moins bien perçue. J'ai fini par m'énerver contre la SNCF car elle répugne à utiliser les langues régionales dans les gares :

– Les départs des trains pour l'Allemagne sont annoncés en français et en allemand, ceux pour l'Espagne en français et en espagnol, mais jamais les convois pour Brest, Toulouse, Strasbourg ou Amiens ne sont signalés en breton, en occitan, en alsacien ou en picard.

J'ai regretté pour une fois de ne pas avoir de téléphone portable car je voulais t'appeler dès la fin de cette séance et il n'y avait pas de cabine publique autour de la foire. J'ai marché longtemps pour en trouver une jusqu'au moment où j'ai aperçu un phare, planté au milieu d'un espace vide. Il ne dégageait aucune lumière, c'était néanmoins un vrai phare, aussi grand que celui de la pointe du Raz. Sa présence aussi loin de l'océan n'a pas manqué de me surprendre. « Il a été édifié par un ancien gardien incapable de s'habituer à vivre en appartement. » Quelques marches conduisaient à une porte basse dont les montants soutenaient un arc byzantin. J'ai frappé à cette porte, mollement d'abord, puis de plus en plus fort, convaincu que le propriétaire de la tour avait le téléphone. Une voix basse et ample, qui semblait venir du ciel, articula cette phrase que j'ai lue d'innombrables fois dans des romans comme on n'en écrit plus :

– Qui va là ?

– Je suis le lauréat du prix de la Langue française. Pouvez-vous m'ouvrir, s'il vous plaît ?

La porte s'ouvrit effectivement, me dévoilant une paire de chaussures gigantesques, pas plus petites que les barques qui sillonnent la mer Égée.

– Vous êtes le géant de Brive ! me suis-je exclamé. Vous êtes trop grand pour tenir debout ailleurs que dans un phare !

– Exactement, jeune homme, a poursuivi la voix. En quoi puis-je vous être utile ?

– Vos lacets sont défaits, ai-je observé.

– Ce n'est pas grave car je ne sors jamais.

Je lui ai demandé alors s'il pouvait me prêter son téléphone.

– Je n'en ai pas, malheureusement. Mes doigts sont trop gros pour que je puisse me servir d'un appareil. Mais je peux crier assez fort pour être entendu dix lieues à la ronde.

Il a eu la gentillesse de me féliciter pour mon prix.

– Savez-vous ce que ça veut dire, pedzouille ?

– C'est un malotru, un bâton merdeux.

Je ne me suis pas éloigné du phare lorsqu'il a refermé sa porte : je me suis assis sur les marches et j'ai allumé ma pipe. Quelle heure était-il ? Neuf heures du soir, peut-être ?

71

J'ai fumé plusieurs pipes. Soudain, alors que je regardais le ciel nocturne sans penser à rien, je me suis mis à pleurer. J'ai pleuré comme cela ne m'était pas arrivé depuis la mort de mon frère. Le géant a dû entendre mes sanglots car peu après il m'a jeté du haut de sa tour un mouchoir. Il était grand comme un parachute.

J'ai d'autres griefs contre la SNCF. Elle a la manie très peu conforme à l'esprit laïque qui prévaut en France d'ajouter au nom des villes que portent naturellement les gares celui d'un saint : la gare de Marseille est ainsi placée sous le patronage de saint Charles, celle de Montpellier de saint Roch, d'Angers de saint Laud. Je lui reproche aussi l'absence quasi totale de bancs devant les stations, qui condamne les fumeurs à rester debout et ce malgré le fait que la plupart des contrôleurs fument. Les six grandes gares parisiennes ne disposent que d'un seul banc, qui est placé sur le parvis de la gare de l'Est, entre deux platanes. On me dira qu'il n'y a pas davantage de sièges devant les aéroports : erreur, car il y en a à Roissy 1, la plus ancienne aérogare construite sur ce site, qui a la forme d'un camembert. Depuis peu, on est même autorisé à fumer à l'intérieur de cette enceinte, dans la cour à ciel ouvert qui occupe son centre. C'est dans cet aéroport que je prends l'avion pour la Grèce.

Dans le train qui m'a ramené de Brive à Paris, j'étais assis en face d'un homme à peu près de mon âge qui lisait un journal allemand. Il l'a lu du début à la fin sans se départir de son air épanoui. Je l'ai vu sourire à plusieurs reprises, et même rire franchement en prenant connaissance d'une caricature. N'y avait-il donc que des bonnes nouvelles dans ce canard ? J'ai songé à la grise mine que font mes compatriotes en feuilletant leur quotidien. En Grèce, même les dessins d'humour ne font plus rire. Je me suis rendu directement chez toi de la gare d'Austerlitz, j'avais hâte de te voir, pourtant je ne m'étais absenté que vingt-quatre heures. J'ai cru à un petit miracle en te voyant non pas en robe de chambre mais en tenue de ville.

– Si on allait dîner Chez Bébé ?

– Tu vas mieux alors ! me suis-je réjoui.

– Non, mais j'en ai assez de bouffer ici. Olga m'a apporté des sardines grillées, qui ne sont bonnes à manger qu'à midi, tu es bien de mon avis ? Il faut manger les sardines sous le soleil.

On te connaissait bien Chez Bébé, qui est situé en bas de la rue Pierre-Sémard, face au square Montholon : tu y allais régulièrement naguère avec tes enfants. Le patron t'a accueilli avec exubérance, un peu comme s'il ne pensait plus te revoir.

– Je vais prendre un hamburger comme Alphonse.

Une grande photo d'Alphonse, réalisée par ton ami François-Marie Banier, trônait dans ton bureau aux éditions. Qu'est-elle devenue ? Est-ce Laetitia, sa mère, qui l'a récupérée ? Et l'affiche du film tiré des aventures de Pinocchio ? Un de tes romans s'appelle *Monsieur Pinocchio* : il s'agit du surnom donné par une petite fille à l'amant de sa mère, un fieffé menteur. Le livre est à moitié écrit par ce personnage, qui passe son temps à se justifier, et à moitié par la petite fille qui ne cesse de l'accabler. Tu étais particulièrement attaché à Alphonse, le plus jeune de tes enfants, le plus fragile aussi. L'été où tu étais venu à Tinos avec lui et son frère Tom, j'avais pu constater qu'il était très sociable, très volubile et qu'il riait facilement.

73

Il était fou de joie lorsque les seins de Maria, sous l'effet des mouvements qu'elle faisait dans l'eau, échappaient au contrôle de son petit bikini. Surmontera-t-il les difficultés qu'il a à l'école ? Pourra-t-il vivre seul un jour ? Même s'il ne le peut pas, je pense qu'il trouvera aisément des gens qui l'aimeront, qui lui porteront l'affection que tu ne peux plus lui donner. Alphonse est également celui de tes enfants qui te ressemble le plus. Il aura vingt ans un jour. Si je suis encore en vie, je l'inviterai au café de Cluny, à supposer que cet établissement n'ait pas disparu d'ici là.

– Tu vois, lui dirai-je, c'est ici que j'ai rencontré ton père la première fois, en 1974. Il avait vingt ans.

J'aurai probablement besoin de son aide pour me lever de mon siège quand notre entretien aura pris fin.

À peine étions-nous assis que j'ai deviné l'importance de la soirée. J'ai choisi aussi un hamburger. Nous avons pris une bouteille de vin. Je t'ai montré le chèque que j'avais reçu à Brive, signé par le maire de la ville, pour te convaincre que je pouvais t'inviter.

– Je vais demander au patron de nous amener deux filles, ai-je proposé.

Tu as souri un peu tristement. Nous avions pris place à côté d'une porte-fenêtre qui avait vue sur le square Montholon. Malgré la faiblesse de l'éclairage public j'apercevais la statue des joyeuses couturières qui se rendent au bal. Je me suis souvenu que sainte Catherine est célébrée le 25 novembre. Nous étions le 12. Tu m'as annoncé que tu venais d'achever la première version de ton livre.

– Cela se termine à Rome, dans les jardins de la Villa Borghèse où je rencontrai vers neuf, dix ans une petite

Italienne qui s'appelait Matilde. Elle était la fille du loueur de vélos. Nous n'échangions pas un mot : nous faisions juste des tours de jardin à vélo. Puis à midi nous mangions des sandwichs à la sardine. Ce sont les sardines d'Olga qui m'ont rappelé ce souvenir. Je crois que je ne me suis jamais senti aussi libre de ma vie que dans ces jardins.

Tu ne m'as pas laissé le temps de me réjouir : tu m'as prévenu aussitôt après qu'on allait t'administrer une série de chimiothérapies lourdes, avec un nouveau produit.

– Le médecin n'a pas la moindre idée de l'effet que cela produira sur moi. Cela peut me sauver comme m'anéantir. Il joue sa dernière carte en quelque sorte. Si je vois que ça tourne mal j'arrêterai le traitement : la psychiatre m'a expliqué que j'ai parfaitement le droit de l'interrompre. Je ne veux pas devenir une loque.

J'ai vu un très vieil homme avec une grande barbe blanche arriver à vélo devant le restaurant. J'ai pris peur car je l'ai aussitôt assimilé à Charon. Il a freiné, puis il est descendu de son véhicule et a continué son chemin en le traînant par la selle et le guidon. Il s'est engagé dans la montée de la rue Pierre-Sémard. Dès qu'il a disparu j'ai douté de son existence. Pourtant ma mémoire avait parfaitement enregistré sa physionomie. Est-ce qu'on peut se souvenir d'un homme qu'on n'a jamais vu ?

Tu avais pris dans la poche de ta veste une sorte de petite bourse en tissu violet qui contenait tes médicaments. Tu étais en train de les aligner à côté de ton assiette comme tu le faisais à la maison. Mon frère rangeait les siens dans une boîte d'allumettes.

– Que pense Dina de ce traitement ?

– Elle est confiante. Ma fille est inébranlable comme une statue.

Je me suis tourné de nouveau vers les couturières du square et la petite fille qui, elle, ne rit pas.

– Je vais retravailler mon manuscrit jusqu'à la fin de l'année. Il devrait sortir en février. Je suis persuadé que je serai toujours là en février : on ne s'en va pas, n'est-ce pas, la veille de la parution d'un de ses livres ?

Tu m'as confié que tu allais le dédier à Alphonse.

– Il fait de grands progrès en lecture en ce moment. Je pense qu'il pourra le lire. Il rêve de devenir cuisinier.

J'ai calculé l'âge de tes enfants : Alphonse avait dix ans, Tom onze, Armand le fils de Nathalie treize, Dina vingt-huit, Gabriel trente-quatre. J'ai compté aussi que la fille de Dimitris, Éléni, qui était née le 27 octobre, le jour de la fête de son père selon le calendrier grec, avait seulement dix-sept jours. Je n'avais pas encore eu l'occasion de te prévenir de cette naissance : je l'ai donc fait Chez Bébé. Tu as été enchanté, tu as aussitôt levé ton verre :

– Vive Éléni ! as-tu clamé.

Tu parlais ce soir-là d'une voix plus forte que d'habitude, comme tu t'exprimais à Tinos quand le vent faisait claquer les bâches en plastique qui protégeaient la terrasse de la taverne. Le restaurant était pourtant calme, sa clientèle n'était guère bruyante. J'avais aussi quelque peu élevé le ton : je m'efforçais de te donner convena-blement la réplique. Bref, on n'entendait que nous dans l'établissement.

Tu as réalisé que je n'avais pas encore vu la petite et tu m'as exhorté à lui rendre visite au plus tôt. Je ne comptais partir pour la Grèce qu'à Noël. J'avais toujours grande envie de quitter Paris, cependant je n'étais plus pressé de m'en aller. Je devinais aisément que, même à Athènes, je passerais mon temps à rôder autour de l'immeuble de la rue Pierre-Sémard. « Paris est un champ de ruines où seul cet immeuble reste debout. » Puis j'ai eu cette idée funeste qu'il finirait lui aussi par s'écrouler.

– Je ne commencerai pas tout de suite mon nouveau traitement : je me sentirai plus à même de l'affronter lorsque j'aurai fini de corriger mon texte. J'ai l'impression que l'Europe et le Fonds monétaire international infligent un traitement analogue à ton pays. Mais il paraît que cela ne sert pas à grand-chose puisque vous êtes toujours en récession.

– Nous détenons tous les tristes records : nous sommes le pays de la zone euro le plus endetté, celui où la récession est la plus forte, où les salaires ont le plus baissé, où le chômage est le plus élevé et où le système de santé est le moins fiable. Si j'avais été opéré en Grèce, je serais probablement mort maintenant. Pour ce qui est des suicides, je ne suis pas sûr que nous faisons mieux que les pays du Nord.

– Prendre congé de la vie dans un beau pays comme la Grèce est autrement plus grave que dans les sinistres régions du Nord. Je suis convaincu que personne ne s'est jamais suicidé dans les Cyclades.

Ton téléphone a sonné : c'était le comédien Michel Piccoli. Je savais que vous vous connaissiez car il avait joué dans deux films tirés de tes livres. Tu es sorti à l'extérieur pour lui parler. J'ai songé de nouveau que quelque chose d'imprévu allait se produire, mais quand ? Combien de temps resterions-nous encore ensemble ? « Les coups de théâtre se produisent toujours à la fin. » Nous avions fini de manger, la bouteille était vide. J'ai pris l'initiative de commander deux verres de vin supplémentaires au patron. En me les apportant il m'a demandé en catimini comment tu allais.

– Bien, ai-je répondu comme j'avais pris l'habitude de le faire à Brive.

J'ai vu un homme très âgé qui ressemblait vaguement à mon père sortir d'un appartement en semi-sous-sol comme il y en a tant à Athènes, muni d'une corde enroulée. Il cherche un arbre pour se pendre : il n'y a que des orangers amers rabougris dans son quartier. Aucune voiture susceptible de l'écraser ne passe : les rues sont vides, les Athéniens n'ont plus d'argent pour prendre de l'essence. Se jeter devant le métro est également impossible, toutes les stations étant fermées pour cause de grève du personnel contre la réforme du Code du travail. Il songe alors à sauter dans le vide d'un appartement situé en haut d'un immeuble. Il frappe à plusieurs portes, hélas, personne ne veut lui ouvrir : notre homme a mauvaise mine et il est habillé de surcroît comme un clochard. En descendant la rue Démocrite, il aperçoit au loin le rocher abrupt de l'Acropole et son cœur se remplit d'espoir : c'est de là qu'il embrassera le vide bien sûr. Seulement il lui faut un billet pour accéder au monument et il n'a pas un sou. Il reste perplexe à côté de l'entrée principale jusqu'au moment où un touriste allemand prend pitié de lui et lui offre un billet.

– *Danke schön, mein Herr*, lui dit-il, ayant appris un peu d'allemand sous l'Occupation.

Tu venais de reprendre ta place.

– J'aimerais te présenter Piccoli, c'est un véritable ami. Je crois qu'il a tourné un film en Grèce mais je ne me rappelle plus lequel. Tu as commencé ton livre ? Je suis sûr que tu l'écris en grec.

Le français s'est imposé à moi pour cette raison supplémentaire qu'il me restitue le son de ta voix. Peut-être ce livre est-il davantage le tien que le mien ?

– J'ai acheté quantité d'ouvrages sur la Grèce et sur la mémoire. Je téléphone à des gens capables de me renseigner sur l'un ou l'autre sujet. Je reverrai sans doute ton neurologue. D'après mes sources, les cités grecques étaient relativement prospères. Elles étaient parfois confrontées à la famine, mais celle-ci était toujours la conséquence d'un blocus maritime qui faisait obstacle à leur ravitaillement. Le blé consommé par les Athéniens provenait des champs de Crimée. Certes les esclaves ne roulaient pas sur l'or, ils étaient néanmoins logés et nourris. On ne voyait pas de mendiants dans les rues d'Athènes ni de SDF, à l'exception notable de Diogène qui vivait dans un tonneau. On l'a qualifié de cynique car il était semble-t-il agressif comme un chien. Il possédait un chien d'ailleurs, comme beaucoup de clochards aujourd'hui. Bref, ce n'est pas pour se soustraire à la misère qu'on se donnait la mort dans l'Antiquité mais plutôt pour échapper au déshonneur : on connaît le cas de femmes qui ont choisi de périr plutôt que d'être violées et aussi de généraux qui se sont supprimés après avoir perdu une bataille.

– Ne crois pas que vous ayez le monopole des suicides économiques. En France aussi ils sont fréquents, notamment chez les agriculteurs. Ils sont évalués à cent cinquante par an environ, un tous les deux jours. Je suis au courant par Olga, dont le père possède une laiterie à Nantes.

Cet homme dont j'entendais parler pour la première fois, je l'ai imaginé assis sur un bidon de lait de dix litres, tête baissée. Il avait des cheveux argentés frisés, une peau brûlée par le soleil et portait une grosse vareuse de marin rouge. «Je ferai sa connaissance un jour de pluie place Saint-Germain-des-Prés. Nous prendrons un café. Nous ne nous dirons pas grand-chose, cependant cette rencontre contribuera à m'apaiser.» Je me suis rappelé que les habitants de Saint-Germain se nomment Germanopratins.

– Avec combien de Germanopratines as-tu couché? t'ai-je interrogé comme aurait pu le faire ta mère. Je veux un chiffre précis!

– Quarante-sept! as-tu répondu sans réfléchir. Et toi?

J'ai trouvé que c'était un bon chiffre.

– Quarante-sept également!

Tu mangeais ton dessert avec ton appétit coutumier.

– Christos a fait une tournée en Allemagne pour se renseigner sur les revues publiées là-bas en faveur des SDF. Il y en a plusieurs, une à Hambourg, une autre à Hanovre, une troisième à Berlin, une quatrième à Munich. Le directeur de cette dernière a procédé récemment à l'achat de trois concessions dans un cimetière de la ville pour les gens qui sont à la rue. Il paraît qu'ils ont accueilli la nouvelle avec joie, qu'ils ont applaudi: ils attachent en effet de l'importance à bénéficier d'une sépulture décente, à avoir enfin une adresse, à ne pas rester des SDF pour l'éternité.

Ce fut le moment choisi par le patron pour nous mettre un peu de musique, en gardant un niveau sonore très bas de sorte qu'on pouvait ne pas l'entendre si l'on ne le souhaitait pas. Je l'ai cependant reconnue tout de suite : c'était la Valse n° 2 de Chostakovitch, rendue populaire en France par un petit film publicitaire conçu pour une compagnie d'assurances, évoquant l'accélération des saisons de la vie. Il s'agit d'un air léger et sombre, qui incite à pleurer et à danser en même temps, joué par un grand orchestre qui par moments se réduit à un seul instrument. J'ai cru percevoir le son d'une clarinette.

– Nous dansions, tu t'en souviens ? m'as-tu questionné en me fixant dans les yeux.

Je n'ai pas compris le sens de ta question. Était-ce d'ailleurs une question ? Je me suis rappelé que nous avions dansé ensemble lors de ton mariage avec Laetitia pour amuser la galerie. J'ai regardé dehors, ce qui m'a donné la chair de poule : le vieillard à la barbe de Charon se tenait derrière la vitre, il avait quasiment le nez collé dessus et nous regardait. Qu'est-ce qu'il voulait ? Rien, apparemment, car aussitôt que je l'ai vu il s'est éloigné, non sans m'avoir adressé un vague signe de tête. Il n'avait plus son vélo.

– Nous dansions dans de grandes salles au parquet ciré, as-tu poursuivi. Les musiciens, vêtus de costumes gris, avec une bande verte sur la couture du pantalon, jouaient sur une estrade peu élevée. Comme tous les projecteurs étaient braqués sur eux, le reste de la salle baignait dans une douce pénombre. Les filles se tenaient sagement assises le long du mur à gauche de l'orchestre.

Elles nous attendaient, nous espionnaient, nous intimi-
daient infiniment. Nous les dévisagions furtivement,
groupés devant le mur opposé, nous nous donnions
mutuellement courage, car il en fallait pour traverser
l'espace vide qui nous séparait d'elles et prononcer cette
phrase que cent fois nous nous étions répétée : « Est-ce
que vous dansez ? » Les copines de la fille que nous avions
choisie pouffaient de rire. Elle, elle ne riait pas. Avant de
nous suivre elle déposait son sac à main sur son siège.
C'était une pochette blanche en forme de cœur. Je me
demande si je pourrai danser à nouveau un jour. Cela
me paraît peu probable. Mais je peux encore chanter.

L'orchestre était en train de reprendre de manière
triomphale un thème déjà développé à plusieurs reprises.
Je n'ai pas songé à reprocher au compositeur cette redite
qui aurait été insupportable chez un écrivain. J'ai été au
contraire ravi par ce retour en arrière, comme on peut
l'être parfois en revisitant son passé. « La musique élargit
le champ de notre mémoire, ai-je pensé, elle nous gratifie
de souvenirs que nous n'avons pas. » Tu m'as informé que
Stanley Kubrick avait utilisé la valse de Chostakovitch
dans *Eyes Wide Shut*.

– J'ai repéré une agence de pompes funèbres près de
l'hôpital Saint-Joseph. Dans sa vitrine, parmi les articles
destinés à la décoration des tombes, j'ai vu une guitare
grandeur réelle en granit rose. Quel objet voudrais-tu
qu'on dépose sur ta sépulture ?

– Un cendrier, puisqu'il y en a toujours eu un dans
mon environnement. Il me plairait assez que les visiteurs
du cimetière l'utilisent pour écraser leur cigarette. Cela
assurerait un minimum d'animation à mon tombeau,

cela me permettrait aussi de retrouver de temps en temps l'odeur du tabac. Ce n'est pas encore interdit de fumer dans les cimetières, n'est-ce pas?

La valse s'était arrêtée. Le patron ne nous a fait entendre aucune autre musique : peut-être n'aimait-il que cette valse?

– L'enseigne de cette agence représente un trou de serrure sur fond noir à travers lequel on aperçoit un coin de ciel bleu agrémenté par trois nuages. Je suppose que les nuages sont là pour faire comprendre qu'il s'agit bien du ciel.

Brusquement tu t'es mis à chanter une chanson de Gilbert Bécaud que j'avais entendue la première fois à Lille. Peut-être datait-elle de cette époque, du début des années 60?

Et maintenant que vais-je faire
de tout ce temps que sera ma vie
de tous ces gens qui m'indiffèrent
maintenant que tu es partie.

Je n'ai pas eu l'impression que tu chantais pour célébrer mon modeste prix : la chanson que tu avais choisie était dépourvue de joie. Tu la chantais à tue-tête, comme si tu étais sur la scène de l'Olympia, en tapant sur la table tantôt d'une main, tantôt de l'autre. Je me suis rappelé que ta mère avait failli se produire dans ce théâtre dans une série de sketches comiques, mais que sa performance avait été annulée au dernier moment à cause d'une grève générale.

Et maintenant que vais-je faire
vers quel néant glissera ma vie
tu m'as laissé la terre entière
mais la terre sans toi c'est petit.

Le patron m'a paru quelque peu gêné : mais il s'est vite détendu en constatant que ses clients te suivaient avec intérêt, avec plaisir même. « Ils vont applaudir à la fin », ai-je pensé. Il faut dire que tu imitais parfaitement les intonations de Bécaud, sa façon quasi brutale d'interrompre ses cris de détresse. Je savais que tu étais doué pour les imitations, que tu avais failli en faire ton métier quand tu étais jeune, sans doute encouragé par ta mère. Quelquefois tu m'accueillais dans ton bureau en reproduisant mon propre accent. J'ai mis longtemps à admettre que j'en avais un, que ma voix conservait le souvenir de ma langue maternelle : c'est toi qui m'en as convaincu. Il m'arrivait de songer à tes imitations en m'exprimant en public et de donner à mon registre une coloration plus grecque encore.

Et maintenant que vais-je faire
je vais en rire pour ne plus pleurer.

Tu t'es arrêté au début du dernier couplet. Comme prévu, la salle a applaudi. Une dame d'une cinquantaine d'années est même venu jusqu'à notre table.

– Bravo, bravo, a-t-elle répété plusieurs fois.

Puis elle s'est présentée en te faisant une discrète révérence :

– Madame Fresoz, de Bucarest.

Cette séquence singulière m'a paru si conforme aux scènes que tu aimes raconter dans tes livres que j'ai eu la conviction que tu allais l'ajouter à ton manuscrit. Mais tu ne l'as pas fait. Tu as souri gentiment à la dame.

– Bécaud n'a pas eu droit lors de sa disparition aux honneurs qu'il méritait. Il est mort, le malheureux, le jour même où un autre événement, de portée mondiale celui-ci, focalisait toute l'attention de la presse : la destruction des tours jumelles de New York par les kamikazes d'Al-Qaïda. On a si peu parlé de son décès que bien des gens croient qu'il est encore vivant et s'étonnent qu'il ne chante plus !

L'intuition que j'avais eue au début de la soirée qu'elle serait marquée par un événement exceptionnel était donc fondée puisque tu avais chanté. Nous avons parlé de Brive. Je t'ai donné des nouvelles de Filippetti, de Philippe Gildas, l'ancien animateur de Canal plus qui nous avait choyés dix-sept auparavant et que je n'avais plus revu depuis, de Philippe Lefait qui présente *Des mots de minuit* sur FR3, de notre ami Patrick Ferla de la Radio suisse romande. Je n'ai pas jugé nécessaire de te résumer mon discours puisqu'il ne contenait rien de bien nouveau, j'ai tenu cependant à te faire part de cette surprenante découverte que j'avais faite à la fin de la cérémonie : j'ai réalisé soudain que le dictionnaire de français que j'ai en tête diffère des vrais dictionnaires dans la mesure où il est abondamment illustré. Les mots sont accompagnés d'images comme dans une encyclopédie.

– Je ne peux pas me souvenir quand j'ai appris les mots grecs puisque j'ai commencé à les entendre dès ma naissance, peut-être même un peu avant, par contre je me rappelle mon initiation au vocabulaire français car elle a été beaucoup plus récente. Je sais par exemple que l'expression « pompe à essence » m'a été révélée à Lille : elle est associée à la station-service qui se trouvait au coin de la rue Nationale et de la rue de Solférino. Plusieurs mots me renvoient forcément à Lille, où j'ai passé les trois premières années de ma vie en France. Je me consolais du mal que j'avais à apprendre le droit, qui faisait partie du programme de l'École de journalisme où j'étais inscrit, en l'étudiant dans un endroit agréable, le square Vauban : ainsi des mots tels que instruction, récidive, arrêt, jurisprudence évoquent pour moi les grands arbres de ce jardin. Le verbe « grésiller » est illustré par le petit poste de radio que je possédais alors et qui grésillait énormément comme me l'avait fait remarquer un condisciple. Le mot « chapelle » ressuscite l'édifice qui se dressait à droite de la cour du collège Saint-Joseph où j'ai servi comme pion pendant mes études. Je connaissais le mot « pluie » avant de venir en France, mais ce n'est qu'à Lille que je l'ai vraiment compris.

Tu regardais de plus en plus souvent dehors. Étais-tu pressé de rentrer ? Je n'avais pas le sentiment cependant que ton esprit était ailleurs.

– « Midi » et « minuit », ces termes que je confondais autrefois, sont éclairés tous les deux par l'enseigne lumineuse d'un cinéma situé sur les grands boulevards qui s'appelait le Midi-Minuit. Il passait des films d'horreur. Les lettres de l'enseigne étaient vertes.

– Je me souviens très bien de cette salle. L'ouvreuse était une blonde éthérée comme la fiancée du vampire.

– D'autres me renvoient à des personnes, « bleu de méthylène » à la bonne sœur qui tenait l'infirmerie du collège Saint-Joseph, « pedzouille », que j'ai déjà incorporé à mon dictionnaire, à notre ami académicien. C'est le géant de Brive qui m'a donné la définition de ce mot. Il habite le phare. Je n'ai pu voir que ses chaussures. Je n'ai pas pensé à lui demander son nom.

J'ai cru que tu ne m'écoutais plus. Pourtant, au moment où nous sortions du restaurant, tu m'as dit :

– Les géants n'ont pas besoin de nom.

Nous avons mis longtemps à remonter la rue Pierre-Sémard, qui était parfaitement sombre ce soir-là : l'éclairage était en panne et les façades des immeubles ne dégageaient aucune lueur. Nous cheminions guidés par les rares étoiles qui scintillaient dans le ciel. Même l'hôtel en face de chez toi était plongé dans le noir. J'ai tout de même reconnu le vélo du vieillard : il était attaché à un parcmètre, à deux pas de ta porte.

2

Je suis rentré à Athènes à la mi-décembre. Je n'ai pas voulu annuler ce voyage ni la fête que je donne pour mon anniversaire à Noël: je m'obstinais à espérer que ton aventure allait très bien se terminer, à rejeter les mauvais présages. J'ai eu l'impression que ma décision t'a plutôt soulagé, que tu avais besoin de t'assurer que je croyais toujours à ta bonne étoile.

— J'aurai fini de corriger mon manuscrit quand tu reviendras.

Tu m'as annoncé son titre: *Deux vies valent mieux qu'une.*

— Il est mauvais, tu es bien d'accord? as-tu ajouté en souriant.

— Non, non, ai-je protesté machinalement.

J'ai pensé que les titres sont souvent comme les noms des églises, qui ne fournissent aucune indication sur la beauté des édifices. Est-ce que *Les Illusions perdues* ou *Les Grandes Espérances* sont de bons titres? *Les Misérables* pèche par son ambiguïté puisqu'il met dans le même panier les pauvres gens et les méchantes personnes. En grec, où il n'existe pas d'adjectif équivalent, on a choisi de l'appeler *Les Affreux*, ce qui n'est pas vraiment une bonne idée. Est-ce que *La Clarinette* est réellement un bon titre ? Je n'ai pas encore pris la décision de le retenir. Au point où j'en suis, je ne sais toujours pas s'il figure sur la couverture de mon livre. Mon lecteur, lui, le sait forcément. J'ai presque envie de lui demander :

– Ça s'appelle vraiment *La Clarinette* ?

J'imagine sa réponse :

– Mais oui ! Vous n'êtes pas au courant ?

Je ne réunis pas moins de soixante-dix personnes à ma fête d'anniversaire. À Paris, je ne pourrais en inviter que deux ou trois. Cela commence en fin d'après-midi par une compétition de ping-pong puis, vers vingt-deux heures, on plie la table, on la pousse sur le balcon et on danse. Plus personne dans mon entourage n'organise de tels rassemblements : est-ce à cause de la crise économique ? Je me rappelle que mes parents aimaient avoir du monde chez eux quand mon frère et moi étions des enfants, à une époque où la situation du pays n'était guère meilleure. Mon père s'occupait de la musique : il utilisait un vieux gramophone qu'il remontait souvent, peut-être à la fin de chaque disque, à l'aide d'une petite manivelle. J'adorais voir danser ma tante Polyta, la sœur de mon père, qui était belle comme une actrice. Je me souviens de ses jambes, mais pas de ses chaussures. Ses pieds ne touchent pas le sol. Je me tenais la plupart du temps à côté d'une bibliothèque démontable, dont les rayonnages étaient posés sur des échelles, et que les danseurs bousculaient régulièrement. C'est dire que les livres dansaient aussi. Je voyais Molière courtiser Margaret Mitchell, Pirandello se rapprocher de Betty Smith, Tchekhov engager la conversation avec Stefan Zweig. Seul John Galsworthy restait immuable : son ouvrage *La Dynastie des Forsyte* était beaucoup trop gros.

La première édition de cette fête, qui eut lieu il y a une vingtaine d'années lorsque j'acquis mon appartement, avait énormément surpris mon frère Aris, qui me croyait misanthrope. L'étais-je vraiment ? Je crois bien que je me sentais en péril au milieu des autres, que ce soit à l'école ou en colonie de vacances, que je ne respirais bien qu'à l'écart des groupes. Aurais-je vaincu cette vieille appréhension à force d'assurer la promotion de mes livres dans les librairies de province ? Je suis un ancien agoraphobe qui a pris goût aux bains de foule. Il me semble qu'Aris a suivi l'évolution inverse, qu'il a fini par se lasser des grands raouts qui l'amusaient beaucoup autrefois. Il a progressivement cessé de jouer de l'accordéon, lui qui était si prompt, quand nous étions jeunes, à sortir l'instrument de sa boîte. Il assistait cependant à mes anniversaires d'un air amusé et, de temps en temps, il dansait une valse. Ma mère n'a pas connu ces réunions, ni mon appartement d'ailleurs : j'habite un lieu qui ne garde, hélas, aucun souvenir d'elle. Mon père, en revanche, qui a vécu bien plus longtemps, les fréquentait assidûment, accompagné par une dame d'Europe centrale qui habitait chez lui et dont nous n'avons jamais su précisément les origines. Elle connaissait très mal le grec et avait initié mon père à sa langue. Mais quelle langue était-ce ? Mon père baragouinait un idiome sans nom. Tu m'appelais vers minuit pour m'adresser tes vœux et pour t'assurer que tout se passait bien.

– Quel est l'air que j'entends ?

Je rapprochais le téléphone de l'enceinte : c'était *Mama Inez* par Pérez Prado, *Caminito* par Carlos Gardel, *Oh! Carol* par Neil Sedaka, *Skokiaan* par Louis Armstrong.

– Tu n'as pas *Just a gigolo* ?

Je l'avais. Tu tenais à saluer les personnes présentes à la fête que tu connaissais : je passais le téléphone à Magda, à Yorgos, à Maria, la jeune femme qui s'était occupée de tes enfants à Tinos, à Pénélope et aussi à Dimitris. Tu n'avais jamais rencontré Aris, ni mon père. Au bout de la nuit, quand les invités étaient partis, je trouvais toujours une balle de ping-pong écrasée par terre.

L'avion a atterri à minuit. Il n'était que onze heures à Paris, j'ai néanmoins jugé qu'il était trop tard pour t'appeler quand je suis arrivé chez moi. Je suis resté un long moment devant le miroir de la salle de bains, comme si j'étais à la fois le visiteur et l'hôte et devais me saluer avant de prendre possession des lieux. J'ai posé ma valise sur la table de ping-pong mais je n'ai rangé mes affaires que le lendemain matin.

La première nuit a été passablement agitée. À Athènes aussi je dors sur une mezzanine, mais la distance qui la sépare du plafond est plus petite qu'à Paris. J'ai pris le temps d'examiner les aspérités du plafond et les îlots formés par du ciment qui a servi à boucher quelques trous avant d'éteindre la lampe. Peu après j'ai su que mon père était revenu. C'est Dimitris qui m'apprit la grande nouvelle par téléphone : mon père venait de lui rendre visite.

– Il est sans doute revenu pour voir la petite, m'a-t-il dit.

La fille de Dimitris avait alors un mois et demi.

– Et où est-il maintenant ?

– Il vient de partir, il ne m'a pas dit où il allait.

– Tu lui as donné mon nouveau numéro de téléphone ?

Mon fils n'y avait pas pensé. J'ai eu l'affreux pressentiment que je ne pourrais pas profiter du retour de mon père, que je ne le verrais pas. J'ai téléphoné à tous les gens de la famille encore en vie, à mes cousines, à une tante lointaine, même à ses enfants, et je les ai priés, si jamais ils voyaient mon père, de lui rappeler que je l'attendais.

Au fur et à mesure que les heures passaient et que la lumière du jour diminuait, ma déception se creusait. J'étais en train de passer à côté d'un bonheur inouï. Je ne pouvais pas admettre que mon père m'avait oublié. Mais que faisait-il donc ? Était-il en compagnie d'une de ses anciennes maîtresses ? N'était-il pas déjà reparti, d'ailleurs ? Je songeais que les permissions de sortie dont bénéficient les disparus sont forcément de courte durée. « Les revenants ne restent jamais longtemps. »

Quand la nuit est tombée pour de bon, je me suis rendu au théâtre de l'archevêché catholique d'Athènes où se produit la troupe de mon père, sûr de le trouver à cet endroit. N'avait-il pas consacré toute son énergie durant sa vie à cette troupe ? Mais la porte de la salle était fermée. Je suis donc passé par-derrière, par le jardin de l'archevêché où j'ai pénétré en escaladant des grilles presque aussi hautes que celles du jardin du Luxembourg. J'ai traversé le couloir qui dessert les coulisses puis, par une porte placée du côté de la scène, j'ai accédé à l'orchestre où il n'y avait personne. Pourtant la scène était amplement éclairée, comme lors d'une représentation.

Mon père était là, assis dans un canapé en Skaï noir, semblable à celui que nous avions autrefois à la maison.

Il n'avait pas vieilli, cependant il avait l'air pitoyable : sa barbe avait poussé, ses rares cheveux s'étaient allongés démesurément, il était vêtu d'un costume beige abîmé et probablement crasseux. Il portait des baskets, ce qui était surprenant, car il ne possédait pas ce genre de chaussures.

J'ai pris place au troisième rang. A-t-il remarqué ma présence ? Il avait la tête baissée. Peut-être ne savait-il pas qu'il était sur une scène de théâtre. « Il est venu ici pour se reposer... Il n'a jamais habité ailleurs. »

– J'ai perdu l'habitude de marcher, a-t-il dit d'une voix faible. Il me faut au moins deux heures pour aller d'un endroit à un autre. Toutes les distances sont trop grandes pour moi, désormais. Les gens que j'aime sont trop loin. J'ai tout de même réussi à voir la petite, à toucher sa tête. Elle n'a pas eu peur. Elle a posé sur moi un regard d'une clarté éblouissante, c'était le regard de l'innocence. « Salue l'innocence qui te contemple et va-t'en », me suis-je dit. Je me suis couché sur le muret qui entoure la cour de l'église des Saints-Théodores. Trois ou quatre flics m'ont réveillé, ils m'ont demandé mes papiers, j'ai ri, ça m'a échappé, je n'avais pas l'intention de me moquer d'eux, ils se sont quand même fâchés, ils m'ont conduit au commissariat. Ils ne voulaient pas croire que j'étais grec, j'ai fini par convenir que je ne l'étais peut-être plus, « les morts ont tous la même nationalité », leur ai-je déclaré, j'ai reçu une belle claque sur la figure, ils ont fini par me lâcher. Il faisait déjà nuit quand je suis sorti du commissariat, je me suis alors souvenu des lumières du théâtre.

J'ai vu dans l'encadrement de la porte par où j'étais passé et que j'avais laissée entrebâillée un homme en costume noir.

– C'est vous qui avez allumé les lumières ?

C'était l'archevêque, il tenait dans sa main un gros trousseau de clefs.

– Certainement pas !

– Pourtant il n'y a que vous ici.

Il avait raison, la scène était aussi vide que la salle. Je l'ai suivi jusqu'au portail du jardin, qu'il m'a ouvert.

– Vous ne voulez pas que je vous confesse ? m'a-t-il proposé. Je suis plus en forme pour confesser le soir que le matin, je pense d'ailleurs que les gens confient plus volontiers leurs péchés la nuit que le jour.

J'étais déjà rue Homère, qui grimpe légèrement, comme la rue Pierre-Sémard.

J'ai passé plus de temps à traduire en grec mon dernier roman – le frère de Magda tient à le publier au printemps – qu'à travailler sur le nouveau. La traduction de mes propres livres me prend beaucoup de temps : six mois environ. J'ai l'impression de revisiter une ville que je connais parfaitement, mais où l'on ne parle plus la même langue. La dame pipi du jardin du Luxembourg s'exprime désormais en grec : c'est surprenant, évidemment. Comment aurait-elle parlé si elle avait été grecque ? La question est hors de propos. Je suis attaché à son personnage tel qu'il est. Le changement de langue ne m'oblige nullement à le modifier. Je demande à la langue grecque de rendre de son mieux ce que j'ai imaginé en français.

Cela ne pose parfois aucun problème : des phrases telles que «*peut-on devenir alcoolique à mon âge ?*», ou encore «*le mot qui me tuera est sûrement dans le dictionnaire*» restent absolument identiques en grec. L'adverbe «sûrement» se dit *sigoura* : on conviendra que la ressemblance est frappante. Mais, le plus souvent, il est nécessaire de prendre quelque distance avec le français, étant donné par exemple que les feuilles mortes se nomment des feuilles sèches. La question de la dame pipi «Qu'est-ce qui vous arrive ?» est obligatoirement introduite par la conjonction «mais». Le mot «patrie», dont l'étymologie est grecque, étant plus courant en grec qu'en français, j'ai traduit «nouveau pays» («*Le Luxembourg est mon nouveau pays*») par «nouvelle patrie».

Mon frère me disait que les traductions appauvrissent et enrichissent à la fois la langue. Les particules *vrè, rè, dè, ya, da, ba*, qui notent l'étonnement ou qui servent à interpeller quelqu'un, et qui complètent si naturellement la phrase grecque, sont absentes des traductions puisque rien dans la version originale ne les impose. Les archaïsmes qui restent présents dans la langue moderne, et constituent en quelque sorte sa noblesse, sont également gommés par les traducteurs, qui traduisent automatiquement «enfant» par *pédi* et tendent à négliger ce mot plus rare qu'est *teknon*. Pas tous, bien sûr, car le mot en question figure bien dans le titre du roman de Jules Verne *Les Enfants du capitaine Grant*. Aris notait par ailleurs que la langue de départ contraint la langue d'arrivée a une sorte de gymnastique qui ne saurait lui faire que du bien. Il m'assurait qu'au début du XIXe siècle les Grecs avaient si peu l'habitude de se vouvoyer que, dans la première traduction de *Zadig*, qui date de 1819, le tutoiement est de rigueur, même quand on s'adresse au roi. Les innombrables traductions de romans français qui ont suivi tout au long de ce siècle auraient contribué à répandre l'usage du pluriel de politesse, qui reste tout de même relativement limité jusqu'à aujourd'hui.

Je n'ai jamais su ce que pensait Aris de mes traductions. Il me lisait indifféremment en grec ou en français. Il m'avait fait remarquer une fois que j'avais transformé, dans la version grecque, la petite blonde d'un texte français en petite brune : cela l'avait fait rire aux larmes. Je n'ai pas non plus de préférence pour l'une ou l'autre version : je n'en recommande aucune aux traducteurs vers l'espagnol, l'américain ou le turc. Je souhaite secrètement qu'ils connaissent à la fois le grec et le français, mais c'est rarement le cas.

– Le paradoxe du traducteur, disait Aris, tient au fait qu'il doit respecter le texte original et en même temps le faire complètement oublier.

Je te promets, si Arghyris est d'accord pour publier le livre sur ta mère qui avait retenu l'attention de Magda, que je te traduirai avec autant de rigueur et avec la même liberté d'esprit que je le fais pour mes propres textes.

Le travail de traduction et aussi la préparation de la fête ne m'ont pas permis d'enquêter sérieusement sur la situation du pays. Je n'ai pas réussi à voir Christos, qui était débordé par l'élaboration du *Radeau*. Comme je comptais sur lui pour entrer en contact avec Orthodoxie, la footballeuse de l'équipe nationale des SDF, je n'ai pas rencontré celle-ci non plus. Je me contentais pour l'essentiel de découper quelques articles dans la presse – l'un d'eux faisait état de l'intervention de la police dans une décharge publique où des gueux se disputaient des bouts de ferraille – et de suivre les journaux télévisés qui faisaient tous, comme au temps de la dictature des colonels, l'éloge du gouvernement. Il n'avait pourtant obtenu d'autre résultat tangible sur la voie du redressement national que l'appauvrissement extrême d'une bonne partie de la population. Je me suis souvenu qu'en mai 1968 certains journalistes, défenseurs de l'ordre établi, avaient été violemment pris à partie par les étudiants. Tous les soirs, en éteignant le poste, je prévoyais que des téléspectateurs en colère saccageraient dès le lendemain les locaux des chaînes de télévision. Mais rien de tel ne s'est produit pendant mon séjour. J'ai appris que certains présentateurs ne se déplaçaient en ville que sous bonne garde policière. Les indignés qui avaient occupé un an auparavant la place de la Constitution, en face du Parlement, et qui avaient brûlé quelques banques, ne se faisaient plus entendre. Avaient-ils vieilli en si peu de temps ? « Tous les Grecs ont mon âge, voilà pourquoi ils ne bougent pas », me disais-je.

Je me suis tout de même emporté un peu, dans une interview au journal *Eleuthérotypia*, contre l'Église grecque qui a béni tous les régimes dictatoriaux imposés au pays depuis son indépendance et qui continue de flirter avec le parti d'extrême droite Aube dorée, représenté au Parlement par dix-huit députés. Je me suis étonné par ailleurs que cette institution richissime, qui possède le plus grand parc immobilier du pays, soit exemptée de l'impôt sur les grandes fortunes et que les popes, qui sont payés par l'État, aient échappé aux licenciements et aux baisses de salaires qui ont frappé les autres fonctionnaires. Cela m'a valu, dans les colonnes du même journal, une réponse virulente du métropolite du Pirée qui m'a reproché de passer sous silence l'œuvre mystique de l'Église et aussi son action en faveur des déshérités, qui consiste notamment en des distributions de repas. Mais ces repas ne coûtent pas cher – quatre-vingts centimes le plat comme je l'ai appris – et sont du reste payés par les sponsors que l'Église associe astucieusement à ses opérations de charité. Le vieux journaliste qui m'a fourni ces renseignements et qui dirige la rubrique religieuse d'un autre quotidien m'a assuré par ailleurs que le métropolite en question avait participé à des manifestations d'Aube dorée. La lettre que j'ai donnée à *Elefthérotypia* en réponse à la sienne n'a provoqué aucune réaction de sa part.

J'ai vu à plusieurs reprises à la télévision, au cours de divers débats, la porte-parole du parti communiste : elle portait une jolie croix au cou. Parmi les innombrables slogans qui ornent les murs du quartier d'Exarkheia, place forte des étudiants et de ceux que la presse qualifie communément d'anarchistes, aucun à ma connaissance ne prend pour cible l'Église ni ne réclame sa séparation avec l'État. La première chose que l'on apprend à l'école est que l'orthodoxie fait partie intégrante de l'identité nationale : il faut dire que le saint-synode est associé au ministère de l'Éducation et qu'il exerce par ce biais une forte influence sur l'enseignement. Les manuels d'histoire exaltent la contribution du clergé à la guerre d'indépendance de 1821 : en fait, la hiérarchie ecclésias-tique a été hostile à ce mouvement dont le chantre, Rigas Féréos, était un disciple des Lumières et envisageait d'écarter l'Église du pouvoir politique. Ils assurent que les popes ont mis sur pied, pendant les longs siècles de l'occupation ottomane, un réseau d'écoles clandestines où les jeunes pouvaient apprendre leur langue : c'est encore un mythe, les Ottomans n'ayant jamais cherché à imposer leur idiome ni interdit l'enseignement du grec. Les jeunes historiens qui ont relevé récemment ces contrevérités ont suscité une véritable levée de boucliers, y compris dans la communauté académique. Aux yeux de beaucoup, probablement de la majorité des Grecs, contester l'Église revient à nier sa patrie, à bafouer son drapeau qui reproduit justement la forme de la croix. Cette conviction est encore plus fortement ancrée dans les communautés grecques de l'étranger dont la vie tourne autour des édifices religieux. Ma mère, qui était originaire d'Istanbul, siège du patriarcat orthodoxe, s'étonnait qu'on puisse être à la fois grec et catholique. Pourtant son mari était catholique. Était-elle au courant des conflits qui avaient opposé autrefois les chrétiens entre eux et qui avaient abouti au schisme ? Peut-être parce que les anciens Grecs ne croyaient pas à grand-chose, elle jugeait l'athéisme moins incompatible avec la religion nationale que le catholicisme. Voyait-elle mon père comme un agent de l'étranger ?

Bien des popes et des moines sont persuadés que la Sainte Vierge est venue en Grèce non pas en vacances, mais pour combattre la religion païenne. Son culte reste apparemment vivace si j'en juge par le fait que son image, pâle copie d'une icône byzantine, est présente dans tous les taxis. Une cordelette noire à nœuds est parfois suspendue au rétroviseur : il s'agit d'un chapelet confectionné par les moines du mont Athos. Ce lieu pieux, que j'ai eu l'occasion d'explorer il y a quelques années, porte le nom de « jardin de la Toute Sainte ». Je suis tombé un jour sur un chauffeur extrêmement remonté contre les Témoins de Jéhovah, notamment parce qu'ils ne reconnaissent pas la croix comme symbole de la religion chrétienne – ils la considèrent comme un instrument de torture – et aussi parce qu'ils manquent de respect à la Sainte Vierge.

– Tu te rends compte, m'a-t-il dit, ils ne l'appellent jamais que Marie, tout simplement, comme si c'était leur cousine !

J'ai pris un air outré, jugeant peu prudent de l'énerver : il conduisait vite et la circulation était infernale. Son véhicule était décoré de dizaines de bouts de papier, collés un peu partout, qui portaient chacun une citation des Testaments. Il était convaincu que l'orthodoxie était en danger, qu'une cabale universelle était ourdie contre elle, à laquelle participaient naturellement les Témoins de Jéhovah, et qui visait à faire triompher l'Antéchrist. Les autorités grecques avaient indéniablement encouragé l'avènement de cette sinistre figure en supprimant la mention concernant l'affiliation religieuse qui figurait naguère sur les pièces d'identité. Je me suis souvenu que l'Église avait organisé d'énormes manifestations contre cette mesure, mais le gouvernement, encouragé par Bruxelles, avait tenu bon.

À la fin de la course, il m'a remis gracieusement un paquet de photocopies comprenant la déclaration de foi orthodoxe, le catalogue de tous les contresens commis par les jéhovistes dans l'interprétation des livres sacrés et diverses coupures de presse. Je n'ai jeté qu'un coup d'œil sur ces pages, qui m'a tout de même permis de repérer cette question à la fin d'un article : « *Pourquoi acceptons-nous les étrangers chez nous alors que tant de Grecs sont au chômage ?* » Aube dorée pose inlassablement la même question.

Sur la baie vitrée d'une librairie religieuse, située paradoxalement à Exarkheia, j'ai lu cet avertissement inscrit en lettres rouges : « *Ne blasphémez pas, cela peut vous valoir un accident de la route.* » Mon attention a été également attirée par un petit livre, bien placé dans la vitrine, à cause de son titre, *La Crise. Sortir de l'impasse*, et de sa couverture réunissant le Christ, le drapeau grec, une petite église, le Parthénon et, derrière ces édifices, pour bien marquer sans doute la gravité de la situation, un champignon nucléaire. J'ai acheté naturellement cet ouvrage, édité par la revue de théologie *Le Sauveur*, qui soutient que la crise est avant tout morale et que la meilleure façon de la combattre est de boucher nos oreilles aux sirènes de l'étranger qui nous poussent à la débauche, de revenir aux préceptes fondamentaux de l'orthodoxie et de prier la Sainte Vierge, qui a une affection particulière pour les Hellènes : n'est-ce pas elle qui leur a permis de vaincre l'armée italienne en 1940 ? La notion de complot est reprise par les auteurs de cette diatribe : mais pourquoi diable les grands de la terre chercheraient-ils à pervertir la Grèce, à l'attacher, comme il est dit dans le texte, au char de Satan ? C'est en raison de sa très haute et très ancienne spiritualité, parce qu'elle est le principal bastion de la foi. Si la Grèce traverse une passe difficile, elle n'en est pas moins un pays d'exception qu'il faut sans cesse défendre contre les étrangers, les puissants comme les plus démunis, «*ces caravanes de réfugiés et de travailleurs illégaux qui débarquent chez nous*». L'Église, comme l'extrême droite, rêve d'une Grèce aux frontières fermées, d'une solitude.

Il paraît cependant que l'information donnée p. 11 selon laquelle «*des élèves s'évanouissent pendant les cours par manque de nourriture*» est exacte. On m'a même dit qu'il existe un foyer à Athènes, à Callithéa, qui accueille en semaine des enfants que leurs parents ne peuvent plus nourrir. Il semble que des scènes déchirantes se déroulent à l'entrée de cet établissement, car les gamins préfèrent rester chez eux, même s'il n'y a rien à manger. J'aurais bien aimé me rendre à Callithéa, qui est le quartier de mon enfance, mais je n'ai pas trouvé le temps. Je me suis simplement souvenu qu'au lendemain de la guerre, quand je suis né, nous n'avions déjà pas grand-chose à nous mettre sous la dent : mon père allait cueillir des herbes sur le mont Hymette. Pendant longtemps, depuis son indépendance au moins, la Grèce a été aussi pauvre que Karaguiozis, le héros très populaire du théâtre d'ombres, qui ne parvient pas à subvenir aux besoins des siens. Il faut croire qu'on ne s'habitue pas à manquer de tout car, aussitôt qu'ils ont eu de l'argent, mes compatriotes ont voulu d'un coup tout avoir. Je parle des années 80, où les rues se sont remplies de voitures tout-terrain, les campagnes de villas luxueuses et les bords de mer de boîtes de nuit pharaoniques, où l'on dansait sur les tables jusqu'au matin.

La Grèce a vécu au cours de cette période faste des nuits hors de prix.

– Dans les boîtes, on rendait hommage aux chanteuses en déversant sur leur tête des paniers de gardénias, qui étaient facturés cent euros, m'a rappelé Nikos, un ami de mon frère, historien et directeur d'une vieille revue littéraire. On commandait le whisky à la bouteille, qui était au prix de deux cents euros. On manifestait son enthousiasme en faisant briser par un serveur quelques piles d'assiettes au bord de la piste, opération qui coûtait également très cher. Bref, pour profiter convenablement d'une telle soirée, il fallait dépenser au bas mot mille euros par personne. Les femmes portaient sur elles une petite fortune, leur principale parure étant une montre Franck Muller à plus de vingt mille euros. Le menu des restaurants s'est enrichi d'un nouveau plat, les spaghettis au homard.

Les festivités avaient été lancées par le socialiste Andréas Papandréou, grand gagnant des élections de 1981, qui n'a cessé de célébrer sa victoire. Né aux États-Unis, où il avait longtemps vécu, il voyait la Grèce comme un lieu propice aux réjouissances, un peu comme la voient les touristes. Il a voulu sortir le pays de la misère où il pataugeait, mais il a choisi la voie la plus périlleuse en multipliant les emprunts aux banques étrangères. Nouveau membre de l'Union européenne, la Grèce bénéficiait désormais non seulement de subventions importantes, mais aussi de la possibilité d'emprunter de l'argent à des taux très bas, comparables à ceux de l'Allemagne. Papandréou a chargé l'avenir de payer les dépenses du présent. Il a distribué énormément d'argent et a gagné naturellement les élections de 1985 aussi.

J'ai d'abord écrit, puis effacé, le nom de famille de Nikos. Ce n'est pas seulement pour pouvoir utiliser les informations qu'il m'a données comme bon me semble, pour les enrichir éventuellement de renseignements puisés dans d'autres sources, mais aussi parce que je n'exclus pas de lui faire jouer un rôle dans lequel il ne se reconnaîtrait pas nécessairement. Je préserve ma liberté en ne citant pas son nom. J'ai toujours fait cela, je veux dire que je n'ai jamais révélé l'identité des chercheurs et des universitaires qui ont bien voulu m'apporter leurs lumières sur le mystère de Delphes, les secrets du mont Athos, l'origine du langage ou l'histoire du jardin du Luxembourg. Je me sens obligé envers ces personnes et voudrais leur exprimer ma gratitude, mais comment faire ? Il me faudrait au moins une page pour les mentionner tous et je vois mal comment une telle page pourrait trouver sa place dans un roman. Car nous sommes dans un roman, bien sûr.

Nikos m'a conseillé de lire un roman de Yorgos Théotokas, *Malades et voyageurs*, paru en 1964, qui couvre la période qui s'étend de l'invasion allemande à la guerre civile.

– Il décrit une Grèce asservie et affamée qui ressemble singulièrement à celle d'aujourd'hui.

– Tu crois que nous sommes à la veille d'une guerre civile ?

– Elle est déjà commencée ! Certains quartiers d'Athènes sont passés sous le contrôle d'Aube dorée, avec l'assentiment de la police. Cette organisation a mis sur pied une véritable armée, qui dispose de camps d'entraînement et d'un arsenal conséquent. Elle procède à des opérations punitives contre les immigrés et les gauchistes dignes des forces hitlériennes dont elle a par ailleurs adopté le salut.

Chaque fois que je croyais avancer un peu dans mon enquête, je ne me rendais que mieux compte de mes lacunes. J'avais cependant conservé une coupure de presse qui faisait état des agressions racistes commises en Grèce : l'ONU et la Ligue des droits de l'homme en avaient dénombré trois cent cinquante depuis 2011.

Je n'avais jamais lu Théotokas, qui fut pourtant le chef de file des écrivains de l'entre-deux-guerres. Je savais que cette génération avait été marquée par le rapatriement forcé en 1922 des populations grecques de Constantinople et d'Asie Mineure, un million et demi de personnes, à la suite de l'opération avortée de l'armée grecque en Turquie. Ma grand-mère maternelle et ses quatre filles faisaient partie de ces rapatriés. Peut-être ne m'étais-je pas intéressé à Théotokas parce que j'avais entendu dire, par ma mère probablement, qu'il était meilleur théoricien que romancier. Il rêvait d'une littérature débarrassée des exaltations lyriques qui étaient alors en vogue, sobre et réaliste, proche à la fois de la tradition populaire et du roman européen.

– Si tu veux, je peux te faire rencontrer la sœur de Théotokas, elle habite près d'ici.

– Elle est toujours en vie ?

Je me souvenais que Théotokas était mort peu avant la dictature des colonels, quarante-cinq ans plus tôt.

– Mais oui ! Elle a cent un ans ! Elle s'appelle Lilie.

Nous étions à la terrasse de La Cerisaie, un café d'Exarkheia géré par des comédiens, qui reçoit le soleil toute la journée : il est situé en face d'un jardin public qui a été créé par des habitants du quartier sur l'emplacement d'un ancien parking. J'avais le soleil dans les yeux. Je me suis souvenu que tous les Noëls de mon enfance avaient été ensoleillés.

– Peut-on calculer le montant des économies d'énergie

que nous réalisons grâce au soleil, comparativement à des pays comme la Belgique ou la France ?

– Je vais essayer de me renseigner, m'a promis Nikos.

Nous buvions de la bière. Je m'assoupissais. L'un des deux hommes plutôt âgés qui occupaient la table voisine ne se contentait pas de regarder les jeunes filles qui passaient régulièrement devant nous, il commentait à haute voix leur tenue, leur allure.

– Tu te souviens des jambes de Monica Vitti dans *L'Avventura* ? Eh bien, elle a exactement les mêmes.

– Elle porte des chaussures à talons ?

– Non, des baskets.

– Voilà pourquoi je ne l'ai pas entendue venir. Et son cul ? Il est comment son cul ?

Elle venait de disparaître au coin de la rue. Malgré mon engourdissement, j'ai fini par réaliser que celui qui posait les questions était aveugle : il scrutait les filles à travers les yeux de son ami. Une autre jeune femme a fait son apparition, elle est sortie du parc d'en face et a traversé la rue. Elle n'était pas bien grande, ni très mince, elle possédait cependant une superbe poitrine : elle était tout à fait mon genre en somme.

– Elle a les nichons d'Anita Ekberg dans *La Dolce Vita*, a assuré le commentateur qui était apparemment un amateur du cinéma italien. Elle est vêtue d'un tee-shirt noir et d'une jupe noire moulante, qui masque en partie le galbe de ses jambes.

– Dommage, a dit l'aveugle.

Le soir même je t'ai téléphoné pour te raconter cette scène. Mais tu ne m'as cru qu'à moitié :

– Tu es sûr que tu ne l'as pas inventée ?

Nikos aussi suivait la conversation des voisins, mais d'un air plutôt agacé.

– Nous devrions aller chez Lilie, a-t-il insisté. C'est une bonne heure pour lui rendre visite.

Il était midi. Lilie habite rue Scoufa un cinquième étage où nous sommes montés par un ascenseur antédiluvien. Il avançait si lentement que mon camarade a eu le temps de m'informer qu'elle était issue d'une vieille famille de Chios qui avait émigré à Constantinople, où elle était restée jusqu'à l'exode des Grecs, en 1922.

Nous avons été accueillis par une dame de compagnie au teint hâlé : elle nous a introduits dans un appartement d'un autre temps, encombré de vieux meubles sur lesquels étaient posés toutes sortes d'objets achetés il y a longtemps. J'ai tout de suite trouvé un air de famille à la petite femme aux cheveux blancs qui nous attendait au fond du salon, assise dans un grand fauteuil, une canne à pommeau d'ambre à portée de la main. Son visage fin, son regard bienveillant, son discret sourire m'ont fait penser non pas à ma mère, qui a disparu relativement jeune, mais à ma grand-mère.

Elle a eu la gentillesse de me déclarer qu'elle avait entendu parler de moi et qu'elle était ravie de me connaître.

– Il paraît que vous vivez à Paris ?

Je n'ai pas su que lui répondre.

– J'ai appris le français très jeune, à Constantinople. Mon professeur, qui était une femme, me rappelait sans cesse à l'ordre : « Lilie, vous êtes étourdie ! » me disait-elle. Mon père avait fait une partie de ses études à Paris.

Je lui ai dit que ma mère aussi était née à Constantinople mais qu'elle ne connaissait pas le français.

– Quelle âge avait-elle quand elle est venue en Grèce ?

– Sept ans.

– Moi j'en avais onze. Mais elle a dû apprendre le français plus tard, pour vous faire plaisir ?

J'ai eu du mal à contenir mon émotion. « J'ai obligé ma mère à apprendre une langue étrangère », ai-je pensé. Sur le dossier d'une chaise, placée à côté de son fauteuil, était suspendu un pull-over d'enfant, moitié gris, moitié vert bouteille, ces deux couleurs étant séparées par une mince bande jaune.

– Madame Lilie tricote pour les enfants déshérités, a dit Nikos. Elle donne ses pulls à l'Église qui en assure la distribution. Ses activités humanitaires ne datent pas d'aujourd'hui : pendant la dernière guerre, elle recueillait des fonds en liaison avec la Croix-Rouge et l'archevêché orthodoxe d'Athènes pour les familles des patriotes exécutés par les nazis.

Elle avait baissé la tête, comme accablée par cet éloge. Je me suis demandé si Théotokas avait évoqué sa sœur dans l'un de ses livres. « Moi je parlerai d'elle », ai-je décidé. La dame de compagnie nous a apporté des cafés et de l'eau sur un plateau de bois dont les poignées représentaient chacune un aigle à deux têtes, l'emblème de Byzance. J'ai eu l'idée que ce symbole convenait à la Grèce aussi, puisqu'elle a toujours eu les yeux rivés à la fois sur l'Orient et sur l'Occident.

– J'ai eu la chance de naître dans un milieu aisé. J'apprenais le dessin avant guerre. Mon père m'a déclaré un jour qu'il est des circonstances où il faut d'abord penser aux autres. C'était pendant le terrible hiver de 1941-1942 : les gens mouraient en pleine rue, de faim le plus souvent, ils mouraient en marchant. J'ai donc arrêté le dessin.

Elle s'est tournée vers Nikos :

– Vous n'avez pas l'impression que notre histoire revient sans cesse en arrière ? Nos infortunes actuelles me remettent en mémoire non seulement l'Occupation, mais aussi la Grèce de 1922 : nous avions découvert alors un pays humilié et miséreux. Je me souviens que l'eau était rationnée à Athènes : quand on ouvrait un robinet, on entendait le plus souvent une sorte de raclement de gorge. C'était bien ennuyeux car nous vivions dans la poussière, les rues n'étant pas asphaltées. Nous ressemblions à des figurines en terre cuite.

– Le pays venait de subir successivement les guerres balkaniques, la Première Guerre mondiale et le conflit désastreux avec la Turquie, a rappelé Nikos. Il n'était vraiment pas en mesure d'accueillir décemment la bourgeoisie grecque d'Istanbul, une société de marchands fortunés qui se considéraient en outre comme les héritiers naturels de l'Empire byzantin. Ils sont tombés de haut en découvrant la métropole. Ils ne sont pas restés les bras croisés cependant : ils se sont attelés avec fougue à la transformation du pays, comme pour le rendre plus digne d'eux. La situation économique de la Grèce s'est effectivement améliorée dans les années qui ont suivi l'arrivée des immigrés de Turquie.

La photo en noir et blanc d'un enfant de deux ans était accrochée à droite du buffet. C'était un garçon aux cheveux bruns mi-longs, aux bonnes joues, au front bombé, qui regardait vers la gauche de l'image. Il faut croire que ce qu'il voyait ne lui plaisait pas trop : ses grands yeux considéraient la chose avec une dureté surprenante et sa bouche formait un pli de dégoût. «C'est la photo d'un futur intellectuel», ai-je pensé. Comme il était torse nu, on voyait bien la croix qu'il avait sur la poitrine, suspendue à une chaînette. Lilie a noté mon intérêt pour ce portrait.

– C'est mon frère, a-t-elle dit. À la mort de sa femme, j'ai récupéré ses archives et ses manuscrits, je vous les montrerai un jour si vous le voulez. Je ne peux plus lire malheureusement, je vois juste assez pour tricoter. Mais des amis ont la gentillesse de me faire la lecture de temps en temps. Yorgos n'a été que peu traduit en français, où on lui a cependant consacré une thèse. Il est davantage connu au Japon et en Suède. Contrairement à nos parents, lui n'a eu aucun mal à s'adapter à la vie athénienne, il a fait un trait sur le passé, il a compris qu'il ne nous appartenait plus. Il soutenait que les Grecs s'étaient suffisamment occupés de leurs ancêtres, qu'ils devaient désormais regarder devant eux. Il aimait moins le rocher de l'Acropole que le mont Lycabette, qui n'était pas encore envahi par les immeubles comme aujourd'hui. Il n'y avait que des arbres et quelques guinguettes qui diffusaient une musique parfois assez joyeuse.

J'ai pensé à la petite église dédiée à saint Georges qui occupe le sommet de cette colline et qui a donné son nom à l'hôtel que tu fréquentais. «L'Église a mis la main sur toutes les hauteurs du pays, elles sont couronnées par une chapelle.» Je crois bien que c'est la seule question que j'ai posée à Lilie pendant cette visite:

– Que pensait votre frère de l'Église grecque?

– Il la jugeait sans doute un peu sévèrement, il trouvait

qu'elle s'était sensiblement éloignée de l'esprit de ses origines et qu'elle comprenait mal le monde moderne. Yorgos était plus à gauche que moi. Voyez-vous, il avait milité pour l'abolition du régime de monarchie constitutionnelle qui était alors en vigueur en Grèce, il avait de l'amitié pour le vieux Papandréou, le père d'Andréas, qui s'était violemment heurté au roi dans les années 60. Vers la fin de sa vie, il avait effectué une visite au mont Athos, qui l'avait envoûté.

J'ai pris conscience soudain que le nom de Théotokas évoque la Sainte Vierge, qui se nomme *théotokos*, mère de Dieu, en grec.

— Tous les hommes de gauche se rendent un jour au mont Athos, a ironisé Nikos.

Nous sommes partis peu après. Lilie a tenu à nous accompagner jusqu'à l'entrée, en s'appuyant sur sa canne.

— Vous allez vous remettre au travail ? l'a interrogée Nikos.

— Oui, oui, a-t-elle dit. L'hiver n'est pas encore arrivé, mais il va venir. Je n'accepte pas l'idée que des enfants puissent avoir froid dans mon pays.

Dans l'ascenseur, mon ami m'a confié qu'il admirait la sérénité de cette femme, qui avait partagé toutes les épreuves que la Grèce avait essuyées en cent ans.

— Les péripéties du pays n'ont pas réussi à ébranler sa foi. Elle est sereine parce qu'elle n'a jamais cessé d'espérer.

Je songeais pour ma part qu'elle était probablement plus belle aujourd'hui qu'à vingt ans.

J'allais souvent à Exarkheia car la maison d'édition de Magda se trouve dans ce quartier. Arghyris était perpétuellement déprimé. Il souffrait d'être séparé de ses enfants, qui sont restés à Salonique avec leur mère, de ne plus pouvoir communiquer avec sa sœur dont il partage désormais la vie, de devoir apprendre, à soixante ans, un nouveau métier. C'est d'autant plus difficile que l'édition traverse une crise profonde : bien des maisons sont au bord de la faillite, et deux des plus grandes et des plus anciennes librairies de la ville ont dû cesser leur activité. Arghyris a tant réduit la production de sa maison que ses quatre employés ne savent plus quoi faire de leurs journées. Il me remettait en mémoire ce singulier graffiti qu'on pouvait lire un peu partout à l'époque, écrit tantôt en lettres géantes sur la paroi aveugle d'un immeuble, tantôt en caractères minuscules sous le rebord d'une fenêtre : « Je dépéris. » Arghyris dépérissait en effet. De temps en temps je l'emmenais prendre un verre à La Cerisaie où, parfois, il se mettait à pleurer.

– On peut comprendre le silence d'une personne qui ne fait que se taire, me disait-il. Le silence de Magda est bien différent, il est indéchiffrable. Il ne fait pas partie d'un dialogue, il est suspendu dans le vide.

Il comptait énormément sur mon livre pour redresser la situation de ses éditions. Il me posait les mêmes questions que tant de fois tu m'avais adressées, mais sur un ton bien plus pressant :

– Tu avances ? Tu en es où exactement ?

La clientèle du café d'Exarkheia étant sans cesse sollicitée par des colporteurs qui vendent toutes sortes de

113

choses, des mouchoirs, des DVD, des portefeuilles, des montres et même des éventails en été, je n'ai guère fait attention au Noir qui venait vers nous.

– Bonjour papa! m'a-t-il interpellé joyeusement.

C'était Yvon, un Sénégalais qui avait travaillé autrefois dans la marine marchande grecque et qui avait fini par s'installer à Athènes. À force de nous croiser nous avions fini par faire connaissance. Il me parlait tantôt en grec, tantôt en français: il ressemblait à mes personnages qui passent continuellement d'une langue à l'autre. À dire vrai, je ne me rappelle plus si nous avons parlé en grec ou en français ce jour-là.

Comme je n'étais pas très disposé à engager à nouveau la conversation avec lui, je l'ai prévenu que sa marchandise ne m'intéressait guère.

– Mais je ne vends plus de briquets, papa! Regarde!

Il a sorti de son sac un petit ourson en peluche qu'il a posé sur notre table entre mon verre de bière et le whisky d'Arghyris. Aussitôt l'animal s'est mis à sautiller sur place, tout en jetant des éclairs multicolores de ses yeux. On aurait dit qu'il était ivre. Je t'ai imaginé un instant à la place d'Arghyris: j'ai eu la conviction que cette scène aussi était susceptible de t'amuser. J'ai donc acheté le jouet pour te le montrer mais j'ai oublié malheureusement de le mettre dans mes bagages, quand je suis rentré à Paris.

Yvon portait un bonnet de laine qui lui cachait les oreilles et le front.

– Tu n'as pas trop chaud? me suis-je étonné.

Il a retiré délicatement sa coiffe puis il m'a montré l'arrière de son crâne: il avait une belle cicatrice à cet endroit, bien visible car on lui avait rasé les cheveux tout autour.

– On m'a frappé, papa, m'a-t-il dit. Je ne les ai pas entendus venir mais le pharmacien, lui, les a vus. Je ne me suis rendu compte de rien, car je suis tombé dans les pommes.

Les propos de Nikos sur la chasse aux immigrés clandestins par les militants d'Aube dorée me sont alors revenus à l'esprit. Yvon nous a expliqué qu'ils agissaient habituellement à deux, en se déplaçant à moto, et qu'ils étaient armés de barres de fer, mais aussi de stylets : le jeune Pakistanais qu'ils avaient tué au début de l'année sur un marché public à Athènes était mort de sept coups de couteau. Arghyris est intervenu dans la conversation : je suppose que nous parlions en grec étant donné qu'il ne connaît pas très bien le français. Il nous a appris que des membres du même parti, conduits par un de leurs députés, avaient fait irruption récemment dans un hôpital du Péloponnèse pour s'assurer que tous les malades et le personnel soignant avaient la nationalité grecque. L'opération s'était soldée par une bagarre généralisée avec les médecins.

– L'actuel ministre de la Santé du gouvernement Samaras est un transfuge d'un autre parti d'extrême droite, le Rassemblement grec orthodoxe, a-t-il ajouté. Son appellation rappelle le fameux slogan de la junte des colonels : « La Grèce aux Grecs chrétiens ».

Yvon avait remis son bonnet.

– Tu le portes pour te protéger ?

– Mais non, pour cacher ma cicatrice ! Ça ne protège de rien du tout, un bonnet !

Pendant qu'il s'éloignait, j'ai songé au mot « xéno-phobie » : de quand datait-il au juste ? Figurait-il dans les textes classiques ? Avait-il été forgé plus récemment ? Je savais que le vocabulaire du grec ancien avait servi à la fabrication d'innombrables néologismes, imposés notam-ment par le progrès scientifique. Arghyris a renouvelé notre commande. Il a souri à la serveuse, une grande fille aux cheveux frisés qui portait une jupe écossaise attachée sur le côté avec une grosse épingle, moitié plus courte cependant qu'un vrai kilt. J'ai rêvé qu'elle pénétrait chez moi la nuit par la porte-fenêtre que je laisse entrebâillée et qu'elle s'asseyait au bord de mon lit.

– Je préfère retirer mon épingle, m'a-t-elle dit, elle pourrait te faire du mal.

– Tu t'entends bien avec ta femme ? ai-je demandé à Arghyris.

– Pas du tout. D'une certaine façon, ça m'arrange d'être à Athènes.

J'ai songé que les premiers seins nus que j'avais aperçus de ma vie étaient ceux d'une Noire dans un film de Tarzan.

– Comment tu trouves la serveuse ?

– Elle n'est pas libre, l'ai-je prévenu. Elle a une liaison avec un vieux de mon âge, qui habite d'ailleurs ma rue.

Il m'a annoncé que deux universitaires de ses amis, qui enseignent à Salonique, travaillaient sur une histoire de l'extrême droite en Grèce depuis l'entre-deux-guerres et qu'il comptait publier leur étude en même temps que mon roman. Il a bien voulu me donner les coordonnées de ces deux hommes, j'ai pensé que j'aurais besoin de les consulter lorsque mon nouveau projet de livre serait plus avancé. J'ai tout de suite reconnu l'épais agenda qu'il avait pris dans sa poche: c'était celui de Magda. Je l'ai reconnu à sa reliure surannée, à son dos défait, à l'élastique qui retient ses pages. Est-ce que Magda se souvenait de son métier d'éditeur? Est-ce qu'elle savait qu'elle avait publié des centaines de livres depuis la création de sa maison en 1974, année de la chute des colonels?

– Le parti Aube dorée, qui semble devoir son nom à la confrérie ésotérique anglaise du xixe siècle Golden Dawn, a été fondé peu de temps après l'effondrement du communisme et l'exode des populations des pays de l'Est vers l'Europe et notamment vers la Grèce. Il a obtenu plus de 7% des suffrages aux élections de juin dernier, mais son audience est bien plus étendue dans les centres urbains, qui attirent le plus d'étrangers et où le taux de chômage est le plus élevé, et dans le Péloponnèse qui est depuis toujours la région la plus réactionnaire du pays. Les Spartiates sont restés fidèles à leurs ancêtres.

» Heureusement, il y a les îles. Elles sont bien moins perméables à la propagande de l'extrême droite que le continent. Elles n'ont pas envoyé de représentant d'Aube dorée au Parlement. Est-ce parce qu'elles sont plus ouvertes sur le monde, plus cosmopolites?

J'ai été séduit par la concision de l'exposé d'Arghyris, qui m'a rappelé la façon de parler de Nikos. J'ai songé qu'il avait peut-être les qualités requises pour prendre la succession de sa sœur. Une nouvelle fois je me suis trouvé sur la terrasse de Tinos, j'ai senti la chaleur des dalles sous mes pieds nus. J'ai regardé la mer à travers le cyprès qui pousse en contrebas, à côté de l'escalier donnant accès au jardin. Un petit chien blanc à longs poils est venu jusqu'à mes pieds, en traînant par terre sa laisse. Il était sans doute passé à travers les lattes qui forment la porte du jardin. L'instant d'après, une belle femme blonde, très légèrement vêtue, se tenait devant moi.

– Vous n'auriez pas vu mon chien ? m'a-t-elle questionné en français.

Elle m'a expliqué qu'elle venait de Strasbourg, qu'elle faisait le tour des Cyclades et qu'elle avait un ami dans chaque île.

– On n'a qu'à l'attendre, lui ai-je proposé, il va sûrement revenir.

Nous nous sommes assis tous les deux dans le hamac. Je lui ai dit que je m'étais rendu souvent à Strasbourg pour présenter mes livres.

– Je vous reconnais à présent ! s'est-elle exclamée. J'ai assisté à une de vos conférences !

Je l'ai embrassée sur la joue.

– J'aime beaucoup Strasbourg, lui ai-je confié, sa cathédrale, son vin chaud, ses kouglofs.

Arghyris poursuivait cependant son propos :

– J'ai vu à la télévision le représentant d'Aube dorée en Crète, un gaillard au crâne rasé, avec une gueule de boxeur, qui exerce par ailleurs le métier d'officier de police. Après avoir vilipendé les immigrés, il s'est subitement radouci et a exhorté son auditoire à faire preuve de plus d'humanité à l'égard des chiens et des chats errants qui manquent de tout. Il a déclaré que son parti soutenait toute initiative en faveur de ces pauvres bêtes ! Il a failli m'arracher une larme ! Je me suis souvenu que Hitler avait de l'affection pour ses chiens.

La rue Didot que je prends d'habitude pour rentrer chez moi d'Exarkheia est en réalité un pont qui relie les deux parties de mon histoire : elle porte un nom français, mais c'est celui du célèbre imprimeur parisien qui publia le *Trésor de la langue grecque*. La maison de Magda se trouve dans cette rue, et aussi l'École française d'Athènes où j'ai puisé l'essentiel de la documentation dont j'avais besoin pour écrire en grec un roman sur l'epsilon de Delphes. C'est une rue assez fatigante car elle grimpe vers les hauteurs du Lycabette. Elle m'oblige à m'arrêter tous les dix mètres pour reprendre mon souffle, elle me remet en mémoire les ombres qui sont apparues sur la radio de mes poumons : c'est une rue qui me parle.

J'ai eu plus de mal que d'habitude à la remonter après ma discussion avec Arghyris. Je me suis assis un moment sur les marches d'un immeuble : contrairement à Paris où le rez-de-chaussée est situé au niveau du trottoir, à Athènes il est surélevé, ce qui explique que son entrée est toujours précédée par un escalier. Les renseignements sur Aube dorée que j'avais obtenus rendaient l'air de la ville encore plus lourd, ils m'asphyxiaient. C'est un peu pour échapper à cette oppression que j'ai poussé la grille de l'École française, non seulement parce qu'elle possède un beau jardin agrémenté de cyprès et de palmiers cente-naires, mais aussi pour profiter de sa bibliothèque : j'ai espéré découvrir là une autre Grèce, plus généreuse, j'ai eu besoin de me réconcilier avec mon pays. Je n'ai pas été déçu : il y a bien eu une époque où les étrangers étaient reçus avec des égards, où on leur offrait des cadeaux, où ils jouissaient de la plus haute des protections, celle de Zeus, le père des dieux, qui était surnommé l'Hospitalier. C'est le mot *xénos*, l'étranger, toujours en vigueur dans la langue d'aujourd'hui, et qui signifiait à l'origine « l'hôte », qui m'a servi de guide dans cette recherche. *Xénophobie* n'est pas un mot ancien : il date selon le *Robert* de 1903, selon le dictionnaire grec de 1887. Les Athéniens accueillaient d'autant plus chaleureusement leurs hôtes qu'ils parlaient le grec et venaient d'une cité amie. Ils leur accordaient parfois le droit d'épouser une Athénienne, mais rarement la citoyenneté. Les non-hellénophones, les barbares en somme, des gens modestes en général, étaient perçus non sans quelque réserve : on les interrogeait sur leurs projets, on examinait leurs papiers, des parchemins où figurait, en guise de photo, la description de leur personne. Au bout d'un mois, ils obtenaient le titre de métèque en s'acquittant d'une taxe, et pouvaient rester. C'est dire qu'ils jouissaient tout de même d'une certaine considération : peut-être Zeus les protégeait-il eux aussi. L'histoire a retenu le nom de plusieurs immigrés qui ont fait fortune à Athènes, notamment dans le commerce. L'attitude envers les étrangers variait cependant d'une cité à l'autre. La moins hospitalière, on s'en doute, était Sparte : dans son fameux discours prononcé à l'occasion des funérailles des premiers soldats tués lors de la guerre du Péloponnèse, Périclès oppose le libéralisme d'Athènes, « ville ouverte à tous », à la sauvagerie de la cité lacédémonienne, qui procède à des expulsions d'étrangers. Si le mot *xénophobie* ne figure pas dans les vieux dictionnaires, le terme *xénilassia*, le bannissement des étrangers, est bien présent.

J'ai quitté l'École avec des sentiments mitigés. L'idée que les premières pièces d'identité avaient été mises en circulation en Grèce ne m'enchantait pas. J'ai songé que si Périclès avait été maire de Paris quand je suis arrivé en France, il aurait sûrement envoyé gare de Lyon une hétaïre pour m'accueillir, vêtue d'une espèce de chemise de nuit, pieds nus.

– Vous n'êtes pas trop malheureux ? se serait-elle inquiétée. Pas trop fatigué non plus ? Venez, on va boire un pastis, ça ressemble à notre ouzo.

La rue Didot se termine par un escalier de pierre que j'ai monté sans trop de difficulté. Je me suis ainsi trouvé dans ma rue, qui à cet endroit n'est qu'une demi-rue : je veux dire qu'elle n'est construite que d'un seul côté. En face se dresse le Lycabette : de grands rochers gris, quelques arbres, par-ci par-là un peu d'herbe. Les chats du quartier se réunissent au pied de ces rochers. De temps en temps je vois une femme qui leur apporte à manger : elle fait peut-être partie d'Aube dorée ? Plusieurs poubelles sont alignées côté Lycabette. Elles sont en permanence entourées, jusqu'à tard dans la nuit, par quatre ou cinq personnes fouillant leur contenu. Elles ont indéniablement du succès : il ne faut pas oublier que nous sommes à Colonaki, le secteur le plus bourgeois de la ville. Les pauvres gens pensent, non sans raison probablement, que ces poubelles sont mieux garnies que celles des arrondissements ouvriers. Ma rue, qui s'appelle Anagnostopoulou, du nom de l'un des chefs de file de la guerre d'indépendance, n'est pas moins fréquentée en somme d'un côté que de l'autre. Je n'ai jamais fouillé de poubelle : mais si d'aventure mon récit rendait nécessaire la description de leur contenu, je le ferais volontiers. On le voit, aucun effort ne me rebute quand l'intérêt de la littérature est en jeu. Périclès ne méprisait nullement les pauvres : « *Quant à la pauvreté,* disait-il dans le même discours, *l'avouer tout haut n'est jamais une honte.* »

Je passais le plus clair de mon temps chez moi. J'étais surpris de disposer d'autant de place. Je gardais à l'esprit mon studio parisien : j'avais par moments l'impression en me déplaçant de faire reculer les murs. Je me réjouissais de voir de ma baignoire les arbres du jardin. Je regrettais cependant de ne pas disposer de matelas aussi confortable qu'à Paris. J'essayais de me convaincre que j'étais bien là, mais étais-je vraiment à Athènes ? Je continuais à hanter la rue Pierre-Sémard, le square Montholon. Les magazines oubliés sur la table de ping-pong me renvoyaient à la salle d'attente de l'hôpital Saint-Joseph. Je me souvenais que je n'avais pas réussi à retrouver le prospectus de l'agence de pompes funèbres qui offrait une montre à ses futurs clients. La nuit tombait parfois brusquement, au milieu d'une phrase.

Je me traduisais donc. Les mots grecs rendaient le paysage parisien plus familier, rapprochaient le Luxembourg du Jardin national d'Athènes. En me traduisant je gommais une frontière. J'ai dû passer plusieurs coups de téléphone pour savoir comment se nomme le buis, cet arbuste à peu près inconnu en Grèce qui entoure les pelouses du jardin parisien. Eh bien, il s'appelle *pyxari* : c'est Anna, une amie qui enseigne le grec à Paris, qui m'a trouvé la réponse. Les personnes que je sollicite répondent volontiers à mes questions. J'écris entouré d'une foule de fantômes bienveillants. J'écrivais aussi en français, j'avais décidé que c'était la langue qui convenait à mon projet. J'étais en somme dans une situation assez paradoxale, puisque j'évoquais Paris en grec et Athènes en français.

Les dictionnaires français et grec étant placés côte à côte sur le même rayon, il m'arrivait de me tromper et de chercher dans le dictionnaire français un mot grec : eh bien, une fois sur deux, il y était !

Une sorte de hâte me gagnait par moments, comme si je devais absolument accomplir une tâche avant mon premier rendez-vous de la journée. Quelle tâche ? Je n'avais aucun rendez-vous. Je regardais le vide. Les objets qui occupaient l'espace ne suffisaient pas à le masquer complètement. Ils essayaient de me distraire, chacun à sa façon : l'un me rappelait un voyage que j'avais fait au Canada, l'autre, un cow-boy en plastique coiffé d'un large chapeau jaune, une femme qui me rendait souvent visite naguère, le cendrier incrusté de fragments d'œuf d'autruche, un ami africain. De temps en temps la balle de ping-pong bougeait toute seule sur la table, je suivais avec intérêt ses mouvements, je lui étais reconnaissant du modeste spectacle qu'elle m'offrait. Je regardais aussi la photo en noir et blanc de mon frère, posée sur la table de marbre qui occupe l'angle de la grande pièce, dans un cadre en bois de cactus que j'avais acheté dans un village des Andes. J'avais besoin de parler, mais à qui ? Chacun était confronté à tant de problèmes qu'il n'était guère disposé à se pencher sur ceux des autres. Son propre drame lui suffisait. La crise économique, contrairement à ce que j'imaginais, n'avait pas entraîné de mouvement de solidarité, elle avait plutôt distendu les rapports entre les gens, le malheur les avait rendus plus égoïstes. Yorgos, l'ami que tu as connu, avait dû se séparer de son agence de production de films publicitaires, devenue déficitaire. Il avait réussi à tourner un film de fiction, mais qui n'avait guère eu de succès : ce n'était pas une comédie, or il semble que seules les comédies, en période de crise, ont les faveurs du public. J'ai vu son film, qui est tout à fait déprimant en effet : cela retrace l'itinéraire d'un paisible fleuriste qui perd la tête à la suite du viol de sa fille par un cambrioleur, et sombre dans la violence sous l'influence d'un ancien militaire imprégné par l'idéologie de l'extrême droite. Pour régler ses dettes, il a dû mettre en vente sa maison de campagne, mais ne trouve pas d'acquéreur. D'innombrables maisons sont proposées à la vente, dans les îles comme sur le continent. La baisse régulière des prix dans l'immobilier, faute d'acheteurs, ne stimule guère la demande : ceux qui ont encore de l'argent préfèrent attendre. Ils veulent tout avoir pour une bouchée de pain. La Grèce est à vendre mais personne ne veut l'acheter. Le fils de Yorgos, qui vient de terminer ses études, ne trouve pas de travail : le taux de chômage chez les jeunes est deux fois plus élevé que dans l'ensemble de la population.

Je voyais moins mes amis non seulement parce qu'ils couraient sans cesse derrière l'argent mais aussi parce que nombre d'entre eux s'étaient exilés en banlieue. L'autre Yorgos, réalisateur lui aussi, le seul de mes proches à avoir pris sa retraite, vivait désormais à trente kilomètres d'Athènes, près de l'aéroport, dans une maison avec jardin. Ne pouvant plus payer l'essence pour sa voiture – sa retraite avait subi des coupes successives qui l'avaient réduite à sept cents euros –, il ne venait plus souvent dans le centre. La crise l'avait coupé du monde. Il s'était mis à cultiver son jardin et ne se nourrissait plus que de sa production. La dernière fois que je l'avais vu, il m'avait apporté des patates et des mandarines. Il avait énormément maigri.

Il m'a avoué qu'il parlait aux arbres, qu'il commençait sa journée par les saluer tous, sa tasse de café à la main, qu'il leur parlait encore durant la journée, qu'il leur confiait ses soucis.

– Les arbres font désormais partie de ma vie, a-t-il ajouté. Ils ont la capacité de m'apaiser. Leurs fruits sont des réponses à mes interrogations. Les mandarines sont les réponses du mandarinier.

Il projetait d'écrire un scénario qui se passerait intégralement dans une île grecque dont les habitants vivraient de peu, à l'ancienne en quelque sorte, et seraient profondément heureux. Ils n'utiliseraient plus l'argent pour leurs échanges, ils s'acquitteraient des taxes locales au moyen de leurs produits, le bureau des contributions ressemblerait à une épicerie. Le caissier rendrait la monnaie sous forme de tranches de saucisson. L'Union européenne dépêcherait des émissaires sur place pour étudier ce mode de vie.

– Tous les ouvriers allemands rêvent d'une maison dans une petite île grecque, a-t-il affirmé.

Une des pièces présentées au théâtre de Photini et Dimitris dénonçait les effets dévastateurs du néolibéralisme élaboré par l'école de Chicago, appliqué à des pays comme le Chili, la Pologne et la Russie. Le personnage central était une jeune Chilienne qui découvre que son père adoptif n'est autre que le bourreau qui, au temps de la dictature, a exécuté son vrai père. Les salles de spectacle qui rejettent résolument le théâtre traditionnel se sont multipliées ces dernières années à Athènes. Elles sont fréquentées par un public très jeune mais pas très nombreux, hélas. Photini et Dimitris se démènent comme des diables pour faire vivre leur entreprise. Ils sont si occupés que je n'ai pu voir leur fille que plusieurs jours après mon arrivée.

J'ai vite pris l'habitude de me rendre à leur théâtre le soir. C'est un espace plaisant, à deux niveaux, qui dispose d'un bar. Il servait autrefois d'atelier à un oncle de Photini qui réparait les appareils de télévision. Est-ce par respect pour cet homme ou par défi que ses nouveaux propriétaires ont conservé le nom ancien de l'établissement ? Leur théâtre s'appelle en effet Centre de contrôle de téléviseurs : la presse a plutôt bien accueilli ce nom, en raison de sa singularité probablement.

Mon père aurait adoré ce lieu. Il aurait souri en découvrant son enseigne. Il se serait arrêté devant l'espèce de robot qui se tient au pied de l'escalier qui donne accès à l'orchestre : c'est le seul vestige qui reste de l'atelier d'antan. Il aurait compté les gros projecteurs accrochés au plafond. Il aurait pris place au dernier rang, là où je m'asseyais.

En attendant le début de la représentation, je restais dehors pour fumer ma pipe. Kypséli, le quartier où se trouve le théâtre, passait pour l'un des plus élégants d'Athènes dans les années 50 lorsqu'il fut construit : il est habité aujourd'hui par une majorité d'immigrés. Les gens qui traversaient la rue étaient des Noirs. Ils marchaient d'un pas pressé, ne s'attardaient pas devant l'entrée pourtant bien éclairée du Centre, ils avaient hâte de rentrer chez eux. Pendant qu'ils s'éloignaient, je fixais leur tête pour m'assurer qu'elle ne portait pas de cicatrice. Je me demandais à quoi ressemble le chez-soi d'un Noir à Athènes aujourd'hui. Il était neuf heures du soir. Les poubelles posées de l'autre côté de la rue n'attiraient pas grand monde.

D'autres spectateurs attendaient dehors. Ils n'avaient pas trente ans pour la plupart. À leur âge j'étais déjà en France. Dimitris est né quand j'avais vingt-huit ans. Envisageaient-ils de partir pour Londres, pour Berlin, pour Barcelone ? Ils discutaient par petits groupes. « Ils sont en train de décider de l'avenir du pays », pensais-je.

La petite dormait sous une sorte d'ombrelle constituée par de larges feuilles vertes soutenues par une longue tige souple fixée sur les barreaux du lit. Photini m'a expliqué que cette installation était munie d'un mécanisme qui faisait tourner le feuillage tout en diffusant une musique. Elle ne l'a pas activé car, comme je l'ai dit, la petite dormait. « La prochaine fois que je verrai Yvon, je lui achèterai un autre ours en peluche », ai-je résolu. J'ai dû faire un pas sur le côté pour la voir.

On était le 22 décembre, elle n'avait que cinquante-six jours. Que représentait une journée dans une vie si jeune ? Était-elle plus longue qu'une journée d'adulte ? Plus courte peut-être ? Le temps n'avait encore aucun poids pour la petite, elle n'avait pas encore franchi le seuil du temps. Ses bonnes joues avaient la couleur de l'aube. Elle avait l'air d'un fruit tombé de l'arbre. Était-elle heureuse ? Sa mine était plutôt renfrognée, elle se mordait la lèvre inférieure comme si elle avait commis une bêtise dans son sommeil. Seule l'autre lèvre était visible, une lèvre dodue qui dessinait deux pointes. « Sa bouche est un mot rare qui porte deux accents circonflexes. » Étais-je en train de réfléchir en français ? J'ai songé que cette image n'était pas transposable en grec, qui ignore cet accent. « J'écrirai que sa lèvre forme deux petites vagues. »

– Tu crois qu'elle aimera la mer ? ai-je demandé à sa mère.

– Mais certainement !

J'ai vu la petite en train de courir sur la terrasse de Tinos. Elle s'est arrêtée devant un mur où se reposait un grillon. Elle me l'a montré du doigt.

– Il est malade, lui ai-je dit. Il ne va pas tarder à tomber par terre.

En quelle langue lui ai-je parlé ? Son père ne s'adressait à elle qu'en français. Sans doute ferait-elle ses études au lycée français d'Aghia Paraskévi ou, si l'on veut, de sainte Parascève. Les écolières grecques défilent lors de la fête nationale du 25 mars, anniversaire de la guerre d'indépendance, en tablier bleu à col blanc arrondi et chaussettes blanches. J'ai imaginé Éléni dans cette tenue, nous avions rendez-vous à la fin du défilé, je l'ai amenée à Il Postino, un restaurant italien où malheureusement nous n'avons jamais réussi à aller ensemble. Ses murs sont entièrement couverts de photos de films de Fellini, De Sica, Monicelli, Ettore Scola.

– Ton arrière-arrière-grand-mère, qui était née à Santorin, faisait très bien les gnocchis.

– Je prendrai alors des gnocchis, a dit Éléni.

Elle a bougé dans son lit, a rejeté son bras droit en arrière. J'ai cru qu'elle allait ouvrir les yeux, mais elle ne

les a pas ouverts. J'ai fini par remarquer les deux petits
singes qui étaient suspendus aux branches de l'arbre. Ils
donnaient l'impression de s'amuser follement. « Le vide
est leur terrain de jeu favori, ai-je pensé. Ils passent leur
temps à narguer le vide. »

– À table ! a appelé Dimitris.

Il a dit cela en français, comme s'il s'adressait d'abord
à la petite. Il n'existe pas en grec de locution équivalente
pour annoncer que le repas est prêt. Sa voix m'a remis
en mémoire celle de sa mère, l'époque où je vivais encore
avec elle, où lui et son frère étaient encore petits, elle m'a
renvoyé plus de trente ans en arrière : j'ai eu le sentiment
que ma vie n'avait duré qu'un instant.

– Je passerai te dire au revoir avant de partir, ai-je dit
à Éléni.

J'avais du mal à m'éloigner de son lit. Je l'ai regardée à
nouveau avec toute l'attention dont j'étais capable pour
m'imprégner de son image.

– Je t'installerai au cœur de ma mémoire, lui ai-je
promis. Je la débarrasserai au préalable de tous les
souvenirs superflus. Comme ça tu auras la place pour
jouer.

Dimitris avait fait du poulet au four et des pâtes.

– Est-ce que tu crois qu'on rêve déjà à l'âge d'Éléni ?
lui ai-je demandé.

– Elle sourit parfois dans son sommeil.

Je me suis rendu compte que mes enfants ne m'avaient
jamais raconté un de leurs rêves, que je n'avais pas cherché
à savoir à quoi ils rêvaient. « Il y a sans doute d'autres
questions que je ne leur ai jamais posées. » Parmi les petits
bouts de papier fixés sur la porte du frigidaire avec des

aimants, j'ai remarqué la carte d'une troupe de théâtre de Strasbourg.

– Vous êtes en contact avec cette troupe ?

– Nous l'avons invitée pour la fin de la saison, m'a dit Dimitris. Elle jouera *Œdipe à Colone*, en français bien sûr. L'acteur qui incarnera Œdipe est tout à fait remarquable.

Je ne connaissais pas cette pièce. Je savais juste qu'Œdipe s'était lui-même crevé les yeux après avoir découvert qu'il avait tué son père et couché avec sa mère et que Colone est un quartier du nord d'Athènes, pour la bonne raison qu'il porte toujours ce nom.

– Chassé de Thèbes, au bout d'une longue errance, Œdipe, accompagné par Antigone, qui est sa fille mais aussi sa sœur puisque née de la même mère, arrive à Colone où il sollicite la protection des Athéniens. Il s'agit d'un vieillard en loques, repoussant à l'extrême, que ses crimes, connus de tous, rendent plus hideux encore. Pourtant, Thésée, le roi d'Athènes, très vieux lui aussi, comprend que l'étranger n'a été que le jouet d'une machination des dieux et accepte de l'accueillir, en fait d'autoriser le malheureux à finir ses jours sur place. C'est aussi une pièce sur la vieillesse : Sophocle était lui-même très âgé quand il l'a écrite.

J'ai eu ces explications en grec. Je suis toujours un peu surpris d'entendre ce fils que j'ai vu grandir à Paris s'exprimer si bien dans ma langue maternelle. Peut-être ma mère éprouvait-elle un étonnement analogue quand je parlais en français.

– Sophocle considère la vie comme une accumulation de malheurs, de sorte que le mieux à ses yeux est de ne pas naître du tout.

– La vieillesse fait partie de ces malheurs, n'est-ce pas ?
– Oui. Il la qualifie d'inamicale.

Nous sommes sortis sur le balcon pour fumer. Je me suis assis sur un pot de fleurs vide posé à l'envers. Dimitris est resté debout. Je regardais en bas les petits jardins plongés dans l'ombre qui nous séparaient des immeubles d'en face. On voyait si bien l'intérieur de ces immeubles que j'avais l'impression de me rendre indiscret chaque fois que je levais les yeux. Je me suis souvenu que j'avais eu la même sensation en observant le bâtiment qui se dresse au fond de la cour de la rue Pierre-Sémard. J'ai longuement parlé à Dimitris de nos dernières entrevues, je lui ai résumé en quelque sorte la première partie de ce texte. Il ne m'a posé aucune question. Il était pensif.

En rentrant à la maison, j'ai ouvert le dossier confectionné à ma demande par Lazare, un journaliste de mes amis, concernant la politique d'immigration de la Grèce. J'ai découvert qu'elle était en train de se durcir : peu avant les élections du printemps dernier, le gouvernement de coalition de l'époque avait inauguré en grande pompe, à Amygdaléza, en Attique, un camp de rétention pour les étrangers qui passaient illégalement la frontière, d'une capacité de deux mille places. Était-ce un avertissement lancé à l'adresse de l'Asie, qui fournit le plus gros contingent d'immigrés ? D'autres camps avaient vu le jour depuis, en Grèce du Nord, à Corinthe, et dans les îles proches de la Turquie : les Asiatiques cependant continuaient d'affluer. C'est à croire qu'il est des pays où les conditions de vie sont telles qu'on peut raisonnablement penser qu'elles ne peuvent pas être pires ailleurs. Pourtant, la Grèce fait de son mieux pour les convaincre du contraire. Le traitement qu'elle inflige aux étrangers dans les camps, et dans les commissariats qui ont été réquisitionnés eux aussi pour héberger du monde, a été condamné à maintes reprises par la Cour européenne des droits de l'homme. Au commissariat de Kypséli, vingt-quatre personnes sont enfermées dans une cave qui est une sorte de tombeau, puisqu'il leur est défendu de sortir à l'extérieur, ne serait-ce que pour faire quelques pas, et que le local ne possède aucune fenêtre. La Grèce les a plongés dans une nuit perpétuelle. Il y a parmi eux trois Syriens qui ont droit théoriquement au statut de réfugiés politiques et un jeune Albanais qui a fait sa scolarité en Grèce et qui, bizarrement, est en instance d'expulsion. On interne les étrangers sans la moindre décision de justice, sans chercher à connaître leur histoire, sans les informer de leurs droits, sans leur dire combien de temps durera leur calvaire, ni même s'il prendra fin un jour. Ils sont enfermés pour dix-huit mois d'abord, mais ce délai peut être prolongé à l'infini. C'est dire que l'État grec se donne le temps d'oublier qu'ils existent. Ils sont doublement prisonniers en fait, car ils ne peuvent pas non plus quitter la Grèce : s'ils parviennent à se rendre en Suède ou en Allemagne, et s'ils sont arrêtés, ils seront automatiquement renvoyés au pays où ils ont d'abord mis pied. Les pays d'accueil étant forcément ceux du Sud, on peut s'étonner que l'Europe ait confié aux moins fortunés de ses membres le soin de faire face à la misère du monde. Bruxelles n'ignore pas que les droits des immigrés sont bafoués en Grèce, mais elle fait comme si elle ne le savait pas, puisqu'elle finance ces casernes. Elle n'a pas approuvé la construction d'un mur de onze kilomètres de long sur la frontière avec la Turquie, elle a néanmoins promis de fournir son équipement en caméras de surveillance. Lorsque cet ouvrage sera achevé, les Asiatiques qui rêvent de s'installer en Europe n'auront plus le choix qu'entre se noyer dans le fleuve Evros, qui occupe la partie nord de cette frontière, ou bien, plus probablement, en mer Égée.

J'ai fait cette triste constatation que les étrangers ne sont pas persécutés uniquement par les gens de l'extrême droite, mais aussi par les pouvoirs publics. À la veille de ces mêmes élections, le ministre de la Santé, en liaison avec son collègue de l'Intérieur, celui-là même qui venait de créer le premier camp de rétention, tous deux membres du parti socialiste, ont déclenché une rafle contre les prostituées étrangères, accusées d'inoculer le virus du sida aux citoyens grecs. Je ne me rappelle plus qui était alors le chef du gouvernement, un financier, je crois, qui avait servi à la Banque centrale européenne. Les deux ministres ont fait grand bruit autour de leur initiative, ils ont même convié la télévision à l'ouverture de cette chasse aux filles. Il semble que le spectacle a tenu ses promesses, que les policiers ont été aussi féroces que les militants d'Aube dorée, que les prostituées ont été réellement paniquées, que certaines ont tenté de s'enfuir en courant à perdre haleine dans les ruelles du vieil Athènes. Au coin d'une rue, un flic a ramassé une paire de chaussures à hauts talons. L'affaire a soulevé des vagues de protestations au sein de la gauche et des associations humanitaires, mais elle n'a pas véritablement nui à ses instigateurs puisqu'ils ont été réélus. Vingt-neuf filles ont été arrêtées au total. C'est en prison qu'elles ont passé l'examen médical : plus de la moitié étaient séropositives. L'idée que la majorité des prostituées sont des étrangères s'est révélée fausse : trois seulement parmi ces personnes venaient d'ailleurs, une d'Ukraine et deux de Roumanie, les autres étaient grecques.

Cette lecture, comme la conversation avec Arghyris, m'a donné envie de changer d'air. Il n'était pas tard quand je suis sorti, mais il faisait déjà nuit noire. Le temps s'était sensiblement rafraîchi : Lilie avait sans doute raison de prévoir que l'hiver finirait bien par se manifester. Je n'ai vu qu'une femme près des poubelles, elle était à moitié plongée dans l'une d'entre elles, ses pieds prenant appui sur un cageot rouge en plastique. Il faut préciser que les poubelles athéniennes sont des monuments en fer, hauts d'un mètre cinquante et larges d'autant, montés sur roues. Je ne voyais que les fesses de la femme et ses pieds, qui étaient chaussés de pantoufles. J'ai songé à quelques romans évoquant la détresse humaine, *Les Misérables*, *Les Pauvres gens* de Maxime Gorki, *La Faim* de Knut Hamsun : n'est-ce pas un titre du même genre qui conviendrait le mieux à mon futur ouvrage ? Je me suis remémoré qu'un écrivain grec, Ioannis Kondylakis, avait publié vers 1900 un roman intitulé, par référence à Hugo, *Les Misérables d'Athènes*. Est-ce qu'on fouillait déjà les poubelles en 1900 ? J'ai songé que tu ferais grise mine si je t'annonçais que j'allais appeler mon livre *Les Poubelles*.

– Je préfère *La Clarinette*, as-tu dit. Mais je trouve que *La Minute de silence* est encore meilleur.

J'observais toujours la femme. Envisageais-je d'engager la conversation avec elle ? Je n'étais pas pressé de m'éloigner : j'ai pris le temps de bourrer ma pipe. Le fait est que j'ai eu raison d'attendre car, quelques instants plus tard, la poubelle s'est mise en route. J'imagine que ses roues sont bloquées d'ordinaire : eh bien, il faut croire que, pour une fois, elles ne l'étaient pas. La femme a juste eu le temps de se redresser pour ne pas être emportée par cette machine infernale qui suivait la pente de la rue. Elle avançait lentement, car la déclivité de la chaussée n'est pas trop forte à cet endroit. J'ai traversé la rue pour l'arrêter, mais j'ai eu beau m'arc-bouter contre elle, elle m'a fait reculer et reculer encore, de sorte que j'ai fini par lâcher prise. Elle était trop chargée apparemment. Je me suis contenté de la suivre des yeux : elle prenait de la vitesse en s'approchant du croisement avec la rue de Bucarest, où elle a subitement tourné à droite, comme si elle savait où elle allait. Il faut dire que cette rue, qui suit le versant du Lycabette et aboutit au cœur de la ville, est en pente raide. Comme la circulation devient de plus en plus dense vers le centre, j'ai eu peur que la poubelle provoque un accident. Des coups de klaxon et des crissements de pneus me sont effectivement parvenus peu après sa disparition, cependant je n'ai pas entendu de bruit de collision.

J'ai fait quelques pas vers la femme qui était toujours sur son cageot. L'éclairage public étant placé juste derrière elle, son visage, entouré d'une abondante chevelure rousse, était à peine visible. Elle avait la tête légèrement baissée. Regardait-elle son ombre qui occupait l'espace déserté par la poubelle ? Ses mains étaient vides.

– Vous allez bien ? lui ai-je demandé.

Elle n'a pas réagi. Peut-être avait-elle perdu la capacité de parler ? « Elle va me répondre dans une langue que je ne

connais pas, que je ne pourrai même pas identifier.» Elle
est descendue du cageot précautionneusement, ensuite
elle l'a saisi de la main gauche. «Il fait partie de son
mobilier. Il est l'unique meuble qu'elle possède.»

– Et vous? m'a-t-elle interrogé à son tour.

J'ai été troublé, je me suis figuré un instant qu'elle avait
des pouvoirs surnaturels, comme la Pythie par exemple.
«On ne ment pas à la Pythie», ai-je pensé.

– Pas très bien, ai-je admis.

Elle a acquiescé d'un mouvement de tête: je ne faisais
que lui confirmer ce qu'elle savait déjà.

– Mon père se mettait au soleil quand il était malheureux.
Parfois j'allais m'asseoir à côté de lui. Il posait sa main
sur ma tête. Nous vivions alors dans le Péloponnèse.

Sa voix n'était pas celle d'une vieille femme, ni celle
d'une jeune. Où habitait-elle? «C'est une personne qui
n'a pas d'âge ni d'adresse.»

– Je vais devoir m'en aller, a-t-elle ajouté d'un air soudain
affairé.

Elle s'est éloignée d'un pas vif, précédée par son ombre.
Mais en arrivant à proximité de la lumière suspendue
un peu plus loin, son ombre est passée derrière elle et
s'est mise à s'allonger jusqu'à l'endroit où j'étais resté.
J'ai été incapable de me souvenir pourquoi j'étais sorti
de chez moi: avais-je eu une intention quelconque? J'ai
pris la même direction que la poubelle et, une fois arrivé
rue de Bucarest, j'ai tourné à droite: j'ai eu la curiosité
de savoir ce qu'elle était devenue.

Je l'ai retrouvée rue du Stade, qui est perpendiculaire et
qui marque la fin de la rue de Bucarest. Elle avait heurté
apparemment le trottoir d'en face, car elle était couchée

sur le côté, son couvercle grand ouvert, son contenu éparpillé autour d'elle. L'accident s'était produit à quelques mètres de l'hôtel Minerve. L'homme qui montait la garde à côté de la poubelle, habillé en général d'opérette, était vraisemblablement le portier de cet établissement. Il était très agité, faisait trois pas dans une direction, trois dans l'autre, scrutait le fond de la rue. Attendait-il le camion de la voirie ? Un peu plus loin se tenaient quelques touristes qui paraissaient étrangement captivés par la poubelle. Ils avaient un certain âge et la considéraient d'un air savant. J'ai pensé qu'ils étaient professeurs de grec en France et qu'ils faisaient partie de l'association Guillaume-Budé.

Je me suis dirigé vers le bas de la rue du Stade, qui conduit place d'Omonia, mais je ne suis pas allé si loin : j'ai traversé la place des Pleurs, jusqu'à la petite église des Saints-Théodores où, dans mon rêve, mon père avait pris quelque repos. Il faut croire que la situation de la Grèce n'a jamais été bonne car, à la fin du XIXe siècle déjà, l'administration procédait à des licenciements massifs. Le nom de la place fait écho aux lamentations des chômeurs, qui se réunissaient à cet endroit où était situé à l'époque le ministère des Finances. Je me suis assis sur le muret où mon père s'était couché. L'église est construite dans une fosse, en contrebas de la place. J'ai cru être en proie à une hallucination : le cageot rouge de la femme que j'avais rencontrée dans ma rue était là, au pied d'un oranger amer. Était-ce bien le même ? « Il y a des cageots rouges partout dans cette ville. » Mais aussitôt après je l'ai vue, elle, elle est sortie de derrière l'église, a monté l'escalier qui permet d'accéder à la place, elle n'a été nullement surprise de me trouver là.

– Je suis pressée, s'est-elle excusée sans s'arrêter.

Elle a récupéré son cageot et elle est partie aussi prestement qu'elle s'en était allée un peu plus tôt. Je l'ai vite perdue de vue, car ni l'église ni l'espace alentour n'étaient éclairés. Une minute plus tard, cependant, elle a réapparu.

– Je t'aime, m'a-t-elle dit, tu le sais bien, n'est-ce pas ?

Après quoi elle s'est éloignée pour de bon. « Quand on a la prétention d'écrire des romans, il faut passer du temps, la nuit, dans les rues », ai-je pensé.

J'ai certes rencontré quelques femmes, une avocate, une architecte qui travaille pour la société du métro, une caissière de la banque du Pirée dont le père possède une petite fabrique de déguisements pour le carnaval. L'avocate avait lu mon interview dans *Eleuthérotypia* sur les privilèges de l'Église et m'a déclaré qu'elle partageait entièrement mon opinion. Nous avons dîné dans un restaurant espagnol. Elle avait repéré un graffiti blasphématoire sur un mur d'Exarkheia : « *Au feu les ecclésiastiques* ». Elle m'a révélé que l'Église avait tenté de prendre sous son aile l'association Act Up, qui a vu le jour aux États-Unis pour venir en aide aux personnes atteintes du sida et aux toxicomanes, en proposant au directeur de sa section grecque de le consacrer prêtre.

– Cet artifice lui aurait permis de confisquer à son profit les actions menées par ce groupe, sans avoir à dépenser le moindre argent. Notre Église est diablement rusée : elle est capable de tout, à condition que cela ne lui coûte rien.

Act Up, qu'on pourrait traduire par l'injonction «Agissez», n'est que le diminutif de cette organisation, qui fait travailler environ quatre cents bénévoles en Grèce, sa dénomination complète étant Aids Coalition to Unleash Power, «Coalition de mobilisation des forces contre le sida».

La soirée avec cette femme fut bien agréable, nous avons même passé la nuit ensemble, seulement, vers trois heures du matin, je me suis rendu compte que je ne me souvenais plus de son nom. Elle dormait. J'ai longuement interrogé son visage mais il ne m'a pas fourni de réponse. J'ai eu la conviction que je n'aurais pas oublié son nom si elle avait porté le même que l'une des femmes qui avaient le plus compté dans ma vie, à commencer par ma mère, qui s'appelait Marika. Il m'a paru évident d'autre part que je devais exclure d'emblée les prénoms très rares comme Hermione, qui fut, rappelons-le, la fille unique de Ménélas et de la belle Hélène, ou Cassiopée. J'ai passé en revue un grand nombre de noms plus ou moins ordinaires, en suivant l'ordre alphabétique. Alice lui aurait bien convenu, mais s'appelait-elle ainsi? J'ai hésité un instant entre Alice et Barbara : j'avais l'impression d'essayer des masques sur son visage. Portait-elle un nom ancien comme Déméter ou Diane? Fallait-il lui attribuer le nom d'une sainte? Ce n'était pas facile, compte tenu des circonstances, cependant j'ai essayé. Je me suis rappelé sainte Aglaé, sainte Eugénie, sainte Pélagie, sainte Sophie, sans parvenir à résoudre l'énigme. Je n'ai relevé qu'un seul nom commençant par oméga, la dernière lettre de l'alphabet, celui des Heures, Ὧραι, qui étaient des divinités de la nature. Devais-je orienter ma recherche du côté de la nature justement ? S'appelait-elle Marguerite, Violette, Rose ? Elle avait laissé son sac à main sur la table de ping-pong. Je me suis levé en catimini, j'ai emporté le sac dans la cuisine, j'ai regardé ses papiers : elle s'appelait Zoé et avait quarante-trois ans.

Je n'ai pas été amoureux de Zoé, ni de Despina l'architecte, ni d'Amalia la caissière qui avait pourtant des seins magnifiques : j'avais conscience de vivre un grand moment quand elle dégrafait son soutien-gorge. Elle affectionnait les gilets aux couleurs vives, ornés de strass, de dentelles, de rubans : je supposais qu'ils étaient confectionnés par son père, ce tailleur de costumes de mascarade. Elle prenait volontiers mes plus gros mensonges pour des vérités, elle a cru que j'avais réellement participé à un banquet d'anthropophages en Afrique.

Despina était plus conforme à tes goûts qu'aux miens : elle était trop grande pour moi, trop mince, trop blonde. Je te cédais volontiers ma place pour sortir fumer sur la terrasse. Elle me reprochait de trop fumer, comme je l'accusais de trop boire. Nous avions des conversations de vieux couple alors que nous venions de faire connaissance. Je songeais que toutes les liaisons que j'avais eues faisaient partie d'une même aventure et que j'étais en train de vivre avec Despina la fin d'une vieille histoire. Elle a manifesté un vif intérêt pour les carrières souterraines de Paris quand elle a su que je les avais visitées et m'a juré qu'elle achèterait mon dernier livre dès sa parution. Avait-elle lu les autres ? « Elle n'en a lu qu'un, mais elle ne se souvient plus duquel. » J'ai appris d'elle que les siècles avaient ajouté une bonne couche de terre sur le sol d'Athènes et que la ville antique se trouvait deux mètres plus bas que celle d'aujourd'hui. C'est dire que les travaux du métro ont mis au jour d'innombrables vestiges, des tombes surtout, mais aussi des maisons, des ateliers, des puits, des routes, des égouts, des aqueducs. Les archéologues n'ont eu qu'un temps limité pour les étudier car tout cela a été bien entendu détruit. Ce désastre a été accompli paradoxalement au nom des Jeux olympiques, les autorités grecques ayant décidé que la capitale avait absolument besoin du métro pour pouvoir accueillir cette manifestation, qui a eu lieu en 2004. On a juste sauvé une partie de la Voie sacrée, la plus vieille route d'Europe, qui conduisait à Eleusis, un établissement de bains et la tombe d'un chien qui contenait par ailleurs deux urnes à parfums. Quelque trente mille objets ont été retirés des ruines, amphores, ustensiles, lampes à huile, jouets, bijoux : ils sont exposés désormais dans les stations ou dans le musée de l'université d'Athènes. J'ai imaginé des statues ensevelies dans les profondeurs. « Les ténèbres sont gardées par des ombres blanches. » Mais Despina m'a assuré qu'aucune statue n'avait été trouvée. Elle m'a informé que les Athéniens d'autrefois avaient tendance à empiéter sur l'espace situé devant leur porte, exactement comme le font ceux d'aujourd'hui, et qu'ils n'avaient pas de poubelles :

– Ils donnaient aux animaux les restes de nourriture ou bien ils les enfouissaient dans la terre. Ils ne connaissaient pas le papier, n'utilisaient des emballages d'aucune espèce. Les récipients en terre cuite cassés servaient au revêtement des sols.

Est-ce le souvenir de Katérina qui m'empêchait de m'attacher à ces femmes ? Comme j'avais besoin de leurs faveurs, je feignais d'être plus épris d'elles que je ne l'étais. Il me semble que tu as souvent joué le même jeu et que tu as été pris quelquefois à ton propre piège. Pour ma part j'étais incapable de jouer la comédie trop longtemps, au-delà de deux heures mettons, ce qui est la durée d'une représentation habituelle. Avant qu'elles s'en aillent, je me sentais à nouveau seul. L'apparition inopinée de Katérina, qui ne m'avait jamais rendu mes clefs, m'aurait certes ému, je ne crois pas cependant qu'elle m'aurait guéri de ma morosité. Avec elle j'aurais au moins pu parler de toi puisqu'elle te connaissait.

Une nuit j'ai vu la tour Eiffel à la télévision. Au premier plan une femme en tenue légère prenait un bain de soleil sur la terrasse d'un immeuble parisien. Instantanément je me suis retrouvé dans mon studio qui offre une belle vue sur la tour. J'ai profité de ce bref passage pour inspecter le contenu de mon frigidaire : il y avait plusieurs cannettes de bière, deux ou trois boîtes de tomates pelées, des conserves de thon, une tablette de chocolat aux noisettes entamée, une bouteille de lait périmé, un oignon moisi. Je me suis rappelé que la date de mon retour à Paris était fixée au 20 janvier.

Plusieurs chaînes de télévision font défiler la nuit des femmes qui se déshabillent sans se presser. Le plus souvent elles opèrent dans une maison, un chalet suisse par exemple, mais il arrive aussi qu'elles se produisent en plein air, au bord de la mer ou dans un sous-bois. Elles vous invitent à leur confier vos fantasmes par téléphone au prix de 1,72 euro la minute. Elles me rappellent le plaisir que je prenais autrefois au cinéma à regarder les actrices. Les scènes auxquelles aucune femme ne participait me paraissaient superflues. Encore aujourd'hui, les réunions masculines me navrent : je tourne continuellement les yeux vers la porte en espérant qu'une femme fera enfin son entrée.

Manquais-je à ce point d'affection ? Les marques de sympathie que des inconnus m'adressaient dans la rue m'enchantaient. J'étais bien plus souvent interpellé qu'à Paris. Est-ce pour profiter de ma petite notoriété que je souhaitais vivre en Grèce ? Il est bien agréable, à la sortie d'une papeterie, quand on est chargé d'une rame de papier, de rencontrer un motard qui a lu vos livres et qui vous propose de vous raccompagner chez vous. Athènes n'est une grande ville qu'en apparence : c'est un village où il est facile de se faire une réputation. Un succès de librairie suffit. J'ai eu pour ma part ce succès assez tôt, grâce au premier livre que j'écrivis en grec. L'accueil du public a probablement renforcé ma conviction que je devais persévérer dans ma langue maternelle. Ces dernières années j'ai acquis la faveur d'un lectorat supplémentaire à la suite de la publication d'un autre roman qui a la forme d'une enquête sur l'affairisme des moines du mont Athos. L'audience de cet ouvrage a été amplifiée par le scandale financier qui a éclaté quelques mois après sa parution, impliquant l'higoumène du plus puissant monastère de l'Athos. Je n'ai pas reçu que des éloges pour ce livre : je crois me souvenir que j'ai été traité de franc-maçon. Il m'a valu néanmoins la considération de la coalition du Front radical de gauche, qui m'a promu candidat aux élections européennes de 2009.

Comme le pays n'est pas grand, et que tout le monde est curieux de ce que font les autres, il est quasiment impossible de passer inaperçu en Grèce. C'est d'autant plus vrai que depuis quelques années les chaînes de télévision, qui sont au nombre d'une dizaine, consacrent énormément de temps à faire découvrir aux Grecs leur pays : elles le parcourent inlassablement, montent sur ses plus hautes cimes, accostent sur ses plus petits îlots. Elles exaltent sa musique, sa cuisine, la qualité de ses produits, ses traditions ancestrales, le pittoresque de ses coins perdus. Elles expliquent la Grèce aux Grecs comme si c'était un pays étranger. Elles donnent la parole à de vieilles femmes originaires de Constantinople ou de Smyrne, à des survivants de la guerre civile, à des popes qui organisent des matchs de football sur le parvis de leur église, à des pêcheurs qui chantent en pleine mer des airs d'opéra. Est-ce par réaction aux critiques acerbes dont le pays a été la cible de la part des Européens qu'on s'applique ainsi à faire son éloge ? La Grèce a été traumatisée : elle a apparemment besoin de reprendre confiance en elle.

Le silence me pesait tant par moments que je parlais à voix haute. Je me disais, par exemple : « C'est bien ce que tu viens d'écrire là, mon ami. » Puis je faisais la vaisselle ou je traquais les petits insectes ailés qui ont fait leur nid derrière le radiateur de la salle de bains. J'hésitais à les exterminer : ils ne volaient pas, ne bougeaient pas beaucoup, ils étaient bien vivants cependant. Leur seul tort était d'avoir élu domicile chez moi. Le plus souvent je me contentais de les repousser avec un balai jusqu'à la terrasse qui surplombe d'un mètre environ le jardin. « Allez faire votre vie ailleurs », leur conseillais-je, toujours à haute voix. Quelquefois j'articulais des phrases auxquelles je ne m'attendais pas, qui interrompaient même le cours de mes pensées, comme si ma voix avait acquis une certaine autonomie. Ma solitude n'était en somme que relative. Je ne peux pas dire cependant que j'appréciais ma propre compagnie. Je m'adressais plus souvent des reproches que des compliments. Mes relations avec moi-même ne se sont pas améliorées avec le temps : je me fais penser à ces vieux couples assis sur le même banc qui lisent des journaux différents.

Un matin, en me réveillant, j'ai vu sur le mur, à côté du lit, une petite marque de lumière. Je l'ai prise d'abord pour une tache mais elle s'est évanouie quand je l'ai touchée de mon index. Un minuscule trait de lumière avait réussi à franchir l'épais feuillage des arbres du jardin pour se poser sur ce mur. La trace était à la merci du moindre mouvement de l'air qui, en agitant les feuilles, l'aurait supprimée. Peu après, en effet, pendant que je l'admirais, elle a disparu.

Je n'ai été émerveillé qu'une seule fois, par une étudiante de la faculté de droit. Invité à parler de mon travail par les élèves de cet établissement, j'ai commencé par m'arrêter dans la cour située à l'intérieur de ses locaux pour allumer ma pipe : je ne pouvais pas deviner qu'il n'était nullement interdit de fumer dans la cafétéria où devait se tenir ma conférence. Il y avait du monde dans cette cour, mais aussitôt que j'ai aperçu la jeune fille en question, je n'ai plus vu qu'elle. Elle était plutôt menue et avait des cheveux châtains coupés relativement court. Sa tenue ne la mettait pas particulièrement en valeur : elle portait des bottes plates, une jupe à carreaux, un pull beige. Elle était belle sans doute, cependant je ne voyais pas très bien son visage, ayant pris place à quelque distance d'elle. Ce sont ses mouvements qui ont attiré mon attention : ils étaient empreints d'une grâce singulière. Elle paraissait connaître tout le monde, allait d'un groupe à l'autre d'une démarche dansante, le moindre de ses gestes déclenchait une musique que je n'avais pas entendue depuis longtemps. Elle embrassait un camarade, donnait une tape affectueuse sur la joue d'un autre, posait la main sur l'épaule d'un troisième : on aurait dit que son corps n'avait que le poids de ses rêves.

Un peu plus tard j'ai pu la voir de plus près car elle a eu la curiosité d'assister à ma conférence. Son visage m'a rappelé celui de la jeune femme que nous avions rencontrée dans le port de Tinos et dont nous étions tombés amoureux tous les deux. Sa présence m'était si agréable que j'ai parlé beaucoup plus longuement que d'habitude. J'évitais de trop la regarder pour ne pas perdre le fil de mes idées, je l'ai quand même perdu à deux ou trois reprises. J'ai expliqué pourquoi je considérais comme un avantage le fait d'écrire en deux langues, pourquoi mes rapports avec le français avaient toujours été plus détendus qu'avec le grec, je me suis souvenu que ma machine à écrire grecque croupissait sous ma table à l'époque de la dictature des colonels, j'ai comparé le travail du romancier à celui d'un menuisier en train de construire un meuble plus ou moins compliqué, j'ai confessé qu'il me fallait deux ans environ pour écrire un livre, que j'avais passé la plus grande partie de mon existence entouré de personnages de fiction, que le roman occupait certainement plus de place dans ma vie que ma vie dans mes romans. En réponse à une question, j'ai pu dire tout le mal que je pensais du roman engagé, j'ai même eu l'aplomb d'affirmer que je n'écrivais jamais si bien que quand je n'avais rien à dire. Un libraire avait mis à la disposition du public quelques ouvrages : celui qui s'est le mieux vendu est le roman où j'évoque mon apprentissage du sango, la langue de la République centrafricaine. J'ai trouvé bien réconfortant l'intérêt qu'il a suscité auprès de ces jeunes gens : je l'ai interprété comme une manifestation de sympathie à l'égard des populations africaines fraîchement installées en Grèce. C'est bien ce livre que la belle étudiante m'a demandé de lui signer.

Je l'ai vue s'approcher de ma table non sans une légère anxiété, comme si j'étais persuadé que la distance qui nous séparait était bien trop grande pour qu'elle puisse être franchie. Mais elle m'a rassuré en m'adressant un charmant sourire.

– Je m'appelle Éléonora, m'a-t-elle dit.

Je lui ai dessiné un crocodile en train de grimper sur une colline au sommet de laquelle se dresse un petit temple. Elle a souri de nouveau. Elle portait au cou une pierre brute de la taille d'un raisin aux reflets bleutés.

– Est-ce un saphir ? lui ai-je demandé.

– Oui, je l'ai acheté en Égypte. Il passe là-bas pour un attribut de la vérité.

Je me suis souvenu de la discussion que nous avions eue rue Pierre-Sémard au sujet du mot *alétheia*, qui assure que la vérité est impossible à oublier. « La vérité est une musique, ai-je pensé. Elle se soustrait à l'usure du temps par sa légèreté. Elle est une jeune fille de la faculté de droit. » J'ai vu partir Éléonora de sa démarche de fée sans regret : j'ai eu la conviction que je ne l'oublierais pas.

On a peu dansé le soir de mon anniversaire. Ni Elvis Presley, ni les Platters, ni les Rolling Stones, ni les Shadows, ni Fats Domino, ni Renato Carosone ne sont parvenus à tirer mes invités de leur torpeur. Deux dames seulement se sont levées lorsque Chubby Checker a entonné *Let's Twist Again*. Il me semble que le twist a été popularisé au début des années 60, quand je suis arrivé en France. L'une des dames a retiré ses chaussures pour se mouvoir plus à l'aise. Je regardais souvent par terre, comme si les ombres, qui s'inscrivaient nettement sur le sol peint en jaune, faisaient elles aussi partie de mes invités. J'ai vu tomber un briquet, une casquette, un verre à vin et une boulette de viande qui a roulé jusqu'à la table de ping-pong. On n'a plié et fait sortir cette table sur la terrasse qu'à vingt-trois heures, à la suite d'une compétition acharnée qui avait débuté trois heures plus tôt et qui a probablement fatigué certains de mes hôtes. Thanassis, un jeune auteur qui est un pongiste chevronné, avait pris l'initiative d'apporter une coupe pour le vainqueur. Comme il a remporté le championnat, il est reparti à quatre heures du matin avec son trophée. J'ai eu la satisfaction de constater que mon pontage à la jambe n'entravait nullement mon jeu. J'ai appelé le chirurgien d'Aix sur son portable pour lui annoncer que j'allais tout à fait bien.

— Je viens de participer à une compétition de ping-pong sans la moindre difficulté, lui ai-je appris. J'ai été classé troisième !

— Mes félicitations, a-t-il commenté.

Il était en train de dîner en tête-à-tête avec sa femme, qui était aussi son assistante. J'ai adressé à tous deux mes meilleurs vœux pour Noël et le nouvel an. La deuxième place avait été remportée par Miltiadis, un homme de mon âge, épigraphiste de son métier, qui smashait formidablement. Il m'a confié plus tard qu'il disposait d'une table de ping-pong sur son lieu de travail, la Fondation nationale pour la recherche, et qu'il s'entraînait avec une femme de ménage bulgare, ancienne championne junior de Varna.

La femme de Stratis, qui est chinoise, n'a pas pris part au jeu, ce qui nous a tous un peu déçus. Elle paraissait intimidée, se tenait en permanence dans le coin le plus reculé de l'appartement, à côté d'une porte-fenêtre. Peut-être était-elle gênée par la fumée ? Plusieurs personnes fumaient des joints, sur la terrasse mais aussi à l'entrée de la cuisine autour de la table de pierre. J'ai songé que la musique qu'on écoutait lui était totalement étrangère. Elle n'a pas réagi davantage lorsque Ménélaos, le fils de Nikos, un garçon de quinze ans, a fait passer un tube coréen intitulé, si je ne m'abuse, *Gangnam Style*. Ce jeune homme avait branché sa tablette numérique sur mon amplificateur et prétendait jouer le rôle de disc-jockey. Mais d'autres personnes lui disputaient cette fonction, ce qui explique que pendant de longs moments les haut-parleurs restaient muets. Le vieux poète voulait danser le tango. Si mon frère avait été là, il aurait réclamé une valse. Aris adorait la valse, il soutenait que son rythme rend compte de l'écoulement majestueux des eaux des fleuves.

– Ce n'est pas étonnant, disait-il, que la valse la plus célèbre évoque le Danube !

On n'a pas écouté, ce soir-là, *Le Beau Danube bleu*, ni *La Cumparsita* qu'aimait mon père. Quelle chanson aurait eu les faveurs de ma mère ? Je n'ai pas su répondre à cette question. J'ai eu l'idée que ma mère préférait le silence à la musique. Réna, ma cousine, qui venait de prendre sa retraite, affirmait haut et fort que seule Dee Dee Bridgewater était capable d'insuffler à la fête l'entrain qui lui faisait défaut. Le nom de cette Américaine m'a rappelé la chanson de Bécaud que tu avais interprétée Chez Bébé, car elle la chante elle aussi. Aussitôt, j'ai perçu ta voix. Le tumulte ambiant s'est tu instantanément, mes invités se sont figés comme sur un cliché. J'ai imaginé cette image joliment encadrée, posée sur le marbre de la cheminée de ton salon. J'ai eu envie de te parler. Il était vingt-deux heures trente à Paris, une heure plus tôt qu'à Athènes. Étais-tu déjà couché ? Cherchais-tu ton téléphone dans le noir ?

– Il est par terre, à côté de tes pantoufles, t'ai-je dit.

Tu as fini par me répondre.

– J'attendais ton appel, m'as-tu déclaré. Tu sais qu'il neige à Paris ? Certaines stations de métro vont rester ouvertes toute la nuit pour accueillir des SDF. En Grèce, on ne meurt pas de froid, n'est-ce pas ?

– Pas à ma connaissance.

– J'ai le souvenir d'une crèche réalisée par mon oncle Félix qui rendait hommage à l'équipe de football de la Roma : les Rois Mages, ainsi que Joseph et Marie, portaient les couleurs du club, et Jésus avait un joli petit ballon dans les bras. Un ange installé sur la colline qui surmontait la crèche tenait une banderole où l'on pouvait lire, mais je ne suis pas sûr que je savais déjà lire, *Forza Roma*. Je devais croire que les anges étaient blonds, car j'avais été surpris par la chevelure noire de ce personnage. « C'est un ange italien », m'avait expliqué Félix.

Ton élocution était nette, rapide, tu n'as été interrompu par aucune toux, aucun halètement, tu as retrouvé ce soir-là ta vraie voix. J'ai cru un instant qu'un miracle s'était produit, qu'il fallait l'attribuer à l'ange brun de Bethléem.

– Nous habitions largo Nicola Spinelli, au numéro 5.

Je t'ai passé Dimitris, qui t'a donné des nouvelles de sa fille et de son théâtre, Yorgos, et aussi Pénélope qui était de retour à Athènes après plusieurs années d'absence en Crète. Quand j'ai repris l'appareil, ton débit était déjà moins fluide. Tu m'as informé que tu avais reçu tes enfants la veille, tous à l'exception de Gabriel qui ne devait venir à Paris qu'après les fêtes, que Dina avait aidé les plus jeunes à se déguiser et qu'elle les avait maquillés.

– Alphonse ne pouvait pas s'empêcher de rire chaque fois qu'il se regardait dans une glace. J'ai aussi pris part au jeu, sans me lever de mon canapé bien entendu : Dina m'a affublé d'un chapeau noir de femme, à large bord, muni d'une voilette. J'avais l'air d'une veuve. Olga s'est occupée du goûter. Elle est venue avec Jérémie, qui a passé la soirée à jouer à des jeux électroniques. Il n'a pas accepté de se déguiser et ne m'a adressé qu'une seule fois la parole pour me dire que mon chapeau était ridicule.

Je m'étais installé près de la table de pierre, un endroit relativement tranquille : les fumeurs de haschisch ne parlaient pas beaucoup. Cependant l'air était franchement irrespirable. Yorgos, l'autre Yorgos, celui qui parle aux arbres, avait confectionné un joint d'une longueur démesurée. Il gardait les yeux fixés sur son bout incandescent qui se rapprochait doucement de son visage.

– C'est ton éditeur ? m'a-t-il interrogé pendant que je te parlais.

Il était au courant de tes ennuis de santé.

– Tu lui diras qu'on pense à lui.

Je t'ai fait part de sa sollicitude puis je t'ai demandé quelle chanson tu voulais entendre : tu as choisi *Bambino*, l'un des grands succès de Dalida. J'ai passé la commande à Ménélaos qui, avec une rapidité stupéfiante, a trouvé l'air sur sa tablette et a lancé sa diffusion. Je lui ai fait signe d'augmenter le volume du son. Je tenais le combiné tourné vers les haut-parleurs, un peu comme la statue de la Liberté tient son flambeau. Ce n'était pas nécessaire : la voix de Dalida avait pris possession de tout l'espace. Je ne me rappelais pas que la chanson s'adressait à un gamin amoureux qui passe ses soirées sous la fenêtre de sa bien-aimée :

> *Je sais bien que tu l'adores,*
> *bambino, bambino,*
> *et qu'elle a de jolis yeux,*
> *bambino, bambino...*

– Tu l'entends bien ?

– Parfaitement ! Tu peux même baisser un peu le son !

Nous avons ri tous les deux. J'étais aux anges.

> *Mais tu es trop jeune encore,*
> *bambino, bambino,*
> *pour jouer les amoureux.*

Soudain la musique s'est arrêtée et l'appartement a été plongé dans le noir le plus complet. Les petites lumières des guirlandes que j'avais enroulées autour des arbres se sont éteintes aussi. Un vague sentiment de peur m'a envahi. Mais très vite une petite lueur a jailli dans le jardin, elle est montée sur la terrasse, puis elle a pénétré dans l'appartement par l'une des portes-fenêtres qui étaient restées ouvertes tout au long de la soirée : c'était celle de l'unique bougie de mon gâteau d'anniversaire, que portait Yannis, le fils d'Aris, à bout de bras. Quand je t'ai mis au courant de la situation, tu m'as de nouveau parlé de ton oncle :

– On n'allumait, pareillement, qu'une seule bougie pour l'anniversaire de Félix. Vers la fin de sa vie, il n'arrivait plus à la souffler. Il se penchait tout près d'elle et lui parlait : il essayait d'éteindre la flamme avec des mots.

Puis tu as ajouté :

– J'ai l'impression d'avoir participé à ta fête. Maintenant je peux me coucher. Je suis sûr que je vais très bien dormir.

Certaines dames ont fait remarquer qu'on avait apporté le gâteau trop tôt, étant donné qu'il n'était pas encore minuit. Yannis a cherché en vain un endroit où le poser, ma table de travail étant occupée par les bouteilles et les plats, et la table de pierre étant placée dans un recoin exigu. Il s'est donc résolu à le placer à même le sol, au milieu de la pièce. Plusieurs personnes se sont assises par terre tout autour. La bougie donnait un relief singulier à leur visage, sans atténuer cependant l'obscurité qui régnait par ailleurs. Je me suis approché à quatre pattes du gâteau. Une nouvelle frayeur m'a gagné alors : j'ai compris qu'en éteignant la flamme, j'allais faire disparaître tous les gens qui m'entouraient. Je les ai regardés un à un comme si je ne devais plus les revoir, non sans émotion bien sûr. Certains cependant arboraient des mines plutôt joyeuses. Ils ont commencé à chanter la chanson qu'on entonne traditionnellement aux anniversaires : elle recommande à la personne qui est à l'honneur d'acquérir beaucoup de connaissances afin de pouvoir éclairer le monde et de mériter le titre de sage. « Le peu que je savais, je suis en train de l'oublier », ai-je pensé en soufflant la bougie.

Peu après on a rétabli le courant. La cousine Réna s'est appliquée, en se mettant elle aussi à genoux, à couper le gâteau en tranches qu'elle déposait soigneusement dans des assiettes en plastique. J'ai mis la bougie dans ma poche. C'était un gâteau à base de chocolat où figurait, inscrit à la crème chantilly, le nombre soixante-neuf : je venais d'avoir en effet soixante-neuf ans.

– Ici on mange le gâteau par terre ! s'est étonnée la fille de Photis, un joueur de bouzouki, qui ne devait pas avoir plus de cinq ou six ans.

– Enfant, j'essayais de me réconcilier avec les chiffres en les associant à une histoire, nous a confié Thanassis. Le un était un homme vu de profil coiffé d'une casquette, le deux un serpent venimeux en position d'attaque, le trois un soutien-gorge qui sèche au soleil, le quatre une maison emportée par un tsunami dont il ne reste plus qu'un mur et un bout de sa toiture.

– Et le six ? me suis-je impatienté.

– C'est un neuf qui a pris un sérieux coup sur la cafetière ! Le six est un neuf mort ! Mais on peut dire aussi que le neuf est un six ressuscité, qui a échappé à un gros problème de santé et qui est désormais rétabli. Le neuf est un miracle de la médecine !

J'ai songé de nouveau au chirurgien d'Aix. « Mon âge évoque ma guérison. » Puis j'ai pensé à Aris, qui est mort à soixante-sept ans.

Le vieux poète a fini par avoir son tango : on lui a offert *Caminito* par Carlos Gardel. Il s'est mis aussitôt à la recherche d'une partenaire, mais toutes les femmes à qui il s'est adressé ont décliné son invitation. J'ai eu pitié de lui.

– Voulez-vous danser avec moi ? lui ai-je proposé.

– Oui, pourquoi pas ? Je ne suis pas sûr cependant de me souvenir très bien des pas. En plus, j'ai un peu bu.

Comme je ne connais pas du tout le tango, au deuxième tour de piste nous avons failli nous étaler par terre. Notre démonstration a eu cependant le mérite de faire rire tout le monde.

– J'ai appris le tango en Argentine, m'a-t-il dit. J'avais fait partie d'une délégation du Parti communiste grec qui s'était rendu dans ce pays après la chute du général Videla. Je prenais des cours du soir dans une boîte, à l'insu des autres membres de notre délégation, qui jugeaient le tango un peu efféminé. Les communistes grecs, c'est bien connu, n'aiment que les danses cosaques !

Je le croyais incapable de plaisanter aux dépens du PC, auquel il appartient toujours et dont il est d'ailleurs une des figures éminentes. Il n'est pas dans les habitudes des communistes de critiquer leur parti : ils refusent d'admettre qu'il a pu se tromper à la Libération en lançant le pays dans une guerre civile extrêmement meurtrière, ou en approuvant toutes les exactions commises par l'ancien régime soviétique. Ils sont animés d'une foi semblable à celle des religieux qui n'acceptent pas le moindre doute. Il est vrai cependant que certains communistes ont quitté le parti lors de l'invasion de la Tchécoslovaquie par l'Armée rouge. On retrouve nombre d'entre eux dans l'actuel Front radical de gauche, la principale formation d'opposition à laquelle les communistes orthodoxes vouent une haine féroce. Le poète avait bien remarqué, en arrivant chez moi, l'autocollant aux couleurs de ce parti fixé sur ma porte, mais s'était abstenu de tout commentaire.

Il avait repris sa place au bout du canapé et récupéré son verre. J'avais distribué à tout le monde des verres en plastique que j'avais marqués, afin que chacun puisse reconnaître le sien, d'un mot différent. Je n'avais guère réfléchi sur le choix de ces mots : je les avais trouvés en feuilletant au hasard le dictionnaire. Le verre du poète portait le mot *cathréftis*, le miroir.

J'ai voulu savoir ce qu'il avait retenu de son séjour à Paris, où il s'était exilé pendant la dictature des colonels.

– Je me souviens surtout de l'effort quotidien que je faisais pour ne pas oublier un seul mot de la langue grecque, m'a-t-il dit. Je m'astreignais à écrire au moins dix pages tous les jours, j'écrivais n'importe quoi, juste pour entendre la voix de la langue. Mon esprit était le théâtre d'une lutte incessante entre les mots français et les mots grecs. Je prévoyais que les premiers gagneraient finalement la partie, étant donné que tous mes voisins s'exprimaient désormais en français. Il faut vous dire que la plupart de mes amis étaient morts depuis longtemps, les uns pendant la guerre, les autres dans la résistance, d'autres encore durant la guerre civile. Je ne pouvais continuer à communiquer avec eux qu'en grec. Le grec était devenu la langue des morts.

Je n'avais pas eu l'occasion de rencontrer le poète à Paris au temps de la dictature. Je n'avais fait sa connaissance que bien plus tard, par l'intermédiaire de Magda, mon éditrice, qui avait eu l'heureuse idée de l'inviter à l'un de mes anniversaires. Depuis, il honorait régulièrement ma fête car il aimait danser. Nous nous connaissions sans nous connaître : nous ne nous voyions jamais en dehors de ces réunions, ce qui explique que je continuais à le vouvoyer, comme le faisait tout le monde du reste par respect pour son âge et considération pour son renom.

Il a attiré mon attention sur le mot inscrit sur son verre.

– Je n'avais qu'un tout petit miroir dans mon studio parisien, suspendu par une chaînette à un clou, au-dessus du lavabo, m'a-t-il raconté. Il était dépoli sur les bords et formait une grosse marque noire au niveau de mon front. J'avais l'impression d'avoir reçu une balle dans la tête chaque fois que je me rasais.

Hélas je n'avais pas le loisir de m'entretenir longuement avec mes invités. Je m'occupais de leur servir à boire, de faire chauffer les plats, de récupérer des glaçons dans le congélateur, de vider les cendriers, d'accueillir les nouveaux venus, de saluer ceux qui partaient déjà. Cette agitation, rythmée par la musique, me convenait : c'était ma façon de danser. Certaines personnes avaient choisi de s'installer à l'extérieur, notamment une très belle fille que je voyais pour la première fois. Elle est restée assise sur le muret qui borde la terrasse. Avec qui était-elle venue ? Je n'ai pas cherché à le savoir. Elle me remettait en mémoire l'ange de la crèche de ton oncle Félix car elle était vêtue de blanc et avait des cheveux d'un noir de jais. Elle était coiffée cependant d'un béret rouge bien parisien. « Le blanc, le noir et le rouge sont les couleurs d'un pays que je ne connaîtrai jamais. » Elle me gratifiait d'un joli sourire chaque fois que je remplissais son verre, mais elle ne buvait pas beaucoup. Je n'ai eu droit qu'à deux sourires tout au long de la soirée.

Vers minuit j'ai su que j'allais devenir grand-père pour la troisième fois l'été prochain : Alexios m'a appris en effet que sa nouvelle compagne était enceinte. Il fêtait Noël chez sa mère dans le Lot, avec son amie et le fils qu'il a eu de sa première femme et qui est aujourd'hui âgée de huit ans. Il a tenu à annoncer lui-même la nouvelle à Dimitris et à son cousin Yannis. Je me suis tourné vers la photo de mon frère : je l'ai mis au courant lui aussi. La femme d'Aris n'était pas venue à ma soirée : nos rapports se sont refroidis progressivement. Je ne partage ni son goût pour les affaires ni sa ferveur religieuse. J'étais plus indulgent avec elle naguère. Je crois que je la voyais avec les yeux de mon frère tant qu'il était encore en vie. Je ne dispose plus que de mes propres yeux.

La fête n'a commencé à battre son plein qu'après minuit. On passait des airs de reggae, des sambas, des rocks. Dee Dee Bridgewater n'a pas eu voix au chapitre. Lazare, cet ami journaliste qui me procure des documents sur l'actualité politique, venait de rentrer d'un voyage en Afrique du Sud : il a réussi, non sans difficulté, à nous faire découvrir le Soweto String Quartet. Yannis était en grande conversation avec une jeune Noire qui doit prochainement effectuer un tour de chant au théâtre de Photini et Dimitris. Je me suis approché d'eux : ils parlaient en grec. «Toutes les langues sont à la portée de tout le monde.» J'ai pu m'entretenir aussi avec cette jeune fille. Sa connaissance du grec était bien naturelle étant donné qu'elle était née en Grèce et qu'elle avait fait sa scolarité dans un établissement du pays. Elle s'appelait en outre Athéna : j'ai trouvé que ce prénom lui allait très bien car elle était grande et robuste et avait une mine plutôt sévère. Vais-je ajouter que sa riche chevelure tressée, aux reflets jaune et vert, ressemblait à un casque ? Elle n'avait que dix-sept ans mais faisait plus que son âge : elle m'a confié qu'elle trouvait un peu immature son petit ami, un musicien grec qui était pourtant plus vieux qu'elle.

– Il veut passer à la télévision, gagner beaucoup d'argent, s'amuser, m'a-t-elle dit.

Elle ne souhaitait pas, elle, faire carrière dans le show-biz.

– Il ne faut chanter que quand on en a vraiment envie.

Elle buvait du jus d'orange. J'ai dû interrompre ma conversation avec elle une première fois pour calmer un voisin dérangé par le bruit, ensuite pour remettre en état de marche l'appareil de télévision dont l'antenne s'était débranchée, enfin pour essuyer une grosse tache de vin par terre. J'ai su que ses parentes étaient originaires du Nigeria, qu'ils gagnaient leur vie en revendant des sacs en cuir et des chaussures qu'ils se procuraient chez les grossistes de la place Omonia, qu'ils avaient pu acheter un appartement assez grand pour vivre avec leurs cinq enfants et que leur vie était devenue nettement plus difficile depuis que le ministère de l'Intérieur avait retiré à tous les étrangers le droit de tenir un stand sur les marchés et les foires.

– Mes parents ne sont plus en mesure de cotiser à la Caisse des commerçants et artisans, de sorte que nous n'avons plus d'assurance maladie. Mais c'est aussi le cas de beaucoup de Grecs.

Athéna n'a pas la nationalité grecque : bien qu'elle parle beaucoup mieux le grec que l'idiome de ses parents, la Grèce la considère toujours comme une étrangère. Elle n'a droit qu'à une carte de séjour renouvelable tous les cinq ans. Envisage-t-elle de passer sa vie en Grèce ?

– Je ne suis allée qu'une seule fois au Nigeria. J'ai été accueillie comme une sœur par les gens de mon âge. Si les choses tournent vraiment mal, j'irai là-bas. Je suis sûre que mes compatriotes adoreront les brochettes que l'on mange ici. J'ouvrirai une gargote de brochettes grecques !

Elle s'esclaffa : elle était magnifique quand elle riait, son visage irradiait une lumière qui ne m'était pas inconnue, que j'avais eu la chance de voir sur bien des visages à Bangui. Je lui ai demandé quel était son héros favori parmi les personnages de la mythologie.

– Ulysse, m'a-t-elle répondu sans hésitation. Il est drôle et émouvant. Il me fait penser à un grand enfant.

Je me suis rappelé que la protectrice du héros turbulent se nomme Athéna.

– Tu as onze arbres ! m'a annoncé la fille de Photis.

– Tu as compté les arbres du jardin, ma chérie ? l'a questionnée sa mère d'un air éberlué. Tu vois, elle sait compter ! a-t-elle signalé à Photis.

Mais celui-ci n'a pas réagi : il regardait la télévision. Y avait-il vraiment onze arbres dans le jardin ? « Je vérifierai demain », ai-je pensé en prenant place à côté du musicien. La télévision retransmettait en direct un concert organisé par la mairie d'Athènes à l'occasion de Noël place de la Constitution. Une chorale nombreuse montée sur une estrade haute chantait des airs connus accompagnée par un pianiste chauve. La caméra s'est tournée vers la foule extrêmement dense qui assistait à l'événement et que de puissants rais de lumière multicolores balayaient continuellement. D'où venait donc tout ce monde un soir que les Grecs passent habituellement en famille ? Le cameraman a dû se poser la même question car il s'est appliqué à scruter l'assemblée. Elle était composée essentiellement d'immigrés : je les ai reconnus non pas tant à la couleur de leur peau et à l'état de leurs vêtements qu'à la tristesse particulière de leurs yeux. J'ai côtoyé suffisamment de métèques au cours de ma vie pour pouvoir reconnaître cette tristesse qui est aussi un peu la mienne. La musique ne les égayait pas, peut-être ne l'entendaient-ils même pas. Ils étaient là simplement parce qu'ils ne savaient pas où aller. Alors que j'étais en train de songer que tous les SDF de la ville devaient faire également partie du public, la caméra s'est arrêtée sur une petite femme aux cheveux roux dont la tête émergeait de la marée humaine. Je l'ai tout de suite reconnue : c'était la femme qui m'avait fait une surprenante déclaration d'amour une nuit, derrière l'église des Saints-Théodores. J'ai supposé qu'elle se tenait, comme à son habitude, sur son cageot rouge. Je ne l'ai vue qu'un instant, suffisamment toutefois pour me rendre compte qu'elle paraissait, elle, tout à fait heureuse et qu'elle applaudissait avec frénésie la chorale et son pianiste.

Le tableau, au fond duquel on apercevait le bâtiment tout illuminé de l'Assemblée nationale, était complété par un arbre de Noël d'une dizaine de mètres de haut, décoré de lampions, entouré par d'importantes forces de police puissamment armées, à moitié cachées par des boucliers transparents. Que craignaient-elles au juste ? Photis m'a rappelé les manifestations monstres qui avaient eu lieu à la veille de Noël 2008 à Athènes et dans une dizaine de villes, à la suite de l'assassinat par un policier d'un lycéen de quinze ans, Alexandros Grigoropoulos.

– Elles avaient pris une telle ampleur que le gouvernement Caramanlis avait failli décréter l'état de siège. Ce fut la plus importante révolte de la jeunesse du pays depuis celle qui avait entraîné en 1974 l'effondrement de la junte. Les manifestants avaient incendié des établissements publics, des commissariats, des banques, d'innombrables voitures et aussi l'arbre de Noël.

Peut-être la jeunesse est-elle moins respectueuse des symboles religieux que je ne le croyais ? Grigoropoulos était mort de deux balles dans la poitrine à Exarkheia, rue de Missolonghi, du nom de cette cité martyre qui se rendit célèbre par sa résistance à l'armée ottomane durant la guerre d'indépendance.

– On continue encore aujourd'hui à déposer des fleurs à l'endroit où le jeune homme est tombé. Ses amis ont pris l'initiative de fixer, à côté de la plaque qui indique le nom de la rue, une deuxième qui, elle, porte le nom d'Alexandros Grigoropoulos.

J'ai repris mon service. J'ai entendu Nikos déclarer que la crise avait multiplié le nombre des musiciens faisant la quête, qu'elle avait eu en somme un effet positif puisqu'on entendait davantage de musique dans les rues que par le passé. Il n'avait pas revu Lilie depuis notre visite à la vieille dame. Il a eu la bonne idée de m'offrir comme cadeau d'anniversaire le roman de Théotokas, *Malades et voyageurs*, dont il m'avait d'ailleurs recommandé la lecture. « Je le lirai à Paris », ai-je pensé. Stratis m'a donné quelques nouvelles de Tinos, où il exerce le métier d'avocat : il paraît que les affaires ne vont guère mieux qu'ailleurs, que toute activité dans le bâtiment a cessé. Il ne manque pas pour sa part de travail, il a cependant bien du mal à se faire payer. Comme Yorgos, il s'est reconverti partiellement dans le jardinage : il produit des tomates, des courgettes, des pastèques et des melons, et aussi, grâce à des graines qu'il a fait venir de Chine par l'intermédiaire de sa femme, des légumes chinois. Il m'a assuré toutefois qu'aucun suicide lié à la crise économique n'avait été enregistré à Tinos. Miltiadis m'a fait cadeau d'un recueil d'inscriptions trouvées en Macédoine grecque. Il m'a confirmé qu'on mettait rarement fin à ses jours dans l'Antiquité : il s'est souvenu néanmoins de Phèdre, qui se pend après avoir accusé injustement son beau-fils de l'avoir violentée, et de Jocaste, qui se pend elle aussi lorsqu'elle découvre que son deuxième mari, Œdipe, est en fait son fils.

Dimitris parlait avec Photis : tous deux avaient apporté leur bouzouki.

– Vous allez jouer ? leur ai-je demandé.

Les danseurs donnaient des signes de fatigue. J'ai eu soudain la curiosité de savoir si le mot *bouzouki* figure dans le *Grand Robert* et j'ai ouvert le premier volume du dictionnaire sur la table de pierre que les fumeurs avaient peu à peu désertée. Il n'y est pas : j'ai ressenti cela comme une humiliation personnelle, étant donné que je parle de cet instrument dans tous mes livres. « Je n'ai même pas réussi à faire connaître le bouzouki en France », ai-je pensé. Et le mot *ouzo*, est-ce qu'il y était ? J'ai ouvert également le cinquième volume : eh bien oui, il y est, accompagné d'une citation de Simone de Beauvoir. J'ai estimé que mon nom aurait fait meilleure figure à cet endroit. À côté de moi, Lazare et Daphné, une pianiste au chômage, discutaient vivement de l'impact de l'immigration sur l'économie grecque. Daphné soutenait le point de vue des gens de droite que les étrangers sont une charge, tandis que Lazare disait le contraire :

– Les métèques ont toujours contribué au développement des pays où ils se sont installés, a-t-il dit sur un ton vif. La France a largement profité de l'immigration italienne et polonaise, l'Allemagne de l'immigration grecque et turque, comme la Grèce de la horde des réfugiés venue d'Asie Mineure en 1922.

Elle l'écoutait d'un air contrarié. « Elle ne changera pas d'avis, ai-je pensé. Même la preuve la plus flagrante qu'elle se trompe ne suffirait pas à la faire changer d'avis. » Stratis est intervenu dans le débat :

– S'il reste un semblant d'activité à Tinos dans l'agriculture et l'élevage, c'est en grande partie grâce aux travailleurs albanais.

Daphné a quitté la table : elle est sortie sur la terrasse rejoindre cette belle femme dont la présence m'avait intrigué. Elle est partie avec son amie lorsque Dimitris et Photis ont commencé à jouer.

– Je déteste le rébétiko, m'a-t-elle confessé.

Avant de franchir le seuil, elle a eu l'idée saugrenue d'embrasser le mur à côté de la porte, de laisser la trace de son rouge à lèvres sur le mur.

La bourgeoisie grecque n'a jamais apprécié le rébétiko, musique d'inspiration orientale qui s'est épanouie à partir des années 30 dans les quartiers défavorisés, voire mal famés des ports. *Rébétiko* vient de *rébétis*, le voyou, mot d'origine turque. Il est bien probable que j'ai déjà donné ces renseignements ailleurs : si j'insiste, c'est que je ne désespère pas de convaincre les rédacteurs du *Robert* d'insérer ce terme, comme celui de *bouzouki*, dans leur excellent ouvrage.

Le rébétiko porte un regard sombre sur la Grèce : c'est un pays où il pleut beaucoup, où il fait froid, enveloppé même parfois d'un épais brouillard. Les nuits sont longues, surtout pour ceux qui couchent à la belle étoile, sans rien pour se couvrir hormis l'obscurité. Le héros du rébétiko est généralement un individu sans le sou, rejeté par la société, y compris par ses amis : en Grèce, on ne peut décidément compter sur personne. Il est bien entendu moqué par les femmes qui, c'est bien connu, ne s'intéressent qu'à leur toilette et à leur confort. Il a beau proclamer qu'à défaut d'argent il possède un cœur d'or, l'argument ne passe pas. Comment en est-il arrivé là ? Ce n'est pas un licencié économique, vivait-il de petits boulots comme les immigrés ? Il se dit souvent victime du destin, ou bien d'une femme qui, après lui avoir tout pris, l'accuse de n'avoir plus rien. Il n'envisage pas de prendre son destin en main : il cherche tout juste à oublier son triste sort en buvant beaucoup, en fumant du haschisch ou bien en jouant du bouzouki. Le rébétiko véhicule la conviction que la musique vaut toutes les richesses du monde.

Il s'est épanoui dans une période de censure sévère, ce qui explique probablement qu'il s'abstient de tout jugement sur les institutions politiques et les partis. Les jeunes gens l'apprécient pourtant : il existe plusieurs boîtes à Exarkheia où l'on ne joue que cette musique. Est-ce parce qu'elle rend compte d'un monde sans issue, qui ressemble singulièrement à celui d'aujourd'hui ? Le fait est que le concert donné par Photis et Dimitris à deux heures du matin a connu un franc succès. On s'est à nouveau assis par terre pour l'écouter. Yorgos a pris place au premier rang et a entrepris de rouler une cigarette encore plus longue que celle qu'il avait fumée dans la cuisine. Les musiciens, eux, s'étaient installés sur le canapé. Ils ont chanté la maudite pauvreté (« *Les rues sont mon royaume, un banc public mon lit* »), le désespoir (« *Mon existence malencontreuse, je ne peux plus la supporter* »), les manigances des femmes (l'expression française « *cherchez la femme* », qui est bien connue en Grèce, sert de refrain à une chanson de Tsitsanis), l'affliction du mal-aimé (« *La chemise blanche que je porte, je vais la teindre en noir* »), la nostalgie de l'immigré vivant loin de son pays et de sa mère. Ils m'ont remis en mémoire des mots oubliés, comme *kouréliaris*, l'homme vêtu de hardes, *batiris*, le fauché, *alanis*, le traîne-savates, *babessa*, la perfide. Comment pourrait-on rendre en français le terme *xénitia* ? Il désigne à la fois le pays où l'on émigre et le malheur qu'on y ressent.

La danse qui convient le mieux à cette musique désenchantée, le *zeïbékiko*, encore un mot turc, est solitaire et grave. On l'exécute sans trop bouger, en se balançant doucement d'une jambe sur l'autre, le torse en avant, la tête baissée, on donne un peu l'impression de chercher ses clefs par terre. De temps en temps on fait un tour complet sur soi-même, en pliant bien une jambe de façon à pouvoir frapper son talon de la main, mais vite on se ressaisit, je veux dire qu'on reprend la pose initiale, qu'on se remet à vaciller comme une personne passablement ivre. Elias Pétropoulos, l'auteur d'une étude fameuse sur le rébétiko, considère que l'espace occupé par le danseur ne doit pas excéder quatre mètres carrés : voilà une danse, en somme, que je pourrais très bien exécuter rue Juge. La fille de Photis fut la première à tenter une démonstration : mais elle était bien trop légère pour l'interpréter convenablement, et puis elle riait tout le temps. Elle a vite été imitée par Athéna qui, elle, a dansé superbement, avec une rigueur charmante, et a soulevé un tonnerre d'applaudissements.

Le vieux poète était sorti sur la terrasse, accompagné de Thanassis. Je me suis souvenu que les communistes avaient toujours reproché aux auteurs de ces chansons leur manque d'engagement politique. Il y a bien quelques œuvres qui s'en prennent à la société pourrie et au diktat des puissances d'argent, mais cela ne doit pas être suffisant aux yeux des militants. Ceux-là préfèrent sans doute Mikis Théodorakis, qui épouse clairement la cause des ouvriers et les exhorte avec fougue au combat. J'ai eu la curiosité de savoir ce que se disaient ces deux hommes. Eh bien, Thanassis était en train de s'interroger sur le succès de Rimbaud, qui est le poète français le plus lu en Grèce.

– Rimbaud est plus facile à traduire que Baudelaire, dont le rythme est très difficile à rendre dans une autre langue, lui a fait remarquer le vieux poète. La vie de Rimbaud a par ailleurs une dimension mythique qui séduit notre jeunesse. Saviez-vous qu'il s'était arrêté

167

à Syros avant de se rendre en Afrique? Son érotisme rappelle un peu celui de Cavafy. Manos Hadjidakis a probablement contribué à sa popularité en lui consacrant une chanson, que vous connaissez sans doute: «*Arthur Rimbaud, je m'embarquerai moi aussi ce soir sur ton bateau ivre.*» Après la guerre on lisait surtout Éluard et Aragon, plus pour des raisons idéologiques, probablement, qu'esthétiques.

Je lui ai aussi posé une question:

– Est-ce que vous avez conservé les brouillons que vous rédigiez à Paris juste pour ne pas oublier le grec?

– Oui, je les ai gardés, mais je n'ose pas les relire, je crois qu'ils ne présentent aucun intérêt. En même temps, est-ce possible qu'un texte ne présente aucun intérêt?

Les deux Yorgos sont partis les derniers, après m'avoir renouvelé leurs vœux. L'un a soixante et onze ans, l'autre, celui que tu connais, soixante-quatre. J'ai songé un instant à leur attribuer de faux prénoms, pour qu'on puisse les distinguer plus aisément. Mais j'y ai renoncé, car ce sont de vrais amis: je ne pouvais pas leur faire ça.

Il était plus de quatre heures du matin quand le silence est revenu à la maison. J'ai ramassé les verres et les assiettes qui traînaient un peu partout, je les ai mis dans trois grands sacs en plastique que j'ai soigneusement ficelés. Puis j'ai pris place à côté de la table de pierre, je me suis servi un dernier verre et j'ai allumé ma pipe. Il m'a semblé qu'il manquait une conclusion à ma soirée, qu'elle s'était achevée en quelque sorte sans avoir dit son dernier mot. C'est alors qu'on a sonné à ma porte. J'ai pensé que c'était l'un des deux Yorgos, mais non: sur le palier se tenait la femme que j'avais vue quelques heures plus tôt à la télévision. Elle tenait son cageot rouge à la main.

– J'ai vu sortir beaucoup de monde de chez vous. On m'a dit que vous fêtiez votre anniversaire. Je ne leur ai pas demandé quel âge vous aviez, mais à vous, je peux le demander, n'est-ce pas ? Quel âge avez-vous donc ?

– Soixante-neuf ans.

– Vous êtes encore jeune ! s'est-elle exclamée d'un air joyeux.

J'aurais bien aimé lui offrir un verre pour la remercier, mais elle ne m'en a pas laissé le temps, elle a fait demi-tour et a disparu de son pas pressé habituel.

Machinalement, j'ai porté la main à ma poche, où j'ai trouvé ma bougie d'anniversaire. Je l'ai mise dans la boîte où je range mes crayons.

La scène se passe pendant l'Occupation : un jeune homme en haillons pousse les gens qui entourent un marchand ambulant de gâteaux feuilletés, saisit une pâtisserie et l'enfourne vivement dans sa bouche. Il ne tente pas de s'enfuir : peut-être n'a-t-il pas la force de courir. Il choisit de se coucher sur le trottoir et, tout en se couvrant le visage des deux bras comme un chien qui protège son os, il continue d'ingurgiter le feuilleté. Il n'a cure des coups de pied qu'il reçoit aux fesses et à la tête de la part du marchand et des honnêtes gens, puisqu'il peut enfin se soustraire aux affres de la faim.

Je suis convaincu que Théotokas a réellement assisté

à cette scène qu'il décrit dans *Malades et voyageurs* : elle pourrait très bien avoir lieu aujourd'hui. Comme je te l'ai dit, je n'ai pas appris grand-chose au cours de ce séjour, j'ai vu néanmoins des gens qui avaient faim. Je les ai rencontrés par hasard, alors que j'étais en train d'explorer le quartier d'Omonia où fleurissent les boutiques asiatiques et où se développent, dit-on, toutes sortes de trafics. Ils faisaient la queue devant le portillon d'une cour où des cuisiniers en blanc s'activaient autour de grandes marmites. Le portillon était gardé par trois ou quatre gaillards portant sur leurs vêtements l'insigne – il représente une chouette – de la ville d'Athènes. Ils ne devaient l'ouvrir qu'à midi trente, mais déjà la file s'impatientait, jouait des coudes, s'énervait. Elle était composée de jeunes et de vieux, de femmes et d'enfants. Il m'a semblé que la proportion d'étrangers était moins grande que dans la multitude qui avait investi la place de la Constitution à Noël. C'était une foule très ordinaire en apparence, mais qui était gagnée par des accès de fièvre. Une femme d'une soixantaine d'années est sortie du rang et a demandé aux agents de la municipalité l'autorisation de se poster devant le portillon. Elle ne pouvait pas rester longtemps debout, elle a soulevé sa jupe pour leur montrer ses jambes : elles étaient enflées, noirâtres, couvertes de plaies. Sa demande a provoqué de vives protestations à la tête du peloton.

– Je suis là depuis onze heures ! a lancé quelqu'un.

La femme a dû regagner sa place. Je me suis souvenu d'un rébétiko qui évoque les ongles ensanglantés du destin. Il n'était encore que midi. Je suis allé m'asseoir sur un banc dans le petit square qui jouxtait la cour : je voyais désormais la foule à travers les barreaux du jardin, on aurait dit une réunion de prisonniers. La ville tout entière m'est apparue comme une prison : j'ai songé qu'elle devait produire le même effet sous l'Occupation.

La queue s'allongeait à vue d'œil, elle faisait maintenant le tour du square. J'ai été fasciné un moment par le visage émacié d'un homme à la peau foncée qui souriait benoîtement à tout le monde. Comment faisait-il pour manger ? Il n'avait plus de dents. L'ouverture du portillon a déclenché une bousculade effrénée qui a failli tout emporter sur son passage, les agents, les cuisiniers et les marmites. Le menu comprenait ce jour-là de la soupe aux lentilles, un morceau de pain et une pomme. La soupe était servie dans des bols en plastique sans couvercle, c'est dire qu'il fallait la manger sur place. Un agent a conduit jusqu'à mon banc un vieillard grabataire, très grand de taille, en le tenant par le bras. Après l'avoir installé, il lui a donné son bol : mais l'homme était incapable de manger, ses mains, quand il ne les tenait pas fermement attachées l'une à l'autre, s'envolaient dans tous les sens. L'agent a hésité un instant puis il a pris place lui aussi sur le banc et a entrepris de nourrir le vieux à la cuiller, comme un enfant. Je l'ai félicité pour son initiative, ce qui lui a arraché un pâle sourire.

– Vous ne mangez rien, vous, a-t-il observé.

C'était décidément un brave homme. Nous avons fait connaissance : il était conseiller municipal et était chargé de superviser le bon déroulement de la distribution des repas.

– La plupart des gens qui viennent ici vivent dans la rue, ou bien dans des centres d'hébergement créés par les municipalités de la région, par le département de solidarité sociale du ministère du Travail ou par la Croix-Rouge. Nous recevons aussi des familles qui ont encore un logement mais qui ne peuvent plus payer de loyer, qui sont en instance d'expulsion. Où tu vis, toi, grand-père? a-t-il questionné le vieillard.

Mais le vieillard n'a pas répondu: toute son attention était concentrée sur la cuiller et sur le bol qui peu à peu se vidait. Il aspirait la soupe bruyamment, avec délectation, en fermant les yeux. J'ai eu l'idée que je le connaissais, j'ai même essayé de me remémorer les lieux de mon enfance en espérant le croiser, mais je ne l'ai vu nulle part, ni dans la cour de mon lycée, ni dans les ruelles de Santorin.

– Pour certaines de nos opérations humanitaires, nous recevons des aides de l'Union européenne, de la compagnie des télécommunications, du Gaz de Grèce, et aussi des dons en nature de la part des chaînes de grands magasins. Les repas que nous offrons sont cependant financés par la municipalité seule. Nous sommes passés de mille repas en 2009, au début de la crise, à mille sept cents aujourd'hui qui nous coûtent un million d'euros par an. Mais le nombre d'indigents continue de croître. Nous avons du mal à satisfaire toutes les demandes, notamment les jours où nous avons du poulet ou du poisson au menu. Les lentilles ont moins de succès.

– Il n'y en a plus? a demandé le vieillard.

Le conseiller a retourné le bol. Eh bien, il n'était pas complètement vide: il y restait une dernière lentille, qui a glissé sur sa paroi et a atterri par terre.

– Elle est tombée! a constaté le vieillard d'un air navré.

Ma conversation avec le conseiller s'est prolongée dans son bureau, au deuxième étage de l'immeuble du fond de la cour. Il n'était pas rétribué par la mairie, il gagnait sa vie comme employé des postes, il était facteur.

– Je connais des familles qui changent d'adresse deux fois par an. Elles ne paient jamais de loyer : elles abusent de la patience des propriétaires, qui s'épuise au bout de six mois généralement. Ce sont des familles nomades qui bénéficient cependant d'un toit.

J'ai eu droit à un éloge du maire, un homme modéré qui a eu le mérite et même le courage d'interdire, pour cause d'incitation à la haine raciale, une distribution de nourriture destinée aux Grecs uniquement envisagée par Aube dorée et qui devait se tenir place de la Constitution. C'est peu dire que l'extrême droite a mal pris cette décision : un de ses députés est parvenu à pénétrer dans le bureau du maire et l'a menacé de son pistolet.

L'une des fenêtres du bureau donnait sur la rue, l'autre sur le square où il n'y avait déjà plus grand monde. Cependant le vieillard était resté à sa place. J'ai voulu savoir quel était le nom de la rue qui longeait l'immeuble et le square.

– C'est la rue Sophocle, m'a renseigné le conseiller, légèrement surpris par mon ignorance.

J'ai trouvé que le nom du poète tragique convenait très bien au lieu où défilaient quotidiennement tant de miséreux.

3

Ma voisine dans l'avion d'Aegian Airlines qui m'a ramené à Paris le 20 janvier était une forte femme qui ressemblait vaguement à ma tante Efi, la sœur de ma mère, morte il y a vingt ans. Elle avait les mêmes cheveux filandreux jaunâtres et portait pareillement de grosses lunettes de myopie. Je me suis souvenu qu'Efi avait peur des avions et je n'ai pas tardé à constater que c'était aussi le cas de ma voisine. Elle a serré si fort sa ceinture de sécurité qu'elle a manqué s'étouffer. Elle s'est signée plusieurs fois avant le décollage, au moment où le commandant de bord a pris le micro pour se présenter aux passagers. Il s'appelait Spyros Grivas.

— C'est un bon pilote, ai-je dit à la dame pour la rassurer. J'ai déjà voyagé avec lui. On peut faire confiance à Spyros !

Elle m'a considéré d'un air profondément surpris, comme si jamais un inconnu ne lui avait adressé la parole, elle s'est signée encore car nous étions en train de nous envoler, puis d'une voix mal assurée mais qui ne manquait pas de conviction elle m'a dit :

— On ne peut faire confiance à personne.

Cette réplique m'a fait penser à toi, au genre de choses

que tu fais dire à tes personnages, et je me suis demandé quelle suite je devais donner à ce dialogue pour qu'il reste conforme à ton esprit.

– Je connais Spyros depuis qu'il est tout petit. On vantait déjà son sérieux et sa prudence. Il a terminé premier l'école d'aviation de Zurich.

Mes propos l'ont probablement apaisée car elle a fait basculer le dossier de son siège en arrière, ensuite, ayant retiré ses lunettes, elle a bandé ses yeux avec un masque en tissu fourni par la compagnie. Sur le siège vacant qui nous séparait, ses lunettes se sont trouvées placées à côté de l'un de tes derniers livres, *Toilette de chat*, que je comptais relire pendant le vol. Je me souvenais que cela se termine par un enterrement, celui d'un chat, un curieux enterrement en vérité car il attire beaucoup de monde, même des célébrités qui arrivent en hélicoptère. Ton narrateur, qui est présent à la cérémonie, se rend compte que personne ne le remarque, qu'on ne le voit même pas, qu'il est en train d'assister à sa propre disparition. Je me souvenais aussi d'un funambule, qui marchait sur un fil tendu entre deux grands arbres, au-dessus des morts et des vivants. Tu avais publié ce livre dix ans plus tôt, en 2003, au Seuil.

Les méchants vents qui agitent la mer autour du cap Sounion depuis l'Antiquité ont quelque peu ébranlé notre avion. Ma voisine n'a pas réagi, peut-être dormait-elle déjà, mais un gamin s'est mis à hurler. Un passager, coiffé d'un chapeau de feutre comme celui que j'ai trouvé dans les affaires de mon père après sa mort, et qui est aujourd'hui suspendu au portemanteau de la rue Juge, a crié en se levant d'un bond :

– Ta gueule, petit morveux !

Il a ajouté dans la foulée, à l'adresse des parents du petit :

– Essayez donc de le calmer un peu, votre connard.

J'ai pensé que tous les passagers étaient des comédiens au chômage et qu'ils jouaient des rôles pour ne pas perdre la main. Ma voisine n'avait pas vraiment peur et ne dormait probablement pas.

Une hôtesse, belle comme une madone, est intervenue en priant l'homme de rester assis. Il s'est aussitôt radouci, il est même devenu mielleux :

– Vous ne voulez pas flirter avec moi, mademoiselle ? a-t-il proposé à la jeune femme. Cela fera passer plus vite le temps. Si nous faisions plus que flirter nous serions déjà arrivés.

J'étais assis côté couloir. Depuis que j'ai été opéré à la jambe, je choisis toujours ce côté afin de pouvoir me lever régulièrement et de faire quelques pas comme le chirurgien d'Aix et son confrère de l'hôpital Saint-Joseph me l'ont recommandé. Étais-tu encore à la maison ou bien te trouverais-je à l'hôpital ? Tu m'avais annoncé quelques jours auparavant que tu avais fini par accepter de suivre le traitement de choc qu'on t'avait proposé.

– Je suis devenu un cobaye, m'avais-tu déclaré calmement.

J'ai songé aux arbres sans tronc de l'hôpital, qui ne possèdent que des branches symétriquement disposées, qui m'avaient fait l'effet d'arbres savants. « Leurs fruits ne sont pas des réponses : ce sont des questions. »

– Où sommes-nous ? m'a demandé la dame.

Nous avions atteint une épaisse couche de nuages. Il était toutefois possible de suivre l'itinéraire de l'avion sur de petits écrans qui avaient surgi du plafond, au-dessus des sièges.

– Nous nous dirigeons vers Corinthe.

– La magicienne Médée était la fille du roi de Corinthe, a-t-elle déclaré d'un air important. Après avoir massacré ses enfants pour une obscure raison de vengeance, elle s'est envolée dans le ciel sur un char tiré par deux serpents ailés.

J'ai regardé par le hublot comme si je m'attendais à voir passer l'exécrable personne. Après avoir laissé Corinthe sur notre gauche, nous nous sommes orientés vers le nord-ouest : j'ai informé ma voisine que nous allions passer par Delphes.

– Saviez-vous que la lettre E servait d'enseigne au temple de Delphes et que personne n'a jamais su pourquoi ?

Sa question m'a remis en mémoire l'enquête que j'avais menée vingt ans auparavant en essayant de percer ce mystère et qui est au cœur de l'un de mes romans. Elle n'avait pas abouti, elle m'avait permis néanmoins de voir le jour se lever sur Delphes et de contempler la nuit son ciel étoilé.

– Oui, ai-je répondu plutôt sèchement.

À toi je peux bien l'avouer : je suis fâché lorsqu'on me parle de cette lettre sans me citer, comme si elle faisait partie de mon œuvre, comme si j'étais son unique dépositaire. Mais peut-on s'approprier une énigme ? J'ai néanmoins évité de dire à ma voisine que nous nous dirigions vers Ithaque : elle n'aurait pas manqué l'occasion de me signaler qu'Ulysse, lors de son retour dans sa patrie, n'a été reconnu que par son chien. Est-ce que les chiens ont meilleure mémoire que les hommes ? Comment s'appelait-il cet animal, d'ailleurs ? Le long passé de la Grèce oblige à un effort de mémoire constant. Les lieux sont chargés de souvenirs. Les temps anciens occupent la même place dans l'esprit de mes compatriotes que le pays d'origine dans la mémoire des immigrés. La nostalgie fait partie de la culture nationale.

Entre Leucade et Corfou j'ai parcouru trois fois le couloir de l'avion. Le petit morveux s'était passablement calmé. L'hôtesse lui avait fourni des soldats en plastique : il s'amusait à les saisir deux par deux et à les heurter violemment entre eux. L'homme au chapeau de feutre avait ouvert un journal mais ne le lisait pas : il tournait les yeux de tous côtés comme s'il cherchait un nouveau motif pour faire exploser sa colère. L'article du journal qu'il tenait en main ne manquait pourtant pas d'intérêt : il dénonçait un détournement de fonds publics s'élevant à plus de neuf millions d'euros commis par l'organisation non gouvernementale Solidarité, fondée par l'archevêché d'Athènes en 2002. L'argent provenait des caisses du ministère des Affaires étrangères et était destiné à des actions de solidarité en faveur de pays tiers, comme l'Irak, la Syrie ou le Liban. Il avait été dépensé en fait par les dignitaires de l'Église eux-mêmes. À mon troisième passage près de l'homme au chapeau, j'ai appris que le patron de cette organisation, poursuivi par la justice, avait trouvé refuge auprès de l'Église orthodoxe de Roumanie, qui lui avait fourni une nouvelle identité en le consacrant prêtre. Une photo de cette cérémonie illustrait l'article.

Je ne sais de Corfou que l'histoire de mon frère : il a vécu dans cette île les meilleurs et les pires moments de son existence – les meilleurs lorsqu'il dirigeait le Centre universitaire de traduction et d'interprétariat, unique établissement de ce genre en Grèce, créé sous un gouvernement de droite, et les pires lorsque les socialistes, après leur victoire aux élections de 1981, ont entrepris de défaire tout ce que la droite avait fait, y compris de plus réussi, et l'ont tout bonnement sabordé. Aris avait découvert à cette occasion le fanatisme politique, qui est un des traits fondamentaux de la vie publique en Grèce.

Heureusement la dame s'était assoupie. J'ai pu me plonger ainsi dans la lecture de ton roman, mais pas longtemps car le service du déjeuner avait commencé. On nous a servi des pâtes aux olives et à la tomate comme pour nous prévenir que nous étions déjà en Italie. J'ai bu deux quarts de vin rouge qui m'ont quelque peu assommé. Je n'ai pas dormi, j'ai cependant revisité le rêve que j'avais fait la première nuit de mon arrivée à Athènes. J'ai demandé à mon père de me décrire le regard d'Éléni, que je n'avais pas réussi à voir puisqu'elle dormait encore lors de ma deuxième visite chez ses parents.

– C'est un regard attentif et sérieux. On dirait une bonne élève qui se rend peu à peu compte qu'elle a tout à apprendre. Elle étudie les assiettes, les ustensiles de cuisine, les plantes qui poussent sur le balcon. Elle est en train de se faire une opinion sur le monde. Elle s'endort profondément comme une élève qui a bien travaillé et se réveille joyeusement car elle est curieuse de poursuivre son exploration. Elle est en train de lire un livre aux pages blanches qui racontent cependant la plus extraordinaire des aventures. J'aimerais être auprès d'elle la première fois où elle verra passer une fourmi.

– Tu crois qu'elle va rire ?

180

– Non. Elle ne connaît pas encore les règles du jeu et ne peut donc être surprise par leur transgression. Elle rira plus tard, quand elle aura acquis une certaine expérience du monde. Elle rira quand elle aura commencé à perdre son innocence.

J'ai été surpris par les propos de mon père car il n'était pas dans ses habitudes de se livrer à des analyses aussi poussées. Ma mère en revanche était coutumière de ce genre de discours. Il m'a semblé que mon père m'avait parlé avec la voix de ma mère. Il m'est venu l'idée que nos parents deviennent longtemps après leur disparition une seule et même personne.

Ma rêverie a été interrompue par l'archevêque catholique d'Athènes : il m'a annoncé qu'il avait écrit au pape pour lui suggérer que les églises devraient rester ouvertes tard le soir certains jours, comme le font les grands magasins, afin d'accueillir les personnes qui préfèrent être confessées la nuit.

– Je lui ai expliqué que la nuit est plus propice aux aveux que le jour. Il m'a répondu que cette innovation grèverait considérablement le budget de l'Église mais qu'elle méritait réflexion. « Votre idée est passionnante », m'a-t-il écrit.

Il avait un sourire radieux aux lèvres.

– Je vois que vous n'avez pas touché à votre fromage, a-t-il constaté en inspectant mon plateau. Je peux le prendre ?

Ma voisine a enlevé son masque et récupéré ses lunettes. Elle a pris le temps de lire le titre de ton roman.

– C'est intéressant ? m'a-t-elle interrogé sur un ton empreint de condescendance.

– Très intéressant, ai-je répliqué avec force. Un homme divorcé revient dans l'appartement familial pour s'occuper du chat de la maison, resté seul pendant les grandes vacances. Ces visites lui donnent la possibilité de retrouver son passé. C'est l'histoire d'un retour, comme *L'Odyssée*

Ma réponse lui a inspiré une nouvelle question :

– Qu'est-ce que vous faites dans la vie ?

– Je suis équilibriste, ai-je répondu effrontément.

– À votre âge ?

– J'évite les exhibitions périlleuses. Je ne fais plus les chutes du Niagara ni les tours de Notre-Dame. Je me produis dans les cimetières pour égayer les familles en deuil. Je croise les âmes qui montent vers le ciel. Elles montent très lentement, elles ne sont pas pressées de prendre congé du monde, on dirait qu'elles le regrettent déjà.

J'ai mis fin à notre conversation en me levant une nouvelle fois. Les hôtesses avaient ramassé les plateaux et les tasses à café. Elles papotaient dans leur petit compartiment derrière les toilettes. Mais où donc était passée la beauté qui avait ému l'homme au chapeau ? Il feuilletait maintenant *Libération* : j'ai vu ta photo dans le journal. J'ai vite surmonté ma frayeur : ce n'était qu'une interview que tu avais donnée à l'occasion de la parution imminente de ton livre.

Au premier rang, côté hublot, j'ai remarqué un jeune homme qui regardait le ciel d'un air songeur, préoccupé même. Allait-il chercher du travail à Paris ? Était-il au courant des multiples garanties qu'il fallait présenter aux propriétaires pour obtenir un logement ? Savait-il que le chômage était en augmentation constante en France aussi ? Que les thèses de l'extrême droite se répandaient dans l'opinion ? Que les groupes fascistes n'étaient pas moins résolus à Paris qu'à Athènes, qu'ils avaient notamment à leur actif le meurtre d'un étudiant du nom de Clément Méric ? Je me suis souvenu que la jeunesse parisienne célébrait l'anniversaire de ce crime avec la ferveur qui entourait à Athènes la mémoire d'Alexandros Grigoropoulos.

L'homme au chapeau avait tourné la page : l'article suivant évoquait la condamnation d'un propriétaire, coupable d'avoir loué à un artiste au chômage au prix de trois cent trente euros une sorte de cagibi d'une superficie de 1,56 m². J'ai découvert que la loi interdisait de mettre en location des surfaces inférieures à 9 m². « Il y a des logements plus petits que le mien », ai-je pensé. Au début du voyage, j'entendais parler surtout grec autour de moi. Mais au fur et à mesure qu'on s'éloignait du pays, la langue reculait. Lors de ma dernière promenade, je n'entendais quasiment plus parler que français. Cela m'a paru normal : nous étions au-dessus de Dijon.

Ce n'est que lorsque l'avion a atterri à Roissy que j'ai de nouveau parlé avec ma voisine : elle n'arrivait pas à défaire sa ceinture de sécurité.

– Je ne sais plus comment on fait, m'a-t-elle dit d'une voix blanche. Je l'ai su pourtant, ce n'est pas la première fois que je prends l'avion, mais j'ai oublié.

Je l'ai aidée à se libérer. Son ventre était dur comme un ballon de basket. Je n'avais pas imaginé qu'on puisse perdre le souvenir d'un geste aussi simple. « Un jour j'oublierai comment on ouvre une porte. Je resterai longtemps devant une porte fermée. Je finirai par frapper. »

J'ai acheté *Libération* au kiosque de l'aéroport puis, en attendant le car pour Paris, j'ai allumé ma pipe. Au moment où le car arrivait, je me suis souvenu que le chien d'Ulysse s'appelait Argos.

Quel temps faisait-il la première fois où je suis venu à Paris ? Plutôt chaud, il me semble. Je suis presque sûr qu'il ne pleuvait pas. J'ai été accueilli par un beau soleil lors de ce retour, mais la température n'était que de cinq degrés. Le car m'a déposé place de l'Étoile, où j'ai pris le métro. Ce n'est qu'en m'engouffrant dans la station que j'ai eu la certitude que j'étais bel et bien revenu. Je sais bien que la ville est généralement associée à ses monuments, à ses jardins, à ses places. Mais sa véritable identité est souterraine. La rame était presque vide. Une femme lisait un journal gratuit, une autre farfouillait dans son sac. J'avais pris place sur un strapontin. Il n'y a pas de strapontins en Grèce, ni dans les théâtres ni dans le métro. Ma langue maternelle ignore ce mot. Comment le traduirai-je quand le moment sera venu de raconter tout cela en grec ? « J'expliquerai qu'il s'agit d'un siège qui disparaît quand on n'a plus besoin de lui, comme un bon serviteur. » J'ai fait une autre remarque pendant ce trajet, un peu comme si je prenais le métro pour la première fois : j'ai noté que les noms des stations portent les couleurs de la Grèce. Les carreaux en faïence qui les composent sont en effet bleus et blancs. La deuxième femme regardait maintenant sa bouche dans un petit miroir rond. Elle a essuyé la commissure de ses lèvres avec son index.

Bien que ma chambre soit nettement plus grande que le logement le plus modeste défini par la loi, elle m'a paru plus petite que jamais. Elle était glaciale : la première idée que j'ai eue en arrivant chez moi, ce fut de repartir. J'ai allumé le chauffage qui est placé sous la fenêtre et aussi la cuisinière pour préparer du café. J'ai pensé qu'il devait faire moins froid à l'intérieur de ma valise, qu'elle avait conservé un peu de la chaleur athénienne. Sur l'étiquette qu'elle porte figurent mes deux adresses : il m'a semblé que l'une des deux était de trop. Le voyant rouge du téléphone clignotait, signe que j'avais reçu des messages, mais je n'ai pas eu la curiosité de les écouter, ni d'ouvrir mon courrier. En attendant que l'eau commence à bouillir, je me suis contenté de balayer du regard mes affaires, le téléviseur, le réveil, le chandelier de ma grand-mère, les piles de mes livres, l'essuie-mains suspendu à la porte du placard sous l'évier, le flacon de Paic citron, mes couverts qui sont placés à la verticale dans une corbeille fixée au mur et qui forment une sorte de bouquet, la boîte de sardines Saint-Georges posée sur l'étagère au-dessus de la cuisinière, le sucrier en forme de casque d'armure, la boîte de sel, le sachet d'origan. J'ai arrêté ce tour d'horizon au niveau de la porte, n'ayant pas le courage de me retourner pour inspecter le reste. Je me suis rappelé que j'avais été cambriolé une fois mais qu'on ne m'avait rien volé.

Le café m'a permis de me sentir un peu mieux. Il produit le même effet sur moi que l'alcool, il rend les lieux plus aimables. Combien de romans avais-je écrit dans cette pièce ? Je ne me suis pas donné la peine de les compter, mais ils étaient incontestablement un certain nombre. C'est dire que ma chambre avait accueilli énormément de personnages imaginaires, d'animaux et même d'insectes, puisqu'il m'était arrivé de les évoquer quelquefois. Elle avait connu une agitation sans rapport avec sa superficie. J'ai caressé du bout des doigts le mur à côté du coffre où j'étais assis. « Tu vois, lui ai-je dit, je suis de retour. »

J'ai téléphoné à mon fils à Athènes, avec qui je ne parle plus qu'en grec, pour lui signaler que j'étais bien arrivé, j'ai appelé son frère à Paris, avec qui je parle moitié en français moitié en grec, puis je t'ai appelé sur ton portable mais tu n'as pas répondu. J'ai fait une nouvelle tentative pour être sûr que je ne m'étais pas trompé de numéro, toujours sans résultat. Ton silence m'a paru comme un bien mauvais signe. Il m'a aussi accablé de reproches : moi qui n'étais pas très heureux d'être revenu je me suis senti en plus coupable d'avoir trop tardé à rentrer. Mon absence avait duré vingt-neuf jours, je les avais comptés dans l'avion. J'ai avalé d'un trait le café et j'ai quitté la rue Juge en courant, non sans avoir emporté la bouteille d'huile d'olive que je t'avais achetée à l'aéroport. C'était la première fois que je courais depuis mon opération : j'ai eu la satisfaction de constater que je ne me débrouillais pas trop mal. Contrairement au métro de l'Étoile, celui que j'ai pris à La Motte-Picquet-Grenelle était bondé. J'ai pensé qu'il irait sûrement plus vite s'il était moins chargé, car il avançait encore plus lentement que d'habitude. Je me suis souvenu de notre unique dispute, qui avait eu lieu des années auparavant à l'aéroport de Bordeaux lorsque tu m'avais annoncé que, un autre de tes auteurs ayant plus de chances que moi d'obtenir le prix du roman de l'Académie, tu avais décidé de soutenir sa candidature de préférence à la mienne. Son livre s'appelait *Les Coquelicots*.

– Tu ne vas tout de même pas défendre *Les Coquelicots* ! m'étais-je indigné comme tu t'emportais parfois en parlant aux jurés des prix littéraires.

– Les académiciens l'ont bien aimé, avais-tu rétorqué.

J'ai repris ma course en sortant du métro à la station Cadet, j'ai traversé comme une flèche le square Montholon sans m'attarder devant la statue des quatre femmes en goguette et de la petite fille, j'ai bousculé un vieux qui tentait de sortir du jardin en poussant la grille alors qu'elle s'ouvre vers l'intérieur, je me suis engagé dans la montée de la rue Pierre-Sémard avec ce sursaut d'ardeur qui permet aux marathoniens de finir en beauté leur parcours.

À peine arrivé sur ton palier j'ai été largement récompensé de ma peine car j'ai eu la joie d'entendre ta voix à travers la porte :

– Je ne veux pas de cette valise. Vous n'avez qu'à tout mettre dans le sac beige.

– Tu as un sac beige ? s'est étonnée Olga.

– Oui, je crois. S'il n'est pas beige, il est de quelle couleur ?

C'est ta fille qui m'a ouvert la porte. Tu étais assis au milieu de l'entrée dans un fauteuil de rotin en forme de coquille que je voyais pour la première fois. Tu n'avais pas mauvaise mine, cependant j'ai été surpris par ton visage, comme si je me souvenais mieux de l'ancien que du nouveau ou comme si j'avais espéré que tes cheveux auraient repoussé pendant mon absence.

– Ah, c'est toi, as-tu dit comme si tu m'avais un peu oublié.

Une grande et vieille valise au couvercle ouvert était posée devant tes pieds. Comme elle était vide, elle m'a fait songer à une trappe donnant accès à un escalier secret. Les gens qui convoitaient ton appartement, ainsi que ton poste aux éditions, pénétraient donc chez toi par cet escalier. J'ai vu sortir de la valise l'académicien rondouillard. Olga a vivement rabattu le couvercle et emporté le bagage : elle m'a paru quelque peu exaspérée. S'entendait-elle bien avec ta fille ? Une troisième femme se trouvait dans l'entrée, d'allure plutôt jeune mais au visage bien marqué : ta fille nous l'a présentée, c'était la psychiatre attachée à l'hôpital Saint-Joseph qui s'était prise de sympathie pour toi et dont la compagnie te rassérénait. Ta fille me l'a confirmé.

– Geneviève est formidable, m'a-t-elle dit.

Elle m'a encore appris que Geneviève était hypnothérapeute. L'intéressée a suivi son éloge les yeux baissés puis, après m'avoir serré la main avec une vigueur inattendue, elle s'est retirée dans le coin où elle se tenait auparavant, telle une personne qui se complaît dans les seconds rôles. Je me suis rappelé que le reproche principal que tu faisais aux psychiatres avant de rencontrer Geneviève était de ne retenir des propos de leurs clients que les anecdotes susceptibles de conforter leurs convictions. Olga est revenue chargée d'un sac marron pas très grand.

– C'est tout ce que j'ai trouvé dans les placards.

– Je croyais qu'il était beige, as-tu dit d'un air dépité.

– Les couleurs s'effacent avec le temps, a dit Geneviève d'une voix basse et morne. Elles deviennent toutes grises ou beiges en fin de compte. Notre mémoire est un amoncellement d'objets sans couleur.

Le mot mémoire a naturellement éveillé mon intérêt.

– Est-ce qu'on retient mieux certaines couleurs que d'autres ? ai-je demandé.

Ma question s'adressait plutôt à Geneviève, mais tu ne lui as pas laissé le temps de répondre :

– Le rouge, certainement, as-tu affirmé. C'est la couleur préférée des enfants, la couleur des vêtements du Père Noël comme de la coiffure de la petite héroïne de Perrault. La reliure de l'édition originale des romans de Jules Verne était rouge.

– Les révolutionnaires aussi affectionnent le rouge, a remarqué ta fille. Les sans-culottes portaient des bonnets de cette couleur. Tous les régimes issus d'une révolution, comme l'Union soviétique ou la République populaire de Chine, ont adopté le drapeau rouge, qui était déjà celui des communards.

– Et pourquoi le drapeau français n'est-il pas rouge ? as-tu interrogé. Qu'est-ce que ça signifie le bleu ? Est-ce une réminiscence de la noblesse, des sang-bleu ?

– Le bleu est la couleur de la maison de France, est intervenue Geneviève. Et aussi du Parti conservateur canadien.

Sa voix était si atone qu'elle vous décourageait de l'écouter. « Elle va tous nous endormir, ai-je pensé, ensuite elle va se sauver en emportant le canapé rouge. »

– La droite grecque a la même prédilection pour le bleu, ai-je déclaré. Le drapeau national se compose de bandes horizontales bleues et blanches et d'une croix blanche sur fond bleu. C'est le drapeau d'un pays chrétien hostile à toute innovation. Il n'y a jamais eu de révolution en Grèce.

Mon petit discours n'a pas emporté ton adhésion:

– Un pays comme le tien, qui vit en permanence les yeux rivés sur la mer, ne pouvait pas choisir d'autres couleurs pour son drapeau, as-tu affirmé avec une certaine vivacité. Le blanc évoque l'écume des vagues, bien sûr.

Olga ne s'est guère intéressée à cette discussion: elle s'occupait à remplir ton sac de vêtements qu'elle allait chercher au fond de l'appartement. J'ai remarqué qu'elle était la seule à porter du rouge à lèvres. Je t'ai passé la bouteille d'huile d'olive.

– Tu as toujours eu de bonnes idées, m'as-tu complimenté.

Tu as demandé à Olga de ranger la bouteille dans le sac.

– Un peu d'huile d'olive rendra meilleurs les plats insipides de l'hôpital.

– Vous devriez emporter aussi une bouteille de vin, t'a conseillé Geneviève. Cela ne peut pas vous faire de mal de boire un verre de vin de temps en temps.

J'ai relevé non sans surprise qu'elle te vouvoyait car vous aviez à peu près le même âge et elle venait réguliè- rement chez toi. Sans doute avais-je perdu l'habitude du vouvoiement en Grèce.

– Mais on ne pourra jamais tout mettre là-dedans! a protesté Olga.

– On mettra les deux bouteilles dans un sac en plastique, a tranché ta fille.

C'était ta fille qui décidait de tout en dernier ressort. Il me semble avoir dit qu'elle est médecin. Elle faisait à l'époque son internat au service de psychiatrie de l'hôpital de la Pitié-Salpêtrière. La confiance que tu avais en elle était lisible dans tes yeux car elle était immense. Tu la regardais du plus profond de ton être, de très loin, tu redevenais un enfant quand tu posais les yeux sur elle. Elle était ta meilleure raison d'espérer.

Te voir si bien entouré me rassurait, j'étais en même temps un peu déçu de ne pas pouvoir te parler en tête-à-tête. J'avais envie de te raconter ma visite chez Lilie, de te présenter Athéna, la jeune fille noire qui dansait le zeïbékiko, de te conter la démarche légère d'une étudiante de la faculté de droit et le sommeil paisible d'Éléni sous son arbre. Ma présence dans le hall n'étant guère nécessaire, j'ai passé un moment dans le salon, confortablement installé sur le canapé, j'ai même fermé les yeux. Les déplacements que j'avais effectués dans la journée depuis mon départ de la rue Anagnostopoulou commençaient à me peser. J'ai essayé de me souvenir des couleurs de la maison où j'ai grandi à Callithéa, j'ai fait le tour de toutes les pièces, mais en vain. Geneviève avait probablement raison : les couvre-lits avaient perdu leurs couleurs, ainsi que les rideaux. Je me suis juste souvenu que ma mère avait une robe à carreaux noirs et blancs. Je ne pouvais admettre cependant que le rouge fût totalement absent d'une aussi grande maison. J'ai recommencé à déambuler dans les chambres, j'ai ouvert la boîte à outils de mon père, j'ai regardé dans les placards de la cuisine, j'ai fini par dénicher, sous l'évier, un entonnoir en plastique rouge. Cette découverte m'a enchanté, si j'avais été moins fatigué j'aurais volontiers dansé un zeïbékiko au milieu de ton salon. L'entonnoir coiffait le goulot d'une dame-jeanne qui nous servait de réservoir d'huile d'olive.

– J'ai retrouvé l'entonnoir rouge de notre enfance ! ai-je annoncé à mon frère.

– Il était sous l'évier, n'est-ce pas ?

Aris avait une excellente mémoire. Il m'a demandé si je me souvenais des couleurs que portaient les pays sur la carte de l'Europe qui décorait notre chambre. Je me suis concentré longuement sur cette image. Certains pays partageaient la même couleur. Quelle était donc celle de la Grèce ? Et celle de la France ? Soudain je me suis rappelé que l'Italie était verte, comme l'Union soviétique. Au moment où je renonçais à poursuivre cet effort, ma mémoire a eu la gentillesse de me souffler à l'oreille que la Grèce était rose et la France aussi. Cette révélation, je ne saurais dire pourquoi, m'a bouleversé. J'étais quasiment au bord des larmes lorsque Geneviève a pénétré dans le salon.

– Allons, allons, ne faites pas cette tête-là, m'a-t-elle sermonné. Il s'en sortira. Il a envie de vivre, vous comprenez ? Si tel n'avait pas été le cas, je n'aurais pas accepté de l'accompagner.

Elle s'était arrêtée à côté du fauteuil qui fait face au canapé. Sa voix m'a paru moins terne qu'auparavant. Elle ponctuait ses phrases de larges sourires.

– Croyez-vous à l'efficacité du traitement qu'on va lui administrer ?

Elle a éludé ma question.

– Il fallait de toute façon lui en prescrire un, sinon il se serait senti abandonné.

– C'est juste pour le réconforter qu'on persiste à le soigner ?

– Je n'ai pas dit cela !

Cette fois elle a presque crié.

– Vous avez dit qu'il s'en sortira, ai-je admis.

Elle a souri encore.

– Je peux m'asseoir à côté de vous ?

Elle portait une robe trop légère pour la saison, trop courte compte tenu de son âge. Était-elle amoureuse de toi ? A-t-elle deviné ma pensée ? À peine assise elle m'a parlé d'Olga.

– Olga me déteste, m'a-t-elle dit. Savez-vous pourquoi ? À cause des tapis. Je les ai enroulés la semaine dernière de peur que votre ami, qui tient de moins en moins bien sur ses jambes, ne se prenne les pieds dedans. Olga a estimé que j'outrepassais mes attributions. Elle m'a littéralement envoyée promener.

Elle m'a raconté cela sans animosité, avec une certaine bienveillance même, comme si elle comprenait la réaction d'Olga. Les tapis étaient à leur place habituelle, le grand et les deux petits.

– Avez-vous lu son interview dans *Libération* ? m'a-t-elle interrogé. Ne trouvez-vous pas qu'on lui pose trop de questions sur son état de santé ?

– Apparemment, il en parle lui-même longuement dans son dernier livre. Avez-vous lu son manuscrit ?

– Non, mais je l'ai fortement encouragé à l'écrire. Je lui faisais promettre qu'il écrirait au moins quinze pages jusqu'à notre prochain rendez-vous. « Je veux mes pages ! » lui disais-je.

J'avais lu ton interview dans le car qui m'avait ramené de l'aéroport. J'avais retenu cette définition que tu donnais de ton écriture : «*J'essaie de ne pas m'appesantir sur ce qui est le plus important.* »

– Je l'ai encouragé aussi à retourner à la maison d'édition.

– Il y est allé ? me suis-je étonné.

– Oui, il y a trois jours. Il a découvert que ses assistantes avaient pris l'initiative de virer un de ses conseillers. Cela l'a mis dans une colère noire. Il est important qu'il persévère dans toutes ses activités, qu'il préserve son identité en somme. Nous rions beaucoup ensemble.

Je n'arrivais pas à me faire une opinion sur Geneviève. Sans doute était-elle moins modeste que je ne l'avais cru un instant. L'estime que vous aviez pour elle, toi et ta fille, me dispensait de la juger. J'ai profité de sa présence pour lui demander si les journées des petits enfants sont plus courtes ou plus longues que les nôtres.

– Plus courtes, je pense. La vie surprend continuellement les enfants. « T'as vu ça ? » disent-ils sans cesse à leurs parents. Ils vivent dans un conte de fées. Ils ne sont pas lassés encore de voir le jour se lever. Oui, je crois que le temps passe bien plus vite pour eux que pour nous, qui ne voyons plus rien.

Elle savait que je recherchais un appartement plus grand et plus accessible que celui où j'habite, car elle m'a parlé d'un deux-pièces en rez-de-chaussée situé boulevard Raspail. Je me suis souvenu aussitôt que j'avais habité un temps boulevard Raspail au début de mon mariage, avant la naissance des enfants. Je n'ai donc pas retenu sa proposition, jugeant peu probable de trouver un nouveau logement à proximité d'une de mes anciennes adresses. Même toi qui déménageais si souvent tu n'avais jamais habité deux fois la même rue.

Notre conversation a été interrompue par l'arrivée de Marianne. Je la connaissais très peu en réalité, j'ai même failli ne pas la reconnaître, cependant je l'ai embrassée comme une vieille amie. Elle m'a salué avec la même effusion : sans doute lui avais-tu autant parlé de moi que tu m'avais parlé d'elle. Tu avais fait sa connaissance à l'époque où je t'avais remis mon premier texte, trente-neuf ans auparavant. Je savais qu'elle t'avait soutenu dans les moments difficiles, qu'elle t'avait aussi hébergé au lendemain de certaines ruptures dans un studio qu'elle possédait dans le Marais. Elle avait eu plusieurs hommes dans sa vie, elle avait néanmoins toujours gardé une place pour toi. Votre liaison durait peut-être parce qu'elle n'avait jamais vraiment commencé. Elle nous a annoncé qu'elle s'était garée sur le trottoir, juste devant l'immeuble. C'était elle donc qui allait te conduire à l'hôpital. Je me suis approché de toi.

– J'ai l'impression que le groupe sculpté du square Montholon a déménagé chez toi, t'ai-je taquiné.

– Il manque cependant la petite fille. Elle a dû rester dans le square pour jouer à la balançoire.

Le sac marron était plein à craquer. Les pantoufles blanches plantées dans son ouverture ressemblaient à des oreilles de lapin. Geneviève avait repris sa place dans le coin de l'entrée, Olga s'était éclipsée dans la cuisine pour te préparer un sandwich, ta fille s'était enfermée dans ton bureau. Marianne te donnait des nouvelles d'un de vos amis communs, un notaire qui faisait des affaires en or en vendant des immeubles parisiens à des potentats d'Arabie Saoudite. Le parc immobilier grec n'attirait aucun investisseur étranger, par contre les rivages du pays faisaient rêver beaucoup de monde. C'est ce qui avait incité le gouvernement d'Athènes à les mettre en vente, en autorisant la construction d'hôtels quasiment dans le sable, à dix mètres du bord de l'eau, au lieu des cinquante mètres imposés par l'ancienne législation. L'opposition faisait déjà grand bruit autour de cette initiative, qui aboutirait fatalement à rendre les plus belles plages inaccessibles à la majorité des Grecs, à privatiser la mer en quelque sorte, et envisageait de porter l'affaire devant le Conseil d'État.

J'ai failli me rendormir sur le canapé. J'ai revu ce clochard dont j'avais fait la connaissance la veille de mon départ d'Athènes et qui habite devant la porte d'un immeuble désaffecté de la rue Hippocrate. Il avait retenu mon attention non seulement parce qu'il lisait un livre mais aussi parce qu'il était entouré d'une bonne vingtaine d'ouvrages, étalés sur ses couvertures. Il m'avait remis en mémoire l'homme habillé de guenilles que j'avais croisé à la gare de Saint-Nazaire et qui lisait un vieux bouquin en marchant. Il avait bien voulu me montrer l'ouvrage qu'il feuilletait : c'était un recueil de portraits des auteurs les plus connus de la littérature néohellénique, de Roïdis, de Cavafy, de Palamas, de Papadiamantis, de Vénézis, de Théotokas. Je lui ai proposé de lui offrir *Malades et voyageurs* mais il l'avait déjà lu. Je me suis demandé si l'un ou l'autre de mes romans était susceptible de retenir son attention. J'ai éliminé le dernier, qui, comme je l'ai dit, relate les petites péripéties d'un handicapé dans le jardin du Luxembourg. J'ai exclu également celui qui évoque les secrets du mont Athos : l'homme avait fixé sur la porte la reproduction sur papier d'une icône de la Sainte Vierge. Mes diverses hypothèses sur le sens de l'epsilon de Delphes éveilleraient-elles sa curiosité ? Quel mot commençant par cette lettre convenait le mieux à cet homme ? J'ai pensé à *engartérissi*, qui signifie résignation. Le temps m'a manqué pour m'entretenir avec lui aussi longtemps que je l'aurais souhaité. J'ai juste su qu'il s'appelait Minas et qu'il ne quittait son refuge qu'à la tombée de la nuit pour faire un tour place d'Exarkheia, qui n'est distante que de quatre pâtés de maisons de la rue Hippocrate. J'ai omis de lui demander quelle était son activité avant de perdre son logement. Travaillait-il dans l'enseignement ? Dans la librairie peut-être ? Un délégué de la Confédération générale des travailleurs grecs m'avait appris cependant que les professions ayant enregistré les plus forts taux de chômage étaient celles d'ingénieur, d'architecte et de comédien. J'ai décidé que Minas était comédien et qu'il était en train de jouer le rôle le plus difficile de sa carrière. Je l'ai imaginé debout sur une pile de livres chancelante, plus haute que l'immeuble dont il occupait l'entrée. Puis je t'ai imaginé toi au sommet de la même pile. Marianne a commencé à me parler pendant que je somnolais encore, j'ai d'ailleurs cru un instant que ses confidences n'étaient qu'un prolongement de ma rêverie, que j'étais en train d'inventer son monologue : tu l'aurais donc invitée à partager ta vie, tu lui aurais fait cette proposition la veille de Noël en lui envoyant un texto car elle n'habitait plus Paris, elle vivait à Aix, elle m'a informé qu'elle avait appris à faire de la poterie et qu'elle avait fait construire un four chez elle. Je lui en ai voulu de ne pas m'avoir rendu visite lors de mon hospitalisation dans cette ville. Elle habitait sûrement Aix à l'époque : j'ai songé qu'il fallait au moins deux ans pour apprendre à faire de la poterie.

– Tu n'as pas accepté, j'espère ? l'ai-je questionnée en me réveillant pour de bon.

Comme elle ne souhaitait être entendue que de moi seul, elle avait pris place elle aussi sur le canapé. La porte donnant sur le hall restait grande ouverte. J'ai eu cette idée saugrenue que les femmes avaient plus de secrets que les hommes. Elle m'a confié qu'après avoir lu ton message, qui était bien entendu interminable, son téléphone lui avait échappé des mains.

– J'ai été effondrée, comme si j'avais lu entre les lignes une lettre de rupture. J'ai eu l'impression en effet de vivre la fin d'une relation que nous avons mis toute une vie à construire et qui mérite tout de même mieux que le train-train d'une vie conjugale.

J'ai essayé de la consoler de mon mieux :

– Peut-être a-t-il écrit ce texto à un moment où il a eu réellement peur pour sa vie.

– Mais non ! C'est un message enthousiaste, enjoué, comme il a dû en écrire des dizaines depuis que je le connais. C'est pour cette raison précisément qu'il m'a écœurée : il ne m'était pas destiné. Je regrette un peu de l'avoir effacé, car il était très bien écrit, mais tant pis.

– Peut-être avait-il voulu tenter l'expérience de vivre avec une personne qui lui était proche, ai-je suggéré. Les femmes dont il s'est séparé, il ne les a vraiment connues qu'après les avoir épousées. Il faut moins de temps pour tomber amoureux que pour connaître quelqu'un.

– Il se sent peut-être redevable envers moi de quelques petits services que je lui ai rendus autrefois. Il a toujours aimé régler ses dettes.

Olga passait et repassait devant l'ouverture de la porte sans jamais nous regarder. Détestait-elle Marianne aussi ? Elle aurait été très heureuse si tu lui avais fait la proposition que tu avais adressée à ta vieille amie. Sans doute espérait-elle infléchir, par son dévouement, le jugement sévère que tu portais sur son fils. Elle s'était fixé un objectif impossible à atteindre, qu'elle poursuivait cependant avec une ardeur singulière : j'ai pensé qu'elle puisait des forces à la fois dans l'amour qu'elle te portait et dans l'affection qu'elle avait pour ce garçon. Des quatre femmes présentes, elle seule avait l'étoffe d'une héroïne de roman.

Elle a quitté les lieux la première pour aller récupérer son fils à l'école. Bien entendu elle passerait en fin de journée te voir à l'hôpital. Geneviève aussi est partie peu après pour un rendez-vous. Elle m'a serré une nouvelle fois la main.

– Vous verrez, tout ira bien, m'a-t-elle dit. Il était en pleine forme hier après-midi. Nous avons beaucoup ri ensemble.

Le départ pour Saint-Joseph était prévu à dix-huit heures.

– Tu crois que j'ai le temps d'aller lui chercher une photo de Gabin ? m'a demandé Marianne. J'ai repéré pas loin d'ici, rue Choron, une librairie spécialisée dans le cinéma. Il m'a demandé aussi une affiche des *Quatre Filles du docteur March*. Il en a besoin pour décorer sa chambre à l'hôpital.

Je l'ai vivement encouragée à aller à la librairie. Tu ne m'avais jamais parlé de ce film, ni de Gabin d'ailleurs. La rue Choron était autrefois le siège du mensuel satirique *Hara-Kiri*, que je lisais assidûment quand je suis arrivé à Paris. Il était violemment anticlérical et antimilitariste, ce qui me ravissait : je venais de passer un an sous les colonels, qui avaient pris le pouvoir avec le consentement de l'Église grecque. Je me suis rappelé que le nom de la rue servait de pseudonyme au directeur de la publication qui signait ses contributions, des parodies de romans-photos, « professeur Choron ». Certes, travaillant à la fois pour la presse et l'édition, j'étais bien placé pour savoir que la censure était pratiquée en France aussi : elle s'acharnait aussi bien contre la bande du professeur Choron que contre des éditeurs taxés de libertinage, comme Jean-Jacques Pauvert et Éric Losfeld. Il n'en reste pas moins vrai que l'extrême droite était exécrée à l'époque : elle payait les méfaits qu'elle avait commis quelques années plus tôt pour empêcher l'accession de l'Algérie à l'indépendance. La naissance du Front national en 1972 est passée à peu près inaperçue. J'ai noté toutefois que son slogan, « La France aux Français », semblait faire écho au mot d'ordre de la junte d'Athènes, « La Grèce aux Grecs chrétiens ». La xénophobie n'avait pas encore gagné les esprits : je me sentais en sécurité et infiniment plus libre que je ne l'avais jamais été.

Quatre sacs en plastique, gonflés comme des ballons, tenaient compagnie au sac marron qu'Olga avait réussi à fermer. Quand donc reviendrais-tu rue Pierre-Sémard ? Est-ce que ton médecin traitant le savait ? Tu regardais autour de toi comme pour t'assurer qu'il n'y avait plus que nous deux dans l'entrée. Ta fille était restée dans le bureau : était-elle en train de ranger tes médicaments ? Parlait-elle au téléphone ? On ne l'entendait pas.

– Où as-tu trouvé ce fauteuil ? t'ai-je questionné.

– C'est la concierge qui me l'a prêté. Elle l'a acheté

par correspondance, chez Manufrance, il y a longtemps. Il est en rotin de Manille, as-tu ajouté en caressant ses accoudoirs. On sera mieux dans le salon.

Je me suis placé devant toi et je t'ai aidé à te lever en te prenant par les aisselles. Tu avais posé tes deux mains sur mes épaules. C'est ainsi que nous avons commencé à avancer, quasiment enlacés. Je reculais d'un pas chaque fois que tu en faisais un. Arrivés devant la porte du salon, tu as voulu prendre ma place : nous nous sommes donc retournés, toujours agrippés l'un à l'autre, et tu t'es mis à reculer à ton tour.

– Nous sommes en train d'inventer une nouvelle danse, as-tu remarqué. Elle manque de légèreté, mais c'est une danse tout de même. Elle exige un effort de tous les instants. C'est l'effort qui lui sert de musique.

Je me suis souvenu du tango que j'avais dansé avec le vieux poète.

– Alors, comment va la Grèce ?

– Le tiers de la population, trois millions et demi de personnes, vit en dessous du seuil de pauvreté. Il existe bien sûr des pays encore plus miséreux : le cas de la Grèce est cependant particulier dans la mesure où on la tient pour responsable de sa détresse. Elle est le seul pays pauvre que personne ne plaint. On l'accuse au contraire dans toutes les langues d'avoir eu la folie des grandeurs, d'avoir abusé des fonds européens, d'avoir trafiqué ses statistiques pour accéder à la zone euro. La Grèce n'a plus qu'un seul visage, celui de ses fautes. C'est un pays sans qualités, sans passé. L'opprobre international tend à persuader mes compatriotes qu'ils ont bien mérité les mesures d'austérité qui leur sont imposées par un gouvernement aux ordres des créanciers du pays. Le fait est qu'ils les acceptent assez docilement. Il ne se passe rien en Grèce en ce moment.

– Moi aussi je me sens humilié par mon état. Heureusement, Geneviève m'aide à réagir. Je suppose que je me sentirai mieux le mois prochain, lorsque paraîtra mon livre. Je suis retourné à mon bureau vendredi dernier : cela m'a fait du bien de retrouver toutes mes affaires à leur place. Cependant, mes assistantes sont devenues des personnages redoutables. Elles manquent désespérément de générosité. Le zèle d'Olga me pèse par moments. J'ai tellement besoin d'elle que je n'arrive plus à savoir si je lui suis vraiment attaché.

J'ai évité de te parler du message que tu avais envoyé à Marianne. Je me sentais un peu coupable de le connaître, comme si je t'avais volé un secret.

– Nous avons fait l'amour hier après-midi. J'ai été transporté de joie : je ne croyais pas en être encore capable. Mais peu après j'ai pissé du sang, beaucoup de sang. J'ai appelé mon médecin, qui m'a rassuré. Il m'a conseillé néanmoins de ne pas me livrer trop souvent à ce genre d'exercice. J'ai encore pissé du sang à minuit. Olga était partie. Je me suis couché avec la certitude que je ne me réveillerais pas. J'ai voulu emporter une dernière image de la vie et je me suis redressé dans mon lit pour regarder par la fenêtre, qui donne sur la cour intérieure de l'immeuble. Je n'ai rien pu voir, pas la moindre lumière. La dernière image était noire.

J'avais les yeux fixés sur la photo de la cheminée. Je savais que tu étais placé au centre du petit groupe, mais je ne pouvais te voir à cette distance. Je voyais assez bien la barque en revanche. L'étang sur lequel elle flottait était noir.

– J'ai reçu à Athènes la lettre d'une femme qui me croit mort, t'ai-je annoncé en adoptant un ton badin. Les trois quarts de sa missive sont bien adressés à moi : elle me confie qu'elle a été vivement intéressée par mon enquête sur le premier mot prononcé dans l'histoire de l'humanité. Elle est convaincue cependant que les premiers hommes ont été Adam et Ève et qu'ils ont parlé en grec. Mais vers la fin de sa lettre, elle présente ses condoléances à ma femme car elle vient de découvrir que je ne suis plus de ce monde. Je ne sais pas où elle a puisé cette information : peut-être dans l'une de ces encyclopédies électroniques qui fourmillent d'erreurs ? Elle a l'air sincèrement navrée par ma disparition. Sur l'enveloppe elle avait bien noté « Madame » et non pas « Monsieur », mais je n'y avais pas fait attention, ces deux mots étant assez semblables en grec aussi : on dit « Kyrion » pour monsieur et « Kyria » pour madame.

J'avais réussi à te distraire : je ne pouvais pas supporter de laisser ce privilège à Geneviève.

– Qu'est-ce que je fais, je lui réponds, à ton avis ?

– Mais bien sûr ! Tu n'as qu'à la remercier pour ses condoléances et à signer Pénélope !

Prévoyant que ta fille n'allait pas tarder à nous rejoindre, je t'ai fait un résumé on ne peut plus succinct de mon séjour à Athènes : je t'ai dit que j'avais été classé troisième au championnat de ping-pong que j'avais organisé chez moi à Noël, que j'avais vu mon père en rêve, que j'avais dénoncé dans une interview les avantages fiscaux dont bénéficie l'Église, que l'extrême droite rêvait d'isoler la

Grèce du monde après en avoir chassé tous les étrangers, que les métèques n'étaient pas persécutés uniquement par les militants d'Aube dorée, que la Grèce avait construit un mur long de onze kilomètres sur sa frontière avec la Turquie, que j'avais vu filer une poubelle géante sur ses quatre roues dans une rue en pente, que Dimitris allait bientôt accueillir dans son théâtre une troupe de Strasbourg qui jouerait *Œdipe à Colone*, que j'avais eu une liaison avec une avocate, une architecte et une caissière, que le matelas dont je disposais à Athènes était bien moins confortable que celui que tu m'avais offert, que j'avais aussi connu une vieille dame qui tricotait des pull-overs pour les enfants déshérités, une étudiante dont tu serais sûrement tombé amoureux, et une jeune Noire du nom d'Athéna qui avait un faible pour Ulysse.

– La petite Éléni dormait les deux fois où je l'ai vue. Avant de quitter Athènes, j'ai téléphoné à ton ami neurologue de la Pitié-Salpêtrière : il m'a affirmé que l'activité cérébrale des bébés s'intensifie par moments pendant leur sommeil, comme cela arrive chez les adultes, ce qui semble indiquer qu'ils rêvent aux aussi.

– À quoi peut rêver un si jeune enfant ?

– À une forêt peut-être, dont les arbres portent au bout de leurs branches des ustensiles de cuisine de toutes les couleurs. J'ai également rencontré quelques SDF.

Pendant que je te rendais compte de mon bref entretien avec Minas, je me suis rappelé qu'*Affaires étrangères* avait bien été traduit en grec.

– J'offrirai à Minas *Affaires étrangères*, t'ai-je déclaré, et je te ferai part de son appréciation.

– C'est le plus grand honneur dont peut rêver un auteur que d'être lu par un SDF athénien, as-tu observé en affectant un air grave.

Je me suis rappelé aussi que ce livre, ton plus grand succès de librairie, avait été porté à l'écran avec Michel Piccoli dans le rôle du patron d'édition pervers qui persécute un jeune stagiaire. Je t'ai aussi donné des nouvelles de la traduction de mon propre livre :

– Elle avance lentement, difficilement. Quelquefois je désespère : j'ai l'impression d'avoir à déménager le jardin du Luxembourg à Athènes. Je progresserais sûrement plus vite si j'étais moins pressé de finir ce travail pour entreprendre mon prochain roman.

– Tu as appris des choses intéressantes sur la mémoire ?

– Le fait d'utiliser régulièrement deux langues serait un exercice salutaire pour le cerveau, qui pourrait même retarder son vieillissement. Je ne sais plus de qui je tiens cette information, qui n'est d'ailleurs corroborée par aucune étude.

Tu t'es souvenu encore de ton oncle Félix, qui s'exclamait chaque fois qu'il recevait une bonne nouvelle, même mineure, « *Felicità* ! », c'est-à-dire « Bonheur ! ». J'ai regretté une fois de plus de ne pas avoir connu cet homme expansif et bon, qui te recommandait de prendre bien soin de ta personne avant d'entamer ta journée, de faire méticuleusement tes ablutions, de passer du temps dans la salle de bains. Il m'arrive à moi aussi de songer à Félix quand je me lave le matin.

Marianne est rentrée bredouille, elle n'avait trouvé qu'un album sur Gabin, mais pas de vraies photos de ses films comme celles qu'on expose à l'entrée des cinémas.

Elle avait tout de même acheté l'album. La photo de couverture était tirée de *Mélodie en sous-sol*.

– On y va ? a dit ta fille.

Tu lui as emprunté son portable pour appeler ta mère. Le tien s'était déchargé, voilà pourquoi tu n'avais pas pu me répondre. Je me suis retiré malgré ma curiosité car je me demandais ce que tu pouvais bien raconter à ta mère tous les soirs. Tu lui avais interdit de venir te voir depuis que tu avais perdu tes cheveux.

– Elle va me faire une scène si elle me découvre dans cet état, elle va hurler, m'avais-tu expliqué. J'ai assisté à nombre de ses numéros durant notre vie commune, je préfère me préserver de celui-ci. Elle qui a toujours eu hâte de me voir grandir, elle serait capable de me reprocher aujourd'hui d'avoir vieilli trop vite, de n'être plus en mesure de la soutenir, de l'avoir trahie.

Tu ne lui as pas parlé longtemps. J'ai songé qu'elle devait être plus fière de ta carrière que de la sienne, qui s'était déroulée pour l'essentiel dans des cabarets où elle présentait des sketches comiques. Il est vrai qu'elle avait aussi créé un cours d'art dramatique et que certains de ses élèves avaient réussi à se faire un nom. Dans le portrait que tu lui as dédié, tu établis un parallèle entre sa double activité et la tienne, comme si le métier d'éditeur consistait au fond à enseigner la littérature.

Tu as quitté ton appartement sans te retourner, sans prendre congé des lieux, aussi simplement qu'on sort pour faire une course, soutenu par ta fille et par Marianne. Je me suis chargé de descendre les sacs et de fermer la porte. C'est dire que je me suis trouvé tout seul dans l'appartement pendant quelques instants. Non sans hésitation j'ai pénétré une nouvelle fois dans le salon, je suis allé jusqu'à la cheminée pour regarder ta photo de jeunesse. J'ai songé que je la voyais pour la dernière fois.

Au bas de l'escalier je suis tombé sur la concierge qui m'a réclamé son fauteuil.

– S'il n'en a plus besoin, autant le récupérer, n'est-ce pas?

Je suis donc remonté pour lui descendre son fauteuil. Je l'ai porté sur ma tête, en le retournant et en le saisissant par les accoudoirs.

– Vous avez l'air d'un oiseau en cage! a plaisanté la concierge.

J'ai rangé les sacs dans le porte-bagages. Tu avais pris place à l'avant de la jeep, à côté de Marianne.

– Tu ne viens pas avec nous? m'as-tu demandé.

Je me sentais épuisé.

– Je préfère rentrer. Je n'ai pas encore défait mes bagages. Je passerai te voir demain.

– Tu me trouveras à l'aile Saint-Michel, au deuxième étage.

Le chirurgien que je voyais au sujet de mon opération recevait à l'aile Saint-Jean. J'ai attendu que la voiture s'éloigne, qu'elle tourne en haut de la rue Pierre-Sémard. Alors j'ai pris le chemin du métro. Je suis passé devant le square Montholon sans chercher à distinguer, à travers les arbres, le groupe des quatre femmes. J'ai pensé que le socle devait être vide.

On peut tout se dire, n'est-ce pas ? Cela s'est passé devant la porte de mon immeuble, au moment où je composais le code d'accès. Je crois que c'est la touche portant le numéro 2 qui m'a été fatale. Selon un jeune auteur grec qui fut de mes invités à Noël, le 2 représente un serpent. Je suis sûr que tu n'aurais pas hésité une seconde à m'en parler si tu avais été victime de pareil accident. J'ai commencé à avoir mal dans le métro. Mon estomac faisait mille bruits. J'ai entendu mes voisins vociférer :

– Jetez-le dehors ! Jetez-le dehors !

J'étais assis comme à mon habitude sur un strapontin. Un très vieil homme qui me faisait face a cependant pris ma défense :

– Laissez-le tranquille ! Ça peut arriver à tout le monde ! Moi, la chiasse de ma vie, je l'ai eue dans les tranchées, en 14 ! J'ai fait dans mes bottes ! Mes camarades partaient à l'assaut de l'ennemi. Je n'ai pas pu les suivre. C'est ainsi que j'ai eu la vie sauve.

Était-ce la nourriture servie par Aegean Airlines qui avait mis mon estomac dans cet état ? Nous sommes arrivés relativement vite à Opéra où j'ai dû cependant changer de ligne. J'ai mis un temps fou à parcourir les couloirs de cette station, car je ne pouvais pas courir ni même marcher vite. Je rasais les murs comme pour me mettre sous leur protection. Ils sont entièrement couverts de carreaux blancs ; j'avais l'impression de traverser une immense salle de bains. Pour la première fois depuis que je vis à Paris, je me suis figuré la RATP comme une déesse grecque et je l'ai suppliée de m'épargner l'avilissement qui me guettait. Si j'avais gardé la bouteille d'huile d'olive, j'aurais répandu son contenu par terre en guise d'offrande.

Par chance, le quai qui dessert ma ligne est encore équipé de vieux bancs en bois. J'ai eu la certitude que le contact du bois me serait bénéfique, et je ne me suis pas trompé. J'ai même failli pousser le cri du cœur de Tarzan car je me suis senti rétabli. Hélas, les quatre minutes d'attente jusqu'à l'arrivée de la prochaine rame ont été bien longues. C'est dire que la dernière partie de mon trajet a été aussi pénible que la première. Aurais-je été moins malheureux si j'avais éprouvé pareille indisposition dans le métro athénien ? Me serais-je senti moins exposé à la vindicte publique ? J'ai convoqué les héros de mes romans favoris en espérant que l'un ou l'autre aurait eu connaissance d'une situation analogue et serait en mesure de me conseiller. Eh bien non : j'ai réalisé qu'aucun n'avait jamais eu le moindre problème de digestion, pas même Tarzan qui mange un peu n'importe quoi.

À la sortie de La Motte-Picquet-Grenelle j'ai eu la surprise de trouver Geneviève enveloppée dans un gros manteau.

– Vous avez eu peur, m'a-t-elle dit. C'est la peur qui vous a mis l'appareil digestif sens dessus dessous.

J'ai suggéré que mon indigestion était peut-être due aux pâtes que j'avais mangées dans l'avion.

– Mais non ! Les pâtes ne produisent jamais cet effet ! D'ailleurs, le mot diarrhée est intraduisible en italien !

À part Geneviève, il n'y avait strictement personne sur le boulevard de Grenelle. J'ai essayé de deviner ce que ferait un SDF à ma place. « Il ne se gênerait pas. » J'ai imaginé une montagne d'excréments au milieu de l'esplanade des Invalides. Un agent de la mairie de Paris distribuait des rouleaux de papier hygiénique aux vagabonds.

– Vous, je vous ai déjà vu quelque part, m'a-t-il dit.

– J'ai publié quelques romans. J'écris mes livres à la fois en grec et en français, ai-je cru bon de préciser.

– Mes compliments, a-t-il dit en me remettant un rouleau décoré de fleurs bleues.

J'ai songé aux paysans grecs qui utilisent parfois, faute de mieux, les feuilles des arbres. Mais les arbres du boulevard de Grenelle sont complètement nus en janvier. J'ai cheminé sous le pont du métro aérien qui est soutenu par des colonnes de fonte monumentales striées de cannelures. L'une après l'autre elles m'ont invité à m'accroupir auprès d'elles, mais j'ai su résister à la tentation. « Ce sont de vilaines sirènes », ai-je pensé. De toute façon je n'étais plus loin de chez moi.

C'est précisément en arrivant dans ma rue que j'ai eu le pressentiment du drame qui m'attendait. Le nom même de la rue m'a paru sinistre : je sais bien pourtant qu'il ne désigne pas l'homme de robe en général, mais qu'il perpétue le souvenir d'un ancien maire de l'arrondissement, un certain M. Juge. Je me suis souvenu que le dernier naufrage d'Ulysse survient alors qu'il n'est plus qu'à quelques encablures des côtes d'Ithaque.

J'ai donc fait naufrage devant la porte de mon immeuble. J'ai cependant surmonté assez vite ma déconvenue, tu sais grâce à qui ? Grâce à ta mère. Tu notes dans l'un de tes livres qu'il est dans ses habitudes de lâcher des vents avant de s'endormir et qu'elle le fait avec délectation, en s'esclaffant. Ta mère m'a encouragé à rire de ma situation plutôt qu'à en pleurer. Je lui ai baisé les deux mains.

– Merci, madame, lui ai-je dit.

– Non, pas madame, mademoiselle.

Je me suis rappelé aussi que, quand tu avais une dizaine

d'années, elle te présentait dans son milieu professionnel comme son petit frère. Après avoir lavé mes vêtements et les avoir suspendus au fil de fer qui traverse ma fenêtre j'ai cru que j'étais arrivé au bout de mes peines. Je ne ressentais plus aucun dérangement. Je suis resté un long moment à la fenêtre malgré le fait que mon pantalon obstruait un peu ma vue : je ne voyais la tour Eiffel qu'à travers ses jambes. À l'hôtel d'en face, une dame avait ouvert elle aussi sa fenêtre. Je ne distinguais que sa silhouette, elle avait de longs cheveux. J'ai entendu la frêle sonnerie d'un téléphone : ce devait être le sien, car elle a fait aussitôt demi-tour. Peu après, la lumière de sa chambre s'est éteinte. Il n'était pas tard, il n'était pas tôt non plus. J'ai imaginé qu'elle allait dîner à La Gauloise en compagnie d'un ancien footballeur du CSKA Moscou.

Ma valise était restée au milieu de la pièce debout sur ses roulettes.

– Nous n'allons pas repartir, l'ai-je prévenue. Nous allons rester ici, tu comprends ?

Je lui ai parlé doucement comme on s'adresse à un enfant. Je n'avais pas le courage de la défaire. J'ai songé à prendre un bain, mais j'ai deviné que l'eau accentuerait encore le poids que j'avais sur la poitrine, qu'elle pourrait m'asphyxier. J'ai même renoncé à boire un verre d'eau de peur d'être étouffé. Je respirais de plus en plus mal, ce n'était pas l'embarras dont j'avais l'habitude, c'était une gêne sans issue. J'avais ressenti une oppression semblable des années plus tôt, à l'époque où je m'étais installé rue Juge, mes enfants, qui étaient encore tout jeunes, dormaient chez moi. Je ne les avais pas réveillés.

J'avais passé une bonne partie de la nuit à la fenêtre. Geneviève est intervenue une fois de plus :

— Vous n'avez plus mal au ventre mais vous avez toujours peur.

Étais-je le jouet d'un méchant génie qui m'accablait d'épreuves sans m'accorder le temps de souffler ? « Même Ulysse a droit à un répit entre deux aventures », ai-je pensé. Il m'a paru tout simplement aberrant que ma dyspnée se soit déclarée avant que mes vêtements aient eu le temps de sécher. Dyspnée est un mot grec, comme diarrhée d'ailleurs. En quelle langue étais-je en train de penser ? Le vocabulaire médical étant à peu près le même en français et en grec, je pensais probablement dans les deux. Je me suis assis sur le petit coffre accolé à mon bureau et, afin de me détendre un peu – j'ai songé que j'avais surtout besoin de me détendre –, j'ai allumé ma pipe. J'avais très peu fumé au cours de la journée, je n'avais pas fumé pendant le voyage, je n'avais pas fumé chez toi, mon paquet de tabac était presque intact. Bien entendu cela ne m'a pas aidé à respirer mieux. J'ai ouvert la porte pour créer un courant d'air et j'ai repris ma place sur le coffre.

En transportant mon linge de la baignoire, qui se trouve sur la mezzanine, à la fenêtre, j'avais semé sur la moquette plein de gouttes d'eau. Certaines avaient la taille de pièces de deux euros, d'autres de vingt centimes, les plus petites de un centime. Je me suis mis à les compter comme on compte sa monnaie :

— Deux euros, plus vingt centimes, plus un.

J'ai arrêté ce calcul à la somme de dix-sept euros cinquante. Je n'ai pas eu la patience de dénombrer toutes les gouttes : il y en avait au moins pour deux cents euros. Peu à peu mon esprit se vidait : je n'étais plus préoccupé que par ma respiration. J'essayais d'aspirer profondément, de gonfler mes poumons, mais il n'y avait pas assez d'air dans la chambre, en dépit du courant d'air qui faisait bouger les jambes de mon pantalon. On aurait dit qu'il dansait sur le rebord de la fenêtre. J'ai songé à m'envoler jusqu'au sommet de la tour Eiffel, où l'air devait être certainement meilleur. J'ai été jaloux des dieux grecs qui profitent de l'air exquis de l'Olympe. Je me suis souvenu de l'aversion que t'inspiraient les lieux fermés, les souterrains. Avais-tu rangé tes affaires ? Dormais-tu ? J'ai envisagé de t'appeler pour te demander de m'accueillir dans ta chambre :

– Je dormirai dans le fauteuil. Je suis sûr qu'il y a un masque à oxygène au-dessus de ton lit, il y en avait un dans ma chambre à l'hôpital d'Aix. Le matin nous nous réveillerons de bonne humeur, nous plaisanterons avec les femmes de service, elles voudront bien, je pense, me servir un café aussi. Rien ne pourrait me faire plus plaisir que de boire un café avec toi le matin.

Pendant que je discourais ainsi, quelqu'un s'est mis à jouer de la clarinette. Cela m'a paru suffisamment extraordinaire pour m'inciter à mettre en doute ma perception. Mais non, je ne rêvais pas : quelqu'un jouait bien un air de jazz à la clarinette, il n'était pas si loin d'ailleurs, peut-être était-ce un client de l'hôtel d'en face ? Il avait si bien choisi le moment de son intervention que j'ai cru qu'il jouait pour moi, pour me consoler de mes petites misères, pour me donner du courage. Mon pantalon semblait entendre lui aussi la musique car il dansait de

plus en plus allégrement. Trop, sans doute, car il a fini
par se détacher des deux pinces à linge qui le retenaient
sur le fil et sauter dans le vide. Il a dû continuer à danser
pendant qu'il tombait, jusqu'à son atterrissage sur les
dalles de la cour ou sur les poubelles qui sont alignées à
gauche de cet espace. Peu après, la musique s'est arrêtée.
J'ai consacré au silence qui a suivi la même attention que
j'avais prêtée à la musique. J'ai songé que si je devais
m'en aller cette nuit j'emporterais avec moi non pas une
image mais le silence d'une clarinette.

J'étais triste à pleurer. J'ai songé à alerter mes voisins,
mais ce sont des gens que je connais peu : un électricien et
sa femme, une fille solitaire qui est greffière au tribunal de
grande instance de Paris, un couple de Japonais. Mon état
était-il suffisamment grave pour m'autoriser à alerter les
pompiers ? Ils auraient fait un bruit infernal en montant
l'escalier, ils auraient réveillé tout l'immeuble. Je me suis
installé à mon bureau pour avoir le téléphone à portée
de la main. Il n'y avait qu'un crayon et une gomme sur
la table, que j'avais pris soin de bien nettoyer avant de
partir. Un dessin de Saul Steinberg, fait au crayon, représente un bonhomme armé d'une gomme qui s'applique
à s'effacer lui-même. Je me suis souvenu aussi d'un petit
film que j'avais réalisé au début des années 80 en Grèce,
dont le héros est un bonhomme bien malheureux qui
rate toutes ses tentatives de suicide. On ne se suicidait
pas beaucoup en Grèce à l'époque : peut-être aurais-je
hésité à réaliser une comédie sur ce thème aujourd'hui.
J'ai été très étonné de ne pas avoir pensé à ce film lorsque
je cherchais désespérément à retrouver le mot clarinette, car sa musique est interprétée par cet instrument.

Elle avait été composée par un jeune musicien, Yorgos Koumendakis, qui a fait une brillante carrière depuis, et interprétée par un clarinettiste de l'Orchestre national d'Athènes, dont j'oublie malheureusement le nom. C'était une musique juste un peu mélancolique, qui aurait très bien pu se passer d'images, alors que les images ne pouvaient se passer d'elle. Geneviève, encore elle, s'était glissée dans ma chambre par la porte ouverte et se tenait derrière mon fauteuil.

– Je comprends pourquoi vous avez refoulé au fin fond de votre mémoire le nom de cet instrument, m'a-t-elle dit. C'est parce qu'il est associé dans votre esprit à la mort.

– Mais mon film est une comédie, ai-je objecté.

– La distance entre comédie et tragédie est bien ténue. Ce sont deux genres qui se connaissent depuis toujours, qui se côtoient sans cesse, qui habitent sur le même palier. Ils vont faire ensemble leurs courses au marché. La seule différence est que la comédie a un sac percé et qu'elle éparpille ses provisions par terre, ses tomates, ses patates, ses oignons, ses ailes de poulet.

– Vous croyez que la comédie aime les ailes de poulet ?

– J'en suis sûre !

J'ai renoncé à appeler mon fils, qui habite la banlieue et qui aurait mis au moins une heure pour venir jusque chez moi. J'ai surtout voulu lui épargner mon désarroi, comme j'avais évité de le réveiller autrefois. En fin de compte j'ai téléphoné à Vasso, une jeune femme grecque très gentille qui vit seule près de la gare Saint-Lazare.

– Tu as vu l'heure qu'il est ? m'a-t-elle rabroué sans élever toutefois la voix.

Il était minuit et demi à mon réveil. À quel moment le

temps s'était-il accéléré ? Quand je lavais mes vêtements ? quand je comptais les gouttes d'eau sur la moquette ?

— Je serai chez toi dans vingt minutes, m'a-t-elle promis sur un ton quelque peu solennel. Je prendrai un taxi à Saint-Lazare.

Mais quand je lui ai demandé de récupérer mon pantalon dans la cour de l'immeuble, elle a éclaté de rire. Sa réaction m'a choqué, je l'ai jugée tout à fait inconvenante étant donné la gravité de mon état, mais je n'ai pas protesté bien sûr.

— *Sè périméno*, lui ai-je dit, ce qui signifie « je t'attends ».

J'ai eu l'idée qu'on choisit toujours sa langue maternelle pour prononcer ses derniers mots. Puis j'ai pensé que si je devais mourir dans un hôpital parisien, je m'exprimerais probablement en français de façon à être compris par les infirmières, les médecins. Peut-être opterais-je pour des mots français d'origine grecque ? Cela me ressemblerait assez, puisque je me suis toujours efforcé de promouvoir le vocabulaire de ma langue maternelle en France. Je n'ai pas tenté néanmoins d'élaborer pour mes derniers instants une phrase mémorable qui me permettrait de réussir ma sortie. Je sais que c'est presque une règle en France d'agrémenter sa fin par un trait d'esprit. Napoléon aurait dit en expirant « *Quel roman que ma vie* », et Rabelais « *Je m'en vais vers un grand peut-être* ». Ce sont des phrases qui se préparent longtemps à l'avance et qui dénotent, à mon avis, un goût excessif du bon mot. En Grèce, où l'on savoure moins les pirouettes, les personnages illustres meurent le plus souvent sans dire grand-chose. Apparemment, la mort inspire davantage les Français que les Grecs. Je me suis remémoré également cette confession express de Mme de Tencin, une libertine du XVIIIe siècle, ancienne religieuse défroquée, adressée à son curé : « *Mon père, j'ai été jeune, j'ai été jolie, on me l'a dit, je l'ai cru, jugez du reste.* » J'ai écarté également la possibilité d'inventer un mot nouveau pour mon départ : les mots incompréhensibles proférés par Magda sont d'une lourdeur affligeante. La grâce des mots tient à leur sens : c'est lui qui leur permet de s'envoler comme des ballons.

Je me suis réinstallé sur le coffre. Sans doute étais-je moins préoccupé par ma respiration, car j'ai commencé à m'ennuyer. J'ai tiré la fermeture éclair de ma valise, juste assez pour pouvoir plonger ma main dedans et prendre un livre au hasard. Je me suis retrouvé ainsi avec un essai sur l'organisation de la cité athénienne entre les mains. Je n'en ai lu qu'un petit passage consacré à Platon : j'ai découvert que le philosophe, contrairement à ses concitoyens qui se réjouissaient du caractère cosmopolite de leur cité, considérait le mélange des peuples comme une cause de la dépravation des mœurs et recommandait de limiter le séjour des métèques à vingt ans. Je me suis rappelé que vingt ans après mon installation à Paris, alors que je commençais à avoir une mémoire française, je m'étais senti marginalisé par ma propre histoire. Je n'avais pas songé à rentrer en Grèce, j'avais juste éprouvé le besoin de me comprendre. Je suis remonté en somme à l'époque où je m'étais séparé de Chantal, ma femme, et où j'avais emménagé rue Juge. Ma première crise d'asthme était-elle liée aux doutes qui me torturaient alors ? J'avais tenté de surmonter mes difficultés en évoquant d'abord le drame de cet immigré amnésique dont j'ai déjà parlé et qui ne reconnaît plus son visage, ensuite en rédigeant un récit autobiographique qui était une sorte d'explication que mon existence devait à ma vie. C'est surtout ce dernier texte qui m'avait permis de faire la paix avec moi-même : il m'avait convaincu que la meilleure façon de rester fidèle à la Grèce était de ne jamais cesser de voyager. Je ne comprenais toujours pas pourquoi j'avais ce poids sur la poitrine : n'avais-je pas réglé mes problèmes d'identité depuis longtemps ? Je croyais que Geneviève était partie. Eh bien non, elle était toujours là :

– Je vous l'ai déjà dit, c'est parce que vous avez peur. La peur est un poids.

J'ai préféré penser que toute ma vie avait été une course et qu'il était normal que je sois, à soixante-neuf ans, complètement essoufflé.

Vasso a quarante-deux ans. Elle aimerait écrire, mais en quelle langue ? Elle se pose la même question que je me posais à son âge. Elle a essayé d'écrire en grec, mais elle s'est rendu compte qu'elle ne maîtrisait pas si bien la langue. Cela fait vingt ans qu'elle vit à Paris. Elle va donc faire un nouvel essai en français. Je crois que je lui sers de modèle : pourquoi ne réussirait-elle pas ce que j'ai réussi ?

– Combien de livres avais-tu écrit à quarante-deux ans ?

– Pas beaucoup, lui ai-je répondu.

Je ne suis pas convaincu qu'elle connaisse assez bien le français. Son métier de dessinatrice dans une agence d'architecture ne l'oblige pas à approfondir la langue. La relative aisance dont je faisais preuve dès mes débuts en français était due à mon métier de journaliste.

– Tu voudras bien corriger mon manuscrit ?

Je ne pouvais pas lui dire « non ». Nous étions assis côte à côte sur le matelas de la mezzanine.

– Et de quoi veux-tu parler ? l'ai-je interrogée.

Elle a haussé les épaules.

– Tu sais, toi, de quoi tu vas parler quand tu commences à écrire ?

– Il arrive que je me trompe. L'écriture possède sa propre version des faits. Elle s'arrête sur des détails apparemment sans importance. Le plus petit caillou est susceptible de retenir son attention. Elle s'arrête tout le temps en fait. Tu parleras de la mort de ton père probablement.

Son père, qui était médecin, s'est suicidé quand elle était étudiante à Salonique. Il a sauté par la fenêtre. Il était paranoïaque, semble-t-il, il croyait que tout le monde lui voulait du mal. Il a peut-être éprouvé un grand soulagement en se jetant dans le vide.

– Sûrement pas, a-t-elle dit.

J'ai songé à la jeune femme de chez Flammarion qui avait rompu notre liaison lorsqu'elle s'était rapprochée de son père. J'ai supposé que le père de Vasso aurait eu à peu près le même âge que moi aujourd'hui. Je n'ai pu prendre un bain que lorsqu'elle m'a juré qu'elle ne me quitterait pas une seconde des yeux. J'avais toujours peur de l'eau. Nous ne nous sommes pas touchés. Je me suis endormi sur son épaule pendant qu'elle me parlait de ses problèmes de santé, de son arthrite, de ses migraines, de ses baisses de tension. J'ai songé à tes auteurs qui tiraient prétexte de tes ennuis pour te détailler les leurs.

– Je prends quatorze médicaments par jour, tu te rends compte ?

Je n'étais plus en mesure de me rendre compte de quoi que ce soit. Le lendemain matin elle m'a vivement reproché d'avoir si bien dormi alors qu'elle avait à peine fermé l'œil de la nuit. Nous avons partagé une tablette de chocolat. Mon pantalon avait séché : Maria avait eu la bonne idée de l'accrocher à la poignée de la fenêtre de façon qu'il touche le radiateur.

– Tu n'as pas d'autre pantalon ? a-t-elle pouffé

– Si, mais il est à Athènes.

Elle est originaire de Larissa, où habite toujours sa mère. La mauvaise réputation des Grecs à l'étranger est due pour une part aux paysans de cette ville, qui ont reçu pendant des années des subventions de l'Union européenne afin de remplacer la culture des oranges et du coton par celle des fraises et des kiwis, car ils n'ont pour la plupart jamais tenu leurs engagements. Comme chaque tonne d'oranges détruite donnait lieu à un dédommagement, ils ont persisté à cultiver ces fruits, certains se sont même mis à en importer de Bulgarie, juste pour les broyer sur place. Les mauvaises langues disent que, dans les années 90, on voyait couler du jus d'orange dans le fleuve qui traverse Larissa.

J'ai accompagné Vasso jusqu'au métro, que j'ai pris aussi mais pas dans la même direction qu'elle. Il m'a semblé que la meilleure façon de renouer avec Paris était de passer un moment au café Le Fleurus, qui se trouve dans la rue des éditions, à deux pas de l'une des entrées du jardin du Luxembourg. J'ai beaucoup fréquenté cet établissement au lendemain de mon opération, quand je m'étais installé à l'hôtel Perreyve. S'il ne me rappelle pas forcément de bons souvenirs, il a néanmoins une vraie place dans ma mémoire. Peut-être est-ce là que je prendrai mon dernier verre avant de quitter Paris. Je me suis arrêté en chemin à la librairie des Belles Lettres, l'éditeur bien connu des littératures classiques, qui a également fait paraître un grand nombre de textes grecs modernes. C'est bien lui en effet qui a publié la thèse sur Théotokas ainsi que son unique roman traduit en français, *Léonis*, mais aucun de ces ouvrages n'était plus disponible. « Lilie sera déçue », ai-je pensé. La librairie est visitée essentiellement par de vieux professeurs de grec et de latin qui se battent au sein d'une association pour le maintien de l'enseignement des langues anciennes en France. Ils me font penser aux défenseurs des Thermopyles, à qui Cavafy a dédié un de ses poèmes les plus célèbres : il note qu'ils méritent d'autant plus d'honneurs qu'ils savent leur combat voué à l'échec. Hélas, ils ont perdu récemment leur Léonidas, qui était une femme, l'académicienne Jacqueline de Romilly. Je crois que tu as publié un de ses livres, ou je me trompe ? J'ai bavardé un peu avec la vendeuse qui est jeune, paradoxalement. Elle n'a rien pu me trouver sur la façon dont les anciens Grecs imaginaient la mémoire, elle m'a néanmoins informé qu'ils s'appliquaient à occulter les événements susceptibles de les déprimer, comme la prise de pouvoir par les Trente Tyrans, et qu'ils avaient érigé sur l'Acropole un autel dédié à l'oubli.

J'ai été obligé de passer devant les éditions, mais j'ai pris le trottoir opposé. Je n'avais gardé de contacts pendant la longue période de ta maladie qu'avec deux ou trois de tes collaboratrices : nous nous téléphonions, nous mangions de temps en temps une omelette au Fleurus ou à la Buvette des Marionnettes au Luxembourg. Je leur donnais de tes nouvelles car elles en manquaient : tes assistantes entendaient garder pour elles le droit de t'appeler directement, ce qui était une manière de contrôler à la fois les informations qui circulaient sur ton compte et celles que tu recevais des éditions. Je croyais avoir plus que deux ou trois amies dans ton équipe : il y avait bien d'autres personnes avec qui j'étais en relation quasi quotidienne avant ta maladie. Elles ont mystérieusement disparu quand tu as cessé de diriger la maison. Tu étais apparemment le seul lien que j'avais avec elles. Je suis donc passé devant les éditions sans tourner la tête.

Peut-on réellement perdre la mémoire au point de ne plus se reconnaître soi-même ? Je me suis posé cette question en entrant dans le Fleurus dont le mur du fond est occupé par une grande glace qui embrasse toute la salle. « Je suis le type qui vient de rentrer », ai-je pensé. André, le patron, a bien voulu me prêter son portable. Il m'a lui aussi demandé des nouvelles de la Grèce.

J'ai appelé Alexios, qui était libre pour déjeuner : nous nous sommes donné rendez-vous à une heure au Mandarin, le restaurant thaïlandais de la rue de Montfaucon, un autre établissement cher à mon cœur que je regretterais sûrement si je m'installais à Athènes. Il est associé dans ma mémoire à mon ami l'ethnologue Jacques Meunier, qui a disparu au début des années 2000, puisque c'est en sa compagnie que j'ai commencé à le fréquenter. Nous avons fait d'innombrables fois le tour du monde dans ce lieu : les tribus les plus exotiques dont je ne connaissais l'existence que par Jules Verne, Jacques les avait côtoyées et avait même appris parfois leur langue. Les voyages l'avaient rendu philosophe : même le cancer qui a fini par l'emporter n'avait pas réussi à troubler sa sérénité. Il en parlait avec le même détachement que toi. Je ne l'ai vu qu'une seule fois s'énerver, ce fut au centre de soins palliatifs de l'avenue Émile-Zola : il savait pertinemment qu'on ne guérit pas dans ce genre de clinique, et la perspective de sa disparition l'avait rendu furieux. Il engueulait les infirmières, sa femme, il avait failli m'engueuler aussi. Je lui avais dessiné un Père Noël qui écarte les pans de son manteau devant une petite fille : cela ne l'avait guère amusé. Je me suis rappelé soudain que sa fille, qui doit avoir à peu près l'âge de Dimitris, travaille au service de recherche sur le cerveau qui fait partie du Centre d'énergie atomique de Saclay, au sud de Paris. Plutôt que de déranger une fois encore ton ami le neurologue de la Pitié-Salpêtrière, j'ai décidé de demander à elle si l'on peut oublier son propre visage. Le nom du centre de l'avenue Émile-Zola m'est revenu à l'esprit : il s'appelle Jeanne-Garnier.

J'ai aussi téléphoné à Olga : elle m'a conseillé d'attendre le lendemain pour te rendre visite.

– Tu devrais y aller dans l'après-midi, moi j'y vais le soir. Pense à lui acheter *Le Monde*.

Elle était dans son entreprise, j'entendais les machines qui faisaient un bruit de mitrailleuses. J'ai songé à Lilie, qui exécute à la main ses tricots.

– Son livre paraîtra le 10 février, on me l'a annoncé ce matin.

J'ai eu la conviction que rien de grave ne pouvait t'arriver dans l'intervalle, j'ai même rêvé que la sortie de ton bouquin te remettrait d'aplomb. J'ai commandé à André un Martini que j'ai bu à ta santé. Quel nom porte-t-il dans mon dernier livre? Je parle de lui, forcément, puisque mon narrateur est un habitué du Fleurus, mais je ne l'ai pas chargé d'un rôle différent de celui qu'il joue dans la vie, j'ai donc probablement conservé son véritable nom. Il n'en est pas de même des personnages que mon narrateur rencontre dans le jardin: eux participent à l'intrigue et n'ont par conséquent pas grand-chose à voir avec les personnes que j'ai réellement connues. Le patron du théâtre de marionnettes, Francis-Claude Désarthis, je l'ai remplacé par deux sœurs, qui n'ont de commun avec lui, hormis leur activité professionnelle, que le fait d'habiter rue Notre-Dame-des-Champs. Il a très bien compris que je devais prendre autant de liberté pour composer les figures de mon théâtre qu'il s'en accorde pour confectionner sa troupe de marionnettes. J'ai bien rencontré un ancien bibliothécaire du Sénat, Philippe Martial, qui m'a fourni une foule de renseignements sur l'histoire du palais et du jardin, mais dans mon livre il est affublé d'une fille adoptive dont il est extrêmement jaloux comme Jean Valjean de Cosette. La dame qui tient les toilettes du jardin, à qui j'ai offert mon livre, a accepté de bon cœur le sort que je lui ai réservé: elle est la fille de la chapelière de la reine d'Angleterre et du petit-fils d'un héros de Jules Verne. Mon narrateur me ressemble suffisamment pour qu'on ne puisse pas douter que le petit monde dans lequel il évolue soit vrai. J'écris en somme de faux contes de fées.

J'ai eu l'impression en sortant du Fleurus que la grille grande ouverte du jardin me tendait les bras. Chaque allée, chaque bosquet, chaque terrain de jeux me renvoyait à une scène de mon roman : serais-je enclin à m'approprier tous les lieux que je décris ? J'avais l'agréable sensation en tout cas de faire le tour du propriétaire. Les reines de France qui entourent le grand bassin m'ont salué aimablement d'une légère inclination de la tête. J'étais en mesure de nommer en grec toutes les fleurs du parterre, tous les arbres, tous les oiseaux, et jusqu'aux poissons qui nagent dans le bassin, qui sont des carpes, autrement dit des *kyprini*. Le jardin du Luxembourg s'étendait désormais jusqu'en Grèce. J'en ai eu la confirmation en passant devant la statue d'un jeune homme nu, tenant un parchemin, intitulée « L'acteur grec ».

Je me suis délecté un moment de l'air frais du jardin, assis sur le même banc où je me reposais quand je marchais avec des béquilles. Je respirais avec application, comme pour me convaincre que mes soucis de la veille étaient bien finis. Un grand oiseau noir s'est approché de moi en marchant et s'est immobilisé à un mètre : il m'a semblé qu'il était intrigué par mes chaussures, qui sont elles aussi noires. Il se nomme *kourouna* en grec, corneille en français. Il est reparti comme il était venu, sur ses pattes. J'ai pensé que c'était un vieil oiseau fatigué. « À partir d'un certain âge, les oiseaux ne volent plus. » Quelle illustration choisirais-je pour la couverture de mon roman lors de sa parution en Grèce ? Tu n'aimais pas les couvertures illustrées, pas pour les livres de litté-rature en tout cas : la collection que tu avais créée une vingtaine d'années plus tôt chez Fayard et que tu avais maintenue dans ta propre maison était d'un bleu très sombre, presque noir, dépourvu de la moindre fioriture.

225

Choisirais-je la statue dédiée à l'acteur grec ? un voilier flottant sur le grand bassin, qui pourrait passer pour une photo prise en mer Égée ? le portrait d'Homère exécuté par Delacroix sur le plafond de la bibliothèque du Sénat ? Prendrais-je l'initiative de dessiner ensemble Guignol et Karaguiozis, la main dans la main ? Ils ont en commun qu'ils s'expriment en faisant énormément de fautes : ni l'un ni l'autre n'ont jamais très bien appris leur langue maternelle. J'ai calculé que, si je travaillais d'arrache-pied sur ma traduction, mon livre pourrait paraître à la fin de mars. La fête nationale, qui célèbre l'insurrection contre les Ottomans, tombe le 25. « Je rentrerai pour la fête nationale. » Puis je me suis rappelé que je devais aller le 25 à l'Opéra pour voir *Cendrillon* avec cette jeune amie qui a obtenu de son père l'assurance qu'il l'aimait. « Je partirai le 26. Je préparerai mes bagages avant de me rendre à l'Opéra. » J'ai réalisé que j'avais besoin de savoir quand précisément je quitterais Paris pour parvenir à m'accommoder de la ville.

En allant vers la rue de Montfaucon, j'ai essayé d'établir l'itinéraire que je suivrai lors de ma dernière journée à Paris. Je commencerai par saluer les vieux profs de grec qui se réunissent à la librairie des Belles Lettres, puis je prendrai congé d'André et de mes amis du Luxembourg. J'ai estimé que la place Saint-Sulpice, qui était sur mon chemin, méritait elle aussi une visite : l'unique café de l'endroit était dans les années 70 une sorte d'annexe des éditions Julliard, où tu as fait tes débuts et qui ont publié mon premier manuscrit. C'est là par ailleurs que je rencontrais Chantal avant notre mariage : elle habitait juste à côté, rue Clément. Je me suis rappelé qu'un été très chaud, pendant la dictature des colonels, j'avais trempé mes pieds dans la fontaine qui fait face à l'église. Aucun édifice religieux ne fera partie de ce pèlerinage, car ils me dépriment tous. J'avais perdu la foi avant de venir à Paris. Les églises me chagrinent par leur taille déjà : elles cherchent à imposer au paysage leur vision des choses. Leur mission est d'empêcher le peuple de se détendre : elles énoncent des interdits, formulent des menaces, prononcent des condamnations. Les églises grecques sont moins calées en théologie, il me semble. Je me demande même parfois si elles connaissent les dix commandements.

Mon périple d'adieu passera sûrement par la rue Mabillon, qui débouche derrière Saint-Sulpice et qui croise la rue Clément, à cause de son restaurant universitaire où je me rendais midi et soir au début de ma vie parisienne. Où irai-je après ? Retournerai-je à l'ancienne adresse des éditions du Seuil, rue Jacob, où tu t'es installé après avoir quitté Julliard et où tu as fait paraître plusieurs de mes livres dont ma tentative d'autobiographie ? Un bel arbre se dressait autrefois devant le bâtiment de la rue Jacob. « J'irai voir s'il y est toujours », ai-je pensé.

Ensuite, je monterai jusqu'à l'Académie française où je ralentirai le pas par respect pour cette institution. Je n'en veux plus aux académiciens d'avoir couronné *Les Coquelicots* puisque, quelques années plus tard, ils ont récompensé un de mes livres. Je sais qu'ils travaillent sur la lettre *r* de leur dictionnaire : eh bien, s'ils ont besoin d'éclaircissements relativement aux rhapsodes, aux rhéteurs ou aux rhyparographes, je suis naturellement à leur disposition. Ils peuvent également faire appel à moi quand ils en seront à la lettre *x*, qui est entièrement consacrée à la Grèce.

Je traverserai la Seine sur le pont des Arts, le plus léger pont de Paris, pour le plaisir d'entendre une fois encore chanter Georges Brassens. C'est aussi le pont préféré des amoureux, qui ont pris l'habitude voici quelques années de poser des cadenas sur ses garde-fous afin de sceller leur amour. Je suppose que, après les avoir fermés, ils jettent la clef dans le fleuve. Je quitterai Paris sans avoir regardé suffisamment la Seine. Jamais je ne me suis arrêté au milieu d'un pont pour suivre son cours. J'étais si pressé de réaliser mes rêves que je n'ai que peu vécu en vérité. Chantal aimait bien se promener dans Paris : je ne l'ai jamais accompagnée. J'avais l'impression de perdre mon temps en flânant. J'ai été un métèque très studieux. Je quitterai finalement une ville que je ne connais pas.

Le pont des Arts débouche sur le Louvre : je ferai sûrement une halte dans le musée pour dire au revoir à la *Victoire de Samothrace*. Une de mes toutes premières visites parisiennes avait été pour cette statue. Moi qui ne priais plus dans les églises, je m'étais recueilli devant elle. Je m'étais placé sous sa protection, j'avais sollicité son appui : « Toi, tu connais tout le monde, ici », lui avais-je dit. J'avais été profondément touché par sa beauté, exalté même : je m'étais senti très fier d'être originaire du même pays qu'elle. En 1972, le président Pompidou avait donné une réception à l'Élysée en l'honneur des éditeurs étrangers réunis en congrès à Paris. Comme j'avais eu à rendre compte de cette manifestation pour *Le Monde*, j'avais aussi été invité. Au moment où je franchissais le seuil de l'Élysée, j'avais cependant songé à la *Victoire*, comme si c'était elle qui avait donné mon nom à l'accueil. Il paraît qu'elle a pris un coup de vieux depuis ce temps, qu'elle a grand besoin d'être restaurée. La direction du musée n'a eu aucun mal à trouver les sommes d'argent nécessaires à cette opération : le public a répondu avec enthousiasme à son appel de fonds. C'est dire que la ferveur que j'avais ressentie autrefois devant cette statue est partagée par une foule de gens. La bibliothécaire de l'École française d'Athènes m'a appris qu'une de ses ailes est fausse : il s'agit d'un moulage de son autre aile, la vraie. J'ai été tenté de lui demander laquelle des deux était fausse, mais finalement j'ai renoncé.

Je me rendrai rue du Pélican, qui est située de l'autre côté du Louvre et où je rencontrais autrefois une étudiante bretonne. Je traverserai le jardin du Palais-Royal cher à mon ami François Bott, je longerai la Bibliothèque nationale, où un autre ami, Maxime Préaud, a passé toute sa vie professionnelle, j'arriverai ainsi sur les Grands Boulevards. Je regarderai l'heure à la grande horloge qui occupe le haut de l'immeuble où logeait *Le Monde*, je m'arrêterai devant la vitrine du magasin de modélisme où mon père achetait des accessoires pour ses maquettes de bateaux. Je regretterai la disparition du Midi-Minuit, qui fut l'ambassade parisienne du prince des Carpates, je retrouverai Michel Simon dans un modeste restaurant chinois de la porte Saint-Denis, je me remémorerai, place de la République, la victoire de Mitterrand à la présidentielle de 1981, j'arriverai en fin de compte, par la rue du Faubourg-du-Temple, à la place des Fêtes, là où j'ai vécu plus de dix ans en famille. Alexios avait neuf ans quand j'ai quitté l'appartement de la rue du Docteur-Potain : j'ai eu un instant l'illusion, en poussant la porte du Mandarin, que j'allais rencontrer un petit garçon d'autrefois. Je me suis souvenu que sa maîtresse à l'école primaire s'appelait Mme Charpentier.

Alors qu'il m'est très facile d'évaluer l'attachement que j'éprouve pour une femme, il m'est impossible de déterminer l'affection que je porte à mes enfants. Jadis les mères mesuraient leur amour aux sacrifices qu'elles consentaient. Je n'ai pas fait de sacrifices pour mes enfants. J'ai juste essayé de comprendre leurs décisions quand elles n'étaient pas conformes à mes vœux. J'ai été très soucieux chaque fois que notre dialogue devenait difficile. Le plaisir que j'ai à les retrouver conserve son mystère : c'est peut-être mieux ainsi. Alexios m'attendait à l'une des tables rondes du fond, où je déjeunais avec Jacques. Le voyage imaginaire que j'avais accompli en partant du Luxembourg m'avait mis un peu en retard. Je lui ai fait part de la lassitude que je ressentais à Paris et de mon projet de m'installer à Athènes.

– Tu seras mieux à Athènes, a-t-il admis.

Il a dû penser que mon désenchantement n'était pas étranger à la modestie de mon logement, car il m'a proposé de le réaménager, de changer notamment la place de mon bureau, de façon que je puisse gagner un ou deux mètres carrés supplémentaires. Il est tout à fait capable de faire cela : ai-je dit que son métier consiste à construire des décors éphémères pour des manifestations géantes, telles que les défilés de mode du Grand Palais ? Je suppose qu'il a hérité le goût du travail manuel de mon père, qui consacrait un temps considérable à ses maquettes. Pourquoi aimait-il tant les bateaux ? Il était né à Santorin, où la vie était réglée sur l'arrivée des bateaux. Il aurait été très heureux, je pense, s'il avait eu la possibilité d'essayer une de ses maquettes sur le grand bassin du Luxembourg.

J'ai confié à mon fils que j'étais en train d'établir la liste des lieux que je visiterai avant de partir. J'ai voulu savoir ce qu'il ferait, lui, à ma place.

– Je passerais un bon moment à me promener dans le quartier de la place des Fêtes. Puis je descendrais vers le centre par la rue des Solitaires, ou par la rue Botzaris qui passe devant le parc des Buttes-Chaumont. J'irais jusqu'au Grand Palais, je m'arrêterais au café de l'avenue Montaigne où je vais avec mes collègues.

J'ai calculé qu'il avait vécu dix ans de plus que moi rue du Docteur-Potain. J'avais oublié jusqu'au nom de la rue des Solitaires. Il m'a demandé de tes nouvelles. J'ai répondu avec circonspection :

– Sa psychiatre est optimiste. Il a du mal à marcher.

Nous occupions deux tables en fait, une au fond et une à l'extérieur où nous sortions fumer de temps en temps. Il ne faisait pas très froid. Il m'a annoncé que sa compagne allait accoucher en juillet. Le fils qu'il a de sa première femme vit avec sa mère dans le Sud. Il faut croire que cette femme n'est bien nulle part car elle change de ville tous les ans. Elle rêve probablement d'un lieu idéal : j'espère qu'elle le trouvera un jour.

Je lui ai raconté ma fête d'anniversaire, sans omettre de lui signaler ma performance au championnat de ping-pong. Cela l'a fait rire :

– Tu n'as été classé que troisième, papa ?

Je lui ai donné des nouvelles des proches, de Magda,

des deux Yorgos, de Stratis, l'avocat de Tinos, de Yannis, le fils d'Aris, je lui ai décrit l'arbre sous lequel dort sa nièce. Je lui ai parlé aussi des trois hommes qui gouvernent la Grèce :

– Ils représentent la Commission européenne, la Banque centrale européenne et le Fonds monétaire international. Je ne connais pas leur nationalité, je ne sais pas quelle langue ils parlent. Ils viennent régulièrement à Athènes pour s'assurer que les réformes qu'ils ont exigées sont bien appliquées par les élus du pays. Ils ne participent à aucune manifestation publique, ne se montrent pas à la télévision, ne répondent pas aux journalistes, on ne les voit que le temps qu'il leur faut pour sortir d'une voiture blindée et s'engouffrer dans un ministère. Les journaux télévisés passent en boucle cette image pendant qu'ils expliquent au peuple les nouvelles taxes qu'il devra payer. L'un est grand, l'autre, celui aux cheveux raides, petit, le troisième, je n'ai pas réussi à le repérer, peut-être est-il de taille moyenne ? Ce sont ces fantômes qui fuient les projecteurs et la lumière du jour qui décident de l'avenir du pays. On connaît leur philosophie : il faut sauver les banques, rendre les entreprises plus compétitives par des réductions d'effectifs et des baisses de salaires, restreindre le rôle de l'État, y compris dans les domaines de l'éducation et de la santé, et puis vendre tout ce qui peut être vendu, les ports, les côtes, les îles.

» Tu te souviens du livre que te lisait ta grand-mère pour t'initier au grec ? C'était un roman pour enfants de Pénélope Delta, inspiré des guerres balkaniques, qui ne ménageait pas les voisins de la Grèce. Delta était avant tout une patriote : elle s'est suicidée en 1941, le jour où les

Allemands ont pris possession d'Athènes. L'actuel Premier ministre Samaras est son arrière-petit-fils. Apparemment, il n'a gardé aucune rancune aux Allemands car jamais il ne paraît si heureux que lorsqu'il se fait photographier en compagnie d'Angela Merkel. Son nom suggère une origine modeste : il signifie « fabricant de bâts », *samari* étant le bât de l'âne. En fait, il est issu de la grande bourgeoisie marchande, qui a toujours été proche de l'extrême droite et farouchement anticommuniste. Il semble qu'il a commencé sa carrière très jeune, en participant à des chasses aux rouges dans le Péloponnèse, région éminemment réactionnaire où était né son père et où il est élu député. En 1992, ministre des Affaires étrangères du gouvernement de droite de Constantin Mitsotakis, il a été renvoyé de son poste en raison de son nationalisme outrancier : il était opposé en effet à toute négociation de la Grèce avec ses voisins au sujet du nom de leur nouvel État qu'ils entendaient, eux, nommer Macédoine. Pour Samaras il était inconcevable que son pays partage ce nom que porte sa région du Nord, qu'il cède en somme à ses voisins un peu de la gloire d'Alexandre le Grand. Personne ne peut soutenir sérieusement qu'Alexandre était grec. Il a néanmoins puissamment contribué par ses conquêtes au rayonnement de la langue et de la culture grecques.

Les mots venaient tout seuls, comme si j'avais préparé ce discours. Je parlais en français afin que mon fils me comprenne mieux. Il m'écoutait très attentivement. Est-ce seulement à lui que je m'adressais ? Je découvrais en m'écoutant que j'étais bien plus préoccupé par la situation de la Grèce que je ne le croyais. Mes difficultés de la veille me sont revenues à l'esprit, Geneviève n'a pas manqué l'occasion de me gratifier d'un de ses apophtegmes ·

– Je suppose que vous êtes aussi inquiet de l'avenir de votre pays que du sort de votre ami.

Nous sommes sortis fumer. Je lui ai pris une cigarette comme je t'en piquais une parfois au temps heureux où tu fumais encore. Je préfère de loin ma pipe aux cigarettes, celles-ci me procurent cependant un plaisir particulier affranchi de tout sentiment de culpabilité, justement parce que je n'en abuse pas. La pipe évoque une dépendance au tabac, elle me rappelle le piètre état de mes poumons, elle me menace du pire. J'ai besoin de fumer une cigarette de temps en temps comme on a besoin d'un entracte au milieu d'un opéra.

– Samaras paraît convaincu, comme l'était Sarkozy en son temps, que la meilleure façon de prendre des voix à l'extrême droite est d'appliquer sa politique. Lors des élections de 2012, il comparait les immigrés à une armée d'occupation et les accusait en outre d'être porteurs de maladies contagieuses.

» Il applique avec vigueur les mesures d'austérité imposées par la troïka, mais oublie de taxer l'Église et les armateurs. Il oublie aussi de demander des comptes aux milliers de contribuables qui ont placé leur argent en Suisse. La troïka, qui recommande par ailleurs une lutte sans merci contre les privilèges et la fraude fiscale, ne paraît nullement choquée par l'indulgence des autorités du pays à l'égard des nantis. On a plutôt l'impression qu'elle l'approuve.

Serais-je en passe de devenir bavard ? Mes derniers livres sont nettement plus longs que les premiers. J'ai des amis plus vieux que moi qui, avec l'âge, sont devenus intarissables. Quel que soit le sujet abordé, il leur rappelle une multitude de souvenirs, y compris un voyage qu'ils ont accompli autrefois aux Antilles. Serais-je en train de suivre leur exemple ? Finirai-je ma vie par une très longue allocution, en espérant que la Mort, écœurée par ma loquacité, quittera les lieux avant que j'aie terminé ?

Même quand je ne parle qu'en français avec Alexios, c'est toujours en grec que nous concluons nos discussions.

– *Pas spiti* ? m'a-t-il demandé.

« Tu rentres à la maison ? » J'ai hésité à lui répondre. J'avais un peu peur de retrouver la petite chambre.

Je n'avais que cinq messages sur mon répondeur. « On sait que je n'habite plus ici », ai-je songé. L'un d'eux venait de Grèce, de Christos, à qui j'avais omis de téléphoner pendant que j'étais à Athènes : il me confirmait que le premier numéro du *Radeau*, le magazine des SDF, sortirait fin février. Il était optimiste malgré la crise de la presse écrite, qui venait d'enregistrer plusieurs faillites. Il s'était assuré la collaboration de plusieurs journalistes au chômage. Mais il n'était pas sûr de pouvoir les payer : le prix au numéro avait été fixé à trois euros, dont la moitié reviendrait aux vendeurs. J'avais aussi reçu un appel en sango, cette langue de la République centrafricaine que je suis censé connaître. J'ai dû ouvrir dix fois le dictionnaire de Luc Bouquiaux et Marcel Diki-Kidiri pour le comprendre : il m'a appris que l'écrivain Pierre

Sammy-Mackfoy était très malade et qu'il allait venir en France pour se faire opérer. Le cendrier en ébène que j'ai placé sur le bord de ma baignoire est un cadeau de Pierre. Le troisième message était bien flatteur : on m'informait qu'un colloque autour de mes livres allait se tenir début 2014 à l'université d'Amiens, en insistant sur la participation d'une professeure brésilienne qui ferait le voyage de São Paulo et d'une doctorante espagnole du nom de Maria. J'ai été d'autant plus touché que cette université porte le nom de Jules Verne dont je fus autrefois un lecteur assidu. Je me suis vu dans la nacelle d'un aérostat survolant le Mississippi en compagnie de Maria et de la femme de São Paulo.

– On devrait balancer la Brésilienne par-dessus bord, m'a suggéré Maria. Cela nous permettrait de monter encore plus haut.

Le quatrième message était encore une invitation : on me proposait de m'expliquer sur mon activité d'auteur bilingue au centre universitaire méditerranéen de Nice le 26 mars prochain. Cette date a retenu mon attention, elle m'a intrigué comme si elle devait me rappeler quelque chose. Je me suis juste souvenu que je devais me rendre le 25 à l'Opéra. On m'avait téléphoné enfin de Trouville pour me rappeler que j'avais promis d'assister au Salon du livre qui allait se tenir dans cette ville le 12 février. Il est des villes modestes qui passent inaperçues : ce n'est pas le cas de Trouville, dont la simplicité, si je puis dire, saute aux yeux. Elle est mise en valeur par la prétention de sa voisine, Deauville, qui, elle, rêve de gloire et d'argent : elle organise un festival du film américain et possède un casino. Le nom même de Trouville suggère une certaine tristesse que Flaubert appréciait bien, comme le rappelle sa statue qui se dresse sur les quais, et que bien des écrivains continuent de priser. C'est le cas de René de Obaldia, par exemple, de Roger Grenier ou encore de François Bott, qui possède une maison à cet endroit. Ce dernier affirme que Trouville est le lieu idéal pour fumer la pipe. J'ai pris la résolution d'honorer cet engagement qui me donnera l'occasion de revoir à la fois Gustave et François.

Je me suis mis aussitôt après à ma traduction. Les mots portent en eux leur pays d'origine : c'est dire que, dès le lendemain de mon arrivée, je retrouvais d'une certaine façon la Grèce. Pas tout à fait cependant, puisque je traduisais un texte français : chaque phrase était un voyage éclair. J'ai noté que les passages qui posent un vrai problème de traduction sont équitablement répartis dans le texte, qu'ils sont toujours suivis par deux ou trois phrases d'un abord plus facile, comme si j'avais composé la version originale en songeant déjà à rendre moins ardue sa transposition. La simple traduction du mot « grève » ne permettant pas de rendre compte de la sinistre réputation de la place de Grève, principal théâtre parisien des exécutions publiques qu'évoque un de mes personnages en parlant de *Notre-Dame de Paris*, le roman de Hugo, je me suis autorisé à la nommer place de l'Échafaud. Le même personnage rappelle qu'un pilori se dressait sur ce lieu, où l'on plaçait les malfaiteurs condamnés à l'opprobre public. Ce genre de peine et d'édifice n'ayant jamais existé en Grèce, le pilori est devenu dans ma version le « banc de l'infamie ». Suis-je moins bien inspiré quand je me traduis que quand j'écris ? Le poinsettia, qu'un autre personnage envisage d'offrir à sa bien-aimée, porte le même nom en grec. Mais les deux langues jugent apparemment ce nom trop savant car toutes les deux ont attribué un surnom à cette délicate fleur aux pétales rouges : l'une l'appelle « rose de Noël », l'autre « langue du diable ». Dans ma traduction, la personne en question offre donc une « langue du diable » à son amoureuse, ce qui donne probablement une coloration un peu plus hardie à son geste. Mais il s'agit bien de la même fleur.

J'ai eu un petit accident pendant que je me traduisais, qui m'a toutefois impressionné : je suis tout bêtement tombé de mon fauteuil. Je dois dire qu'il s'agit d'un fauteuil en osier, pas très stable, très vieux de surcroît puisqu'il a appartenu aux parents de mon beau-père, le père de Chantal. Cela fait longtemps que j'envisage de le remplacer, mais cela m'obligerait à le jeter faute de place, ce qui n'est pas une décision facile à prendre. Je suis tombé en essayant de récupérer la boîte d'allumettes que j'avais repoussée jusqu'au bord de ma table. Subitement je me suis trouvé par terre, couché sur le côté, le nez dans la dernière page de mon manuscrit que j'avais entraînée dans ma chute, la jambe gauche coincée dans l'anse formée par l'un des accoudoirs. Je suis resté un moment dans cette position, je veux dire que je me suis donné le temps de comprendre ce qui m'arrivait. J'ai d'abord interprété ma chute comme un mystérieux avertissement, puis comme une sanction. Quelle faute avais-je donc commise ? Avais-je pris trop de libertés en me traduisant ? Étais-je en train de subir une nouvelle déconvenue faisant suite aux tribulations de ma première soirée parisienne ? « Je joue un rôle dérisoire dans une pièce que je ne comprends pas », ai-je pensé en me relevant, non sans mal. J'ai ramassé le feuillet de mon manuscrit. La dernière phrase que j'avais composée m'a paru parfaite.

L'histoire se termine, il me semble l'avoir dit, dans les carrières souterraines de Paris, où les personnages de mon roman rencontrent les héros de mon enfance, les d'Artagnan, les Robin et les autres. Ce sont en fait des étudiants de l'École des mines qui donnent une fête déguisée. Cela permet néanmoins à mon narrateur de trinquer avec Long John Silver, le pirate boiteux de *L'Île au trésor*. J'ai éprouvé le même soulagement et la même tristesse en terminant ma traduction qu'en achevant la version originale du roman : je n'avais plus rien à faire dans le petit univers que j'avais mis si longtemps à construire. J'ai quand même tenu à fêter l'événement : comme j'ai fini la traduction dans le train en allant à Trouville, je me suis rendu au bar où j'ai commandé un double whisky, comme dans les romans justement. Le serveur a exécuté ma commande avec solennité et a choisi avec la plus grande attention les deux glaçons qu'il a mis dans mon verre. Il m'a semblé que ses gestes étaient réglés sur la vitesse du train, qui n'était pas un rapide. Il était onze heures et demie du matin. Il n'y avait que nous deux dans le bar.

– Vous êtes de la région ? lui ai-je demandé juste pour dire quelque chose.

– Ah non, je suis de Lille ! a-t-il protesté.

Je lui ai appris que j'avais fait mes études à Lille et que je me souvenais très bien de la Grand-Place.

– Ah, la Grand-Place ! a-t-il soupiré avec nostalgie comme si nous étions à l'autre bout du monde.

Sans doute aurai-je la nostalgie de Paris une fois installé

à Athènes. Je me suis vu à la terrasse d'un café en train d'évoquer avec attendrissement le boulevard de Grenelle, le Bon Marché, la place des Fêtes. Une étudiante de la faculté de droit voudra savoir combien de marches compte l'escalier de la tour Eiffel.

– Je ne suis jamais monté sur la tour Eiffel, lui avouerai-je.

J'ai réfléchi dans le bar à la suite de mon ultime promenade parisienne. Je saluerai bien sûr la gare de Lyon : il reste encore dans ma mémoire un peu de la lumière qui traversait sa verrière le jour de mon arrivée. Ensuite je descendrai jusqu'au quai de la Rapée où se trouve la morgue : elle est placée au bord de la Seine pour la bonne raison qu'une de ses missions est d'accueillir les cadavres qui sont repêchés dans l'eau. Je connais cet établissement pour lui avoir consacré un des tout premiers articles que j'ai jamais écrits et que j'ai réussi à vendre à la presse parisienne. C'est dire qu'au moment où je débutais dans la profession de journaliste les morts m'ont donné un sérieux coup de pouce. Ma curiosité pour ce lieu avait été stimulée par mon goût pour la littérature : je n'ignorais pas que Javert s'était noyé dans la Seine. Je m'étais rendu à la morgue avec l'espoir d'y trouver, sur une table puissamment éclairée, le chapeau haut de forme et la canne du policier.

Je regagnerai la rive gauche par le pont d'Austerlitz : la gare du même nom qui lui fait face me rappelle ma vie de famille. C'est là en effet que nous prenions le train à Noël et à Pâques pour nous rendre à Cardaillac, dans le Lot, chez mon beau-père. Lors de mon mariage, qui eut lieu dans ce village, je fis le même voyage en compagnie de mes parents, d'Aris, de Polyta, la sœur de mon père, et d'Irini, ma grand-mère : la gare d'Austerlitz se souvient ainsi d'une famille grecque aujourd'hui disparue.

Je me donnerai le temps de vadrouiller dans le Quartier latin que j'avais tant de plaisir à explorer autrefois : c'était sûrement l'arrondissement qui ressemblait le plus à l'idée que je me faisais de Paris. J'avais l'impression de feuilleter un vieux livre de littérature dont j'aspirais à devenir le héros. J'étais persuadé que tous les libraires avaient fait le tour du monde, que les pharmaciens possédaient des drogues capables d'inspirer un poète comme de terrasser une reine, que les chefs cuisiniers conspiraient la nuit dans les égouts, que toutes les concierges étaient bilingues – je n'ai pas tardé à constater que, sur ce dernier point au moins, je ne me trompais pas. À la terrasse des cafés, des hommes d'une grande intelligence aux cheveux grisonnants offraient des kirs à des femmes d'une rare beauté. Je passerai par les salles qui ont assuré mon initiation au cinéma, le Studio Cujas, les Trois Luxembourg, le Champollion, le Bonaparte, où j'ai vu notamment *Le Voleur de bicyclette*, *La Poursuite infernale*, *Fenêtre sur cour*, *Les Diaboliques*, et où j'ai découvert Jacques Tati et Buster Keaton. Je fumerai ma pipe devant le café Le Cluny où nous nous sommes rencontrés la première fois, puis je remonterai le boulevard Saint-Michel jusqu'à la Closerie des Lilas, où je te retrouverai encore. C'est dans cette brasserie en effet que tu me conviais lorsque j'étais en mesure de t'annoncer le sujet de mon prochain roman. Ce lieu rend hommage à tous les auteurs célèbres qui l'ont fréquenté : leurs noms sont gravés sur de petites plaques de cuivre fixées chacune sur le coin d'une table. Nous prenions toujours place dans la salle du bar, à la table de Samuel Beckett. La maternité de Saint-Vincent-de-Paul où est né Dimitris est voisine de cet établissement. Alexios, lui, est né à la Pitié-Salpêtrière, derrière la gare d'Austerlitz.

Si j'ai le courage de soulever un de ces tampons de fonte qui scellent les trottoirs du Quartier latin, je descendrai une nouvelle fois dans les carrières : j'ai le sentiment de ne pas leur avoir consacré suffisamment de temps, de ne pas avoir profité assez de leur silence et de leur obscurité. Je souhaite scruter davantage ces ténèbres. Je suis attiré par ce lieu comme peut l'être Ulysse par le royaume d'Hadès, où il espère retrouver sa mère et ses amis d'autrefois. L'endroit m'effraie un peu en même temps, comme le labyrinthe où réside le Minotaure fait peur à Thésée. Ma dernière visite sera pour un site où la Grèce est déjà présente.

Le double whisky a stimulé paradoxalement ma mémoire car je me suis souvenu que Sisyphe, ce redoutable personnage qui fut condamné par Zeus à rouler perpétuellement un gros rocher jusqu'au sommet d'une colline, compte au nombre de ses exploits d'avoir neutralisé un temps le dieu des Enfers : il lui fit essayer une paire de menottes qu'aussitôt il ferma. Cette mésaventure d'Hadès, qui prit fin grâce à l'intervention d'un autre dieu, eut une conséquence heureuse : pendant qu'il avait les poignets liés, les gens ne mouraient plus. Même ceux qui venaient d'être décapités continuaient à vivre, portant leur tête sous le bras comme une pastèque.

À l'arrêt de Lisieux je suis descendu sur le quai pour fumer, sans me séparer de mon verre de whisky, que je n'avais bu qu'à moitié. Le barman m'avait servi une ration à tuer un bœuf. Je n'ignore pas que Lisieux est la ville de sainte Thérèse de l'Enfant Jésus ni que ses habitants se nomment Lexoviens. Malgré mon manque de curiosité pour les lieux en général et les monuments en particulier, je suis persuadé de connaître plus de choses sur la France que bien des Français. Je sais par exemple que les Boulonnais célèbrent avec faste le carnaval, que le directeur de la librairie Kléber à Strasbourg est un chanteur d'opéra, que les serveurs de Bordeaux ont horreur d'être dérangés par leurs clients, que l'équipe de France de football se ressourçait naguère au Touquet, qu'on aperçoit de Bastia l'île d'Elbe, qu'Aurillac est une des villes les plus froides du pays, qu'une rue de Nantes se souvient de l'exécution de cinquante otages français par les forces d'occupation allemandes, que la librairie principale de Lille s'appelle Le Furet du Nord à cause de la curiosité incompressible de ce mammifère, qu'il existe à Lyon un immeuble moderne en forme de crayon dressé debout, la pointe tournée vers le ciel, et à Saint-Brieuc une jolie gare en briques rouges.

François Bott a eu la bonne idée de venir me chercher à la gare armé d'un parapluie aussi grand que celui d'un chasseur d'hôtel. Il pleuvait à torrents.

– Tu ne crois pas qu'on devrait prendre un taxi ?

Il était persuadé que son parapluie ne rentrerait pas dans la voiture. De toute façon il n'y avait pas de taxi devant la gare. Nous nous sommes donc mis en route en direction de la plage car il avait conçu le projet de m'offrir un verre dans un café faisant face à la mer. Afin de prévenir toute objection de ma part, il m'a assuré que la serveuse du troquet était magnifique.

243

– Ses parents tiennent une épicerie en ville.

Je n'avais aucune objection : j'étais très heureux au contraire, heureux d'avoir fini ma traduction, heureux de respirer l'air marin, heureux d'être en sa compagnie. Je l'aidais à tenir le parapluie car un vent terrible s'était levé qui nous enveloppait de toutes parts, qui nous poussait et nous empêchait d'avancer en même temps.

J'ai connu François au *Monde*, avant même qu'il prenne la direction de son supplément littéraire, au début des années 70. Notre amitié a mis longtemps à mûrir, comme la nôtre du reste. Ce n'est pas un homme pressé ni très expansif. Il exprime ses sentiments par écrit plutôt que de vive voix. Il écoute patiemment ses interlocuteurs et ne les interrompt jamais. Son attention est déjà un début de réponse aux questions qu'ils se posent. Il est agrégé de philosophie, ce qui explique sans doute son calme olympien. Sa sérénité est communicative : elle suffit à vous faire oublier l'agitation ambiante. Il vient d'une autre époque, du XVIIIe siècle probablement, dont il adore le langage. C'est un homme élégant, dans sa façon de s'habiller aussi. Il voyage avec une valise nettement plus grosse que celle de Danièle, sa femme. Lui aussi est venu quelquefois en Grèce.

Je m'attendais à voir un déferlement de vagues. Hélas, quand nous sommes arrivés au café, la mer se retirait, laissant à découvert des bancs de sable boueux où j'ai remarqué quelques coquillages qui tremblotaient. Était-ce le vent qui les agitait ainsi ? Étaient-ils en train de s'asphyxier comme des poissons hors de l'eau ? J'ai espéré que la pluie leur permettrait de tenir bon jusqu'au retour de la mer.

Ce n'était pas la première fois que j'assistais à une marée : j'avais découvert ce phénomène peu de temps après mon arrivée en France, à Grand-Fort-Philippe, près de Dunkerque. J'avais été paniqué en voyant partir la mer : « Comment je vais faire pour rentrer chez moi ? » m'étais-je demandé. La Grèce ne communiquait avec le monde extérieur que par voie maritime. C'est bien par bateau que j'avais effectué la première partie de mon voyage jusqu'à Venise.

– Je vais épouser la serveuse, ai-je annoncé à François. Comme cela nous vivrons tous ensemble à Trouville. Nous nous approvisionnerons gracieusement à l'épicerie de mes beaux-parents.

Je ne l'ai jamais vu rire aux éclats. Il m'a questionné sur ta maladie et sur la situation de la Grèce d'un air soucieux, comme s'il devinait que je n'avais pas de bonnes nouvelles à lui donner. Vous vous connaissiez depuis longtemps aussi, depuis la parution de ton premier livre, *Samedi, dimanche et fêtes*, en 1972, puisque c'est François qui en avait fait le compte rendu pour *Le Monde*, mais vous n'aviez pas eu par la suite l'occasion de vous rencontrer souvent. Vous auriez pu devenir amis : vous aimiez tous les deux le football et le bordeaux. Vous partagiez également la même passion pour Paris, que vous ne quittiez jamais qu'à contrecœur. Je lui ai demandé s'il s'était habitué à Trouville.

– La mer me console de l'absence de Paris.

Il m'a annoncé qu'elle allait revenir au petit matin. « Je la verrai donc avant de repartir », ai-je songé. Soudain je me suis rendu compte que je ne m'étais jamais baigné en France et je le lui ai dit.

– C'est curieux, a-t-il observé.

Le Salon se tenait non loin de là, dans une sorte de hangar équipé de longues tables comme un réfectoire. Plusieurs auteurs étaient déjà là, dont certains publiés dans ta collection, installés derrière des piles de livres plus ou moins grandes. Les auteurs à succès on les voyait à peine, on n'apercevait que le sommet de leur crâne, leur chevelure, parfois leur front : ils avaient l'air de couler au milieu de leurs écrits. J'ai commencé par saluer tes auteurs, la petite Perrine de Saint-Flour, Marie-Paule Duroy, Séverine Bozzo-Corona, Manuel Frollo. J'ai même serré la main de Fernand Mondego, l'auteur des *Coquelicots*, qui, bizarrement, me tient à distance depuis qu'il a été couronné à ma place. Il signait son dernier ouvrage, *Le Mât de cocagne*.

– Ça a l'air passionnant, ai-je plaisanté.

Nous n'avons que très peu parlé de toi. J'ai eu l'impression que chacun tenait à garder pour lui les renseignements qu'il avait sur ton mal, qu'il se flattait en secret d'en savoir plus que les autres. J'ai réalisé que nous ne nous connaissions que très peu : nous nous étions croisés à plusieurs reprises, mais nous n'avions jamais eu l'occasion de nous côtoyer. Tu étais très dévoué à chacun de tes auteurs, cependant tu ne souhaitais pas que des amitiés se nouent entre eux, de crainte peut-être qu'ils découvrent qu'ils jouissaient tous des mêmes égards de ta part. Nous étions comme ces villes de province qui communiquent mal entre elles mais qui toutes bénéficient d'une liaison directe avec Paris.

Séverine m'a cependant confié que si par malheur tu ne pouvais pas reprendre la direction des éditions elle quitterait la maison. Elle n'était pas très optimiste sur ton sort car elle avait déjà pris des contacts ailleurs. Je me suis souvenu qu'elle t'avait fait une cour assidue quelques années auparavant, sans te convaincre de la sincérité de ses sentiments : tu étais resté persuadé qu'elle agissait par intérêt, qu'elle ne songeait qu'à sa carrière. Tu m'avais assuré que tu n'avais jamais cédé à ses avances, mais, bien entendu, je ne t'avais cru qu'à moitié.

Peu de gens déambulaient entre les tables, feuilletant un livre, regardant son auteur comme s'il était lui aussi à vendre, puis passant à la pile suivante. De temps en temps j'adressais un signe amical à François, que le libraire du coin avait placé relativement loin de moi : nos livres ne nous empêchaient nullement de nous voir. Ceux de François sont plutôt courts, comme les tiens : ils ressemblent davantage à des recueils de morceaux choisis qu'à des sagas qui ont la prétention d'introduire le lecteur dans une autre réalité. Ce sont des romans qui rejettent les illusions.

Au bout de trois quarts d'heure, une jeune femme m'a fait signer deux livres. Je lui aurais volontiers donné rendez-vous à l'aube sur la plage afin que nous assistions ensemble au retour de la mer mais, pendant que je m'exécutais, un homme accompagné de deux petits enfants s'est approché d'elle. J'ai compris que mes voisins qui n'avaient encore dédicacé aucun livre étaient désappointés par mon succès pourtant modeste.

– C'était une cousine, leur ai-je expliqué pour les consoler. Elle a épousé un électricien de Trouville.

– Il était électricien, ce monsieur ? s'est étonné l'un d'eux.

– Parfaitement ! C'est à lui que fait appel la mairie par temps d'orage pour contrôler les paratonnerres !

J'ai dédicacé en tout quatorze livres jusqu'à la fermeture du Salon. François en a signé dix-sept.

– Je suis forcément plus connu que toi ici, m'a-t-il réconforté.

La manifestation a pris fin dans les salons de l'hôtel de ville par un débat sur l'avenir du roman. Il a été introduit par un théoricien de la littérature, un homme d'un certain âge qui multiplie depuis quelques années les interventions sur ce thème dans les foires du livre et dans la presse mais qui n'a jamais écrit qu'un seul ouvrage qui raconte l'ascension de l'Himalaya par trois amis d'enfance originaires de Quimper. Il a dénoncé l'égocentrisme des auteurs contemporains, qui ne s'intéressent qu'à leur personne, qui ressassent à longueur de pages leurs déceptions, qui ne vont jamais plus loin que le bureau de poste de leur quartier, et les a vivement encouragés à voyager, à se frotter à la diversité des hommes, bref à embrasser le vaste monde. Il n'a pas manqué d'évoquer le cas de Flaubert qui avait effectivement accompli quelques grands voyages. Je me suis rappelé qu'il s'était rendu en Grèce notamment. Ce discours a été mieux accueilli par les étrangers présents dans la salle que par les Français. Fernand Mondego a fait remarquer, assez judicieusement dois-je admettre, que l'importance du sujet ne déterminait en rien la qualité d'un roman. Il s'est appuyé lui aussi sur Flaubert en assurant que le thème de *Madame Bovary* était à première vue tout à fait insignifiant. J'avais été outré quant à moi par la prétention de l'orateur de donner des directives aux romanciers. Pour le plaisir de le contrarier, j'ai abondé dans le sens de Fernand en affirmant que la mission principale de la littérature était de saisir les vagues pensées qu'on conçoit pendant qu'on attend que l'eau pour les spaghettis commence à bouillir. Mon intervention a obtenu un franc succès, en raison de sa brièveté aussi je suppose. L'homme nous avait harangués pendant une bonne demi-heure. Aspirait-il à créer un nouveau mouvement littéraire ? Je savais qu'il travaillait sur une anthologie des auteurs contemporains. « Je n'y figurerai pas », ai-je pensé. François a également pris la parole : il a déploré la morosité de la société française qui n'éprouve plus aucune passion, qui est devenue extrêmement avare de ses sentiments, raisonnable et calculatrice, qui ne regarde même pas passer les femmes dans la rue. Il a estimé que ce climat n'était guère propice à l'éclosion du roman.

– La dernière fois où la société française a rêvé, ce fut en mai 1968. Cela fait plus de quarante ans qu'on ne rêve plus !

Le mot de la fin est revenu à Perrine. Sa déclaration a été encore plus courte que la mienne. Elle s'est levée et, quand on lui a passé le micro, elle a juste dit :

– L'écriture est une solitude.

Elle était tétanisée. Elle a été vivement applaudie. J'ai pensé que tu aurais été fier d'elle. En allant chez François, où Danièle attendait pour le dîner, je me suis demandé si tu étais encore capable de rêver, si ton traitement ne t'avait pas privé de cette opportunité. J'ai dormi sur le canapé du salon.

– Je vois aux objets qui m'entourent que j'ai vieilli, m'a dit François avant de se retirer. Il faut désormais forcer les tiroirs de mon bureau pour les ouvrir, la douille de ma lampe s'est détachée du fil électrique, le tissu de mon fauteuil est usé jusqu'à la corde, ma tasse à café préférée s'est fissurée, mon portefeuille s'est décousu. Un de ces jours je vais finir par perdre mes papiers d'identité.

Je t'ai peu vu pendant cette période. Tu étais l'objet d'une activité fébrile de la part des infirmières, des médecins. « Ils tentent le tout pour le tout », ai-je pensé. Les rares moments où le personnel te laissait tranquille, tu somnolais. Lisais-tu *Le Monde*, que je t'apportais régulièrement ? Les premiers jours je passais te voir en début d'après-midi, mais on m'a fait comprendre que ce n'était pas un bon moment. Je me suis rendu compte assez rapidement qu'il n'y avait plus de bon moment. Marianne avait réussi à trouver l'affiche des *Quatre Filles du docteur March*, elle était fixée sur le mur en face de ton lit, à côté de la liste manuscrite des médicaments que tu devais prendre matin, midi et soir. Pourquoi étais-tu attaché à ce film pétri de bons sentiments, ce qui n'était pas le cas de tes ouvrages ? J'ai supposé que tu l'avais vu très jeune, à une époque où ton père te manquait : les quatre filles aussi sont privées de leur papa, parti à la guerre. Étais-tu jaloux, toi l'enfant unique, de la solidarité qui les unit et qui leur permet d'affronter avec brio les aléas de la vie ? Avais-tu une préférence pour Jo, qui rêve de devenir romancière ? C'est d'elle en tout cas que tu m'as parlé la seule fois où j'ai pu te questionner sur

250

ce film : tu te souvenais parfaitement de la question qu'elle pose à son ami après qu'un nouveau malheur a frappé sa famille : « *Retrouverons-nous jamais notre gaieté ?* » Apparemment les médicaments n'avaient pas affecté ta mémoire.

Nous n'échangions que quelques mots dans le meilleur des cas. Tu as vaguement souri quand je t'ai signalé qu'on pouvait lire sur les murs d'Athènes cet aveu sous forme de graffiti : « *Je dépéris.* »

– C'est exactement ce qui m'arrive, as-tu commenté.

Je t'ai raconté aussi que j'avais oublié le prénom d'une femme pendant qu'elle était encore chez moi et que j'avais dû fouiller son sac à main pour le retrouver.

– Quand est-ce que tu comptes retourner en Grèce ?

– Je ne sais pas.

Je t'ai parlé aussi des travaux du métro qui avaient mis au jour une partie de la ville antique et que les portes des maisons s'ouvraient vers l'extérieur.

– Les Athéniens d'autrefois avaient tendance à s'approprier l'espace devant leur seuil, exactement comme le font ceux d'aujourd'hui : l'entrée des immeubles est précédée par un escalier de trois ou quatre marches construit sur le trottoir.

– J'imagine que les passants devaient se prendre régulièrement une porte sur la figure, ce qui fait toujours rire les badauds. C'est peut-être par ce biais que vous avez été initiés à la comédie : le théâtre comique a fait ses débuts dans les rues d'Athènes !

Parfois tu fermais les yeux pendant que tu parlais et tu ne les rouvrais que lorsque quelqu'un entrait dans la pièce. Tu étais couché sur le côté droit, tourné vers la porte. Pas une fois je ne t'ai vu regarder par la fenêtre, d'où l'on n'apercevait, il est vrai, que le sommet d'un arbre sans feuilles. J'essayais de capter l'odeur ambiante, de la décrypter, mais je ne parvenais pas à lui attribuer un nom. J'ai fini par douter que ta chambre en eût une. Tu m'as demandé de t'acheter deux verres à vin, un pour toi et un pour Olga, car tu abhorrais les gobelets en plastique fournis par l'hôpital : je suis parti illico te les chercher, sans savoir cependant où je devais m'adresser. Par chance, à côté de l'agence de pompes funèbres, j'ai trouvé une boutique de vieilleries nommée Le Clair de Lune tenue par une dame âgée. J'ai donc acheté deux verres à pied en cristal de Baccarat, gravés de fleurs et de guirlandes, au prix de douze euros pièce. J'ai rejeté la proposition de la dame de voir sa collection de carafons à vins fins, estimant que j'avais suffisamment contribué à la prospérité de son commerce. En passant devant l'agence voisine, j'ai noté que la guitare en granit que tu avais vue dans sa vitrine n'y était plus. J'ai supposé qu'elle décorait désormais la tombe d'un musicien récemment décédé.

Je n'avais plus rien à faire depuis que j'avais terminé ma traduction, cependant j'avais l'impression de vivre des journées très chargées, épuisantes. Tantôt je pensais à toi, tantôt à la Grèce, je veux dire que j'étais incapable de songer à quoi que ce soit d'autre. En sortant de l'hôpital, je me trouvais dans une rue d'Athènes, je revoyais la dame au cageot rouge, je croisais une femme nettement plus âgée qui tricotait à la terrasse d'un café un pull-over pour enfant, je rencontrais un Noir au visage ensanglanté et un homme qui cherchait l'Acropole afin de se jeter dans le vide du haut de son rocher.

– C'est par là, lui disais-je en tendant la main vers l'est.

Par moments les deux drames, le tien et celui de la Grèce, ne faisaient qu'un dans mon esprit : ta chambre à l'hôpital Saint-Joseph était une cellule de prison où on avait enfermé mon pays pour cause de dettes. Tu corrigeais les épreuves de ton livre à moitié couché dans le renfoncement de l'entrée d'un immeuble de la rue Hippocrate.

Un matin j'ai décidé de trancher la question de savoir si l'amnésie peut effacer le souvenir que nous avons de notre visage, comme je l'affirme dans mon livre, et j'ai téléphoné à Fanny, la fille de Jacques Meunier, que je n'avais pas vue depuis vingt ans, mais qui néanmoins m'a répondu aussi cordialement que l'aurait fait son père. Hélas, elle ne travaillait plus au Centre d'énergie atomique, elle avait déménagé à Lyon avec son mari et leurs deux enfants.

– Mon fils a la même constitution, la même démarche que Jacques, m'a-t-elle dit. Je suis sûre qu'il fumera un jour la pipe !

Je me suis rappelé soudain que la pipe que j'utilise a appartenu à Jacques : Anne-Marie, sa femme, me l'avait offerte au lendemain de sa disparition. Je l'ai revue en train de vider les placards de la chambre qu'occupait son mari au centre de soins palliatifs de l'avenue Émile-Zola.

– Tu ne veux pas garder un souvenir de Jacques ? m'avait-elle questionné.

Elle était en train de pleurer, la tête enfouie dans un placard.

Par chance, Fanny avait gardé un contact avec une neurologue attachée à Neurospin, le service du Centre d'énergie atomique qui effectue les recherches sur le cerveau, et qui se consacrait précisément à l'étude de la maladie d'Alzheimer.

– Elle pourra sûrement répondre à ta question. Elle s'appelle Stéphanie.

J'ai donc contacté Stéphanie aussi, qui n'a pas été moins chaleureuse que Fanny, et qui m'a d'ailleurs proposé de me recevoir le jour même à Neurospin. J'avais déjà ouvert le *Robert* au mot « spin », qui est anglais et qui désigne, si j'ose simplifier la définition qu'en donne le bon dictionnaire, la rotation des particules élémentaires. J'avais même jeté un coup d'œil aux autres termes inclus dans la page : ils m'étaient tous parfaitement inconnus.

Conscient de mes lacunes en neurologie, j'ai franchi à midi quarante-cinq la porte de Neurospin, un bâtiment de verre de plusieurs étages au toit arrondi, le cœur battant. « Je suis sûrement le profane le plus inculte qui ait jamais pénétré dans ce lieu », ai-je songé. Comme pour me mettre à l'aise, Stéphanie m'a d'abord conduit à la cafétéria : elle m'a expliqué que nos souvenirs présentent une grande diversité, que nous avons des souvenirs d'odeurs, de paysages, d'images, de sons, de mots, d'histoires, de dates, de sensations et que cette variété explique qu'ils ne sont pas conservés dans la même région cérébrale.

– Le rappel d'un souvenir entraîne une mobilisation quasi générale du cerveau.

Je lui ai confié qu'ayant oublié quelque temps auparavant le mot clarinette, je continuais à voir la forme de cet instrument et à entendre le son qu'il produit.

– Chaque souvenir se compose d'éléments multiples dispersés dans notre cerveau à la manière d'un puzzle défait dont il faut chaque fois assembler les pièces. Les mots, par exemple, sont stockés par le lobe frontal gauche, tandis que le lobe droit se souvient du quartier où nous avons grandi.

Le deuxième vocable grec qui a surgi dans la conversation, le premier étant « lobe », fut le mot « hippocampe » : il s'agit d'une aire située à la base de chaque lobe temporal, qui participe à la conservation de nos émotions, à l'exception toutefois de nos colères et de nos peurs qui, elles, sont emmagasinées ailleurs.

– Le lieu où vous êtes quand vous cherchez un mot peut vous aider à le retrouver s'il vous rappelle les circonstances dans lesquelles vous l'avez appris.

Je lui ai confié aussi que j'avais envisagé d'écrire un texte autour d'un personnage qui, après avoir tenté vainement de se remémorer le mot clarinette, ne s'en souvient en fin de compte que lors de la minute de silence imposée aux spectateurs d'un match de football en hommage à un joueur disparu.

– Il est peu probable qu'on puisse se souvenir de quoi que ce soit au milieu d'une telle foule, même parfaitement silencieuse, m'a-t-elle dit d'un air navré.

C'est ainsi que j'ai dû renoncer à intituler mon ouvrage *La Minute de silence*, puisque la scène que j'avais imaginée dans ton bureau n'était guère vraisemblable.

– On oublie de plus en plus en prenant de l'âge, n'est-ce pas ?

– Nous avons tous besoin d'un agenda pour noter nos rendez-vous après trente ans, a-t-elle observé.

Elle était charmante. N'envisageait-elle pas, cependant, de me faire passer un test de mémoire ? Comment ferais-je pour me dérober à cet exercice que j'étais sûr de rater ?

Prendrais-je tout simplement la fuite ? Pendant que nous déambulions dans les couloirs interminables du service, je m'efforçais de repérer toutes les issues de secours. «Elle va me proposer un nombre à sept chiffres... Elle me laissera une minute pour l'étudier... Puis elle récupérera son papier et ne reviendra m'interroger qu'au bout de trois jours... Je n'aurai retenu qu'un seul chiffre, le six.» En guise d'entraînement je me suis répété tous les numéros de téléphone que je connaissais, le fixe de Dimitris, le portable d'Alexios, mes trois numéros à Paris, à Athènes et à Tinos. Je me suis rendu compte que celui de mon frère, que je connaissais autrefois, s'était effacé de ma mémoire. Je n'avais pas oublié par contre le numéro de Katérina, qui est facile à retenir car il comprend quatre sept. J'ai eu la certitude que, dans le numéro proposé par Stéphanie, aucun chiffre ne serait répété deux fois. «Je commencerai par identifier les trois chiffres manquants de zéro à neuf. Il me sera plus facile de mémoriser trois chiffres que sept.» Stéphanie marchait un mètre devant moi, d'un pas vif. J'ai tenté de l'associer à un nombre. Quel âge avait-elle par exemple ? Trente-sept ans ? «Si le trente-sept fait partie du lot qu'elle me soumettra, je le retiendrai sans difficulté.» Mes pensées prenaient des chemins que je n'approuvais pas forcément : je les suivais cependant avec une certaine curiosité comme je suivais Stéphanie. Elle s'est arrêtée devant une petite porte qui donnait accès à une pièce minuscule où une femme d'une cinquantaine d'années scrutait sur un écran d'ordinateur une masse grisâtre agrémentée de quelques taches claires, aux circonvolutions innombrables : c'était un cerveau bien sûr, dont le propriétaire se trouvait dans la pièce voisine qui communiquait avec la première par une baie vitrée, couché dans un four gigantesque d'une blancheur immaculée. On ne voyait en fait que la plante de ses pieds et son ventre qui était considérable. Dès que je l'ai aperçu, je me suis senti mal à l'aise : n'étais-je pas en train de commettre une formidable indiscrétion en visionnant son cerveau ? En réalité rien ne bougeait, ni sur le premier écran ni sur le second qui était rempli de tracés superposés ressemblant à s'y tromper à des encéphalogrammes. Peut-être l'homme ne pensait-il à rien ? Peut-être s'était-il assoupi ? « Il ne rêve même pas. » La consœur de Stéphanie avait la possibilité de lui parler mais elle ne s'est pas servie de son micro pendant que j'étais là.

— Le procédé que nous utilisons ici est celui de l'imagerie par résonance magnétique, m'a expliqué Stéphanie. L'appareil que vous voyez est un aimant d'une grande puissance puisque sa capacité d'attraction est de soixante mille fois supérieure à celle de la Terre. Une pièce de monnaie aspirée par cet engin prendrait la vitesse d'une balle de revolver.

Je me suis vu en train d'extirper l'homme de l'appareil en le tirant par les pieds. Il était vraiment gros.

— À qui ai-je l'honneur ? m'a-t-il interrogé d'un air hagard.

Il avait l'accent du Sud-Ouest.

— Et vous, comment vous appelez-vous ?

Il ne s'en souvenait pas. Il a entrepris d'énoncer divers prénoms en espérant retrouver le sien.

— Je suis à peu près sûr que je ne m'appelle pas Nicolas, a plaisanté le gaillard.

– Vous seriez aussi bien pour réfléchir dans la machine, lui a conseillé la consœur de Stéphanie qui venait de pénétrer dans le local sans avoir pris, hélas, la précaution d'enlever ses boucles d'oreilles : elles ont été propulsées vers l'appareil en emportant chacune un bout de chair.

Un peu plus tard, je me suis fait du souci pour un garçonnet de cinq mois. Certes il ne souffrait pas, ne protestait pas, néanmoins il était obligé de suivre un spectacle mortellement ennuyeux : on faisait défiler devant lui sur un écran trois images, toujours les mêmes, celle d'un homme de face, puis de profil, enfin d'un damier. Au bout d'un temps plus ou moins long, un carré blanc était substitué à l'homme de face, les deux autres images restant inchangées. La personne qui dirigeait cette opération se demandait si l'enfant percevait le vide qu'on lui proposait ou s'il se souvenait si bien de la figure de l'homme qu'il ne remarquait même pas qu'il ne le voyait plus. On sondait son activité cérébrale au moyen d'un filet qu'on lui avait mis sur la tête, armé de cent vingt-huit électrodes. La maman du gamin était assise à côté de lui.

– Nous ne sommes encore qu'au Moyen Âge pour ce qui est de la recherche sur le cerveau, m'a avoué Stéphanie.

Peut-être a-t-elle deviné que je commençais à être saturé par la nouveauté de tout ce que je voyais ? Il était une heure et demie : elle m'a invité à manger une omelette à la cafétéria. C'est donc là que j'ai appris la bonne nouvelle : oui, il peut arriver qu'on oublie son propre visage. L'histoire que j'avais imaginée autrefois était parfaitement plausible. Je n'ai pas manqué, bien entendu, de me féliciter intérieurement de la justesse de mon intuition.

– Les personnes atteintes d'Alzheimer s'imaginent

parfois que l'individu qui leur fait face dans le miroir de la salle de bains est un inconnu. Elles peuvent s'emporter contre lui, à cause de la fixité de son regard, « Qu'est-ce que tu as à me regarder comme ça ? » lui disent-elles, il est plus fréquent cependant qu'elles se prennent de sympathie pour leur double, qu'elles se confient à lui, qu'elles lui adressent des recommandations amicales, qu'elles lui conseillent de se raser par exemple, qu'elles lui demandent de ses nouvelles. L'inconnu devient leur ami, c'est souvent le dernier ami qui leur reste d'ailleurs, c'est l'ami de la salle de bains qui est toujours là quand on a besoin de lui. C'est peut-être à lui qu'elles songent avant de mourir, elles ont peut-être le sentiment de l'abandonner, elles se disent qu'il n'aura plus personne à qui parler, qu'il va être bien seul.

Elle m'a appris encore que l'incapacité de reconnaître un visage se nomme « prosopoagnosie » : ce fut le troisième mot grec que j'entendis d'elle. J'ai eu hâte de te faire part de ma découverte et de la fierté légitime qu'elle m'avait occasionnée. Je suis venu directement à Saint-Joseph où j'ai eu le plaisir de te trouver en bien meilleur état que lors de mon précédent passage. Tu étais assis dans ton lit, le dos bien calé contre tes oreillers, et tu avais l'air radieux : sur ta table de nuit se dressait une petite pile d'exemplaires de ton dernier livre. Je l'ai examiné sans le toucher, comme on regarde un bébé qui dort. Tu avais choisi pour l'illustration de la couverture la photo en noir et blanc qui était posée sur ta cheminée : j'ai songé que cette promenade en barque avec tes amis d'autrefois devait représenter un des moments les plus insouciants de ton existence. Tu m'as invité à prendre le premier exemplaire, que tu m'avais dédicacé. Je l'ai ouvert saisi de l'émotion que suscite l'accomplissement d'un vœu. Il était léger comme un oiseau. Ta dédicace était d'une longueur inhabituelle, elle couvrait presque toute la page du titre et était à moitié illisible : les lignes se chevauchaient, certains mots étaient comprimés à outrance, la plupart s'étiraient sans former de véritables lettres. « *Si tu savais* », ai-je lu, puis : « *Comme depuis toutes ces années* ». J'ai reconnu le mot « *gaieté* », le mot « *confiance* » et, vers la fin, le mot « *amitié* ». Les mots indéchiffrables ne m'ont pas gêné, ils me laissaient la liberté de les interpréter comme je l'entendais. J'ai eu l'impression que nous l'avions rédigée ensemble, ta dédicace. Deux pages plus loin j'ai trouvé, comme tu me l'avais annoncé, le nom d'Alphonse, le plus jeune et le plus fragile de tes enfants. J'ai tourné encore une page.

– Tu ne vas pas lire ça maintenant ! as-tu protesté.

Puis tu as ajouté :

– Nous gagnerons ou nous perdrons ensemble. Le résultat n'a pas beaucoup d'importance en définitive.

J'ai rangé le livre dans la poche de mon gilet. Je me suis vu en train de le lire la nuit dans mon lit. J'ai eu peur d'avoir à affronter une nouvelle crise d'asthme. « C'est le manque d'air qui détermine certaines personnes à sauter par la fenêtre. » La presse avait reçu le livre quelques jours plus tôt : tu m'as annoncé qu'un article très élogieux paraîtrait le lendemain dans *Le Figaro*.

– J'ai eu au téléphone un journaliste qui avait lu mon récit comme si c'était un simple bulletin de santé agrémenté de quelques souvenirs d'Italie. Il m'a mis en colère, ce qui m'a plutôt bien réussi car il m'est venu à l'esprit cette définition de la littérature que tu approuveras sûrement : « Écrire, lui ai-je dit, c'est fabriquer ce qu'on a à dire. »

Tu avais retrouvé indéniablement ta vivacité habituelle.

– Comme j'étais toujours énervé après ce coup de téléphone, j'ai appelé une des filles des éditions qui continue de prendre des initiatives à mon insu pour la rappeler à l'ordre. J'ai profité en quelque sorte de ma colère pour régler aussi cette affaire. Je n'allais pas me fâcher deux fois dans la même journée, tu ne crois pas ?

Dina est passée en coup de vent te demander si tout allait bien. Tu t'es plaint que ton médecin ne venait plus te voir souvent, que les infirmières oubliaient de te donner tes médicaments.

– Je n'ai pris aucun médicament depuis ce matin, as-tu affirmé. Qu'est-ce qu'elles foutent, tu peux me dire ?

J'ai senti que tu étais encore sur le point de t'énerver. Tu m'as fait penser aux emportements de Jacques Meunier au centre de soins palliatifs Jeanne-Garnier. Ta fille, elle, a conservé tout son calme. « L'impassibilité est peut-être la première chose qu'on apprend dans les écoles de médecine », ai-je pensé. Elle t'a promis qu'elle irait voir les infirmières en partant. Elle t'a embrassé sur le front.

– Rappelle-leur que je suis à la chambre 220.

Je l'ai accompagnée jusqu'à la porte, je voulais avoir son avis sur le traitement qu'on t'administrait.

– On n'est même pas sûr qu'il ait un effet quelconque.

J'ai repris ma place sur le bord de ton lit. Mes pieds ne touchaient pas le sol. Pourquoi les lits des hôpitaux sont-ils si élevés ? Pour épargner au personnel médical une flexion exagérée du dos ?

– Si j'étais convaincu d'avoir connu le meilleur de la

vie, je ne regretterais pas de m'en aller. Mais comment peut-on être sûr d'avoir vécu ?

Je t'ai fait remarquer que tu avais eu plusieurs vies.

– Et toi ? m'as-tu interrogé.

– J'ai eu deux demi-vies, l'une en Grèce, l'autre en France. En fait, je ne me suis jamais occupé vraiment de ma vie. J'avais toujours mieux à faire.

Ton regard s'est porté sur les exemplaires de ton livre.

– On n'est jamais trahi par les mots : ils nous rendent toujours l'affection que nous leur portons.

Une grosse infirmière a fait irruption dans la chambre, elle a franchi l'espace en trois enjambées, j'ai cru qu'elle allait nous taper, mais non, elle avait de bonnes joues de paysanne et arborait un sourire malicieux.

– Alors, il paraît qu'on ne vient plus vous voir ?

Elle a ajouté un oreiller supplémentaire derrière ton dos, a recouvert ton pied qui dépassait de la couverture.

– Vous devriez regarder de temps en temps la télévision, ça vous changerait les idées.

J'ai profité de sa présence pour aller à l'extérieur, je n'avais pas fumé depuis mon départ du Centre d'énergie atomique. Avant de quitter les lieux je t'ai entendu dire :

– Je n'ai pas d'idées.

Une fois de plus je me suis trouvé devant les arbustes ankylosés du jardin : ils m'ont fait songer aux croix d'un cimetière. La chapelle qui se dresse un peu plus loin semblait approuver cette vision. J'ai marché jusqu'à cet édifice qui est dédié à Notre Dame de Bon Secours, ensuite je suis revenu devant le jardin. Je me suis installé sur un banc en tout point semblable à celui du Luxembourg où j'avais l'habitude de me reposer. J'ai cru entendre des voix qui ne pouvaient venir que de la terre. Mais elles étaient incompréhensibles. Elles proféraient des mots dépourvus de sens comme ceux qu'articule Magda. Elles parlaient le même langage mystérieux que la dame de compagnie de mon père. J'ai dressé l'oreille afin d'apprendre au moins un mot : cela aurait suffi à m'apaiser. Hélas, je n'ai pu en saisir aucun. « Les morts ne parlent aucune langue parce qu'ils ont bu l'eau du fleuve Léthé et qu'ils ne se souviennent plus de rien. » Je me suis rappelé qu'Ulysse les abreuve de sang frais pour leur rendre un peu de vie. J'ai regardé vers la cafétéria qui était ouverte, il m'a paru néanmoins peu probable qu'elle serve du sang frais. « Les malades en ont bien besoin pourtant », ai-je pensé.

– Tu sens le tabac à dix mètres, as-tu grogné quand j'ai regagné ta chambre.

J'ai constaté que tu avais mangé un des yaourts aux fruits qui étaient sur ta table de nuit. Je me suis rappelé que Magda dévore avec boulimie les pâtisseries depuis son accident. « Elle est devenue une autre personne. » Je t'ai parlé des conversations que les malades d'Alzheimer ont parfois avec leur double dans la salle de bains.

– Moi aussi j'ai l'impression de dévisager un inconnu quand je me regarde dans le miroir de la salle de bains, as-tu dit. Comment pourrais-je m'identifier à ce vieillard chauve aux joues flasques qui me fixe d'un œil morne ? Il me fait pitié. « Allez, va te coucher », lui dis-je. Mais il ne bouge pas. Peut-être attend-il l'infirmière pour l'aider à se remettre au lit ? Une fois je l'ai appelée en actionnant l'alarme qui se trouve à côté du miroir. « Est-ce que vous voudriez bien me débarrasser de ce monsieur ? » lui ai-je demandé quand elle est arrivée. Je ne le considère pas vraiment comme un ami : il m'insupporte plutôt. Quand j'ai envie d'examiner mes dents, il me montre les siennes. Un jour, par défi, je lui ai proposé de m'embrasser sur la bouche. Il s'est penché volontiers vers moi : je n'ai pas raté l'occasion de le traiter de vieux dégoûtant. J'hésite cependant à éteindre la lumière en sortant de la pièce, à le plonger dans le noir.

J'ai pensé que la Grèce serait pareillement outrée par son image actuelle si elle avait la possibilité de se regarder en face. Aurait-elle pitié d'elle-même ? Connaissant sa propension à la colère depuis les temps homériques, j'ai imaginé qu'elle enlevait sa sandale comme le fait Aphrodite pour se défendre d'un satyre, et brisait d'un coup sec le miroir.

– Est-ce que les amnésiques sont capables de réfléchir ?

J'ai pris l'initiative de trancher immédiatement cette question que tu m'avais déjà posée et j'ai appelé Stéphanie en me servant de ton portable :

– Ils peuvent avoir des moments de lucidité, m'a-t-elle dit. Ainsi une dame, exaspérée par son mari qui l'enviait de passer ses journées dans un fauteuil à ne rien faire, lui a rétorqué fort opportunément, en reprenant à son compte l'avertissement affiché sur les parkings réservés aux invalides : « *Si tu veux ma place, prends aussi mon handicap.* »

Je n'ai pas eu besoin de te répéter ses propos car j'avais actionné le haut-parleur du téléphone.

– Tu as bien avancé dans la préparation de ton livre, n'est-ce pas ?

– Pas vraiment.

J'avais certes rédigé certains passages mais je n'avais

pas encore fait le choix de la langue. Est-ce dans sa langue maternelle ou dans sa langue d'adoption qu'il est préférable d'évoquer les défaillances de sa mémoire ? Je me posais cette question. Ce n'est que bien plus tard que je me suis rendu compte que la forme la mieux adaptée à mon projet était celle de la conversation et que mon interlocuteur ne pouvait être que toi. Je t'ai demandé si tu sortais parfois de ta chambre, il y avait dans un coin un fauteuil roulant et aussi un lit de camp où dormait Olga de temps en temps.

– J'ai été quelquefois jusqu'à la salle d'attente. Les malades ne se parlent pas beaucoup entre eux, ils ne sont pas curieux des autres, ils repassent sans arrêt le film des événements qui les ont conduits ici, cela leur occupe entièrement l'esprit.

Je me suis souvenu qu'à l'hôpital d'Aix non plus les malades n'étaient guère bavards. Puis j'ai songé au silence de mes compatriotes, naguère si communicatifs. « La détresse n'est pas un bon sujet de conversation. » Tu m'as demandé de t'acheter pour le lendemain deux carnets à spirale de format moyen, deux stylos-feutres noirs et aussi une paire de lunettes car tu avais perdu les tiennes. Les maladresses de ton écriture étaient donc dues à un défaut de lunettes. Tu as refusé de me donner plus de précisions :

– Tu prends les lunettes qu'on achète quand on a perdu les siennes, m'as-tu dit comme on énonce une évidence.

J'ai pensé que tu devais être fatigué. J'ai commencé à lire ton récit comme prévu dans la nuit. J'ai retenu cette phrase qui clôt le premier chapitre : « *Je ne veux que guérir.* » Je l'ai traduite immédiatement en grec :

265

« *Thélo mono na yino kala.* » J'avais du plaisir comme à la lecture de chacun de tes livres, cependant la désinvolture avec laquelle tu évoques ta maladie ne me trompait pas : rarement je me suis senti aussi seul qu'en tournant ces pages. Les mots faisaient le vide autour de moi, je te lisais sur un radeau qui flottait au milieu de nulle part. En arrivant à trois pages de la fin, j'ai fermé le livre, ce qui était la seule façon de faire durer ton discours à l'infini. Mais une semaine plus tard, une autre nuit, je me suis reproché d'avoir admis aussi facilement que je n'aurais plus l'occasion de t'entendre et j'ai lu la fin de l'histoire, qui se termine par un souvenir heureux, une balade à vélo dans la Villa Borghèse, en compagnie d'une jeune fille qui appréciait comme toi les sandwichs à la sardine. J'ai eu du mal à me résoudre à éteindre la lumière : j'ai songé à ton hésitation à plonger l'homme de la salle de bains dans le noir.

Le lendemain, en arrivant à l'hôpital, Dina m'a annoncé de son air calme habituel qu'on allait te transférer dans un centre de soins palliatifs.

– Il est situé avenue Émile-Zola, m'a-t-elle précisé, à deux pas de chez toi. C'est le centre Jeanne-Garnier.

Le Grand Robert m'a fourni la certitude que les soins palliatifs soulagent mais ne guérissent pas. Je suis venu te voir le lendemain de ton installation à Jeanne-Garnier. J'ai eu du mal à articuler clairement ton nom à la réception, on me l'a fait répéter. En montant au premier étage j'ai à nouveau croisé ta fille, qui s'est appliquée à me rassurer : il y avait de bonnes chances selon elle que tu puisses rapidement rentrer chez toi. Elle m'a informé que Gabriel, son frère, l'aîné de tes enfants qui vit à New York, viendrait à Paris au début de la semaine suivante. Cette bonne nouvelle n'a pas manqué de me troubler. Dina m'a attribué le créneau horaire de quinze à dix-sept heures.

– Olga n'est disponible qu'en fin d'après-midi.

– J'attendrai l'arrivée d'Olga.

J'ai eu la joie de te trouver en aussi bonne forme que lors de la parution de ton livre. Ta nouvelle chambre était bien plus confortable que l'ancienne. Elle donnait sur un jardin dont les arbres n'avaient pas perdu leurs feuilles. J'ai reconnu un laurier, presque aussi grand que celui qui pousse dans mon jardin à Athènes. Était-ce la même chambre que celle occupée jadis par Jacques Meunier ? Les multiples appareils qui t'entouraient à l'hôpital avaient disparu. J'avais noté dans mon agenda la marque de l'un de ces appareils, « Staudbaucher », comme si j'envisageais d'acheter le même. Tes livres fourmillent de précisions de ce genre : il me semble qu'elles rapprochent la littérature du cinéma, qui donne par la force des choses une grande abondance de détails. Il n'y avait plus qu'un seul exemplaire de ton livre sur la table de nuit. À qui le destinais-tu ? À Laetitia, la mère des plus jeunes de tes enfants ? à Nathalie, la maman d'Armand ? à Paméla ? Est-ce qu'elles venaient te voir, ces femmes ? Et les autres, avec qui tu n'avais vécu qu'un an ou six mois ?

Tu étais content des infirmières du nouvel établissement, content des critiques sur ton livre, tu avais retrouvé tes lunettes. Je ne savais pas que penser. L'expression de ton visage et aussi le beau temps qui était subitement revenu m'incitaient à m'affranchir de mes craintes. J'essayais de me convaincre que le pire était derrière toi comme l'hiver qui s'achevait et que le printemps te rendrait toutes tes forces. J'invoquais pour m'en convaincre la renaissance de la nature qui a lieu pendant cette période et aussi, pourquoi pas, la résurrection du Christ. Je me faisais la leçon : « Il vient de passer l'hiver le plus rude de sa vie, tout ne peut qu'aller mieux désormais. » Je voulais croire en somme que le printemps réussirait là où la médecine avait échoué.

— Tu ne veux pas qu'on aille faire un tour dehors ? t'ai-je proposé.

— Mais je n'ai pas de fauteuil roulant !

Celui qui occupait le coin de la chambre était plutôt monumental, il était cependant monté sur quatre roues.

— Mais il ne rentrera jamais dans l'ascenseur ! as-tu rouspété encore.

Nous nous sommes livrés au même exercice que chez toi lorsque je t'avais aidé à te lever. Une fois installé dans le fauteuil, tu as approuvé mon initiative. Je t'ai aidé à enfiler ta veste bleue.

— Tu sais depuis quand je ne l'ai plus portée ?

J'ai réussi, non sans difficulté, à faire entrer le fauteuil dans l'ascenseur. Nous avons traversé le hall d'accueil sous le regard étonné du réceptionniste et nous sommes sortis côté jardin. L'émotion m'a gagné par surprise lorsque nous nous sommes trouvés dehors au milieu des arbres, comme elle m'avait frappé à Brive alors que j'étais assis sur les marches du phare. Je me suis interdit cependant de manifester mon trouble : les héros de tes romans, ceux du moins qui te ressemblent, ne sont guère expansifs, ne disent jamais ce qu'ils ressentent, ne pleurent pas.

– On a bien fait de sortir, as-tu reconnu.

Tu paraissais ravi en effet, tu regardais autour de toi avec un vif intérêt, tu m'as fait songer à un évadé de prison qui goûte ses premiers moments de liberté. Au fond du jardin, comme dans les contes de fées, se dressait une jolie bicoque en bois dont l'enseigne discrète portait le mot « café ». Nous sommes allés jusque-là : à l'intérieur du cabanon il n'y avait qu'un distributeur automatique qui m'a néanmoins permis de préparer deux express serrés. Nous avons préféré les boire dehors, moi assis sur le gazon.

– *Felicità !* t'es-tu exclamé après avoir goûté à ton café comme l'aurait fait ton oncle Félix.

Tu as rejeté avec force mon offre d'aller te chercher une cigarette. Aurais-je dû insister davantage ? Je regrette à présent que tu n'aies pas fumé ce jour-là, que tu te sois privé de ce plaisir.

– C'est vrai que tu ne regardes plus la télévision ?

– Je ne l'allume qu'à deux heures du matin, quand je me réveille. Mais c'est l'heure où les films se terminent, où Mastroianni épouse enfin la belle Sophia Loren, où Jeanne Moreau achève son plan de vengeance en tuant d'un coup de couteau un détenu de prison, où Belmondo et Deneuve s'éloignent dans un paysage couvert de neige. Je ne vois plus que des fins de films.

Tu as considéré gravement ton gobelet en carton, soudain tu as éclaté de rire :

– Mastroianni ne sait pas lequel des trois fils de Sophia est le sien. Comme il est doué pour le chant, il leur demande de chanter à tour de rôle, espérant identifier ainsi son rejeton : hélas, les trois garçons chantent faux !

Je t'ai annoncé qu'un de mes précédents livres venait d'être traduit en breton.

– Mais c'est la gloire ! t'es-tu exclamé. Très peu d'auteurs français ont eu cet honneur. Mais toi tu es grec en même temps. Je suis sûr que tu es le premier Hellène traduit en breton depuis Homère !

Ton entrain me réjouissait sans me libérer de mes appréhensions. Je le trouvais d'ailleurs un peu forcé : je connaissais tes capacités à jouer la comédie. Tu m'as déclaré que tu avais changé d'avis au sujet du titre de mon prochain livre et tu m'as dissuadé de l'intituler *La Minute de silence*.

– Je le trouve déprimant, lugubre même, ce titre. Tu ne vas pas nous faire un livre sinistre, j'espère ?

Tu avais repéré à proximité de Jeanne-Garnier une autre succursale de l'agence de pompes funèbres, L'Autre Rive, dont l'enseigne figure trois nuages vus à travers un trou de serrure.

– J'ai l'impression que la maison m'a à l'œil, qu'elle ne me lâchera pas. On prépare déjà mes tentures, on va bientôt sonner les cloches.

Tu étais pressé de voir Gabriel comme j'étais pressé, lors de mon hospitalisation à Aix, de recevoir Dimitris et Alexios.

– Nos enfants prennent peu à peu la place de nos parents, tu ne trouves pas ?

Tu en es convenu volontiers.

– Dina a endossé le rôle de la maman comme elle le faisait quand elle jouait avec ses poupées.

Tu savais pouvoir compter autant sur Gabriel, sur son sens de la famille, sur sa générosité. Peut-être avait-il hérité de ton père le don des affaires qui lui avait permis de s'imposer à New York, ce père américain avec qui tu n'avais guère vécu, mais à qui tu avais néanmoins consacré un livre où tu le décris comme un homme bon. Je me suis souvenu que Gabriel ressemblait davantage à Paméla, sa mère, qu'à toi.

Tu m'as demandé une nouvelle fois quand je comptais repartir pour la Grèce. Avais-tu oublié que j'avais été incapable de te répondre ? Notre mémoire retient peut-être moins bien les silences que les paroles.

– Tu salueras ton pays de ma part, as-tu ajouté.

Pendant que je te reconduisais vers le bâtiment, je me suis efforcé de me remémorer un silence qui m'aurait impressionné. J'ai songé au silence de ma mère sur son lit d'hôpital quelques jours avant sa mort. Je la suppliais de me parler, je l'appelais pour la première fois de ma vie par son prénom :

– Dis quelque chose, Marika. Je ne te demande qu'un mot, un seul.

Marika n'a jamais dit son dernier mot.

Je ne risque pas d'oublier la date du 25 mars. Ce n'est plus seulement le jour de la fête nationale grecque. Désormais, c'est aussi un jour de deuil.

C'était un lundi. J'avais plusieurs rendez-vous au cours de la matinée. Il me semble que j'ai déjeuné au Sénat,

271

avec une femme noire, déléguée des Français de l'étranger. Ce qui est sûr, c'est que je me suis rendu directement à la clinique sans passer par chez moi, sans prendre donc connaissance de mes messages. Dina et Olga avaient essayé de me joindre, en vain bien sûr. Je sais que le téléphone portable rend bien des services, il n'en reste pas moins vrai que je me suis félicité ce jour-là de ne pas en avoir un. Cela m'a permis de suivre mon programme habituel : je t'ai acheté *Le Monde* place Charles-Michels, puis j'ai remonté l'avenue Émile-Zola. Le réceptionniste du centre n'a guère fait attention à moi. Je n'ai rencontré personne dans l'escalier ni dans le couloir. La porte de ta chambre était fermée, ce qui était toujours le cas lorsque les infirmières te prodiguaient des soins. J'ai tout de même regardé par le hublot : je n'ai vu que toi dans la pièce, tu dormais paisiblement couché sur le dos, le bras gauche posé sur le ventre. J'ai envisagé d'attendre ton réveil à la cafétéria ou, pourquoi pas, dans le jardin, j'ai préféré néanmoins pousser la porte, peut-être ne tarderais-tu pas à ouvrir les yeux. J'ai posé le journal sur la table de nuit qui était vide, étrangement vide pourrais-je dire, car il n'y avait même pas tes lunettes. Mais cela bizarrement ne m'a guère intrigué, ni d'ailleurs le fait que ta tête reposait sur un seul oreiller alors que tu en utilisais deux ou trois d'ordinaire. J'ai bien remarqué que la fenêtre était entrebâillée, mais pourquoi ne le serait-elle pas ? Il faisait si beau dehors. Le printemps était bel et bien commencé. En prenant place dans le fauteuil, je me suis rendu compte cependant que tes pantoufles, que je voyais toujours sagement rangées sous ton lit, n'étaient plus là. C'est la disparition de tes pantoufles, mon cher, qui m'a révélé que tu ne dormais pas.

J'ai quitté précipitamment le lieu comme on fuit devant un fantôme, j'ai couru jusqu'au bureau des infirmières. Peut-être espérais-je qu'elles pouvaient encore te sauver. Une seule était là, Sandra, cette fille d'origine italienne que tu aimais bien. Elle m'a reconnu, j'ai vu aussitôt ses yeux se remplir de larmes, j'ai eu envie de la consoler, de lui dire les mots que j'avais besoin d'entendre.

– On n'a rien pu faire, m'a-t-elle dit.

J'ai baissé la tête. Je n'étais pas ému, juste paniqué. J'ai fixé ses bottines d'un vert tendre. Tu m'avais dit une fois que les gens du music-hall n'aimaient pas le vert parce qu'il leur portait la poisse. Gabriel était donc passé tôt le matin, il était venu directement de l'aéroport. Elle n'était pas sûre que vous ayez pu vous parler, elle était sûre en revanche que tu l'avais reconnu.

– C'est son fils qui habite aux États-Unis, n'est-ce pas ?

Je n'arrivais pas à détacher les yeux de ses chaussures.

– Oui, ai-je dit.

– Il était encore conscient quand j'ai commencé à faire sa toilette. Je l'ai pris dans mes bras pour l'aider à s'asseoir. J'ai réalisé que ce n'était pas la peine, qu'il ne pouvait plus s'asseoir.

J'ai pleuré aussi : mes larmes sont tombées par terre. Je me suis souvenu des gouttes d'eau que j'avais semées sur ma moquette le soir où j'avais lavé mon pantalon. Mes larmes avaient la taille de pièces de dix centimes. L'idée que le dernier visage que tu avais aperçu était celui de Sandra m'a incité à relever la tête pour la regarder. Elle avait la peau un peu blanche, des traits fins, une petite bouche, des yeux marron clair. Elle m'a fait songer aux nymphes du *Printemps* de Botticelli : elle avait la même chevelure blonde très épaisse, retenue sur la nuque par un ruban, que ces jeunes femmes. « Tu es mort dans les bras d'une belle Italienne, t'ai-je soufflé. Tu ne pouvais pas espérer mieux, n'est-ce pas ? » Je lui ai demandé son adresse pour lui envoyer un de tes livres. Je me suis rappelé que j'avais fait la même promesse à Nathalie, la serveuse de La Gauloise.

Je ne pouvais pas m'en aller sans te saluer. Après avoir pris congé de Sandra, je suis donc retourné à ta chambre. Là j'ai réalisé que notre amitié méritait mieux qu'un au revoir, alors j'ai décidé de prendre mon temps. J'ai ouvert en grand la fenêtre, j'ai repris ma place dans le fauteuil et j'ai allumé ma pipe. Je n'ai pas arrêté de fumer pendant la demi-heure qu'a duré notre tête-à-tête, j'ai fumé pour deux en somme. Le tabac mais également la sérénité de ton expression ont fini par me calmer complètement : je veux dire que notre dernière conversation n'a pas été différente de celles que nous avions déjà eues par le passé. Je suis remonté loin en arrière, à notre première rencontre au café de Cluny quand tu avais l'âge de ta photo et moi celui d'un jeune père. Je t'ai remercié de m'avoir fait confiance dès le début, de m'avoir convaincu aussi que douter de soi n'est pas forcément un inconvénient quand on aspire à ce métier. Sans ton assentiment et ton soutien, peut-être n'aurais-je jamais renoncé au journalisme, qui fut mon premier métier, pour ne plus écrire que des récits imaginaires. Tu as été le parrain de ma liberté en quelque sorte, car écrire est la meilleure façon de faire usage de son imagination.

– Et la réalité, où est la réalité dans tout ça ? t'avait-on demandé dans une librairie où tu signais un de tes livres.

– Écoutez, elle doit être sûrement quelque part ! avais-tu répondu.

Je t'ai pardonné définitivement d'avoir défendu *Les Coquelicots* auprès des académiciens français aux dépens d'un de mes ouvrages. Quelques années auparavant, tu avais été ému aux larmes lorsque j'avais reçu un prix tout aussi important que celui de l'Académie. Je crois bien que ce fut la seule fois où je t'ai vu pleurer. Mais je l'ai dit, tu n'approuvais pas les effusions. Je t'ai remercié du *Grand Robert* que tu m'avais offert autrefois et du beau matelas que tu m'avais fourni récemment. Je t'ai promis de continuer à te tenir au courant de mon travail comme je l'avais toujours fait. Je me suis levé, j'ai estimé que j'avais suffisamment enfumé la pièce.

– *Ya sou*, t'ai-je dit.

Je t'ai saisi la main, celle qui reposait sur ton ventre, et je l'ai portée sur ma joue.

J'ai eu du mal à marcher. Je m'arrêtais tous les deux mètres comme si j'avais vieilli de dix ans. J'ai repéré des taches blanches sur le trottoir, des taches de plâtre ou de peinture plus ou moins rondes. Elles ne ressemblaient ni à des pièces de monnaie ni à des îles. Je les regardais comme fasciné par leur manque d'intérêt. Je ne me souviens plus très bien de la suite de cette journée, comme si je ne l'avais pas vécue. Je sais cependant que, le soir, je suis allé à l'Opéra Garnier. Il fallait bien trouver un moyen de passer la soirée. J'avais acheté deux places depuis longtemps, la seconde pour cette jeune femme que je ne vois plus, je l'ai proposée en fin de compte à ton vieil ami Yves qui a bien voulu m'accompagner. Il était au courant bien sûr. Yves est d'origine grecque mais il ne connaît que quelques mots de la langue de son père, à peine plus que tu n'en avais appris lors de tes séjours en Grèce. Il les martèle exactement comme tu les prononçais. En arrivant sur le parvis du théâtre, qui était plein de monde, j'ai eu l'illusion d'entendre ta voix m'interpeller :

– *Ya sou !*

Lorsque je l'ai aperçu je me suis demandé s'il n'était pas l'un des personnages de la photo qui illustre désormais la couverture de ton livre. Il t'avait vu pour la dernière fois trois jours plus tôt, sans réussir à échanger un mot avec toi. Nous sommes entrés dans le théâtre : j'ai songé que tu n'avais probablement jamais visité ce lieu étant donné que tu n'aimais pas l'art lyrique. J'avais beau t'assurer que l'opéra était proche de la musique populaire italienne, je ne parvenais pas à te faire changer d'avis.

– C'est de la musique populaire ponctuée de coups de couteau ! insistais-je.

En haut du grand escalier, face aux spectateurs qui montent, se dresse un énorme panneau de glace. La scène que j'avais racontée quand j'avais la moitié de mon âge s'est produite en vrai : je n'ai pas réussi à me trouver dans ce miroir. Il faut dire que j'étais au milieu d'une foule nombreuse. Par contre j'ai vu Yves. « Je ne dois pas être loin », ai-je pensé. Nous avions les meilleures places, dans une loge de face, mais dès l'ouverture je me suis rendu compte que j'étais incapable de suivre la musique, que je ne l'entendais pas. Je n'ai pas tardé à constater que l'intrigue m'échappait également, mais c'était un moindre mal : on donnait *La Cenerentola* de Rossini. J'ai juste retenu que le père de Cendrillon porte dans cette œuvre le nom dérisoire de Don Magnifico, et aussi le premier vers d'un air chanté par le précepteur du prince: «*Vasto teatro è il mondo.*» Yves était aussi distrait que moi. Pendant l'entracte nous sommes sortis sur la terrasse qui fait face à l'avenue de l'Opéra. Il m'a raconté qu'il était en Grèce au moment de la chute des colonels, en juillet 1974, qu'il avait participé à l'immense fête qui avait suivi et qui avait atteint son point culminant avec le retour de Caramanlis.

– J'avais vingt ans à l'époque, c'est le bruit assourdissant des klaxons qui m'a fait comprendre que quelque chose était en train de se passer, je n'étais pas très au fait de la situation, puis j'ai vu les rues et les places se remplir de monde, même les vieilles Athéniennes vêtues de noir étaient là, elles tenaient des cierges, elles riaient elles aussi. Je me suis trouvé entouré d'une bande de jeunes, quand ils ont su que j'étais français, ils m'ont porté en triomphe sur leurs épaules: Caramanlis était rentré à bord d'un avion prêté par Giscard.

Il n'était pas retourné en Grèce depuis le début de la crise, n'avait plus de famille là-bas.

– Mon père ne m'a jamais parlé en grec. Il avait banni la Grèce de son esprit. Il pensait que sa mémoire était un obstacle à son intégration en France.

Peut-on occulter volontairement un souvenir, ensevelir tout un pays? Que signifiait au juste mon projet d'installation à Athènes, que je craignais d'oublier les lieux de mon enfance ou bien que j'en avais assez des rues où j'avais vieilli? L'avenue de l'Opéra m'a paru ce soir-là plus belle que jamais. J'ai fait part à Yves de mon hésitation à me rendre à Nice le lendemain : il m'a vivement conseillé d'honorer mon engagement.

– Ça te fera du bien de changer d'air. De toute façon il n'y a plus rien à faire ici.

J'ai suivi son conseil. Dans l'avion, tout le monde lisait *Le Figaro*, gracieusement distribué par les hôtesses. À la une de son supplément littéraire s'étendait une grande photo de toi en couleurs, plus grande encore que celle publiée dans *Libération*, relativement ancienne : tu tenais encore une cigarette à la main. J'étais assis au dernier rang. J'ai été le dernier à me lever lorsque nous avons atterri : j'ai traversé un espace apparemment vide. Je dis apparemment car les passagers avaient abandonné leur journal, de sorte que ta photo était partout, elle était sur les sièges, sur les accoudoirs des fauteuils, sur leur dossier, par terre. Tu as réussi ce tour de force de devenir, dès le lendemain de ta disparition, omniprésent.

À Nice tout le monde était au courant de ton départ. D'innombrables personnes m'ont présenté leurs condoléances. Me voyaient-elles comme un veuf ? Elles ont accepté bien volontiers d'observer une minute de silence comme je le leur ai demandé. Je me suis juré au cours de cette minute de raconter cette période sinon avec la même grâce, tout au moins avec la même légèreté que toi lorsque tu retraces tes péripéties de santé dans ton dernier livre. On m'a posé plus de questions sur tes écrits que sur les miens. On a voulu savoir s'ils étaient autobiographiques.

– Il a eu une vie si romanesque, ai-je répondu, qu'on peut dire à la fois qu'ils sont autobiographiques et qu'ils ne le sont pas. Son narrateur est souvent un romancier, c'est-à-dire quelqu'un qui raconte des histoires. Ce sont des romans où on écrit des romans.

J'ai affirmé haut et fort qu'il est indispensable d'étudier une langue étrangère pour pouvoir prétendre connaître la sienne. J'ai fait preuve de modestie en rappelant que toutes les concierges parisiennes sont bilingues.

On m'a aussi interrogé sur la Grèce. Cela a renforcé ma détermination d'aller jusqu'au bout de mon enquête sur l'état du pays.

Alexios a bien voulu m'accompagner le jour de la cérémonie. Si je suis toujours incapable de sonder l'attachement que j'ai pour mes enfants, je sais néanmoins que je ne suis pas seul quand ils sont là. J'ai eu l'idée que, de toutes les femmes que j'ai connues, celle qui aurait le plus de peine si je m'en allais serait leur mère. J'ai embrassé ta maman qui avançait difficilement, suspendue au bras de sa sœur Joyce, la femme de Félix.

– Je passerai vous voir bientôt.

– Quand tu veux, mon grand, m'a-t-elle répondu.

Je me suis souvenu que tu guettais autrefois son retour tard dans la nuit par la fenêtre. Je savais que tu connaissais beaucoup de gens, j'ignorais cependant que tant de gens te connaissaient : les avenues et les chemins étaient noirs de monde. J'ai vu la ministre de la Culture, la femme du président de la République, un journaliste de la radio visiblement ému, une ancienne attachée de presse avec qui nous avions failli avoir une relation tous les deux, plusieurs comédiens dont Michel Piccoli qui était plutôt en forme. Il faut de tout pour faire une telle foule : j'ai repéré aussi quelques personnes que tu n'aimais guère, l'académicien rondouillard, des auteurs qui avaient trahi ta confiance, des jurés de prix littéraires qui t'avaient dupé. Tout le monde était sans doute au courant que tu n'aimais pas les lamentations car on ne se lamentait pas. Tes enfants, qui se tenaient un peu à l'écart, donnaient l'exemple de l'attitude réservée qu'il convenait d'adopter. Ce ne fut pas une cérémonie aussi agitée que celle que tu décris dans *Toilette de chat*, je veux dire que personne n'est arrivé en hélicoptère et qu'on n'a pas vu de funambule marcher dans les airs, mais ce ne fut pas sinistre non plus. Olga m'a paru épuisée : on aurait dit qu'elle n'avait pas dormi depuis que tu n'étais plus là.

Enfin tu es arrivé. La foule a commencé à remonter l'avenue de la Croix et s'est arrêtée avenue Travot. On nous avait fourni à l'entrée un plan du cimetière où figuraient, sur le verso, les noms de ses illustres locataires : la chanson était représentée par Michel Berger et Dalida, la littérature par Stendhal et les frères Goncourt, le cinéma par François Truffaut qui avait fait tourner ta mère dans un de ses films. Après avoir contourné pas mal de tombes et de monuments, piétiné une pelouse et franchi une haie, nous avons réussi à nous approcher, Alexios et moi, de l'endroit où tu étais, sur une estrade. Derrière toi il n'y avait plus que la terre. Tes enfants s'étaient postés là précisément, comme pour t'empêcher de franchir les deux mètres qui te séparaient de l'éternité. Gabriel a prononcé un beau discours, d'autant plus émouvant qu'il était d'une sobriété exemplaire. Puis Dina a chanté une chanson de Michel Berger, ton nouveau voisin. Un musicien assis à l'écart l'accompagnait à la guitare. Tu aurais sûrement approuvé son initiative, toi qui aimais tant chanter. Mais je suis incapable de te dire quelle chanson elle avait choisie :

je n'écoutais pas les paroles, pas plus que je n'avais pu suivre attentivement le discours de Gabriel. En fait je n'écoutais qu'Alphonse qui pleurait. Le plus jeune de tes enfants, celui qui a sans doute le plus besoin d'être aimé, n'avait pas pu se contenir plus longtemps. Son visage était inondé de larmes, il pleurait en sanglotant comme un enfant justement. « Il pleure pour nous tous », ai-je pensé. Tu trouvais tes livres si légers que tu prévoyais qu'un jour tu t'envolerais avec eux. À la fin de la chanson, j'ai vu une nuée de livres surgir du feuillage des arbres et voltiger au-dessus de la foule, très haut dans le ciel.

4

Il faut d'abord enlever la petite poussière que j'aperçois au milieu de la page blanche. Elle est plus petite qu'un point, il faut néanmoins l'enlever. Je la coince sous mon index puis je la pousse jusqu'au bord de la feuille. Tiens, j'en vois une seconde, un peu plus bas. Je l'enlève aussi. Maintenant je peux commencer à écrire.

J'ai remis la main sur les deux prospectus que j'avais pris dans la salle d'attente de l'hôpital Saint-Joseph. Je les avais rangés par erreur dans le dossier où je classe mes contrats avec des éditeurs étrangers. J'ai dû ouvrir ce dossier à la suite de la parution de mon dernier livre en Italie. Je n'ai pas lieu de me vanter de l'audience de mes ouvrages à l'étranger : je ne suis traduit que dans une dizaine de langues, ce qui est peu étant donné qu'on en parle plusieurs milliers dans le monde. Cette publication m'a donné néanmoins l'occasion d'aller à Rome en mai. Je te parlerai plus loin de ce voyage – mais je ne peux pas résister à la tentation de te dire dès maintenant que j'ai été à la Villa Borghèse. Le siège de la société Au Bonheur des Dames, qui propose aux femmes atteintes d'un cancer des moyens pour préserver leur féminité et leur élégance, se trouve à côté du métro Sully-Morland. J'ai découvert ainsi, grâce au plan qui figure sur le prospectus, que ce nom, contrairement à ce que je croyais, ne désigne pas un seul personnage mais deux : il existe en effet dans le quartier deux voies bien distinctes qui s'appellent l'une rue de Sully et l'autre boulevard Morland, qui n'ont en commun que le fait d'être situées à proximité de la station de métro. J'ai été quelque peu vexé en songeant que cette erreur m'avait accompagné tout au long de ma vie parisienne, c'est-à-dire pendant plus de quarante ans. Le second prospectus, édité par une entreprise de pompes funèbres, m'a néanmoins procuré une petite satisfaction, car il est conforme au souvenir que j'en avais gardé : il est bien illustré d'une montre-bracelet que la société offre gracieusement à ses clients. Elle indique dix heures dix : c'est l'heure où ton fils aîné t'a rendu visite. Je suis parti pour la Grèce un peu plus tôt, à neuf heures trente.

J'espère que tu n'attends pas de moi un éclairage inédit sur la crise grecque. Tu connais mes limites. Le mot « économie », bien que grec, ne m'est pas familier. J'ai interrogé un grand nombre de personnes, mais il me semble qu'il faut connaître les réponses pour poser les bonnes questions. Quelquefois j'avais du mal à suivre leurs propos : l'image d'une olive luisante posée sur une petite assiette blanche, piquée d'un cure-dent, suffisait à me distraire. Je prenais des notes cependant dans de modestes carnets, j'en ai utilisé trois, l'un vert, l'autre blanc, le troisième rouge vif. Posés côte à côte, mes calepins me rappellent le drapeau de l'Italie.

J'ai tout de même avancé un peu dans mon enquête. J'ai appris par exemple que les Grecs qui décident de mettre fin à leurs jours choisissent dans la majorité des cas la pendaison. C'est aussi vrai des hommes que des femmes. Ce n'est pas une nouveauté : Phèdre et Jocaste se sont bien suicidées par pendaison. Certains hommes ont une prédilection pour les armes à feu, que les femmes n'utilisent pratiquement jamais. On a dénombré en 2012 cinq cent huit suicides, quinze pour cent de plus que l'année précédente. Ce chiffre n'est cependant qu'un pâle reflet de la réalité, car bien des suicides sont maquillés en accidents par les familles, qui tiennent à assurer aux disparus des obsèques religieuses. Malgré la crise, l'Église de Grèce ne comprend toujours pas qu'on puisse causer sa propre perte. Quant aux tentatives ratées, elles se comptent par milliers. J'ai noté le numéro de téléphone réservé aux personnes en détresse : c'est le 1018. Il appartient non pas à un service public, mais à une association sans but lucratif, intitulée L'Échelle, fondée par un psychiatre au milieu des années 90 : c'est dire qu'une partie de la population était déjà en difficulté bien avant que le pays ne soit déclaré en état de quasi-faillite. C'était l'époque où l'État refusait de reconnaître ses déficits, où il truquait ses statistiques et se réjouissait même d'avoir obtenu la charge des Jeux olympiques qui était pourtant largement au-dessus de ses moyens. Je peux bien donner le nom de ce psychiatre puisque je n'envisage pas de l'entraîner dans le sillage de mes divagations : il s'appelle Kyriakos Katsadoros. Il travaillait autrefois pour l'assistance publique, il dirigeait le département de veille psychiatrique dans les Cyclades. Comme tu l'avais deviné, on se suicide nettement moins dans les îles que sur le continent : le vent marin a le pouvoir de chasser les idées noires. Avait-il le sentiment de ne pas servir à grand-chose ? Le fait est qu'il a démissionné de son poste pour créer par ses propres moyens L'Échelle, au cœur d'Athènes, dans le vieux quartier du Céramique, qui est le principal lieu de rendez-vous de tous les déshérités de la ville. Son organisation a pris de l'extension, elle a attiré d'autres médecins, emploie aujourd'hui quelque deux cents personnes dont la moitié travaillent bénévolement, a créé sept centres d'accueil, notamment pour les Roms et les réfugiés, a fini par obtenir, en dehors des fonds privés qu'elle reçoit et qui proviennent principalement de l'industrie du tabac, une aide de l'État et de l'Union européenne, mais tout cela ne suffit pas à répondre aux besoins des vingt mille vagabonds qui, selon l'estimation la plus basse, errent dans la ville.

– Ils sont probablement deux fois plus nombreux, mais comment le savoir ?

Les pouvoirs publics ne se sont jamais donné la peine de commander une étude sur la question, ils ont même persisté à ignorer, jusqu'à l'année dernière, l'existence même d'une population qui vit dans la rue.

Depuis 2006, il invite tous les ans les Athéniens à partager une nuit avec les SDF, place des Pleurs. Son appel est généralement entendu par quelques milliers de personnes, malgré le fait qu'il est toujours lancé en plein hiver. Cette année il a pris un tour plus vif, puisque les manifestants se sont rendus à la Chambre des députés où ils ont déposé une motion réclamant notamment le droit à la santé pour tous.

J'ai vu Kyriakos un soir dans son bureau qui n'était décoré que par une photo en couleurs prise au cours de cet événement. À gauche de l'image j'ai aperçu Minas : je l'ai reconnu à sa chevelure hirsute, mais surtout au livre qu'il tenait de la main gauche comme un évangéliste. Un chien marchait à ses côtés, qui m'a remis en mémoire le taureau qui accompagne saint Luc.

– Nous avons besoin d'une politique nationale qui prenne en compte la situation de ces gens, souvent ravagés par l'alcool et la drogue, atteints parfois de pathologies graves et presque toujours de troubles psychiques. Il est pratiquement impossible de préserver son équilibre après six mois passés à dormir sur un banc. Nous recevons trente-cinq appels par jour en moyenne de personnes qui envisagent de se supprimer : nous essayons de les calmer, nous allons à leur rencontre, mais nous n'avons pas les moyens de les suivre ni de les aider à retrouver une place dans la société. Quelquefois je me sens aussi désespéré que les personnes qui m'appellent.

C'est un homme robuste, aux cheveux blancs, qui s'exprime avec beaucoup de douceur : peut-être a-t-il adopté ce ton pour apaiser ses interlocuteurs ?

– Il faudrait aussi surveiller l'entourage des personnes qui se sont suicidées, car parfois un autre membre de la même famille est tenté par cette issue. Il ne suffit pas d'offrir des spaghettis ou de faire l'aumône aux gens de la rue : il faut avant tout les écouter.

Je lui ai appris qu'il existe à Paris, rue Gay-Lussac, un lieu nommé La Moquette, ouvert la nuit, qui offre aux SDF la possibilité de s'entretenir entre eux.

– Eh bien, je ne manquerai pas de visiter La Moquette la prochaine fois que je viendrai à Paris. Il me semble que la société grecque était bien plus aimable quand j'étais enfant, nous ne fermions jamais à clef la porte de la maison, nous partagions nos rêves, nous disions la vérité. Nous sommes entrés dans une nouvelle ère, hélas : nous dissimulons nos soucis, nous portons sur les autres un regard peu amène, nous ne leur faisons plus confiance. Nous avons fait une enquête auprès de deux cent quatorze SDF : soixante-sept pour cent d'entre eux se sont plaints de l'indifférence, voire de l'hostilité que leur témoignent les membres de leur famille. La crise a fait de nous de bien méchantes personnes. Nous devrions regarder plus souvent le soleil.

Étais-je en train d'établir la version grecque de ma vie parisienne ? J'avais fréquenté à une époque La Moquette, je m'étais entretenu avec son public. Le fait est qu'il m'a paru indispensable d'aller à la rencontre des SDF athéniens. Une nuit, j'ai accompagné quelques militants d'une autre organisation non gouvernementale, appelée Praxis, qui arpente le quartier du Céramique afin de venir en aide aux clochards et aux toxicomanes. Cette association, financée par la fondation de l'armateur Niarchos, s'occupe principalement de la prévention du sida, mais dispose également de deux établissements d'accueil de jour à Athènes et au Pirée. J'ai commencé par visiter le centre athénien, qui offre aux sans-abri la possibilité de se laver et de nettoyer leurs vêtements et leur fournit une assistance médicale et juridique. Il reçoit autant de Grecs que d'étrangers : j'ai appris que les ressortissants du Bangladesh sont souvent atteints de diabète, les Afghans de diverses maladies de la peau et que, d'une façon générale, la tuberculose était de retour. Le centre propose également des séances de cinéma pendant le week-end, où sont projetés aussi bien des films grecs qu'asiatiques ou africains. La maraude à laquelle j'ai participé a été conduite par Yannis, un jeune homme qui est par ailleurs responsable de ce ciné-club. Il m'avait recommandé de porter des chaussures à grosses semelles car il semble qu'on marche couramment dans ce quartier sur de vieilles seringues.

Le Céramique, connu depuis l'Antiquité pour son cimetière et ses potiers, à qui il doit son nom, est resté jusqu'à l'entre-deux-guerres un foyer d'intense activité économique : il fut le siège de l'usine à gaz, de l'industrie de la soie et de diverses corporations artisanales. Son déclin, amorcé dans les années 50, a été parachevé par la crise qui a entraîné la fermeture de bon nombre de ses petits commerces. C'est devenu un endroit aussi silencieux que le cimetière voisin, mais qui reprend vie à la fin du jour : ses maisons d'un étage s'illuminent et font retentir toutes sortes de musiques. Les boutiques sont devenues des restaurants, des boîtes, les ateliers désaffectés des théâtres et des salles de concerts, l'usine à gaz un prestigieux centre culturel géré par la municipalité. Ses rues grouillent de jeunes gens qui se promènent par bandes. Il est le dernier endroit où, en dépit de la crise, la fête continue.

Si je n'avais pas été en si bonne compagnie, je n'aurais pas remarqué l'autre population qui fréquente ce quartier, car elle se tient à l'écart des noctambules, tapie dans l'ombre. Je n'ai vu qu'un clochard installé à un endroit bien visible : il faisait la quête assis sur le trottoir. Sur la petite pancarte placée devant ses pieds il avait écrit : « *Souvenez-vous, j'ai été votre voisin de palier.* » Nous avons repéré plusieurs dizaines de toxicomanes, dans l'entrée d'une maison squattée, couchés sur le parvis d'une église, dans un petit square, le long de la grille du cimetière antique. Nous avons commencé par nous assurer qu'ils n'étaient pas morts. À trois reprises nous avons dû appeler le service des urgences de l'assistance publique. Un seul a accepté de suivre l'infirmière qui marchait avec nous jusqu'au centre pour passer le test du sida. Nous avons distribué quelques médicaments. Mais, le plus souvent, notre présence était accueillie par des murmures de mécontentement. Nous avons aussi reçu quelques insultes. Un clochard a pris vivement à partie Yannis, parce qu'il l'avait vu distribuer des sacs de couchage et des sous-vêtements calorifiques à des étrangers. Je me suis rappelé qu'un des habitués de La Moquette était franchement xénophobe. Yannis a tenu à me rassurer :

– Je ne crois pas que les personnes en situation de précarité adhèrent plus volontiers aux messages d'Aube dorée que le reste de la population. Si je me fie aux entretiens que j'ai pu avoir avec eux, la moitié ont la nostalgie du premier gouvernement socialiste d'Andréas Papandréou. Il est vrai qu'à l'époque l'argent ne manquait pas.

Je lui ai avoué que je ne comprenais pas la prédilection des marginaux pour ce quartier, alors même qu'ils paraissent incommodés par son animation.

– Ils viennent ici parce qu'ils ont peur les uns des autres, peur de se faire voler leurs affaires, le peu d'argent qu'ils possèdent, leur poudre, peur pour leur vie même. Leur état de faiblesse accentue encore leurs appréhensions. Récemment, deux clochards se sont entre-tués pour une place sur un banc. La vie n'a pas grande valeur dans ce milieu. On s'endort avec la crainte qu'on ne se réveillera pas. Il arrive que des amitiés se nouent entre exclus, mais c'est rare. Ce quartier leur procure un sentiment de sécurité qu'ils ne peuvent pas avoir ailleurs : ils espèrent que leurs cris seront entendus.

Chaque fois que je levais les yeux un peu plus haut que les maisons, je voyais l'Acropole qui baignait dans une belle lumière dorée. Elle avait l'air de flotter dans la nuit, le rocher sur lequel elle est édifiée étant plongé dans le noir. Elle était toute proche, jamais cependant elle ne m'avait paru si lointaine : il m'a semblé que les distances sont toujours illusoires en Grèce, qu'il faut mesurer les écarts en termes de temps. « Le temps, lui, connaît la vérité », ai-je pensé. Je me suis rappelé l'autel dédié à l'oubli qui se trouvait autrefois sur le même site et j'ai formulé le vœu que la Grèce puisse un jour effacer de sa mémoire cette triste période.

Je n'ai réussi à engager la conversation qu'avec Thodoros, un homme entre deux âges qui était assis sur une murette à l'orée d'une place, à deux mètres d'un arrêt d'autobus. Il a reconnu qu'il était à la rue depuis un an, non sans difficulté, car il méprisait les SDF et ne voulait surtout pas être assimilé à eux. Il ne m'a guère parlé d'ailleurs de sa situation présente, je n'ai pas su où il dormait, mais il m'a raconté volontiers son passé : il m'a expliqué que son goût de l'indépendance et de la grande vie l'avait poussé à vendre ses parts dans la fabrique de parquets de son père et à s'installer à Mykonos, la plus cosmopolite des îles grecques, où il avait ouvert un magasin de fringues. Son affaire a prospéré pendant longtemps, il s'approvisionnait en vêtements en Inde, il a épousé une touriste anglaise mais il s'est séparé d'elle au bout d'un mois.

– À Mykonos, les mariages durent moins longtemps

qu'ailleurs, s'est-il excusé. Je l'aimais bien quand même. Elle me traduisait les chansons des Beatles. Elle s'appelait Barbara : tu vois, je me souviens de son nom. Une fois rentrée à Londres, elle a mis au monde une fille, mais elle ne me l'a annoncé que vingt ans plus tard. La petite doit avoir trente ans aujourd'hui.

Il se tenait recroquevillé sur la murette comme s'il avait froid. Il portait une chemise rose très légère, d'assez bonne qualité m'a-t-il semblé. « C'est tout ce qui lui reste de son stock de vêtements d'antan. »

– On menait la belle vie à Mykonos à l'époque, on dansait, on se droguait, on faisait du nudisme, on buvait énormément. Et l'argent filait, bien entendu, je me suis endetté, j'ai dû vendre mon magasin pour ne pas aller en prison, j'ai tout perdu.

– Vous n'avez pas été très raisonnable.

– En effet, a-t-il admis en souriant. Mais j'ai bien vécu. Je ne peux pas me plaindre. Pour le repas de nos noces, Barbara avait préparé des anguilles aux marrons.

Yannis est arrivé avec une thermos de café et une couverture qu'il a posée sur les épaules de Thodoros sans lui demander son avis.

– Couvre-toi ! l'a-t-il adjuré. Si tu tombes encore malade, qui va s'occuper de toi, tu peux me le dire ?

Mais Thodoros ne lui a prêté aucune attention. Il avait toujours les yeux fixés sur moi :

– Des anguilles aux marrons, tu te rends compte ?

Les pouvoirs publics, qui ont mis si longtemps à se rendre compte qu'un nombre croissant de personnes n'avaient plus de logement, ont fini par créer un centre d'hébergement de cent quarante places rattaché à la

Direction des affaires sociales du ministère du Travail. Curieusement, il est à moitié vide.

– L'administration soutient que les clochards préfèrent vivre au grand air, mais c'est faux, m'a dit Yannis. Ils sont tout simplement incapables de réunir tous les papiers qu'on leur demande pour y accéder, notamment l'attestation qu'ils sont en bonne santé et qu'ils ne souffrent pas de troubles psychiques. Aucun clochard n'est en bonne santé !

La municipalité possède un hôtel social de cent soixante lits : cent dix seulement sont occupés. Elle exige les mêmes certificats que l'administration. Les organismes privés comme la Croix-Rouge sont certes moins tatillons, mais leur capacité d'accueil est plus réduite. L'agglomération d'Athènes, qui compte trois millions d'habitants, ne dispose au total que de quatre cents places d'hébergement pour les sans-abri.

Notre expédition a pris fin à trois heures du matin : ce fut certainement la plus longue promenade que j'aie effectuée depuis mon opération. En rentrant chez moi, j'ai longé à nouveau le cimetière. Je me suis rappelé alors que les funérailles des soldats morts à la guerre du Péloponnèse avaient eu lieu à cet endroit, et que c'était là par conséquent que Périclès avait prononcé ce fameux discours où il exalte la bienveillance de sa cité à l'égard des étrangers et manifeste sa compassion envers les pauvres.

Tu sais bien que mon intérêt pour l'Antiquité ne fléchit jamais : quand j'ai appris que les vestiges trouvés lors des travaux du métro avaient fait l'objet d'une publication, je n'ai eu de cesse de me la procurer. Je l'ai eue en fin de compte grâce à Despina, cette amie architecte qui travaille justement à la compagnie du métro. Je n'ai été séduit à vrai dire que par un vase, où apparaissaient non moins de six couples en train de faire l'amour dans diverses positions. Sa reproduction occupait deux pages dans cet ouvrage, qui avait le format d'un atlas. Je me suis mis aussitôt en tête de l'admirer de près, ce qui n'a pas été difficile : comme il avait été trouvé dans le quartier du Céramique, il était exposé au musée de l'ancien cimetière.

L'archéologue qui a bien voulu m'accueillir m'a conduit devant une vitrine où j'ai vu quelques bijoux, des pièces de monnaie, un poudrier, rien de semblable en tout cas au vase de la double page. Il était là pourtant, mais sa petitesse, il ne mesurait en effet qu'une dizaine de centimètres, le rendait presque transparent. Je me suis souvenu de la surprise que j'avais ressentie quelques années auparavant au musée de Saint-Germain-en-Laye en découvrant une tête de Vénus, vieille de vingt-cinq mille ans, absolument minuscule. Le vase, lui, ne datait que du ve siècle av. J.-C. On m'a permis de le prendre dans mes mains et de le regarder avec une loupe : les six couples étaient bien là, dessinés avec une finesse prodigieuse. Cela ressemblait à un jouet et, d'une certaine manière, cela l'était : l'archéologue m'a précisé qu'il avait été trouvé dans la tombe d'un enfant.

– On a offert au gamin un aperçu des plaisirs de la vie qu'il ne connaîtrait pas.

Je ne connaissais pas ce musée, ni le cimetière d'ailleurs, j'ai donc accepté volontiers de suivre l'archéologue à travers ses allées.

– Ce n'est pas un site très visité, ni par les touristes, ni par les Grecs, m'a-t-il confié. Il est mal indiqué sur les plans de la ville. C'est un cimetière oublié.

Nous n'avons croisé en effet que des tortues, de grosses tortues qui avaient la couleur des pierres. C'est pourtant un beau parc, d'une superficie de quatre hectares et demi, traversé par un ruisseau alimenté par le mont Lycabette. Ses grands arbres attirent des nuées d'oiseaux parmi lesquels on observe depuis peu un fort contingent de perroquets. D'où viennent-ils ? Personne n'a encore été capable de résoudre cette énigme. Il faut croire que l'Église ne peut pas supporter qu'une nécropole même antique échappe à sa juridiction, car elle a fait construire en bordure des monuments funéraires un temple gigantesque dédié à la Sainte Trinité.

– Nous avons demandé à plusieurs reprises sa destruction, mais il y a peu de chances, comme vous le savez, que nous soyons entendus.

J'ai beaucoup pensé à toi bien sûr. Sur une tombe j'ai lu cette exhortation : « *Arrête-toi ici et pleure.* » Plusieurs monuments étaient décorés d'une scène sculptée, figurant le défunt entouré de ses proches : ces derniers étaient toujours debout, comme prêts à s'en aller après la cérémonie. Le disparu, lui, était assis. Mais l'art funéraire n'a vécu que jusqu'à l'arrivée des Macédoniens qui ont décidé que toutes les tombes seraient désormais identiques, marquées d'une colonne de un mètre de hauteur où il y a à peine la place de graver un nom. C'est dire que certaines aires du cimetière ont un aspect tout à fait spartiate.

Léonidas, car tel était le nom de mon guide, m'a expliqué que la nécropole était située dans l'Antiquité à l'extérieur des remparts de la ville, devant son entrée principale, où s'élevait un somptueux bordel destiné aux voyageurs, possédant quinze chambres, deux cours intérieures et une fontaine. L'activité de ses pensionnaires n'avait pas le caractère sacré dont se paraient les prêtresses d'Aphrodite en Sicile ou à Corinthe : elles étaient de vraies prostituées, venues probablement d'Orient, qui n'avaient pas droit à la citoyenneté athénienne. Comme on a trouvé des restes de métiers à tisser sur place, on suppose qu'elles travaillaient même pendant leurs pauses. Il ne reste rien de leur maison, cependant les scènes dessinées sur le petit vase, que j'avais toujours en tête, m'ont permis de restituer au lieu des moments de sa vie passée.

Je suis sorti un peu fatigué du cimetière et me suis arrêté dans un café, place des Soieries. Il n'y avait que des vieillards solitaires à la terrasse. Comme ils se tenaient parfaitement immobiles, ils m'ont fait penser aux morts qui sont représentés assis. J'ai été interpellé par un individu, qui m'a parlé en français : il était marocain et avait longtemps vécu à Paris.

– Je vous connais, vous ! m'a-t-il dit en riant.

Il tenait par la main une petite fille aux cheveux bouclés qui, elle, me considérait gravement. Je ne lui ai pas demandé ce qu'il faisait à Athènes. Il m'a donné son numéro de téléphone, que j'ai noté sur la feuille de papier où étaient déjà réunies toutes les personnes que j'avais vues et celles que j'envisageais de contacter. Plusieurs organisations non gouvernementales étaient mentionnées ainsi que diverses fondations créées pour la plupart par des armateurs comme Onassis ou Niarchos, aujourd'hui disparus. La carence de l'État grec explique que ces fondations jouent un rôle de plus en plus important dans la vie publique : les héritiers d'Onassis ont créé un luxueux hôpital de chirurgie cardio-vasculaire, un centre culturel qui tend à se substituer au ministère de la Culture, et étudient actuellement le réaménagement de l'avenue de l'Université, la principale artère de la ville. Quant aux légataires de Niarchos, ils ont pris en charge la construction d'un opéra et de la nouvelle bibliothèque nationale à l'emplacement de l'ancien hippodrome d'Athènes sur le golfe du Phalère. Bizarrement, ces rois du transport maritime mondial, qui n'étaient guère généreux de leur vivant et qui n'étaient pas attachés à la Grèce, où ils n'ont d'ailleurs jamais payé d'impôts, sont devenus après leur mort à la fois prodigues et patriotes. La flotte d'Onassis, qui est toujours en activité, a son siège au Liechtenstein, la société financière de Niarchos au Liberia. On ne peut pas se plaindre des largesses de ces institutions : les premiers numéros du *Radeau*, la revue de Christos, ont été financés par Niarchos, le déplacement de l'équipe de football des sans-abri à Poznan, en Pologne, où aura lieu cette année leur championnat mondial, sera payé par Onassis. Il n'empêche qu'on a nettement l'impression que le sort du pays dépend de plus en plus de la troïka et de quelques magnats et de moins en moins de son peuple. Les étudiants qui avaient occupé la place de la Constitution en 2011 avaient raison de réclamer plus de démocratie.

Le Radeau, dont le premier numéro est sorti fin février, est une revue relativement luxueuse, toute en couleurs. Elle assure à ses vendeurs, qui sont une centaine, un revenu mensuel de l'ordre de cent à quatre cents euros : il varie selon l'endroit où ils se postent. Ils sont reconnaissables à leur gilet rouge. Un dimanche, j'ai demandé à Christos de me faire parvenir ce vêtement afin que je puisse aider la personne qui diffuse le journal place de Colonaki, une toute jeune femme que j'avais aperçue quelquefois de loin. Je comptais bien entendu sur ma notoriété pour faire un tabac. Eh bien, ce ne fut pas si facile : bien des cafetiers et des serveurs, soucieux de la quiétude de leurs clients, m'ont empêché de les approcher. Leurs clients eux-mêmes, de vieux bourgeois pour la plupart, n'ont pas toujours été plus aimables : ils détournaient la tête lorsque je posais la revue sur leur table.

– Qu'est-ce que c'est que ça ? me demandaient-ils d'une mine parfaitement dégoûtée.

J'ai tout de même réussi à vendre quatre-vingt-trois numéros en à peu près deux heures, après quoi j'ai fait signe à la jeune femme qui observait de loin mon manège. Nous avons pris une bière ensemble au café qui m'avait le mieux accueilli. Je lui ai rendu l'argent et le gilet. Ni ses vêtements ni son visage ne trahissaient son état d'infortune. Elle était juste un peu tendue, elle se tenait parfaitement droite sur son siège comme si elle n'avait pas remarqué qu'il avait un dossier. Elle s'est mise à me parler très facilement pourtant, comme si l'histoire de sa vie, qui n'était pas bien longue car elle n'avait que vingt ans, lui pesait énormément. Elle m'a parlé de son père qui était ouvrier et qui était mort quand elle avait dix ans, de ses rapports de plus en plus tendus avec sa mère qui avait fini par la chasser de la maison.

– Elle m'a vraiment jetée dehors.

Elle détestait sa mère à tel point qu'elle envisageait de la dénoncer au fisc, car elle dissimulait une part des bénéfices qu'elle réalisait grâce à sa petite boutique d'articles de décoration. Une fois à la rue, elle avait frappé à la porte d'une vieille dame de son quartier, qui avait bien voulu l'héberger. Elle vivait chez elle depuis deux ans, en faisant un peu de ménages, un peu de cuisine. Elle suivait des cours d'informatique dans un institut dépendant de l'agence pour l'emploi et comptait se spécialiser dans le traitement des images électroniques. Elle n'avait pas d'autre revenu que l'argent qu'elle gagnait en vendant *Le Radeau*. J'ai appris d'elle qu'aucun revenu n'était prévu par les pouvoirs publics pour les personnes en état de précarité.

Elle parlait vite et fort, en ignorant nos voisins. Son discours n'était pas une complainte, mais un réquisitoire : elle était tout simplement écœurée par la vie qu'elle avait eue. Elle n'était pas seulement fâchée avec sa mère, mais avec toute la société, avec le destin aussi probablement. Elle n'a baissé la voix que pour évoquer sa liaison avec un garçon de vingt-sept ans, qui était hébergé, lui, par la mairie.

– Nous sommes ensemble depuis neuf mois, mais nous avons très rarement eu l'occasion de nous trouver en tête-à-tête, à l'abri des regards. Une fois, nous sommes allés à l'hôtel, nous avons payé cinq euros pour deux heures. Dimitris ne peut pas me recevoir dans le centre où il est logé, la vieille ne me permet pas de l'accueillir non plus. Nous avons cherché un endroit propice à travers la ville, nous avons exploré le jardin du Champ-de-Mars, le mont Lycabette, la colline des Muses en face de l'Acropole, le Parc attique, il y avait partout du monde, des prostituées, des voyeurs, des touristes. Heureusement, Dimitris a repéré un endroit où il est relativement facile d'escalader la grille du cimetière du Céramique, en montant sur une poubelle. Nous y sommes allés déjà deux fois. Là nous sommes vraiment tranquilles. Nous pouvons même nous laver étant donné qu'il y a un ruisseau. Toute la nuit on entend le coassement des grenouilles.

Elle m'a aussi parlé de son ami qui participe à un atelier de théâtre organisé par la ville et est en même temps le gardien de but de l'équipe des SDF.

– Tu n'es pas Orthodoxie, par hasard ? l'ai-je interrogée prudemment, craignant d'être déçu.

Je n'ai pas été déçu : c'était bien elle, en effet, l'avant-centre de la même équipe.

– En avril nous irons en Pologne. J'espère qu'on nous laissera dormir dans la même chambre.

Je lui ai avoué que j'avais été surpris par son nom la première fois où je l'avais entendu.

– J'ignorais même son existence. Pourquoi tes parents l'ont-ils choisi ?

– Mais c'est parce que mon grand-père s'appelait Orthodoxe !

Je me suis demandé en prenant congé d'elle si le cimetière de Montmartre reçoit parfois des amoureux la nuit.

J'ai vu Christos à plusieurs reprises, le plus souvent à Exarkheia, où il habite, au restaurant Le Berger, qui est l'un des fiefs des membres du Front radical de gauche, ou bien dans son bureau, à côté de la place des Soieries, rue Favier : ce n'est pas étonnant qu'Athènes se souvienne de ce général français, car il se chargea de l'organisation de l'armée grecque pendant la guerre d'indépendance de 1821. Pourquoi a-t-il quitté Melbourne ? Je ne lui ai pas posé la question, pas plus que je n'ai demandé à mon fils aîné pourquoi il avait quitté Paris. La réponse se trouve peut-être dans le titre de ton dernier livre : *Deux vies valent mieux qu'une*. Christos a quarante-huit ans. Sa première idée fut de créer une équipe de football de SDF à Athènes, comme il en existe une à Melbourne qui est d'ailleurs dirigée par le fils d'un immigré grec. C'était un peu avant la crise mais déjà les sans-abri commençaient à hanter les lieux publics. La mairie a consenti à lui prêter un terrain pour l'entraînement des joueurs deux heures par semaine, un magasin de sport lui a fourni gracieusement des chaussures et des maillots.

– La première équipe était on ne peut plus hétéroclite, il y avait des jeunes et des vieux, des Grecs mais aussi des Albanais, des Ivoiriens, des Égyptiens, des Pakistanais, des joueurs chevronnés et d'autres qui n'avaient jamais tâté du ballon. Ils n'avaient en commun que leur détresse en somme, qui a disparu comme par miracle aussitôt qu'ils ont foulé la pelouse.

L'idée de lancer *Le Radeau* s'est imposée à lui plus tard : à force de fréquenter cette population, il s'est rendu compte qu'elle n'avait pas seulement besoin de se détendre. Il s'est inspiré notamment du journal britannique *Big Issue*, qui est la plus ancienne publication de ce genre au monde. Il compte diffuser bientôt sa revue à Salonique également, en espérant qu'elle pourra vivre de ses recettes propres, car la contribution de la fondation Niarchos prendra fin début 2014.

Il connaissait La Moquette : il m'a informé qu'il existe à Hanovre un café semblable, ouvert aux SDF, mais qui a été créé pour leur assurer un minimum de tranquillité et non pas pour leur permettre d'avoir des échanges entre eux.

– Les Allemands sont apparemment plus portés sur le recueillement que les Français, a-t-il conclu d'un air moqueur.

Étais-je dans son esprit plus français que grec ? J'ai songé que mon visage aurait sans doute été différent si je n'avais pas tant parlé en français au cours de ma vie. Les crayons usés, je les range dans une grosse boîte d'allumettes vide achetée à Paris.

Je travaillais surtout le matin, puis je te communiquais mon programme de la journée :

– Je compte rendre visite à Médecins sans frontières, te disais-je, qu'est-ce que tu en penses ?

Dès mon retour j'avais installé ta photo, une belle photo encadrée que m'avait offerte Olga la veille de mon départ, sur l'étagère de marbre où je range les raquettes de ping-pong et où se trouvait déjà une photo d'Aris. Tu approuvais toujours mes démarches :

– Mais oui, me disais-tu, il faut absolument contacter Médecins sans frontières !

Tu me parlais de la même voix enrouée que tu avais à Saint-Joseph. J'avais plus de mal à percevoir la voix d'Aris : j'avais besoin de me rappeler certaines phrases qu'il utilisait couramment pour la retrouver. Je parlais souvent avec mon frère aussi, mais nos conversations étaient muettes. Ta photo avait été prise aux éditions, devant ta bibliothèque. Tu as un sourire radieux : peut-être n'as-tu jamais été si heureux que dans ton bureau.

J'écris de plus en plus petit, le nez collé sur mon manuscrit. Je rêve d'un livre qui ne tiendrait qu'en une page, que je pourrais embrasser d'un seul regard dans sa totalité, comme on embrasse un paysage. Je prends congé à regret des feuillets noircis, que je pose au bord de ma table. Chaque page est un nouveau voyage. J'hésite longuement à l'entamer de peur de me tromper de direction, de faire naufrage. Ma gomme me fait l'effet d'une bouée de sauvetage.

Médecins sans frontières s'est installé en Grèce en 1996, au moment où commençaient à affluer les immigrés venus d'Asie, mais aussi des pays de l'Est. Ils ont l'habitude et les moyens d'intervenir dans l'urgence : dans un pays comme la Grèce, où l'administration sommeille gentiment, c'est naturellement très utile. Ils sont intervenus par exemple lors des grands incendies qui ont ravagé le Péloponnèse en 2007 : ils ont constaté à cette occasion que la Grèce possédait des Canadair mais que personne ne savait les piloter. Ils ont établi un plan de lutte contre le paludisme, qu'on croyait disparu depuis le début des années 70 mais qui a resurgi il y a deux ans, notamment en Laconie, lorsque les pouvoirs publics ont supprimé les crédits destinés à la diffusion de produits insecticides.

– Les économies en matière de santé publique coûtent très cher, m'a déclaré Marietta Provopoulou.

Elle est grecque bien sûr, mais comme elle a été souvent envoyée en mission à l'étranger, principalement en Afrique, elle m'a confié qu'elle ne comprenait plus la Grèce.

– La fondation du philanthrope et financier américain George Soros ayant proposé de fournir le carburant nécessaire au chauffage de toutes les écoles du pays, nos élus locaux, qui sont souvent des gens de gauche, ont rejeté son offre avec indignation. Considèrent-ils Soros comme responsable de la crise que traverse le pays?

Son organisation, elle, refuse les fonds publics, y compris ceux de l'Union européenne, pour préserver son indépendance: elle vient en effet de publier un rapport virulent, qui dénonce la complaisance de Bruxelles à l'égard des arrestations massives de migrants auxquelles procèdent les autorités grecques et leur enfermement dans des locaux indignes pour des périodes pouvant facilement atteindre deux ans.

– Nous avons pu visiter plusieurs camps de rétention à travers tout le pays: dans l'un nous avons trouvé deux cents personnes entassées dans cent cinquante mètres carrés, dans un autre une femme isolée au milieu d'une foule d'hommes, dans un troisième un grand nombre d'enfants. Nous avons constaté partout les mêmes conditions d'insalubrité et la même absence d'assistance médicale. Or les affections pulmonaires et gastriques sont extrêmement répandues dans ces quartiers. Ce sont les policiers qui décident en définitive si un détenu doit être hospitalisé ou pas! Saviez-vous que les rafles policières visant les étrangers portent le nom de code «Zeus hospitalier»?

Je regardais de plus en plus souvent par la fenêtre qui donne dans une petite rue, perpendiculaire à l'autre grand axe de la capitale, l'avenue de la Reine-Sophia. J'ai eu la crainte que l'air allait me manquer comme il m'avait manqué une nuit à Paris. Marietta a accepté heureusement mon invitation à déjeuner : j'avais hâte d'être dehors. Nous avons choisi le restaurant en plein air le plus proche, qui est situé avenue de la Reine-Sophia, mais dans un parc. Ce n'est pas un endroit exempt de mauvais souvenirs : un peu plus loin se dresse une maison de pierre qui fut un lieu de torture sous la dictature des colonels. Elle est aujourd'hui un musée : a-t-on conservé les instruments utilisés par les tortionnaires de la police militaire ? J'ai entendu Kyriakos, le fondateur de L'Échelle, répéter ce qu'il m'avait dit dans son bureau : « *Nous sommes devenus de méchantes personnes.* » Je me suis installé néanmoins avec beaucoup de plaisir à la terrasse du restaurant et j'ai aussitôt allumé ma pipe. Le plaisir que me procure le tabac ne me comble pas entièrement. J'ai l'impression que le besoin de fumer dissimule un autre désir, dont je n'ai pas conscience, qui reste parfaitement mystérieux. Je ne pourrai arrêter de fumer que lorsque je serai en mesure de le nommer.

Nous avons beaucoup parlé de l'Afrique. Comme elle avait effectué un long séjour en République centrafricaine, j'ai eu la grande joie de l'entendre dire quelques mots en sango : elle savait que « médecin » se dit *dokotoro*, « guérisseur » *nganga*, « maladie » *kôbéla*, « fièvre » *kôbéla ti wa*, c'est-à-dire « maladie de feu ». J'ai dû faire un sérieux effort de mémoire pour composer la phrase « Notre pays est malade » :

– *Kodoro ti e a yèkè kôbéla.*

Elle a acquiescé. Elle avait envie de retourner en Afrique. Elle était choquée par l'indifférence des médias grecs à l'égard des souffrances endurées par d'autres pays, par la Somalie, par l'Érythrée.

– On a parfois l'impression que le destin s'acharne sur certaines personnes.

Elle portait une robe toute blanche qui la faisait ressembler à une infirmière, mais qui lui allait cependant à ravir. Elle m'a parlé de Denis Tsimba, un Congolais de trente-deux ans dont la vie était devenue un enfer depuis qu'il était arrivé en Grèce *via* la Turquie : enfermé dans un camp, il avait attrapé la leptospirose, une infection redoutable transmise par les urines des rats. Conduit à l'hôpital d'Alexandroupolis grâce à l'intervention de Médecins sans frontières, il avait eu la vie sauve, mais pour apprendre bientôt qu'il était atteint d'un début de gangrène et qu'on allait devoir l'amputer des deux jambes.

– Il s'est évadé une nuit de l'hôpital et a réussi à venir jusqu'à Athènes où on lui a trouvé une place dans un autre hôpital. En fin de compte il n'a été amputé que des doigts de pieds.

– Il est toujours à Athènes ?

Il était hébergé rue Sappho, au numéro 12, dans ce même quartier du Céramique que je commençais à connaître, par une autre organisation non gouvernementale d'origine française, Médecins du monde. Suis-je allé voir Denis par compassion ? Est-ce le roman que j'avais en tête qui m'a convaincu que je devais le rencontrer ? Le fait est que je l'ai vu et que nous avons pris un café ensemble. Il marchait un peu maladroitement mais il marchait. Il m'a expliqué qu'il était dans l'incapacité de rester longtemps debout, qu'il lui était interdit de travailler comme serveur, mais qu'il tenait absolument à trouver une activité car il n'avait aucune ressource. Il ne pouvait même pas téléphoner à sa femme et à sa fille de six ans qui étaient restées à Kinshasa. Il rêvait de se rendre un jour à Paris où il avait des amis, mais comment voyager sans papiers et sans argent ?

Nous avons parlé en français naturellement. Au milieu de notre entretien, il a enlevé ses baskets pour me montrer ses pieds. Il avait bourré le bout de ses chaussures de papier journal.

– Je ne sais plus quoi faire de ma vie, m'a-t-il avoué. Je passe mes journées au lit, mais je n'attends rien. Cela me ferait plaisir que Marietta vienne me voir.

Je lui ai demandé s'il avait fait des études à Kinshasa avant de partir à l'aventure.

– J'ai étudié la philosophie à l'université. J'avais un faible pour les philosophes grecs, en particulier pour Socrate.

– Leur pays vous a bien mal accueilli.

– Ne dites pas cela, m'a-t-il corrigé. À l'hôpital d'Alexandroupolis, les infirmières ont été très gentilles avec moi.

Après avoir quitté Denis je me suis senti aussi perdu dans les rues d'Athènes que je l'avais été à Paris après ma dernière visite au centre Jeanne-Garnier.

Tu avais la capacité d'aimer et d'écrire en même temps : tu t'inspirais de ta vie et tu réalisais tes rêves. Je n'ai pas ce don malheureusement : pendant que j'écris, ma vie se limite à préparer du café et à fumer. Je m'identifie totalement à mon narrateur et ne m'intéresse qu'à ce qui est susceptible de le toucher. Je regarde la réalité un peu comme on cherche un mot dans un dictionnaire: aussitôt que je l'ai trouvé, je referme l'ouvrage.

Je ne voyais presque plus personne, en dehors de mes informateurs s'entend, pour qui j'étais continuellement disponible. Je remettais de jour en jour la visite que je voulais rendre à la petite Éléni, la fille de Dimitris.

– Est-ce qu'elle chante? ai-je demandé un jour à mon fils au téléphone.

– Mais elle n'a que six mois! m'a-t-il rappelé.

Il m'a annoncé que la première représentation d'*Œdipe à Colone* par la troupe de Strasbourg qu'il a invitée allait avoir lieu bientôt. Le quartier de Colone est situé à deux kilimètres au nord du Céramique. Est-ce qu'il y a une plaque commémorative à l'endroit où Œdipe est mort? Je me suis souvenu de l'idée de Sophocle que la meilleure façon d'échapper aux vicissitudes de l'existence est de ne pas naître. « Les gens qui se suicident regrettent d'être nés probablement. »

J'étais pressé d'avancer mon livre de peur d'oublier les idées que j'avais en tête, les sentiments que j'avais éprouvés, la musique de cette période. En même temps, j'appréhendais la mélancolie qui me gagnerait quand je l'aurais terminé. Je redoutais cette fin comme une personne atteinte de la maladie d'Alzheimer peut craindre de ne plus retrouver son ami dans le miroir de la salle de bains. J'avançais en quelque sorte en freinant mes élans.

Despina a déménagé à Salonique, où sa compagnie est en train de construire une ligne de métro. Il semble que le sous-sol de cette ville aussi fourmille de vestiges, moins anciens certes que ceux d'Athènes mais qui font néanmoins obstacle à la progression des travaux: leur mise en valeur donne lieu à des discussions interminables entre l'entreprise, la municipalité et le service d'archéologie, les uns préconisant leur déplacement, les autres souhaitant leur exposition sur place.

– Nous avons un passé trop important par rapport à la petite taille de notre pays, tu ne trouves pas ? m'a-t-elle dit au téléphone.

J'ai vu Zoé, l'avocate, mais rapidement : elle m'a fourni un paquet de photocopies d'arrêts de la Cour européenne des droits de l'homme condamnant l'État grec pour les traitements dégradants infligés aux étrangers. Celui daté du 31 juillet 2012 concerne une famille d'Afghans, comprenant une mère enceinte de neuf mois et trois enfants en bas âge, qui fut arrêtée sur une embarcation de fortune en pleine mer Égée et conduite à Lesbos dans un camp « *insalubre au-delà de toute description* », note l'arrêt. Il fournit néanmoins quelques renseignements sur ce lieu, où il n'y a qu'une latrine pour vingt personnes, une douche pour cinquante, où le droit de se promener dans la cour n'est accordé qu'aux mineurs et ne dure qu'un quart d'heure par jour, où sont enfermées mille deux cents personnes alors qu'il n'y a de place que pour six cents. La femme enceinte a pu accoucher à l'hôpital de l'île, mais les autorités grecques ont refusé d'enregistrer cette naissance, comme pour décliner toute responsabilité sur le sort de cet enfant. Le jugement note encore que ces conditions font partie d'une pratique administrative courante, qui exprime une politique. La solution grecque pour décourager d'autres étrangers à passer la frontière consiste en somme à terroriser ceux qui l'ont déjà franchie. En fin de compte, l'État a été condamné à verser quinze mille euros à chacun des membres de cette famille, qui se trouve aujourd'hui en Norvège, où elle a déposé une demande d'asile. Zoé connaissait l'avocat qui avait pris l'initiative de cette démarche auprès de la Cour européenne : il s'appelle Nikos Alivizatos. Ce nom m'a intrigué, car il était aussi celui du mari de Lilie. Zoé m'a exposé la théorie selon laquelle le racisme se manifeste initialement par des moqueries : son premier déguisement est plaisant, voire franchement désopilant.

– On a toujours commencé par rire de ceux qu'on a fini par massacrer.

Elle m'a donné des nouvelles du métropolite du Pirée, celui-là même qui avait réagi à mes critiques concernant la non-imposition de l'Église grecque et ses affinités avec l'extrême droite : il est parti en guerre contre la Cour européenne, car elle reproche à la Grèce d'exclure formellement du « pacte de vie commune » instauré en 2008 les couples homosexuels. Aux yeux de cet homme, l'homosexualité est une déviation psychopathologique, du même ordre que le sadomasochisme, la bestialité et la nécrophilie. Le saint-synode considère plus calmement qu'une éventuelle reconnaissance des couples gays serait une « bombe dans les fondations de la famille chrétienne ».

Je me souvenais que j'avais oublié une nuit le nom de Zoé et je me le répétais périodiquement : « Elle s'appelle Zoé, elle s'appelle Zoé. » Mais, peu avant son départ, j'ai quand même eu un doute : j'avais certes retenu ce nom à force de le ressasser, mais était-ce bien le sien ?

Les documents s'accumulaient sur la table de ping-pong, formaient des chaînes de montagnes. Les deux raquettes qui reposaient entre les piles, comme elles sont bleues, figuraient des lacs. J'avais l'impression de survoler la Suisse.

– Tu crois que j'arriverai à lire tout ça ? te demandais-je en me tournant vers ta photo.

Tu me répondais par ton sourire habituel. De temps en temps, une feuille s'envolait du sommet de ces reliefs et atterrissait le plus souvent sous la table. Je devais me mettre à quatre pattes pour la récupérer. Parfois je la parcourais recroquevillé sous la table : c'est dans cette position par exemple que j'ai pris connaissance d'un long réquisitoire contre le Luxembourg, pays fondateur de l'Europe, qui attire les multinationales dans son modeste périmètre en leur accordant par des conventions tenues secrètes un régime fiscal exceptionnellement clément. Ce faisant, il lèse de sommes colossales les pays où ces sociétés ont réalisé des bénéfices. L'article, qui était fondé sur des centaines de documents fournis par un honnête employé du grand-duché, soutenait que les Pays-Bas, l'Irlande et la Suisse utilisaient aux mêmes fins des procédés analogues. Je conservais en effet quelques coupures mettant en cause des pays étrangers : espérais-je atténuer ainsi l'accablement que je ressentais à la lecture des journaux grecs ? Une autre coupure faisait écho à la décision du gouvernement hongrois d'imposer une taxe aux SDF afin de les décourager de se montrer dans les rues de Budapest. Il m'a fallu quelque temps pour réaliser que les égarements observés ailleurs ne faisaient que s'ajouter à ceux que j'enregistrais sur place, qu'ils accentuaient encore ma morosité. La progression de l'extrême droite un peu partout en Europe rendait ses succès locaux encore plus inquiétants.

La presse anglo-saxonne a forgé l'acronyme **PIGS**, composé des initiales du Portugal, de l'Irlande, de la Grèce et de l'Espagne, pour fustiger les mauvais élèves de la zone euro, qualifiés ainsi de « cochons ». Pour ce qui est de la Grèce, l'appréciation n'est pas trop sévère : elle est entrée en quelque sorte clandestinement dans le club de l'euro et a continué pendant dix ans à dissimuler l'état de ses finances pour ne reconnaître qu'en 2010, à un moment où le système bancaire mondial était sérieusement ébranlé par la faillite de Lehman Brothers, qu'il était désastreux. Son déficit public représentait alors 13,6 % de son produit intérieur brut, et sa dette 127 %. On peut toujours voir le bon côté des choses : la menace d'une faillite de la Grèce a contraint les dirigeants européens à admettre que la zone euro ne pouvait survivre sans un minimum de solidarité entre ses membres et à créer un Fonds de stabilisation financière. Le Front radical de gauche soutient cependant que les aides allouées au pays ont surtout servi à renflouer les banques, notamment françaises et allemandes, qui détenaient le plus de titres souverains grecs. Elle fait inlassablement le procès des banques d'affaires et des *hedge funds* qui ont gagné de l'argent sur le dos de la Grèce en spéculant sur son effondrement. Elle relève ce paradoxe que, dans un monde où la pauvreté gagne continuellement du terrain, le nombre de millionnaires ne cesse d'augmenter. Pour Constantin Tsoucalas, l'un des maîtres à penser de la gauche grecque, le capitalisme financiarisé relève de la piraterie :

— Les investisseurs internationaux ne sont liés à aucun État, ne se soucient guère de l'avenir de nos sociétés, n'ont d'autre objectif que leur profit immédiat. Ils disposent de mille tours pour tromper la vigilance des gouvernements, pour échapper à tout contrôle. Même les capitalistes de la vieille école, qui étaient enracinés dans un lieu, qui réinvestissaient sur place leurs profits, sont outrés par le cynisme de leurs successeurs. Jadis l'usure était unanimement condamnée, le théâtre n'avait pas de mots assez durs pour parler des usuriers. Eh bien, aujourd'hui, ils font figure de héros, de nouveaux dieux.

Faut-il compter les armateurs grecs parmi les précurseurs de ces financiers ? J'ai appris qu'Onassis avait un passeport turc parce qu'il était né à Smyrne, un passeport argentin, un américain, et qu'il n'avait demandé qu'à la fin de sa vie celui de la Grèce. Ses liens étroits avec les États-Unis, dont le point d'orgue a été son mariage avec Jackie Kennedy, ne l'ont pas empêché de mettre sa flotte au service des pays de l'ancien bloc soviétique et de la Chine, ni de faire des affaires avec l'Arabie Saoudite aux dépens des intérêts américains. La Grèce compte aujourd'hui huit cents compagnies de transport maritime qui possèdent seize pour cent du tonnage de la flotte mondiale, mais dont les activités ne lui profitent guère. Elles ont toutes un pied-à-terre au Pirée où, d'après un ami qui y travaille, on ne parle qu'anglais. Sont-elles au moins au courant de la crise grecque ? Le fait est qu'elles continuent d'organiser tous les ans sur le golfe Saronique une foire, qui porte le nom de Poseidôn : elle rassemble le gratin international de la profession, dure une semaine et donne lieu à des fêtes somptueuses où l'argent coule naturellement à flots.

Quelquefois je me perdais dans les défilés de mes montagnes. Mes mouvements faisaient trembler la table :

plus d'une fois j'ai été enseveli sous une avalanche de papiers, j'ai même reçu quelques livres sur la tête. L'un d'eux était l'ouvrage de Jacqueline de Romilly sur la langue grecque ancienne que tu as publié. Comme pour donner un sens à sa chute, je l'ai ouvert et j'ai lu le passage où elle assure que Socrate arrêtait les gens dans la rue en leur demandant quelle était le but de leur vie. Il m'a posé la même question.

– Comprendre, lui ai-je répondu après réflexion.

Ma réponse a paru le satisfaire, ce qui m'a puissamment réconforté. Je me suis lancé à la conquête d'une nouvelle montagne. Arrivé à son sommet, je t'ai annoncé que la municipalité d'Athènes avait donné le nom de Jacqueline de Romilly à une jolie petite place près de l'Acropole.

– Mais c'est une excellente nouvelle ! as-tu commenté.

Selon les historiens comme Tsoucalas, Nikos que j'ai revu et quelques autres, la crise n'est que le dernier des avatars de la Grèce, qui souffre de maux bien plus graves et plus anciens. Le principal est qu'elle est restée à l'écart du processus de formation des États européens : elle est passée à côté de la Renaissance qui fut pourtant un hommage à la Grèce classique et a ignoré le siècle des Lumières qui a établi les principes de la modernité. Au temps de Byzance, bien des intellectuels grecs ont émigré en Occident, portant dans leurs bagages les écrits de Platon ou d'Aristote. En Grèce même, ces textes étaient censurés par une Église omniprésente, dont le pouvoir s'est accru encore sous le régime ottoman. Le drame de la Grèce est qu'elle a enseveli cette partie de son passé dont elle aurait le plus intérêt à se souvenir. Quelques-uns des instigateurs de la guerre d'indépendance de 1821, comme

Adamantios Coraïs et Rigas Féréos, qui vivaient l'un à Paris et l'autre à Vienne, ont bien essayé de promouvoir les idées des Lumières parmi les insurgés, mais sans grand succès. Placé dès le départ sous contrôle étranger, le pays a vu émerger une classe politique sans pouvoir réel, formée de gros propriétaires terriens, dont l'idéologie se limitait à la défense acharnée de leurs intérêts particuliers. C'est dire qu'en près de deux cents ans les choses n'ont pas beaucoup évolué : les dirigeants du pays sont toujours écartelés entre la nécessité de satisfaire à la fois leurs protecteurs et leurs électeurs. Ils ont conservé la même vision clientéliste du pouvoir qui explique l'hypertrophie de l'administration et aussi sa médiocrité. Sous les injonctions de la troïka, ils ont entrepris de réduire les effectifs du service public, en ne remplaçant plus qu'un fonctionnaire partant à la retraite sur cinq. Mais cela ne signifie nullement que les nouveaux agents seront sélectionnés en fonction d'autres critères que leurs liens de parenté avec le député de leur circonscription. Les mentalités ne changent pas hélas en un jour. Nommé président de l'Assemblée nationale par intérim, pour vingt-quatre heures seulement, un membre éminent de la droite, ancien porte-parole du gouvernement, en a profité pour faire engager sa fille par cette institution. Le vice-président de l'Assemblée, qui est député de Laconie, a embauché, lui, Miss Péloponnèse !

Cela pourrait faire rire si, à cinq cents mètres du Parlement, devant le ministère des Finances, ne campaient depuis des mois quelques malheureuses femmes de ménage, mises en disponibilité par ce ministère, sans indemnités, sans autre explication que les mesures d'austérité imposées par Bruxelles. Elles sont là jour et nuit, elles font leur cuisine sur place. Elles utilisent les toilettes des cafés voisins. Leur combat est devenu suffisamment populaire pour que la police les laisse tranquilles. L'une d'elles tient le journal de leur épopée. Je lui ai proposé de la mettre en contact avec Arghyris. Elle prenait ses notes dans un vieux cahier, comme ceux que j'utilisais autrefois à l'école, dont la couverture était illustrée d'un dessin maladroit représentant saint Paul haranguant les Athéniens.

L'Église est parvenue à couper la Grèce de son passé, mais n'a pas réussi à lui insuffler l'esprit de fraternité qu'elle professe. Je sais bien que les touristes trouvent mes compatriotes très sympathiques, il n'en reste pas moins vrai qu'ils sont beaucoup moins aimables entre eux. L'histoire drôle la plus populaire en Grèce raconte qu'un éleveur ayant perdu son bétail s'adresse à Dieu pour lui demander non pas de le lui rendre, mais de faire en sorte que le troupeau de son voisin crève aussi. Selon mes sources, mais aussi selon l'expérience que j'ai acquise en côtoyant les habitants de Tinos, cette île si accueillante en apparence, connue pour sa dévotion à la Sainte Vierge, il semble bien que l'individualisme soit l'un des traits fondamentaux du caractère national. Cela n'a pas toujours été le cas : on adressait autrefois des prières ferventes aux dieux de l'Olympe pour le bien public, la prospérité de la cité. Il semble qu'on ne prie plus que pour soi et sa famille. Les conversations, dans la taverne de la baie de Yannaki que tu connais, portent essentiellement sur des conflits entre voisins, sur les procès intentés par les uns contre les autres. Le métier le plus répandu dans les Cyclades, pourtant réputées pour la douceur de leur climat, n'est pas celui de pêcheur mais d'avocat. Les Grecs vivent entourés d'ennemis. Ce n'est que quand ils sont confrontés à cet adversaire commun qu'est l'État qu'un semblant de solidarité naît entre eux. Faut-il remonter au temps de l'Empire ottoman pour comprendre cette aversion pour l'État? invoquer l'incompétence de fonctionnaires engagés par favoritisme? leur corruption notoire?

Quand j'étais enfant, le grec ne disposait que d'un mot turc pour dire « pot-de-vin », le même qu'en français, « backchich » : la corruption s'est si largement répandue depuis que nous l'avons naturellement remplacé par un terme grec, *fakélaki*, « petite enveloppe », qui a connu une fortune considérable et figure désormais dans le dictionnaire. Pour obtenir un permis de construire, une réduction d'impôts, un lit dans un hôpital, il fallait donner un *fakélaki*. La crise, hélas, n'a pas mis un terme à cette pratique : selon une enquête récente des autorités bruxelloises, nous sommes l'un des pays les plus corrompus d'Europe, avec la Roumanie et la Bulgarie.

Ne pas payer ses impôts passe pour une prouesse dont on se vante. Parvenir à toucher des indemnités de la Sécurité sociale en présentant de faux certificats de maladie est encore mieux. Selon Tsoucalas, la conviction de Margaret Thatcher que la société est un mythe et qu'il n'existe en réalité que des individus et des familles s'applique parfaitement à la Grèce. Il estime que la crise économique a encore accentué les égoïsmes, qu'elle a rendu les individus plus cyniques.

– Elle a surtout porté un coup fatal aux liens familiaux,

a créé des conflits sans précédents entre parents et enfants, entre frères. Nous sommes peut-être en train de vivre la période la plus solitaire de notre histoire.

Toujours sous la pression de la troïka, le gouvernement a entrepris de débusquer les fraudeurs. Mais là comme ailleurs, il épuise sa sévérité contre la classe moyenne, laissant à l'abri les banquiers, les entrepreneurs de travaux publics, les armateurs, les patrons des chaînes de télévision, les hommes politiques qui se sont enrichis dans l'exercice de leurs fonctions. Un seul ancien ministre est aujourd'hui en prison : les médias évoquent souvent son cas comme pour convaincre le populaire de l'impartialité de l'État. Le signe le plus flagrant de la bienveillance du pouvoir à l'égard des possédants est son refus d'ouvrir une enquête sur les quelque deux mille titulaires de comptes à la banque suisse HSBC et dont les noms ont été communiqués aux autorités grecques en 2010 par Christine Lagarde, alors ministre des Finances du gouvernement Fillon. Cette liste n'a été rendue publique que grâce à une fuite de la presse : parmi les détenteurs de comptes figurent des proches de deux anciens ministres des Finances. L'action du gouvernement s'est limitée en l'occurrence à des poursuites contre le journaliste qui avait commis cette indiscrétion. En France, où un fichier semblable provenant de la même banque a été révélé, les contribuables cités ont fait l'objet d'une enquête judiciaire, qui a permis à l'État de récupérer pas mal d'argent.

L'invitation de l'Institut français de Rome m'est parvenue alors que je commençais à me sentir accablé par mon enquête. Je l'ai acceptée d'autant plus volontiers qu'elle me permettrait de te donner des nouvelles récentes de la Villa

Borghèse. Cela faisait bien longtemps que je n'avais pas été en Italie, depuis le temps où les enfants étaient petits et où nous nous rendions en Grèce en voiture : nous traversions une bonne partie de la péninsule jusqu'à Ancône où nous prenions le bateau. Nous partions toujours à l'aube : je revois la voiture chargée à outrance, il me semble que l'air était frais. Si je pouvais revivre un jour de ma vie parisienne, c'est bien celui du départ matinal pour la Grèce que je choisirais. Hélas, on m'avait confectionné un programme chargé, de sorte que je n'ai pas pu explorer l'illustre Villa. J'ai juste eu le temps de fumer ma pipe assis sur un banc comme je le faisais au Luxembourg. Mais pendant que je fumais j'ai vu passer devant moi deux très jeunes cyclistes, un garçon et une fille. Ils devaient être âgés de neuf ou dix ans, l'âge que tu avais quand tu effectuais ce même parcours à bicyclette avec Matilde, la fille du loueur de vélos. Ils roulaient côte à côte, regardaient droit devant eux. Leur expression était tendue, j'ai eu cependant la conviction qu'ils étaient heureux. Ils se rendaient sans doute à l'auberge la plus proche pour acheter des sandwichs à la sardine. Comme une des scènes du cinéma italien que tu préférais était celle des *Vitelloni* où Alberto Sordi apprend à ses camarades une nouvelle danse en esquissant les pas tout seul au milieu d'une rue, j'ai pensé que tu serais content d'apprendre qu'une allée de la Villa porte désormais le nom de ce comédien. Le soir de mon arrivée, dans un restaurant de la Piazza Navona, j'ai eu la chance de rencontrer un personnage qui semblait sorti d'un film italien justement : c'était un petit bonhomme assez vieux, armé d'un gigantesque appareil photo, portant des lunettes de soleil, qui ne tenait pas en place. Il scrutait inlassablement les nouveaux arrivants, regardait par la fenêtre, se précipitait dehors toutes les deux minutes en croyant avoir aperçu quelque célébrité de passage. Il m'a confié qu'il avait débuté sa carrière à quatorze ans, lors du tournage de *La Dolce Vita*, qu'il avait passé sa vie via Veneto, qu'il avait photographié tout le monde, y compris le pape Jean-Paul II en train de jouer aux boules, que ses œuvres avaient été exposées à New York, bref qu'il était le roi des paparazzi, comme c'était d'ailleurs indiqué sur sa carte de visite au-dessous de son nom, Saverio Barillari dit Rino. J'ai pensé que tu aurais eu du plaisir à converser avec Rino, d'autant plus qu'il est originaire de Calabre. Je ne sais pas ce que le directeur de l'Institut français a pu lui dire de moi, le fait est qu'il a tenu à me photographier aussi. J'ai mangé des pâtes. Un critique littéraire t'avait fait remarquer autrefois que tes personnages mangeaient trop de pâtes : je trouve pour ma part qu'ils ont parfaitement raison, car il n'y a rien de mieux.

Ce voyage, qui n'a duré que deux jours, fut un entracte ou, pour mieux dire, un intermezzo bien agréable. J'ai été ravi de faire la connaissance de mon éditeur romain et de mon traducteur, de trouver un buste d'Antinoüs sur la couverture de mon livre. Je n'en ai lu que la première page : je la connaissais si bien que j'ai eu l'illusion de comprendre parfaitement l'italien. Tu te souviens peut-être qu'on demande dès le début du livre à mon narrateur quel genre d'ouvrages il écrit et qu'il se présente comme auteur de romans d'aventures. Lors de la seconde conférence que j'ai donnée, on m'a posé la même question. Non sans un certain culot, j'ai répondu en italien :

– *Romanzi d'avventura!* ai-je déclaré avec force, comme c'est marqué dans la traduction.

Je crois bien que je n'ai jamais dormi de ma vie dans une pièce aussi somptueuse que celle qu'on m'avait réservée au palais Farnèse, immense bâtisse construite avec le concours de Michel-Ange, où siège l'ambassade de France. La cheminée qui faisait face au lit était nettement plus spacieuse que mon studio de la rue Juge. Elle était encadrée par deux statues d'hommes robustes qui devaient bien mesurer trois mètres. Sur le plafond couraient des nymphes taquinées par des satyres à pieds de bouc. J'aurais pu accueillir tout ce monde dans mon lit tant il était grand. J'ai hésité à éteindre la lumière, à interrompre les réjouissances de ces créatures. Peut-être ai-je eu un peu peur aussi : l'obscurité dans un tel lieu ne pouvait être la même que dans une petite chambre de bonne. J'avais le sentiment d'être dans l'antichambre des ténèbres.

Je me suis réveillé en pleine nuit, comme à mon habitude, pour fumer. J'ai mis quelque temps à me rappeler où j'étais. Comme j'avais pris soin de bourrer ma pipe avant de m'endormir, je n'ai pas eu besoin d'allumer la lumière, j'ai juste fait craquer une allumette. J'ai eu droit alors à une sorte d'éblouissement car la petite lumière de l'allumette suffisait à faire sortir du néant les nymphes et les satyres et les gardiens de la cheminée. J'ai renouvelé l'opération dix fois, pour le plaisir de voir renaître tout ce monde. J'ai failli me brûler les doigts. J'ai eu l'idée que les deux hommes étaient des dieux grecs et je n'ai pas raté l'occasion de les sermonner tout en fumant ma pipe dans le noir :

– Vous devriez rentrer au pays. Vous n'avez rien à faire ici. C'est là-bas qu'on a besoin de vous en ce moment

321

J'ai dû interrompre pendant un bon moment cette narration pour répondre aux sollicitations engendrées par la publication de la version grecque de mon livre. Sa couverture est illustrée de la photo d'un petit garçon déguisé en mousquetaire. Il se tient devant une flaque d'eau qui reflète son image. Je ne sais pas qui l'a réalisée mais il me semble qu'elle a été prise dans le jardin du Luxembourg : je crois reconnaître les arbres derrière le jeune homme. La famille Sofianos, qui a popularisé les marionnettes en Grèce par l'intermédiaire de la télévision, m'a proposé de réaliser une adaptation de mon livre pour son théâtre de poupées. Je ne pouvais pas dire non : les marionnettes du Luxembourg jouent un rôle essentiel dans mon récit. Ainsi, Guignol et Gnafron s'installeront en Grèce pour un temps et parleront en grec naturellement. On sait qu'ils ne sont pas très cultivés, mais peu importe : ils parleront le grec approximatif dans lequel s'exprime Karaguiozis. Je suis sûr que Gnafron trouvera l'ouzo tout à fait à son goût. Pour sceller notre accord, les Sofianos m'ont offert une marionnette représentant un vieux monsieur aux cheveux blancs vaporeux, au nez en trompette, accoutré d'une robe de chambre : je les ai félicités pour leur réalisation, mais j'ai été un peu déçu en découvrant que la figurine était ma caricature. Je ne m'en étais pas aperçu. Mon visage est devenu un masque qui ne me ressemble pas.

Fin mai je suis rentré à Paris pour une semaine. J'avais une décision à prendre et je l'ai prise : je ne resterai pas aux éditions. J'ai rencontré ton successeur au bar du Lutétia, où nous allions quelquefois ensemble. Comme je ne le connaissais pas de vue, je me suis installé dans un fauteuil et j'ai attendu.

– Un Perrier, s'il vous plaît, ai-je demandé à la personne qui s'est présentée devant moi.

C'était, hélas, ton successeur. Il n'a pas été vexé : nous avons eu une discussion des plus courtoises pendant une bonne demi-heure. Il m'a dit tout le bien qu'il pensait de toi et de ta collection à couverture bleu nuit. Il était en fait enchanté de te succéder : il pensait à l'avenir alors que je ne songeais qu'au passé. Je me suis souvenu de la fête que tu avais organisée en 2004 pour le trois centième anniversaire des éditions.

– Vous allez diriger l'un des plus vieux établissements de la planète, l'ai-je complimenté.

Il avait déjà une longue carrière dans l'édition : je me suis rendu compte que je ne connaissais aucun des auteurs qu'il avait publiés. Il m'a posé quelques questions sur mes livres : visiblement, il n'en avait lu aucun. J'ai élaboré ma lettre de démission pendant ce tête-à-tête : « Je ne connais pas vos auteurs, vous ne connaissez pas mes livres », ainsi ai-je décidé de la commencer. Je la lui ai postée quelques jours plus tard, avec un timbre reproduisant un tableau de Théo Van Rysselberghe intitulé *L'Homme à la barre* : il figure un marin assis à l'arrière d'un voilier dans une mer démontée. Sur la ligne de l'horizon cependant un trois-mâts vogue paisiblement. Tu n'as fait aucun commentaire sur ma décision, tu n'as rien dit, par respect pour ma liberté, je suppose. J'ai éprouvé un grand soulagement en glissant la lettre dans la boîte :

j'étais désormais dispensé de me rendre aux éditions. Tu n'as pas commenté non plus mon initiative de retourner à l'une des maisons de nos débuts, à laquelle tu avais fait gagner plusieurs prix littéraires : elle a changé d'adresse mais elle est restée fidèle à elle-même, je veux dire qu'elle fait toujours confiance à des écrivains pour diriger ses collections. J'y ai retrouvé de vieilles connaissances qui se souvenaient très bien de toi. Je t'ai un peu retrouvé.

J'ai salué Tom et Alphonse ainsi que ta mère et sa sœur Joyce. Tes enfants m'ont offert des dessins : celui de Tom, en souvenir sans doute de ses vacances passées en Grèce, représente Poseidôn vêtu d'une tunique bleue, armé de son trident, posté sur le parvis d'un temple. Alphonse, lui, a dessiné un chien avec une boule posée sur sa tête. Je leur avais apporté pour ma part du miel et de l'huile d'olive. J'ai pénétré pour la première fois dans l'appartement où tu as grandi puisque ta mère et Joyce l'occupent toujours. Peggy m'a fait entrer dans sa chambre pour me montrer une vieille photo de toi posée sur sa table de nuit. J'ai pu jeter un coup d'œil par la fenêtre du salon, là où tu guettais autrefois son retour tard dans la nuit. Il faisait un temps affreux. Joyce s'est cramponnée à moi et ta mère à Joyce quand nous nous sommes mis en route pour le restaurant. Nous formions tous trois ensemble une nouvelle espèce d'animal qui avançait en cahotant. Nous avons mis une éternité à traverser la place du Maréchal-Juin. Nous avons déjeuné chez un Italien bien sûr. De temps en temps ta mère me fixait d'un air interrogateur, comme si je lui devais une réponse. Elle ne m'a posé aucune question. Elle a tes yeux, cependant son regard est moins intense. On dirait qu'elle ne s'intéresse plus vraiment aux choses. J'ai songé que tu n'avais pas été seulement son fils, mais aussi son mari et son père, qu'elle était devenue veuve et orpheline en même temps. Heureusement il y a Joyce, qui a conservé son entrain, qui a toujours une bonne voix. La prochaine fois que je la verrai, je l'interrogerai sur Félix, j'aimerais en savoir un peu plus sur cet homme. Nous avons bu du Chianti Classico. Le serveur, qui était italien, prononçait le *t* du mot « péripétie » comme on dit « sympathie » :

– Quelle péripéthie, a-t-il dit à un client, quelle péripéthie !

Il n'avait pas tout à fait tort : le mot original est *péripétia*, avec un *t*.

Faute de temps je n'ai pu voir aucune de tes anciennes compagnes. Je n'ai pas vu ta fille non plus car elle n'était pas à Paris. J'ai rendu visite en revanche aux quatre femmes du square Montholon. Cela s'est passé un soir, il faisait toujours un temps maussade, il n'y avait personne dans le jardin. Je me suis assis sur le socle de leur statue, en leur tournant le dos. Notre dernière conversation muette au centre Jeanne-Garnier m'est revenue à l'esprit. Comme elles étaient habillées pour aller au bal, elles m'ont rappelé des moments plutôt heureux de ma vie. J'ai touché du bout des doigts les chaussures de la petite fille. Soudain, j'ai vu devant moi la concierge de ton immeuble. Elle ne m'a pas reconnu, peut-être n'a-t-elle-même pas remarqué ma présence. Elle a poursuivi son chemin d'un pas alerte. Je me suis rappelé la réflexion qu'elle m'avait faite en me voyant coiffé de son fauteuil en osier : « *Vous avez l'air d'un oiseau en cage.* » À travers les arbres j'apercevais les lumières de Chez Bébé. J'ai eu l'impression qu'il y avait du monde. J'ai pris congé des dames.

– Il est peu probable que je revienne vous voir un jour, leur ai-je avoué.

– Nous nous en doutions, nous nous en doutions ! se sont-elles exclamées.

La petite fille est restée silencieuse. J'ai pensé qu'elle seule me suivait des yeux tandis que je m'éloignais. Je me suis rappelé une comptine que Chantal fredonnait quand nos enfants étaient tout petits : « *J'ai perdu le do de ma clarinette.* » J'ai eu la certitude que je ne trouverais jamais de meilleur titre pour mon livre que *La Clarinette*.

Je te tenais au courant de tout de ce que je remarquais comme si j'étais ton correspondant. Je t'ai parlé de la belle brune en sous-vêtements et nuisette qu'on apercevait sur les affiches du métro et qui faisait la promotion d'un nouveau préservatif recommandé par 97 % des femmes qui l'avaient essayé, ainsi que du nouveau rasoir Gillette qui s'intitule, assez drôlement il faut en convenir, Alléllouia. Je t'ai fait part de ce néologisme fondé sur le mot anglais *top*, le sommet, entendu à la télévision de la bouche d'une jeune femme qui se réjouissait d'avoir des amis « topissimes » ! Je me suis demandé si tu étais au courant que les camionneurs de l'île d'Oléron utilisaient comme carburant l'huile de friture. Je t'ai parlé d'un clochard aperçu à Denfert-Rochereau qui faisait la quête avec un chapeau haut de forme : il faut croire que certains pauvres ont besoin de davantage d'argent que d'autres. Je t'ai appris la mort de Patrice Chéreau. Je ne t'ai pas donné que de bonnes nouvelles : je t'ai informé que le Front national était en passe de devenir le premier parti de France, et que sa victoire lors d'une élection cantonale partielle à Brignoles, dans le Var, avait fait grand bruit.

Au risque de te choquer, connaissant ton amitié pour le nouveau président, que tu avais convaincu, mais c'était avant son élection, d'écrire un livre de souvenirs, je t'ai signalé que son ministre de l'Intérieur avait stigmatisé les Roms, incapables à ses yeux de s'adapter à la vie en France. Quelque temps plus tard, un jeune Rom de seize ans accusé de vols répétés était lynché par la population d'un quartier déshérité de la Seine-Saint-Denis. Je trouvais dans la presse française des nouvelles somme toute assez semblables à celles que je lisais en Grèce. J'ai découvert par exemple que Total, le premier groupe pétrolier français, ne payait guère d'impôts en France.

Les boutiques fermées sont certes moins nombreuses à Paris qu'à Athènes, il n'empêche que j'en ai repéré plusieurs dans mon quartier. Je me suis arrêté devant l'une d'elles un soir, essayant de deviner l'objet de son commerce. Son enseigne avait été retirée. J'ai scruté l'obscurité qui régnait à l'intérieur mais je n'ai vu que quelques présentoirs blancs et une table couchée sur le côté. Alors que j'avais le nez collé sur les mailles métalliques du rideau, tu m'as touché l'épaule. J'ai pensé que tu avais eu droit au genre d'autorisation de sortie qui avait permis à mon père de se rendre chez Dimitris et à son théâtre.

– Tu ne t'ennuies pas trop ?

– Un peu tout de même, as-tu admis. Il y a un orchestre à l'entrée, un grand orchestre symphonique.

J'ai failli te demander « l'entrée de quoi ? », mais je me suis retenu.

– Les musiciens passent leur temps à accorder leur instrument. Il paraît que ça fait très longtemps que ça dure.

– Ils finiront bien par jouer quelque chose.

– Ce n'est pas sûr. De toute façon ça m'est égal, je n'aime pas la musique symphonique.

La boutique a été brusquement éclairée par une lampe nue suspendue au milieu du plafond. Un vieillard a fait son apparition par la porte du fond, il cherchait quelque chose, il regardait sous les présentoirs, il a ouvert un placard, puis un autre. Dans le troisième il a pris deux verres à pied comme ceux que je t'avais achetés quand tu étais à Jeanne-Garnier. Il les a considérés longuement, en les tournant dans ses mains, puis il les a remis à leur place.

– Tu as vu ? t'ai-je demandé.

Je me suis retourné. Ce que j'avais pris pour ta main n'était que la capuche de ma parka que le vent avait plaquée sur mon épaule. J'ai regardé de nouveau vers la boutique : le vieillard avait disparu et la lumière était éteinte.

J'aimerais bien offrir un pot aux commerçants de mon quartier pour mon départ, briser enfin la glace avec ces gens que je vois presque tous les jours depuis tant d'années mais avec qui je n'ai jamais eu la moindre conversation. J'aimerais savoir d'où ils viennent, s'ils ont des enfants, connaître leurs espérances et leurs craintes. Mais je ne suis pas sûr qu'ils aient la même curiosité à mon égard. Ils me reconnaissent sans doute mais ils font semblant de me voir pour la première fois. Le marchand de tabac ne se souvient pas que je fume du Scaferlati : il faut chaque fois que je lui répète le nom de la marque. Où donc ont-elles appris toutes ces personnes à si bien garder leurs distances, à dissimuler leurs sentiments, à ne jamais se montrer en fait ? Elles se cachent derrière des bouquets de fleurs, des pyramides de boîtes à chaussures, des montagnes de viande, des himalayas de légumes. J'ai posé la question à François, qui m'a fait remarquer que l'isolement des individus n'est aussi flagrant qu'à Paris :

– En province on se parle davantage. Si tu vivais en Corse, tu tutoierais tout le monde.

Je me suis rappelé que sa mère était née en Corse.

– Quand on a besoin de réconfort à Paris, il vaut mieux s'adresser aux institutions plutôt qu'aux individus, aux hôpitaux, aux mairies, aux pompiers, au Secours catholique, à Emmaüs. Je connais des assistantes sociales très attentionnées et des infirmières absolument charmantes. Si nous disposons de tant d'associations humanitaires, c'est peut-être pour compenser l'indifférence des particuliers.

Il m'a fait penser au café de La Moquette, dont le rôle est justement de faciliter le dialogue entre les SDF, mais aussi à l'hôpital d'Aix dont je garde bien entendu le meilleur souvenir :

– On ne peut pas dire que le roman français professe l'égoïsme, la mesquinerie, le goût des économies. Les personnages de Stendhal et de Dumas sont altruistes et généreux. Le comte de Monte-Cristo dépense sans compter. On retrouve la même magnanimité dans des œuvres plus récentes, celles de Nimier, de Vailland, de Sagan. Ces grands radins que sont le père Goriot et les Thénardier font plutôt figure d'exceptions.

Il m'a fait penser que les personnes avares n'aiment pas les conversations : c'est peut-être parce qu'elles ont peur qu'on leur demande de l'argent. Même à l'époque où j'étais heureux à Paris, je ne me faisais guère d'illusions sur la bienveillance de la ville. J'étais transporté comme on peut l'être lors d'une bataille qu'on veut gagner à tout prix. L'avais-je gagnée ? J'avais, en tout cas, survécu. Il me reste de cette longue période une vague inquiétude, comme si la guerre n'était jamais finie et si je devais encore aujourd'hui rester sur mes gardes.

Je n'ai vu que très rapidement Alexios, qui était débordé : sa compagne ne pouvait plus l'aider dans son travail, son médecin, craignant qu'elle n'accouche prématurément, lui ayant recommandé de garder le lit. Je suis allé à l'Hôtel de Ville pour avoir des nouvelles de ma demande de logement : il n'y en avait pas naturellement, mais ma démarche ne fut pas inutile puisque, dans le couloir du rez-de-chaussée, j'ai retrouvé Guy Burgel, un professeur de géographie urbaine, qui est l'auteur d'une thèse sur l'évolution récente de la cité d'Athènes et que j'avais déjà rencontré en Grèce. Il considère que, contrairement à la société française qui s'est formée autour de l'État, la société grecque a toujours été livrée à elle-même.

– Athènes a été construite de façon totalement anarchique : elle est l'aboutissement d'innombrables initiatives privées, prises hors de tout contrôle public, ce qui fait qu'elle manque désespérément d'avenues dignes de ce nom et d'espaces verts. La ville est révélatrice de la paresse de l'État, comme le fait que votre pays ne dispose pas de cadastre. L'intérêt personnel a été longtemps le principal moteur de l'économie grecque, mais il est aujourd'hui à bout de souffle.

Nous avons pris un café à côté du Bazar de l'Hôtel de Ville : peut-être devrai-je passer aussi par ce magasin lors de ma tournée d'adieu, étant donné que je l'ai beaucoup fréquenté à mes débuts à Paris, notamment pour me procurer le bois dont j'avais besoin pour construire les bibliothèques de la maison. Le matelas que tu m'as offert vient du même établissement. Guy avait l'air plutôt amusé par l'effronterie des Hellènes d'aujourd'hui, dont il faisait remonter l'origine aux temps homériques. Il m'a raconté que les éleveurs de Kalpaki, dans la région de Jannina, avaient détourné les subventions de la Banque agricole destinées au blanchiment de leurs étables, afin de repeindre leur maison. Aux représentants de la banque venus contrôler le travail, ils ont déclaré qu'ils ne pouvaient pas accepter d'être moins bien logés que leurs bêtes.

Il est persuadé que la Grèce a bénéficié d'un régime de faveur de la part de l'Union européenne en raison de son histoire et de sa position géographique : jusqu'à la chute du mur de Berlin, elle a été un avant-poste de l'Occident face au bloc communiste. Elle avait été acceptée au sein de l'Union en 1979, peu de temps après la chute des colonels, malgré les insuffisances de son développement, parce qu'il fallait bien consolider sa démocratie, et aussi parce que c'était la Grèce.

– On ne fait pas attendre Platon ! aurait déclaré à l'époque le président français.

J'ai expliqué à Guy la raison de ma visite à l'Hôtel de Ville. Quand il a su que je voyais la tour Eiffel de ma fenêtre, il a tenté de me dissuader de déménager.

– La tour vous manquera, je vous assure. Est-ce que vous voyez son ombre ? Je m'étais mis en tête il y a longtemps de repérer l'endroit le plus lointain qu'elle peut atteindre à l'heure du couchant. J'ai fini par me rendre compte qu'au moment où le soleil est sur la ligne d'horizon, son ombre s'étend à l'infini.

– Vous croyez qu'elle passe par la Grèce ?

– Au commencement de l'hiver, elle passe sûrement par la Grèce.

Il a fait un temps exécrable pendant tout mon séjour. Les présentatrices de la météo aux journaux télévisés faisaient grise mine. Elles m'ont paru un peu abattues, les moins jeunes surtout, celles qui ont passé leur vie à annoncer des intempéries. Je ne respire pas mieux à Paris qu'à Athènes. Parfois je m'essoufflais même en écrivant. Mais je n'ai pas écrit grand-chose au cours de ces journées. J'ai décliné les quelques invitations que j'avais reçues : j'avais trop à faire en Grèce pour accepter de charger encore mon programme. J'ai juste participé à un colloque sur l'exil organisé par la Sorbonne et l'Université américaine de Paris. Comme la plupart des orateurs parlaient en anglais, j'ai pu travailler un peu pour moi-même. J'ai eu l'idée que je me concentrerais sûrement mieux si je vivais dans un pays dont je ne connaîtrais pas la langue. Les auteurs latins comme Ovide ou Sénèque considèrent que le temps est toujours maussade loin de son pays. « Ils n'ont pas tort », ai-je pensé. J'ai appris le mot *acucula*, qui désignait chez les Romains la petite aiguille que les femmes utilisaient pour arranger leur coiffure. Quand elles étaient chassées de la cité, elles devaient emporter toutes leurs affaires, y compris leur petite aiguille : ainsi *acucula* en est arrivé à signifier « exil ».

Pierre Sémard est un ancien secrétaire général du Parti communiste français qui a été exécuté par les Allemands lors de la dernière guerre. Je suis retourné un matin avenue Travot, mais je n'y suis resté que quelques minutes. J'ai vu par terre une minuscule plume d'oiseau toute blanche. Je l'ai ramassée et rangée dans mon portefeuille avec le petit papier griffonné de ta main à l'époque où tu avais perdu la voix.

Dès la sortie du port du Pirée, l'air est devenu meilleur, plus vif. J'ai voyagé sur le pont, assis sur un banc à côté de la balustrade pour mieux voir la mer. Elle m'avait manqué : cela faisait une année que je ne l'avais pas vue. L'Égée occupe une place à part dans mon esprit, comme si le mot « mer » avait été forgé d'abord pour elle. J'ai réalisé que les craintes qu'elle m'inspirait autrefois à Santorin n'étaient plus qu'un lointain souvenir. J'étais vraiment content de la voir. Elle qui connaît tous les jeux, comme tu me l'as joliment dit un jour, s'amusait à bercer les passagers en faisant osciller le bateau tout doucement, tantôt d'un côté tantôt de l'autre. « Elle nous prend pour des enfants », ai-je pensé. Elle m'a fait songer au berceau d'Éléni. Elle aura bientôt un an. J'ai enfin pu voir ses yeux. Aussitôt qu'elle m'a vu elle est allée se cacher sous le bureau de son père. Lui ai-je fait peur ? C'est depuis ce coin obscur qu'elle m'a examiné, plutôt gravement puis-je dire. Je me suis mis à genoux, puis j'ai fait rouler dans sa direction une petite balle multicolore de cuir. Elle l'a arrêtée de sa main sans cesser de me scruter. Je me suis souvenu que mon père avait évoqué dans mon rêve l'innocence de son regard. Il était en effet dépourvu de tout jugement, il exprimait cependant une profonde perplexité. « Je suis forcément une créature

mystérieuse qu'elle n'a pas l'habitude de voir ici.» J'ai
voulu lui parler, mais j'ai hésité sur le choix de la langue
étant donné que Dimitris lui parle en français et Photini
en grec. Je me suis contenté de prononcer son nom sur
le mode interrogatif:

– Éléni?

Je l'ai répété une deuxième fois, puis une troisième,
qui fut la bonne car aussitôt Éléni a poussé la balle dans
ma direction. Cela m'a mis dans un état d'euphorie que
je n'avais pas connu depuis longtemps. Je suis allé dans
la cuisine, où Dimitris préparait le déjeuner, pour lui
annoncer la nouvelle. J'ai compris à sa moue qu'il trouvait
mon enthousiasme un peu excessif.

– Cela veut dire que nous sommes désormais amis, la
petite et moi, ai-je insisté.

Le tangage du bateau est devenu plus saccadé et plus
rapide au niveau du cap Sounion. Bizarrement, cet endroit
m'a remis en mémoire les affres qui m'avaient gagné
lorsque j'essayais de me rappeler le mot «clarinette», car
il fut le théâtre d'un drame déclenché par un oubli: on
dit en effet que le roi Égée s'est suicidé à cet endroit en
se jetant dans la mer, lorsqu'il a aperçu au loin la voile
noire du bateau de son fils Thésée, signe que le jeune
homme était mort. En fait, Thésée avait tout bêtement
oublié qu'il devait hisser une voile blanche dans le cas
où son expédition en Crète contre l'horrible Minotaure
aurait été couronnée de succès. Enfant, je reprochais
vivement à Thésée son étourderie, qui constitue sans doute
le trou de mémoire le plus notoire de toute la mythologie
grecque. Aujourd'hui je suis plutôt enclin à l'excuser: elle
me plaît bien en fin de compte, cette vieille idée que nous

sommes les victimes et non pas les auteurs de nos oublis. Quant à son père, je me console de son triste destin en songeant qu'il lui a valu de devenir le parrain de la plus enchanteresse des mers.

Tu te souviens du marchand de loukoums qui miaulait ? Il est toujours là, il est monté sur le bateau quand nous avons fait escale à Syros, il termine toujours ses phrases en criant « miaou ! miaou ! ». La plupart des gens le connaissaient, ils s'adressaient même à lui en l'imitant, « Combien tu vends les trois boîtes, miaou ? », lui demandaient-ils, un peu comme si « miaou » était son nom, « Cinq euros, miaou, miaou », répondait-il. Il avait plus de succès que les autres marchands de loukoums et de nougats, il amusait tout le monde, à l'exception d'un chien toutefois, assis sur les genoux de sa maîtresse, qui paraissait surpris d'entendre tant de miaulements sans voir un seul chat. J'ai pensé que l'homme avait si bien pris l'habitude de miauler qu'il continuait son numéro après ses heures de service, qu'il miaulait au café, à la maison, à l'église, qu'il avait remplacé « amen » par « miaou ». Dois-je admettre que mes compatriotes ont préservé, en dépit des préceptes chagrins de l'Église, en dépit aussi de la crise, un certain sens du comique ? Pendant l'escale à Syros, j'ai noté que l'hôtel le plus en vue du port portait le nom de Diogène, l'homme qui logeait dans un tonneau.

J'espère que tes enfants reviendront à Tinos un jour. Fréquenter les lieux où ton absence est la plus palpable, n'est-ce pas une façon de te rendre visite ? C'est un peu pour finir le livre en ta compagnie que je suis venu ici. À cause de la mer aussi, naturellement : elle a bercé mon enfance comme elle a bercé la tienne. Elle nous invite à nous souvenir, à refaire l'histoire, elle est le passé et l'avenir à la fois. « Elle est la vie », avais-tu dit rue Pierre-Sémard.

J'ai rêvé d'Aris : nous avons pris sa voiture pour aller déjeuner quelque part. Je lui ai tant parlé pendant le trajet que nous avons complètement oublié tous les deux où nous voulions nous rendre. Nous avons cependant poursuivi notre route, nous nous sommes engagés sur un mauvais chemin en pente qui nous a conduits entre deux rochers au bord de l'eau. Nous sommes sortis de voiture, nous avons constaté qu'il était impossible de faire demi-tour.

– On n'a qu'à rester ici, a dit Aris d'un air résigné.

Nous nous sommes assis sur les galets, face à la mer, comme nous le faisions enfants à Santorin.

La plupart des vacanciers sont partis. La rentrée des classes a eu lieu il y a plusieurs semaines déjà. La taverne reste ouverte, mais elle n'est plus fréquentée que par quelques vieux couples. La table où nous déjeunions est régulièrement occupée par la famille du patron, qui a quatre filles comme le docteur March. Une autre table à l'autre bout de la terrasse est occupée par une cage qui abrite un petit oiseau : le patron a préféré la poser là plutôt que de la suspendre à une poutrelle à cause du vent. Un jour, un autre oiseau, nettement plus grand, s'est posé sur la même table où étaient dispersées quelques miettes de nourriture. Après les avoir picorées, il s'est approché de la cage comme pour saluer son locataire. Les deux oiseaux se sont considérés un moment sans émettre toutefois le moindre gazouillis. « Ils ne doivent pas parler la même langue », ai-je pensé.

La nature est ma seule distraction ici. Je m'entretiens

avec les arbres comme mon ami Yorgos, contrôle le filage d'une araignée, m'amuse à courir derrière un lézard, poursuis les chèvres qui sont un danger permanent pour mes plantes. Je n'ai parlé qu'avec Stratis, l'avocat qui est venu à la maison, et avec un vieux pope que j'ai croisé à la taverne et que j'ai un peu taquiné : je lui ai demandé si le pèlerinage du 15 août enregistrait la même affluence que par le passé.

– Il y a de moins en moins de monde, a-t-il admis. Je n'ai repéré qu'une dizaine d'aveugles cette année et trois hémiplégiques seulement. Les handicapés étaient légion quand j'étais jeune, on voyait plus de fauteuils roulants dans le port que d'automobiles. Ils sont peut-être découragés parce qu'il y a longtemps que la Sainte Vierge n'a pas accompli de miracle. Mais nous ne méritons pas sa grâce, nous vivons vautrés dans le péché, nous avons instauré le mariage civil, bientôt nous allons applaudir au mariage homosexuel, nous allons finir par incinérer nos morts !

Il était convaincu que toutes les réformes introduites depuis la chute de l'Empire byzantin étaient mauvaises, y compris celle de l'orthographe, qui avait eu pour effet de rendre moins lisible la langue des Évangiles.

– Nous étions très bien sous les empereurs ! C'étaient des gens d'une dévotion exemplaire, d'une douceur exquise, qui marchaient parfois pieds nus dans leur palais.

Il avait entendu dire par un plombier qui travaillait pour moi que je n'étais pas croyant.

– Vous avez tort ! m'a-t-il dit. Dieu est présent dans toute la création. C'est lui qui a doté les moustiques d'un système sonore destiné à nous avertir de l'imminence de leurs attaques. Je pense d'ailleurs qu'il a eu plus de mal à créer les petites bêtes, les insectes, que les grosses comme les éléphants ou les ânes. Je suis sûr que les ânes ne lui ont posé aucun problème !

Stratis m'a apporté quelques produits de son jardin, comme le fait Yorgos. Les îles ont mieux résisté à la crise, selon lui, que le continent, cependant, à l'exception des plus touristiques, elles n'échappent plus à ses effets : ainsi explique-t-il que les messages de l'extrême droite trouvent depuis peu une résonance favorable à Tinos. Il m'a révélé qu'un de nos amis communs, ancien marin, ancien militant communiste, propriétaire d'une boutique sur le port qui vend des objets de piété aux pèlerins, dirige désormais la section locale d'Aube dorée.

– La crise a fait tomber bien des masques, m'a-t-il dit. Qui aurait pu imaginer hier encore que les dirigeants du parti socialiste collaboreraient au sein du même gouvernement avec des transfuges de l'extrême droite ?

Il m'a confié qu'il envisageait de s'expatrier en Chine, qui est le pays de sa femme, dans la province du Kouang-si d'où elle est originaire.

– Je connais assez bien la région, elle est située à cinq cents kilomètres de la mer, cependant il y a énormément de rivières au milieu desquelles se dressent des espèces de menhirs. C'est un endroit très touristique, qui me rappelle un peu la Grèce d'antan : ses habitants sont très modestes et très accueillants. Mon beau-père possède une parcelle de terre plantée d'orangers. Je pourrais ouvrir une boulangerie : les Chinois commencent à prendre goût à notre pain et à nos gâteaux. Plusieurs dizaines de milliers de Grecs ont émigré ces dernières années, surtout de jeunes diplômés. Ils allaient à Chypre majoritairement, mais depuis que ce pays connaît également des difficultés, ils vont au Royaume-Uni. J'irai simplement un peu plus loin qu'eux.

Parmi les effets les plus surprenants de la crise, il faudra peut-être mentionner un jour la métamorphose d'un avocat grec en boulanger chinois. Nous avons déjeuné sur la terrasse, devant la mer. De temps en temps, nous voyions passer un voilier, un caïque.

– Comment avons-nous fait pour rendre aussi misérable un si beau pays ? Comment avons-nous pu manquer à ce point de pitié pour ce lieu ?

Son accent douloureux m'a rappelé cette phrase d'Œdipe que j'avais entendue lors de la représentation de la pièce de Sophocle au théâtre de Photini et Dimitris : « *Faute d'un mot, j'ai été entraîné dans la fuite et l'exil et la vie de mendiant pour toujours.* »

– Quel est le mot qui nous a manqué ? ai-je interrogé Stratis.

– Le mot « vérité », assurément. Cela fait longtemps que nous l'avons banni de notre vocabulaire. Au moins depuis notre accession à l'indépendance. Nous sommes des affabulateurs patentés et candides car nous croyons nos propres mensonges. Nous avons toujours excellé dans la fabrication de mythes : c'est le seul talent que nous avons hérité de nos ancêtres. Hélas, nous avons renoncé à leur goût pour la vérité.

Je lui ai rappelé que le mot *alétheia* évoque par son étymologie ce qui ne peut être oublié.

– Eh bien, nous avons accompli la prouesse d'effacer de notre mémoire ce qui ne pouvait l'être.

Je travaille dans la grande pièce, sur la mezzanine qui me rappelle vaguement la rue Juge. Je ne regarde guère par la fenêtre : mon manuscrit, mes notes et le dictionnaire mobilisent toute mon attention. Je ne retrouve la nature qu'à midi, quand je descends en bas de la maison pour me baigner. Ensuite je remonte et je prends un verre de raki assis sur les marches de l'escalier qui conduit au jardin et qui est accolé au mur de pierre soutenant la terrasse. J'essaie de ne songer pendant ce temps qu'au plaisir que j'éprouve à boire du raki à cet endroit. Un jour j'ai vu un papillon, fatigué sans doute de lutter contre le vent, se poser sur le mur de soutènement. Il est resté immobile un temps, les ailes collées l'une à l'autre. Elles étaient uniformément brunes, avec quelques taches noires. Je n'ai découvert leur beauté que lorsqu'il les a déployées : elles portaient des couleurs magnifiques de l'autre côté, elles étaient jaune, orangé, blanc, vert. Il a ouvert et replié ses ailes à plusieurs reprises : j'ai eu l'impression qu'il applaudissait le paysage, que les couleurs de ses ailes rendaient hommage au soleil.

Nikos a tenu sa promesse, il a pu me fournir une indication sur les avantages que tire le pays de son ensoleillement exceptionnel : il semble que les Belges consomment pour leur chauffage 71 % d'énergie de plus que les Grecs.

Serais-je en train de me détacher des femmes ? Moi qui ai passé toute ma vie à confectionner des scènes semblables à celles qui figurent sur le petit vase du musée du Céramique, je ne rêve plus souvent d'elles. Dois-je admettre que je ressemble réellement à la marionnette qui m'a été offerte par les Sofianos ? Me rappeler les traits de mon visage tels que je les ai vus dans le miroir de la salle de bains le matin me déprime. En ne rêvant plus aux femmes je ne fais que leur rendre leur indifférence, car je suis persuadé qu'elles ne rêvent pas non plus de moi. Ce n'est qu'à contrecœur que j'ai fini par admettre que Tonia était très belle. Je l'ai rencontrée un soir à Athènes dans une taverne, j'étais en compagnie de mon ami Yorgos, nous venions de voir dans un théâtre aussi petit que le Centre de contrôle des téléviseurs un spectacle basé sur des textes de Pessoa et d'Edgar Allan Poe, elle dînait, elle, avec une productrice de cinéma. Elles nous ont invités à nous asseoir à leur table. J'ai certes remarqué tout de suite qu'elle avait de beaux cheveux noirs et même des sourcils en circonflexe joliment dessinés, ce n'est cependant qu'après avoir examiné un à un tous les détails de sa personne, comme un critique d'art qui a besoin de temps pour former son jugement, que j'ai fini par me rendre à l'évidence qu'elle était parfaite. Yorgos et la productrice étaient en train de se lamenter sur le sort du cinéma grec, qui semblait condamné étant donné que ni la télévision ni le ministère de la Culture n'étaient plus en mesure de le financer et que la fréquentation des salles avait sensiblement diminué. Probablement lasse de leurs jérémiades, Tonia est allée saluer des amis à une autre table. J'ai profité de son éloignement pour demander à la productrice qui elle était.

– Tu ne l'as pas reconnue ? s'est-elle étonnée. On ne voit qu'elle à la télévision en ce moment. Elle fait la couverture de tous les magazines féminins. Tout le monde la connaît : elle joue dans le dernier James Bond !

Je n'avais pas vu ce film, il n'en reste pas moins vrai que j'ai été vivement impressionné. « Quel exploit ai-je

accompli pour mériter l'attention de cette jeune femme ? »
me suis-je demandé lorsqu'elle a regagné notre table Elle
m'a raconté qu'elle était née à Chypre, qu'elle avait tourné
dans quelques films en Grèce, puis qu'elle était allée tenter
sa chance à Londres, où son agent avait eu l'excellente
idée de la faire participer au casting de *Skyfall*. J'ai eu
la curiosité de regarder le film le lendemain : j'ai été un
peu déçu car Tonia n'apparaît que dans une scène qui
ne doit pas durer plus de deux minutes. Mais ces deux
minutes ont été suffisantes pour qu'elle devienne célèbre
en Grèce. Elle se trouve dans une maison au bord de la
mer avec Bond, ils font l'amour debout, dans une position
parfaitement connue des Grecs depuis l'Antiquité si je me
fie au petit vase du Céramique, ensuite on les retrouve
dans un lit de bois. La scène se passe en Turquie, je n'ai
pas compris pourquoi : je me suis rappelé que la taverne
où j'avais fait sa connaissance était tenue par un Turc.
J'ai regardé le film jusqu'au bout, espérant la revoir, mais
je ne l'ai pas revue. L'histoire se termine dans un coin
perdu de l'Écosse où Bond se rend sur la tombe de ses
parents : j'ai découvert ainsi que sa mère était française
et qu'elle s'appelait, avant son mariage avec Andrew,
Monique Delacroix. Je n'ai donc pas rêvé de Tonia. Je
me suis contenté de te la présenter : je vous ai imaginés
en train de déjeuner ensemble à La Closerie des Lilas, à
la table marquée du nom de Samuel Beckett.

J'ai eu l'occasion de faire le tour de bon nombre de ces
petits théâtres qui poussent comme des champignons,
pas seulement dans le quartier du Céramique. Ce sont des
endroits pauvres, où les spectateurs sont parfois invités
à s'asseoir sur des pneus de voitures. Ce sont aussi des

lieux où l'on fume beaucoup, aussi bien dans la salle que sur scène. Les comédiens comme les spectateurs appartiennent aux générations les plus durement frappées par le chômage. C'est dire que les pièces qu'on y joue, et qui sont parfois écrites par les comédiens eux-mêmes, fourmillent d'allusions à l'état actuel du pays. Elles ne durent pas longtemps, mais elles sont suivies par des discussions interminables. Je les ai écoutées avec joie : je me suis rappelé que les théâtres étaient intimement associés dans l'Antiquité à la vie politique, qu'ils incitaient les citoyens à réfléchir sur la justice ou la liberté, qu'ils les encourageaient en même temps à se moquer de leurs dirigeants. Je me suis souvenu aussi que les assemblées populaires avaient parfois lieu dans des théâtres. J'ai eu le sentiment réconfortant que les petites salles d'aujourd'hui renouaient avec une tradition très ancienne.

La pièce de Sophocle m'a définitivement réconcilié avec Thésée : comme Dimitris m'en avait prévenu, il accueille Œdipe de façon absolument exquise. La troupe venait bien de Strasbourg, mais l'acteur qui jouait Œdipe était, lui, parisien. Il s'était si bien mis dans la peau de l'affreux mendiant qu'est devenu l'ancien roi de Thèbes que j'ai vu défiler devant mes yeux tous les SDF que j'avais rencontrés à Paris comme à Athènes. J'ai revu Thodoros, qui rêve d'un plat d'anguilles aux marrons mangé autrefois, Minas qui lit inlassablement devant la porte d'un immeuble de la rue Hippocrate, même la femme rousse que j'avais vue la première fois dans ma rue. Peut-être devrais-je lui présenter Thodoros ou Minas ? J'ai essayé de l'imaginer assise à côté de l'un ou l'autre de ces deux hommes : je me suis rendu compte que son cageot n'était pas assez grand

343

pour deux. Je n'ai toujours pas donné ton livre à Minas, mais je le ferai, je te le promets. La traduction de la pièce était si bonne qu'au bout d'un moment j'ai eu l'illusion d'entendre du grec. Œdipe tient à ce que l'endroit où il va mourir reste ignoré de tous, sauf de Thésée. Comment meurt-il ? Il disparaît en tout cas pendant un violent orage, alors que Zeus envoie sa foudre tous azimuts. Les dernières paroles qu'il adresse à Antigone et Ismène, ses filles, c'est de ta voix que je les ai entendues : « *Personne n'a jamais eu plus de tendresse pour vous que celui sans qui vous allez devoir vivre désormais.* »

Nous avons terminé la soirée dans un restaurant proche du théâtre. L'acteur qui avait incarné Œdipe était plus jeune que son personnage, cependant il m'a paru exténué, anéanti, comme s'il n'arrivait pas à se défaire de son rôle. Il s'est intéressé à la situation économique de la Grèce, il était cependant convaincu qu'elle était moins mauvaise qu'en France.

– Huit millions et demi de Français vivent en dessous du seuil de pauvreté, m'a-t-il dit.

– En Grèce, ils représentent le tiers de la population, ai-je rétorqué.

Nous sommes entrés dans une étrange discussion où chacun revendiquait pour son pays le titre du plus sinistré.

– Le taux de chômage est de 28 % en Grèce et dépasse 50 % chez les jeunes.

– Nous avons cent douze mille SDF en France, dont trente et un mille enfants.

Comme je n'avais pas de statistique comparable à lui opposer, je lui ai communiqué le montant de la dette publique :

– Elle a encore augmenté depuis le début de la crise et atteint aujourd'hui 175 % de notre PIB, autant dire que nous ne pourrons jamais la rembourser.

– Nos SDF souffrent certainement plus que les vôtres, à cause du froid. Savez-vous qu'il n'y a pas un seul endroit dans une ville comme Paris où on peut pisser gratuitement ?

Je le savais, bien sûr. J'ai noté son nom, Marc-Henri Boisse, ainsi que celui du traducteur de la pièce, Bruno Bayen. De temps en temps je regardais Antigone : elle avait oublié, elle, son triste rôle d'accompagnatrice dévouée d'un père persécuté et aveugle. Elle riait volontiers, chantonnait même entre deux verres de vin rouge. Je lui ai demandé si elle connaissait *Bambino* : elle a bien voulu fredonner le début de la chanson de Dalida. « J'ai réussi à faire chanter Antigone pour toi ! » t'ai-je annoncé aussitôt.

Thésée buvait du résiné, le vin traditionnel de la région de l'Attique. Photini aussi a chanté, elle a choisi un rébétiko qui évoque l'acharnement du destin sur un pauvre bougre. Celui-ci finit par reprocher à sa mère de l'avoir mis au monde. C'était tout à fait dans l'esprit de la pièce.

J'ai su que l'équipe de football des sans-abri grecs a été classée trente-troisième au championnat de Poznan : elle a reculé de deux places par rapport à la compétition de l'année précédente. Elle a néanmoins battu l'Australie quatre à zéro : Christos m'a dit que les quatre buts ont été marqués par Orthodoxie.

Combien d'enfants a ton fils Gabriel, combien avais-tu de petits-enfants ? J'en ai pour ma part trois désormais, Alexios ayant eu un second fils le 22 juillet, qu'il a appelé Manolis, ce qui est un nom grec. Sa naissance n'a pas été très facile, mais il semble qu'il se porte très bien et qu'il est même tout à fait souriant. Il a la même allergie aux produits laitiers que son père. J'ai connu un dermatologue du nom de Manolis et un critique littéraire. C'est également le nom du vieux poète avec qui j'ai dansé à Noël. Je l'ai rencontré par hasard dans la rue, il m'a fait cette surprenante confidence qu'il n'aimait plus personne, pas même ses enfants.

– Je n'aurai ainsi aucun regret quand je m'en irai.

À plusieurs reprises l'inscription «*Je dépéris*», qu'on peut lire sur les murs d'Athènes et dont je t'ai parlé, m'est venue à l'esprit, notamment lors de ma visite chez Magda. A-t-elle compris qu'on ne la comprenait pas? En tout cas elle ne fait plus l'effort de parler. M'a-t-elle reconnu? Au fur et à mesure qu'elle me regardait, j'avais l'impression que la distance qui nous séparait se creusait sans cesse. Elle a mangé avec autant d'appétit les gâteaux que je lui avais apportés que tu avalais ton dessert quand nous dînions ensemble rue Pierre-Sémard.

J'aimerais avoir de meilleures nouvelles à t'annoncer. À la veille de l'été, le gouvernement décidait par décret la fermeture des trois chaînes de télévision et des radios d'État, et le licenciement de l'ensemble de leur personnel qui comptait deux mille six cents personnes. Comme j'étais à Athènes à ce moment, j'ai découvert qu'un écran de télévision pouvait devenir complètement noir. Ce coup de force a provoqué un tollé à l'étranger – *Libération* a consacré sa «une» à l'événement sous forme d'un gigantesque carré noir –, et en Grèce même la démission du parti centriste de la coalition gouvernementale et l'occupation du siège de la télévision par le personnel qui en a été délogé en fin de compte par les forces de l'ordre. Avec pas mal d'années de retard, j'ai eu un aperçu de ce que fut la dictature des colonels. Le nouvel organisme de télévision créé récemment a été placé directement sous l'autorité d'un secrétaire d'État.

Le climat politique s'est encore alourdi avec l'assassinat d'un militant antifasciste, chanteur de rap par ailleurs, Pavlos Fyssas, par un membre d'Aube dorée. Cela s'est passé dans une cafétéria, dans une banlieue ouvrière du Pirée, Fyssas regardait un match de football à la télévision, il a été tué à coups de couteau. L'affaire a suscité la même émotion que le meurtre, cinq années auparavant, du jeune Alexandros Grigoropoulos par un policier et a donné lieu à des manifestations même à Paris et à Barcelone. Pour une fois, le gouvernement a été obligé de réagir : l'arrestation du coupable a été suivie par celle du fondateur du parti néonazi et député, Nikolaos Michaloliakos, dit le Petit Führer, pour participation à une organisation criminelle.

Rien n'a été réglé pourtant : les documents saisis dans les bureaux de ce parti prouvent qu'il bénéficie du soutien de certains armateurs, de plusieurs métropolites, notamment de celui de Sparte, dont on apprend qu'il a fait voter aux dernières élections les pensionnaires d'une maison de retraite dépendant de l'Église pour Aube dorée, et qu'il entretient des relations d'amitié avec le secrétaire général du gouvernement et conseiller personnel du premier ministre. Les sondages d'opinion les plus récents indiquent que cette affaire n'a que très peu nui à la popularité de ce parti. Les deux universitaires qu'Arghyris a chargés d'écrire l'histoire de l'extrême droite m'ont informé que

Michaloliakos avait fait son apprentissage en politique auprès des colonels, qu'il avait connus en prison : il avait déjà été incarcéré à plusieurs reprises, notamment pour détention d'explosifs. Arghyris envisage d'illustrer la couverture de cet ouvrage d'une photo prise lors de l'enterrement de Pavlos Fyssas.

– L'histoire du présent est plus difficile à écrire que celle du passé, m'a avoué l'un des deux auteurs. C'est un roman aux rebondissements imprévisibles dont on ne connaît pas la fin. Les néonazis ont un certain respect pour l'Église car elle fait partie du patrimoine national, mais ne sont pas de vrais dévots. Ils croient cependant au mal, qu'ils voient partout et qui use selon eux de tous les moyens afin de nuire à la Grèce. Ils croient à l'Antéchrist en somme. Leur fanatisme puise sa source dans la conviction qu'ils combattent le mal. L'autre est l'incarnation du mal et ne mérite par conséquent aucune commissération.

Nous étions à La Cerisaie. Yvon le Sénégalais a fait de nouveau son apparition. Il ne portait plus son bonnet. Il m'a montré sa tête, où il n'y avait nulle trace de lésion. Il était chargé d'un panier en osier comme celui des marchands de loukoums de Syros.

– Qu'est-ce que tu vends maintenant ?

J'ai songé que, même si je restais en Grèce, je n'oublierais pas le français, puisque j'aurais l'occasion de le parler avec Yvon, avec la bibliothécaire de l'École française, avec Denis Tsimba peut-être, avec Éléni sûrement un jour. Soudain je me suis demandé quel était le souvenir le plus marquant que Lilie avait gardé de sa longue vie : j'ai été si impatient de le savoir que je me suis rendu tout de suite chez elle, sans la prévenir, elle habite tout près de La Cerisaie, rue Scoufa. Je me suis retrouvé dans le vieil ascenseur, qui m'a paru encore plus lent que lors de ma première visite. « Lui aussi a cent ans », ai-je pensé. Par chance, Lilie était là, sa dame de compagnie m'a assuré que je ne la dérangeais pas, j'ai été très heureux de la voir, je l'aurais embrassée volontiers, mais je me suis contenté de prendre le fauteuil en face du sien. La lumière qui entrait par la porte-fenêtre derrière elle donnait un éclat singulier à ses cheveux blancs, qui ressemblaient à une auréole. J'ai noté qu'il n'y avait aucun pull-over d'enfant dans le salon, ni sur les chaises, ni sur le canapé. A-t-elle deviné ma déception ?

– Je ne peux plus tricoter, m'a-t-elle dit. Ma vue a beaucoup baissé ces temps-ci. Mais je vous vois. Qu'est-ce qui vous préoccupe ?

Je lui ai tout dit : je lui ai parlé de toi, de mon enquête sur la Grèce, de mes problèmes de mémoire, d'Éléni et de la naissance de Manolis, et même du jardin du Luxembourg dont j'avais parfois la nostalgie. Elle m'a écouté en silence, elle a même continué à se taire après la fin de mon discours comme pour s'assurer que je n'avais vraiment plus rien à ajouter.

– J'aimerais que vous me lisiez votre livre quand vous l'aurez terminé, a-t-elle dit finalement. Puisque vous allez évoquer la Grèce, je vous prie seulement d'avoir pitié de notre pays, de ne pas le caricaturer, d'en parler avec douceur. C'est le moment de lui manifester votre affection, vous qui avez passé une si grande partie de votre vie à l'étranger.

Je me suis rappelé qu'elle m'avait déjà ému lors de ma

première visite en me faisant remarquer que ma mère avait appris le français pour me faire plaisir. La dame de compagnie m'a servi du café comme la première fois. Je l'ai savouré avec délectation. «C'est le meilleur café que j'ai bu de ma vie», ai-je pensé. J'ai commencé par lui demander si elle connaissait l'avocat Nikos Alivizatos, qui défend les droits des étrangers arrêtés en Grèce auprès de la Cour européenne des droits de l'homme: elle m'a appris qu'il était son fils.

– Sa femme aussi est avocate. Elle s'occupe, elle, des enfants qui n'ont plus leurs parents, ou dont les parents ne sont plus en mesure de veiller sur eux. Vous avez su sans doute qu'un rafiot chargé de migrants de Syrie et d'Égypte a coulé la semaine dernière au sud de la Crète. Heureusement, les garde-côtes sont intervenus à temps: parmi les trois cent trente personnes qui ont été sauvées, il y avait quarante enfants.

J'ai fini par l'interroger sur le souvenir le plus marquant de sa vie. Elle a hésité avant de me répondre.

– C'est un souvenir qui remonte à l'Occupation, vieux de soixante-dix ans. Pour se venger de la mort d'un des leurs, les nazis ont décidé d'exécuter quarante résistants choisis au hasard parmi les détenus de la prison de Chaïdari. Les noms de ces détenus n'ont pas été communiqués à leur famille. Après l'exécution, les soldats ont dépouillé les morts de leurs vêtements, qu'ils ont exposés dans un hangar, étalés par terre de façon à former des silhouettes humaines. Je me suis trouvée dans ce hangar, avec des dizaines de femmes qui, en inspectant les vêtements, en fouillant leurs poches, essayaient de savoir si leur mari ou leur frère faisait partie des suppliciés. Je n'ai rien vécu d'aussi douloureux que cette scène. C'est probablement ce que nous aimerions oublier que notre mémoire retient le mieux.

Œdipe non plus ne parvient pas à cicatriser ses blessures: *« J'ai subi des épreuves qui ne s'oublient pas. »*

– En rentrant à la maison, je me suis précipitée sur l'armoire et j'ai enlacé les vêtements de mon mari.

Elle s'est levée pour me saluer, en s'aidant de sa canne. Cette fois je l'ai embrassée. J'ai eu un bref instant l'illusion que je tenais la Grèce dans mes bras.

Voilà, mon cher. Il ne me reste plus qu'à corriger mon manuscrit. Je ferai ce travail sans me presser. Je n'ai aucune hâte de quitter Tinos. Je crois que je vais y rester au moins jusqu'aux premiers jours de l'hiver pour voir l'ombre de la tour Eiffel sur la mer.

Le 28 novembre 2014

Du même auteur

Le Sandwich
roman
Julliard, 1974

Les Girls du City-Boum-Boum
roman
Julliard, 1975
et « Points » n° 547

La Tête du chat,
roman
Seuil, 1978

Mon amour !
dessins humoristiques
Città Armoniosa, 1978

Talgo
roman
Seuil, 1983, puis Fayard, 1997
et Stock, 2003

Contrôle d'identité
roman,
Seuil, 1985
et Stock, 2000

Le Fils de King Kong
aphorismes
tirage limité,
Les Yeux ouverts, 1987

Paris-Athènes
récit
Seuil, 1989 puis Fayard, 1997
Stock, 2006
et «Folio» n° 4581

Pourquoi tu pleures?
nouvelles
Romiosini-Schwarze Kunst, 1991

Avant
roman,
Seuil, 1992, prix Albert-Camus
et Stock, 2006

La Langue maternelle
roman
Fayard, 1995, prix Médicis
«Le Livre de Poche» n° 14038
et Stock, 2006 puis «Folio» n° 4580

L'Invention du baiser
Aphorismes
illustrations de Thierry Bourquin
tirage limité
Nomades, 1997

Papa
nouvelles
Fayard, 1997, prix de la Nouvelle de l'Académie française
et «Le Livre de Poche» n° 14639

Le Cœur de Marguerite
roman
Stock, 1999
Et «Le Livre de Poche» n° 15322

Le Colin d'Alaska
nouvelle
illustrations de Maxime Préaud
tirage limité
Paris, 1999

Les Mots étrangers
roman
Stock, 2002
et « Folio » n° 3971

Je t'oublierai tous les jours
roman
Stock, 2005
et « Folio » n° 4488

L'Aveugle et le Philosophe
dessins humoristiques
Quiquandquoi, 2006

Ap. J.-C.
roman
Stock, 2007,
Grand Prix du roman de l'Académie française
et « Folio » n° 4921

Le Premier Mot
roman, Stock, 2010
et « Folio » n° 5358

L'Enfant grec
roman, Stock, 2012
et « Folio » n° 5701

RÉALISATION : PAO ÉDITIONS DU SEUIL
IMPRESSION : CPI FIRMIN DIDOT À MESNIL-SUR-L'ESTRÉE
DÉPÔT LÉGAL : FÉVRIER 2015. N° 116769 (126089)
IMPRIMÉ EN FRANCE